Maya Shepherd

RADIOACTIVE

„Die Vergessenen"

W0382545

Roman

1. Auflage

Facebook: Maya Shepherd
Blog: www.mayashepherd.blogspot.de
Twitter: MayaShepherd

Für Henny,
ganz nah

01. Zurück zur Normalität

Das Licht ist so grell, dass es in meinen Augen brennt. Ich kann nichts erkennen und kneife meine Augenlider zusammen. Am liebsten würde ich mit der Hand die Augen vor dem Licht abschirmen, doch ich kann meine Arme nicht bewegen. Genauso wenig wie den Rest von meinem Körper. Alles fühlt sich taub und leblos an. Ich habe das Gefühl, in meinem eigenen Körper gefangen zu sein. Obwohl ich mich nicht bewegen kann, spüre ich, dass ich nackt bin. Es ist kalt.

Ein Kopf erscheint in meinem Gesichtsfeld. Er durchbricht das grelle Leuchten. Es ist eine Frau. Ihre Augen erstrahlen in dem Farbton RAL 5012, lichtblau. Ihr Kopf ist kahl, während ihr weißer Anzug das brennende Licht der Lampen reflektiert. Ich bin zurück in der Legion.

Bevor ich in irgendeiner Weise reagieren kann, stülpen sie mir eine Art schwarzen Trichter aus Gummi über Mund und Nase. Ich will mich wehren. Ich will schreien. Ich will nicht vergessen.

Obwohl ich weiß, dass Finn und die Rebellen das Letzte sein sollten, woran ich in diesem Moment denke, bin ich machtlos dagegen. Der Glaube daran, Finn irgendwann wiederzusehen, ist das Einzige, was mir Hoffnung gibt, während ich zurück in das bodenlose Nichts gleite, aus dem ich gerade erst erwacht bin.

Es ist still. Keine Stimmen. Kein Vogelgezwitscher. Kein Wind, der durch die Blätter der Bäume weht. Nichts.

Ich öffne meine Augen und starre an die weiße Decke. Es wäre tröstlich gewesen, den unebenen, roten Sandstein der Höhlen zu sehen, in denen ich mit den Rebellen gelebt habe. Aber auch ohne dass ich meine Augen geöffnet hätte, wüsste ich, dass ich zurück in der Sicherheitszone der Legion bin. Ich kann es riechen. Die Höhlen riechen nach Erde, Tannennadeln, Moos, Sand und oft auch nach Maries frischgebackenem Brot. Sie riechen nach Leben und Freiheit. Die Sicherheitszone hingegen riecht einfach nur steril. Ständig liegt der scharfe Geruch von Reinigungsmitteln in der Luft. Früher ist es mir nie aufgefallen, doch jetzt ist es so stark, dass ich das Gefühl habe, kaum atmen zu können.

Ich lasse meinen Blick durch die Zelle gleiten. Es gibt weder Tisch und Stuhl noch eine Dampfdusche oder den kleinen Kasten für die Essensausgabe. Es gibt keine Fenster, aber das habe ich auch nicht erwartet. Die Sicherheitszone liegt tief unter der Erde, dort, wo nie ein Licht hinfällt, und die Menschen deshalb niemals wissen, ob es Tag oder Nacht ist. Nicht die Sonne und der Mond entscheiden darüber, sondern die Legionsführer.

Das Bett, auf dem ich liege, ist das einzige Möbelstück in dem kleinen Raum. Es ist anders als die Betten, die ich von früher gewohnt war. In Höhe von Händen und Füßen sind Schnappverschlüsse angebracht. Vielleicht sollte ich dankbar dafür sein, dass sie mich nicht gefesselt haben, doch ich fühle mich innerlich leer. Unfähig, irgendetwas zu fühlen. Es fällt mir schwer, nachzudenken und einen klaren Gedanken zu fassen.

Die Wände sind aus kaltem Stahl, dessen Oberfläche matt ist, sodass ich mich lediglich als kleinen rosa Fleck erkennen kann. Ich streiche mit meinen Händen vorsichtig über den rauen Stoff des braunen Nachthemds. Langsam lasse ich meine Finger höherwandern und berühre meinen Kopf. Er ist so kahl und kalt wie die Decke und die Wände der Zelle. Sie haben mir das kurze, braune Haar, das mir bei den Rebellen gewachsen ist, wieder abrasiert. Ich bin jetzt wieder eine von ihnen. Ein Mensch ohne eigene Meinung, Träume oder Gefühle. Mehr ein Roboter als ein Lebewesen.

Ich sehe, dass mein Körper zittert, bevor ich es spüre. Meine Hände beben und ich presse meine Lippen so fest aufeinander, dass sie reißen und ich den metallischen Geschmack des Blutes auf meiner Zunge schmecken kann. Ich spüre einen feuchten Tropfen auf meiner kalten Haut und fahre verwirrt mit der Hand über meine Wange. Es ist eine Träne. Ungläubig betrachte ich ihre glänzende Nässe auf meiner Fingerspitze und entdecke dabei etwas ganz anderes. In meiner Handfläche ist die schmale, weiße Linie einer Narbe zu erkennen. Ich erinnere mich genau an den Tag, an dem es passiert ist. Es war einer meiner ersten Tage bei den Rebellen, nachdem sie mich aus der Gefangenschaft entlassen hatten. Ich sollte zum ersten Mal bei der Arbeit auf dem Feld helfen. Dabei habe ich mich so dumm und ungeschickt angestellt, dass ich mich mit dem Messer in die Hand geschnitten habe. Finn war außer sich vor Wut. Er hat mich beschimpft und so sehr angegangen, dass ich in der Hitze der Sonne ohnmächtig wurde. Eigentlich zählt es nicht zu meinen schönen Erinnerungen aus der Zeit mit den Rebellen, doch jetzt drücke ich meine Hand wie einen Schatz an meine Brust. Die Legion konnte mir weder meine

Narben noch meine Erinnerungen nehmen. Sie sind ein Teil von mir. Auch wenn ich jetzt in den Augen der Legion wieder D518 bin, werde ich Cleo in meinem Herzen bewahren, bis zu dem Tag, an dem ich sie freilassen kann. Der Tag, an dem ich wieder mit Finn vereint sein werde.

Ich lasse mich zurück auf das Kissen gleiten und schließe meine Augen.

Bereits jetzt fällt es mir schwer, mich daran zu erinnern, wie mein Gesicht an dem letzten Abend bei den Rebellen aussah. Doch umso leichter fällt es mir, mich an Finn zu erinnern. Sein Gesicht ist wie in meine Netzhaut gebrannt. Ich kann die Grübchen in seinen Wangen sehen, wenn ich mir sein sparsam benutztes Lächeln vorstelle, und das spitzbübische Leuchten in seinen Augen, die so blau sind wie der Himmel an einem sonnigen Tag. Die Wellen seiner blonden Haare erscheinen mir so nah, als müsste ich nur meine Finger ausstrecken, um sie berühren zu können.

Ich denke an unseren letzten gemeinsamen Moment. Es war unser Abschied für eine ungewisse Zeit. Vielleicht für immer. Aber es war der Moment, der mein Leben für immer verändert hat. Denn es war der Moment, in dem ich liebte. Ich fahre mir mit den Fingerspitzen über meine brüchigen Lippen und fühle Finns Lippen hart auf meinen. Unser Kuss war voller Verzweiflung und Angst, aber da war auch so viel mehr. Es war ein unausgesprochenes Versprechen. Wir werden uns wiedersehen. Irgendwann.

Es ist schwer zu sagen, wie viel Zeit vergeht, wenn es keine Sonne gibt, an der man sich orientieren kann. Früher hatte ich in der Sicherheitszone einen durchgeplanten Tagesablauf. Ich stand auf, wenn die Legion mich weckte, arbeitete und ging zu Bett, wenn die Legion mir sagte, dass es nun Zeit dafür sei. Ich war in der Lage, Minuten und Sekunden in meinem Kopf zu zählen. All das habe ich bei den Rebellen verlernt. Dort stand ich auf, wenn die Sonne mich durch das kleine Fenster in dem Zimmer von Iris und mir weckte. Kein Tag war wie der andere. Jeder war neu und schön zugleich.

Am schlimmsten ist jedoch die Ungewissheit. Ich weiß nicht, was die Legionsführer mit mir vorhaben. Sehen sie mich als Feind? Oder erwarten sie meine Mithilfe bei der Vernichtung der Rebellen?

Ich gehe davon aus, dass ich mich zurzeit auf der Krankenstation befinde, aber wie wird es weitergehen? Oder geht es vielleicht gar nicht weiter? Werden sie mich jetzt hier für den Rest meines Lebens festhalten? In einer leeren Zelle, gefangen in meinen eigenen Gefühlen und Erinnerungen?

Ich halte inne und lausche. Es ist ein leises Klappern zu hören. Ein mechanisches Summen ertönt und die Stahltür der Zelle gleitet auf. In ihrer Öffnung steht eine Legionsführerin. Sie trägt ein schmales Tablett in der Hand. Hinter ihr kann ich den sterilen Gang des Krankenflügels erkennen. Er trägt grüne Streifen, passend zu den grünen Anzügen der Ärzte und Labormitarbeiter. Als ich noch den Bildungsunterricht besuchte, habe ich selbst lange davon geträumt, einmal zu ihnen zu gehören. Ich wollte etwas erreichen in der Sicherheitszone. Etwas Besonderes sein. Doch es kam ganz anders. Anstatt zu B518 wurde ich zu D518, eine Angestellte der Nahrungszuteilung.

Die Tür schließt sich hinter der Legionsführerin und sie tritt mit ruhigem Gang auf mich zu. Dadurch erweckt sie sofort mein Misstrauen. Niemand in der Legion geht normalerweise ruhig. Alle haben Aufgaben, die sie in vorgegebener Zeit erledigen müssen. Es gibt keinen Grund, Zeit zu vergeuden.

Doch die fremde Frau tut noch etwas Eigenartiges, indem sie sich neben mich auf das Bett setzt. Ihre Haltung drückt so etwas wie Mitgefühl aus. Ich muss mir das einbilden. In der Sicherheitszone gibt es keine Gefühle. Sie sind zwar nicht direkt verboten, aber das liegt daran, dass sie einfach nicht existieren. Sie sind genauso wenig Bestandteil des Lebens wie die Sonne.

Neugierig mustere ich die Augen der Frau und erstarre. Ich kenne sie. Zwar sind sie genauso lichtblau wie alle anderen, aber es ist der Funke von Gefühl, den ich in ihnen wiedererkenne. Sie ist die Legionsführerin, die ich bereits als Kleinkind getroffen habe. Damals hatte ich mein Nachthemd zerstört, doch anstatt mich zu bestrafen, sagte sie mir eine große Zukunft voraus. Sie behauptete, ich müsste sehr intelligent sein. Offensichtlich hat sie sich getäuscht, doch wahrscheinlich erinnert sie sich nicht einmal an mich. Für sie bin ich nur eine von vielen.

„Meine Bezeichnung lautet A350. Ich bringe dir deine Nahrungsration."

Sie hält mir das Tablett entgegen, auf dem sich neben einem Glas Wasser einige bunte Pillen, Tabletten und Kapseln befinden. Was gäbe ich in diesem Moment nur für ein Stück Brot.

Ich greife als erstes nach den Cerealienwürfeln. Es sind vier. Einer weniger als für eine ausgewachsene Frau normal. Ich muss es wissen, immerhin war ich in der Nahrungsvergabe tätig.

„Du hast zugenommen“, kommentiert A350 mein Zögern. Also bin ich ihnen nun wohl zu dick, dabei fing ich gerade an, gesund auszusehen. Ich habe mich bei den Rebellen im Spiegel gesehen. Ich sah, wie meine Rippen sich durch meinen dünnen Anzug pressten. Die Wangenknochen stachen unschön aus meinem Gesicht hervor. Ich war so entsetzt über meinen Anblick, dass ich mich erst nach Wochen und Monaten traute, erneut in den Spiegel zu blicken. Doch mir ist klar, dass ich für die Legion nicht brauchbar bin, solange ich nicht ihrem Idealmaß entspreche. Ohne zu antworten, schlucke ich die vier Pillen auf einmal hinunter.

Danach folgt die Eiweißkapsel. Offensichtlich haben sie meinem Körper die schwere Arbeit angesehen. Ich bin sicher, dass ich in der kurzen Zeit mehr Muskeln aufgebaut habe als je in meinem ganzen Leben in der Sicherheitszone.

Für den Schluss habe ich mir die pinken Vitamintabletten aufgehoben. Es sind mehr als normal. Die Legionsführer werden mich gründlich auf Krankheiten untersucht haben, doch die Vitamine sollen zusätzlich mein Immunsystem stärken.

Als Iris noch F701 war, hat sie sich jedes Mal gefreut, wenn sie bei der Essensausgabe besonders viele der pinken Tabletten erhielt. Ich habe ihr deshalb mit Absicht, kurz vor meiner Entführung durch die Rebellen, eine zusätzlich zugeteilt. Damals war das meine Art der Rebellion. Wenn ich heute daran denke, erscheint es mir lächerlich. Jemandem zu viele Vitamintabletten zuzuteilen, ist keine Rebellion, nicht einmal ein Aufstand. Es ist nichts. Vollkommen unbedeutend. Lediglich ein Versuch, sich selbst davon zu überzeugen, wenigstens einen Teil des eigenen Lebens kontrollieren zu können.

Während ich die Eiweißkapsel und die Cerealienwürfel auf einmal geschluckt habe, lege ich mir die vier Vitamintabletten einzeln auf die Zunge.

Eine für Iris.

Eine für Finn.

Eine für die Rebellen.

Eine für Cleo.

Die Legionsführerin beobachtet mich dabei, ohne etwas zu sagen. Sie sitzt nur steif da und mustert mich, während ihr Mund einen schmalen Strich in ihrem Gesicht bildet. Vielleicht habe ich mir die Gefühle in ihrem Blick auch nur eingebildet.

„Wie geht es dir?“

Da ist es wieder, dieses eigenartige Funkeln in ihren Augen und der sanfte Klang in ihrer sonst so mechanischen Stimme. Nie hat mich jemand zuvor in der Sicherheitszone gefragt, wie es mir geht.

„Hast du Schmerzen? Ist dein Körper funktionsfähig? Oder spürst du irgendwelche Beeinträchtigungen?“

Das meint sie also. Sie interessiert nicht mein Innenleben, sondern sie erkundigt sich lediglich nach meinem physischen Zustand.

„Mein Körper ist funktionstüchtig.“

A350 zögert noch einen Moment, doch dann steht sie auf und steuert auf die Tür zu. Das war es jetzt also? Will sie mir nicht einmal sagen, was jetzt aus mir werden wird?

„Was passiert jetzt mit mir?“

Die Legionsführerin dreht sich erneut zu mir um. „Du bleibst noch ein paar Tage auf der

Krankenstation, danach kannst du zu deiner Arbeitseinheit zurückkehren."

Ich komme zurück in die Nahrungsvergabe? Einfach so? Was ist mit meiner Zeit bei den Rebellen? Ist das alles unbedeutend?

„In die Nahrungsvergabe?", frage ich fast dümmlich.

„Natürlich. Du bist D518. Das ist dein dir vorherbestimmtes Leben."

Die Tür öffnet sich und A350 tritt hinaus. Sie lässt mich zurück mit all den offenen Fragen, die sich in Luft aufzulösen scheinen. Ich hätte mit vielem gerechnet, aber nicht damit. Ich hatte Angst, dass sie mich töten oder foltern würden. Ich dachte, sie rauben mir meine Erinnerung. Ich fürchtete mich davor, dass sie mich gegen die Rebellen einsetzen würden. Aber niemals hätte ich gedacht, dass sie so tun würden, als wäre nie etwas geschehen. Sie gehen zur Normalität über, so als hätte es meine Zeit bei den Rebellen niemals gegeben. Niemand spricht mich darauf an. Niemand stellt Fragen. Niemand interessiert sich dafür.

Wie konnten die Rebellen nur glauben, dass man mich zu einer Legionsführerin ernennen würde? Sie haben ihre ganze Hoffnung in mich gesetzt, dabei bin ich vollkommen nutzlos. Als eine kleine Arbeiterin in der Nahrungsvergabe bin ich für niemanden hilfreich. Dort kann ich weder das Leben der Rebellen noch das der Menschen in der Sicherheitszone verändern. Ich schaffe es ja nicht einmal, mein eigenes Leben zu verändern. Ich hatte die Chance, neu anzufangen. Ich hatte ein Leben bei den Rebellen. Ich hatte ein Leben mit Finn. Aber ich habe es aufgegeben für einen dummen Traum. Völlig umsonst.

02. Verstärkung von unerwarteter Seite

Ich trage den braunen Anzug, der mich als Angehörige der Klassifizierung „D“ auszeichnet. Der Stoff schmiegt sich eng an meinen Körper und wirkt fast wie eine zweite Haut, doch ich fühle mich zum ersten Mal in meinem Leben in dem Anzug entblößt. Ich sehne mich nach der lockeren Kleidung der Rebellen. Sie war individuell, ein Abbild des Charakters der Menschen. Hier sind alle gleich, wenn auch nur äußerlich. In mir wütet ein Sturm, den von außen niemand sehen kann. Auch wenn meine Situation aussichtslos erscheint, werde ich nicht aufgeben. Ich werde kämpfen. Für die Rebellen. Und für mich.

Die Tür der Krankenzelle gleitet schwungvoll auf und ein junger Mann in blauem Anzug erwartet mich. Ich muss genauer hinsehen, um zu erkennen, dass es nicht C515 ist. Es wäre schön gewesen, ein bekanntes Gesicht zu sehen. Zwar waren wir nie Freunde in dem Sinn, wie ich die Rebellen kennengelernt habe, aber zwischen uns bestand immer eine Verbindung. Vielleicht lag es auch nur daran, dass ich ihn von allen anderen unterscheiden konnte und er mich offensichtlich auch. Wir haben einander stets wiedererkannt und uns ohne Worte verständigt. Es waren die Blicke, die oft mehr sagten, als Worte es hätten können.

„C590. Folge mir, ich bringe dich zu deiner Einheit.“

Während er spricht, sind seine Augen völlig bewegungslos, wie erstarrt. Sein Gesicht verrät keinerlei Emotion. Selbst seine Bewegungen wirken mechanisch, als ich ihm aus der Krankenstation folge.

Auch die Krankenstation unterscheidet sich, abgesehen von dem grünen Streifen an der Wand, nicht von jedem anderen Gang der Sicherheitszone. Er ist leer und kalt. Es reiht sich eine Stahltür an die andere. Das Licht der Deckenbeleuchtung ist so unnatürlich hell, dass mir beinahe schlecht davon wird. Der einzige Grund, warum ich mich auf meine Arbeit in der Nahrungsvergabe freue, ist Zoe. Es wird sie freuen, von Finn und den anderen zu hören. Und ich freue mich darüber, mit einem anderen Menschen sprechen zu können. Wir werden Verbündete sein. Keine von uns muss länger ihr Geheimnis alleine tragen. Wir können uns die Last teilen und gemeinsam Pläne schmieden. Ich bin bereit dafür.

Doch als wir den Kontrollraum der Nahrungsvergabe betreten, sehe ich es sofort. Es gibt über zwanzig Tische mit PCs und Arbeitern dahinter, doch zwei Stühle sind leer. Meiner und der von Zoe. Sie ist nicht mehr da.

C590 bohrt mir unangenehm seinen Zeigefinger in den Rücken. „Melde dich zum Dienst." Er wirkt verärgert darüber, dass er mich dazu auffordern muss. Er spürt, dass ich nicht so funktioniere, wie ich sollte, und dafür hat er kein Verständnis. Weiß er überhaupt, was mit mir geschehen ist, oder hält er mich einfach nur für eine Verrückte?

„D518 meldet sich zum Dienst."

Der Abteilungsleiter nickt mir unbeteiligt zu. „D375 empfängt D518."

Das ist das Stichwort für C590, das Weite zu suchen. Er hat mich in meiner Einheit abgeliefert und damit ist seine Aufgabe erledigt. Auch der Abteilungsleiter interessiert sich nicht weiter für mich. Eine Einweisung hatte ich an meinen ersten Tag, jetzt wird von mir erwartet, dass ich meine Aufgaben kenne. Verwirrt tapse ich zu meinem ehemaligen Platz und lasse mich auf den Stuhl sinken. Vor mir flackert der Bildschirm und zeigt die Bewohner, für deren Nahrung ich heute zuständig bin. Doch ich kann meinen Blick nicht von dem leeren Stuhl neben mir reißen. Gedankenverloren fahre ich mit der Hand über die leere Sitzfläche. Was ist mit ihr passiert? Ist sie durchgedreht, nachdem ihre Rettung scheiterte? Lebt sie wohl überhaupt noch?

Ich blicke mich in dem Raum um. Jeder einzelne sitzt wie angekettet auf seinem Stuhl und starrt apathisch den Bildschirm vor sich an. Hat überhaupt irgendjemand mitbekommen, dass ich verschwunden war? Niemand interessiert sich dafür, wo ich war. Nicht einmal ein neugieriger Blick. Wie können sie alle nur so ignorant sein? Ihnen kann doch unmöglich alles gleichgültig sein. Sie sind Menschen, genau wie ich. Menschen fühlen. Das kann doch auch hier nicht anders sein. Ich würde am liebsten alle laut anschreien. Sie wachrütteln, doch ich beherrsche mich. Mit geballten Fäusten stehe ich auf. „Ich habe eine Frage."

Irritiert hebt D375 den Blick. Er ist es nicht gewohnt, Fragen gestellt zu bekommen. „Eine Frage?" Es hört sich an, als wüsste er nicht einmal, was das ist.

„Wo ist D523?"

Verwirrt legt er die Stirn in Falten. Ich kann ihm ansehen, wie sein Gehirn versucht, meine Frage zu analysieren. Er wirkt völlig aus dem Konzept geworfen. „Warum interessiert dich das?"

Ich registriere, wie sich nun auch weitere Köpfe von den Bildschirmen losreißen und mich scheu mustern. Sie haben mir ihre Aufmerksamkeit zugewendet. Vielleicht halten sie mich allesamt für wahnsinnig, aber eine bessere Chance als diese werde ich so bald nicht bekommen. Das ist meine Möglichkeit, die Menschen zu erreichen.

„D523 ist ein Mitglied unserer Einheit. Sie gehört zu uns. Ich sorge mich um sie, wenn sie nicht mehr da ist."

Der Abteilungsleiter schüttelt nur verständnislos den Kopf. „Wir sind alle gleich. Jeder ist ersetzbar. D523 bildet da keine Ausnahme."

‚Gleich zu sein' ist doch nicht automatisch gleichbedeutend mit ‚ersetzbar' zu sein. Es fällt mir schwer, mich unter Kontrolle zu halten.

„Hat sich niemand von euch gefragt, was mit ihr geschehen ist?", rufe ich laut in den Raum und ernte nur verständnislose Blicke. Wollen sie mich nicht verstehen?

„Hat überhaupt jemand von euch gemerkt, dass sie weg ist?"

Verzweiflung liegt nun in meiner Stimme und ich spüre, dass ich erneut den Tränen nahe bin. Meine Hände zittern bei dem Versuch, die Tränen krampfhaft zurückzudrängen.

„D518, es ist nicht deine Aufgabe, Entscheidungen der Legionsführer zu hinterfragen. Setz dich auf deinen Platz und nimm deine Arbeit wieder auf oder ich werde die Wachen verständigen."

Die Drohung sitzt. Ich lasse mich frustriert auf meinen Stuhl zurücksinken. Was soll ich nur ohne

Zoe tun? Wie soll ich in der Sicherheitszone überleben, wenn es nicht einmal einen Menschen gibt, mit dem ich ein normales Wort wechseln könnte?

Der Bildschirm vor mir beginnt zu blinken. Auf acht kleinen Fenstern sehe ich Menschen, die auf ihre Nahrungsration warten. Der Computer verlangt von mir eine Bestätigung für die vorgegebenen Mengenangaben an Tabletten. Doch ich schaue mir die Bewohner der Sicherheitszone genauer an. Einer von ihnen stammt aus der zweiten Generation und ist somit einer der Ältesten in der Sicherheitszone. In drei Jahren, im Alter von genau sechzig Jahren, wird sein Leben enden. Es ist eine Methode, um die Bevölkerungsdichte der Sicherheitszone zu steuern. Früher war es für mich normal, doch heute weiß ich, dass Menschen viel älter werden können. Gustav und Marie waren beide über sechzig und sehr glücklich. Es gibt keinen Grund, warum sie früher hätten sterben sollen.

Der Mann steht wie versteinert vor der Essensausgabe. Er wundert sich nicht einmal darüber, warum die Zuteilung seiner Nahrung so lange dauert. Genauso auch alle anderen sieben. Keiner von ihnen macht Anstalten, den Sensor zur Nahrungsanforderung noch einmal zu betätigen oder ungeduldig in die Öffnung zu schauen. Keiner von ihnen tippt mit dem Fuß oder trommelt mit den Fingern gegen die Wand. Sie wirken allesamt leblos. Ihre Blicke sind starr und ihre Körper bewegungslos. Niemand von ihnen ist wie Iris, die sich so sehr über die pinken Vitamintabletten gefreut hat. Keiner von ihnen ist dazu in der Lage, Freude oder Leid zu empfinden. Auch wenn ihre Körper funktionieren, muss ihr Innerstes vor langer Zeit gestorben sein. Sie sind nur noch leblose Hüllen ohne Seelen. Waren sie schon immer so? Früher habe ich die Menschen nie so gesehen. Ich sah das Besondere in jedem Einzelnen. Ich achtete auf die Kleinigkeiten, die kaum einer sonst wahrnahm. Wollte ich vielleicht einfach mehr in ihnen sehen, als dort war? Oder habe ich bei den Rebellen verlernt, hinter die Fassaden der Menschen zu blicken? Bin ich blind geworden für die Details?

Ohne hinzusehen, bestätige ich alles, was der Computer mir vorgibt. Das System macht keine Fehler und es ist zwecklos, sich dagegen zu wehren.

Nach meiner Schicht in der Nahrungsvergabe schreite ich durch das Atrium mit seinen bunten Bildern. Heute zeigen sie einen Wald mit Vögeln in den Ästen der Bäume und Rehe, die hier und da hinter einem Baum hervorschauen. Früher hätten mich diese Bilder beeindruckt und ich wäre stehen geblieben, um sie zu bewundern. Doch wer nur einmal in seinem Leben einen echten Wald mit eigenen Augen gesehen hat, wird in den Bildern des Atriums nicht mehr sehen als das, was sie sind. Bilder. Kein Bild kann die Emotionen hervorrufen, die einen in der Wirklichkeit überfluten. Weder ist der Geruch des von Moos überwucherten Bodens zu riechen, noch ist der Wind, der durch die Blätter weht, zu hören. Es fehlt das Knirschen unter den Füßen bei jedem Schritt. Deshalb bleibe ich heute nicht stehen, weil ich beeindruckt bin, sondern, weil es mir davor graut, alleine in meiner Zelle zu sitzen. Die ganze Sicherheitszone ist nichts anderes als ein Gefängnis. Es gibt weder Fenster noch Türen, die sich ohne Anweisung der Legionsführer öffnen ließen.

Während die anderen Menschen eilig an mir vorbeihasten, halte ich Ausschau nach einem bekannten Gesicht. Wenn ich schon Zoe nicht finden kann, dann vielleicht wenigstens C515. Es wäre tröstlich, so etwas wie ein Wiedererkennen in seinen Augen zu sehen. Doch auch ihn kann ich unter den wenigen anwesenden Kämpfern nicht erkennen. Wann wird sich der Kontaktmann der Rebellen wohl bei mir melden? Ich hatte immer angenommen, dass er der C-Klassifizierung angehören müsse. Aber selbst wenn er sich meldet, was soll ich ihm sagen? Wie werden die Rebellen reagieren, wenn sie hören, dass ich es nicht unter die Legionsführer geschafft habe und sogar Zoe verschwunden ist? Wie wird Finn reagieren? Wird er eventuell etwas Dummes tun und das Gebäude versuchen im Alleingang zu stürmen?

Oder ist das vielleicht der Grund, warum sich bisher niemand bei mir gemeldet hat? Weiß der Kontaktmann bereits, dass meine Mission erfolglos war, und meldet sich deshalb erst gar nicht bei mir? Bin ich den Rebellen jetzt, wo ich nutzlos für sie geworden bin, egal?

Zurück in meinem Zimmer, lege ich mich in meinem Anzug flach auf das Bett. Ich weiß, dass ich ihn eigentlich in die Wäschekammer legen und mein Nachthemd anziehen müsste, doch dazu fehlt mir die Kraft. Ich habe nicht hart gearbeitet, so wie ich es täglich bei den Rebellen musste. Im Grunde habe ich sogar das Gefühl, den ganzen Tag nichts getan zu haben, trotzdem fühle ich mich vollkommen erledigt. Ich weiß einfach nicht, was ich jetzt tun soll. Ich hatte mir fest vorgenommen, mich anzupassen, denn es gab ein Ziel, für das es sich zu kämpfen gelohnt hatte. Die

Legionsführer sollten glauben, dass mir die Rebellen nichts bedeuten. Sie sollten glauben, dass ich eine von ihnen bin. Doch ich bin genauso nutzlos für sie wie für die Rebellen. Niemand braucht mich. Warum sollte ich dann noch länger stark sein? Was macht es noch für einen Sinn, die Fassade weiter aufrechtzuerhalten?

Ich spüre, wie mir die Tränen heiß die Wangen hinunterrinnen. Mein Blick gleitet zu der Kamera in der rechten Ecke meiner Zelle. Tränen sind verboten. Doch was soll mir noch passieren? Wie sollten sie mich mehr bestrafen als jetzt? Selbst wenn sie mich foltern würden, wäre es besser als das. Unter Folter hätte ich wenigstens das Gefühl, für etwas zu leiden, für das es sich zu kämpfen lohnt. Ich könnte mir einreden, etwas Ehrenhaftes zu tun. Aber mich zurück in mein altes Leben zu stecken und so zu tun, als wäre nie etwas passiert, ist das Schlimmste, was sie mir antun konnten. Deshalb ist es mir in diesem Moment egal, wer meine Tränen sieht.

Die Tage ziehen an mir vorbei, ohne dass sich irgendetwas an meiner Situation ändert. Ob ich es nun will oder nicht, beginne ich, mich anzupassen. Ich tue genau das, was die Legion von mir erwartet, mehr als je zuvor. Ich erfülle meine Aufgaben, ohne dabei über ihren Sinn nachzudenken. Jedes Aufkommen von Gefühlen dränge ich zurück. Sie machen mich nur schwach. Gefühle haben in dieser Welt keinen Platz. Gefühle sind etwas für Menschen, die es sich leisten können, Hoffnungen und Träume zu haben. Eine Aussicht auf Veränderung. Aber nicht für mich. Cleo ist an dem Tag so gut wie gestorben, an dem sie Finn verließ. Ihr Lebenslicht flackert nur noch schwach, wie die Flamme einer erlöschenden Kerze, in meinem Inneren. Sie lebt von den Erinnerungen, die von Tag zu Tag schwächer werden. Dank der Sensoren in meinem Bett sind selbst meine Nächte traumlos. Der einzige Moment, in dem ich mir etwas Schwäche eingestehe, ist vor dem Schlafen. In der Dunkelheit der Nacht überkommt mich die Sehnsucht oft so stark, dass ich mich nicht gegen die Tränen wehre. Sie gleiten lautlos über mein Gesicht. Oft weiß ich nicht einmal, warum ich weine. Weine ich um mich? Um Iris? Um Finn? Um die Rebellen? Oder vielleicht sogar um die ganze Welt? Ich verabscheue meine Tränen, denn sie sind nutzlos. Selbst wenn ich ein ganzes Meer weinen würde, würde es nichts ändern.

An diesem Tag bin ich für die Nachtschicht eingeteilt, sodass das Atrium wie verlassen wirkt, als ich es betrete. Ohne innezuhalten und einen Blick auf die falschen Bilder zu verschwenden, eile ich zu der Nahrungsvergabe. Doch kaum, dass ich den Gang betrete, legt sich von hinten eine Hand über meinen Mund. Ich erstarre und halte den Atem an. Erst jetzt denke ich wieder an den Kontaktmann der Rebellen. Hat er mich doch nicht aufgegeben?

Der Fremde zieht mich in eine dunkle Ecke des Flurs. Dorthin, wo es den Kameras schwerfällt, uns zu erreichen. Die Hand löst sich von meinem Mund und ich drehe mich erwartungsvoll um. Doch der Anblick des Mannes irritiert mich. Ich hätte nicht mit ihm gerechnet. Es ist C515. Sein Mund verzieht sich zu einem Lächeln.

Ich kann mich nicht länger zurückhalten und falle ihm um den Hals. Laute Schluchzer dringen aus meinem Hals. Ein Lächeln in der Sicherheitszone zu sehen, überfordert mich. Ich hatte jegliche Hoffnung, ihn oder Zoe jemals wiederzusehen, bereits aufgegeben und jetzt steht er vor mir und lächelt. Er, der es nie gelernt haben dürfte zu fühlen. Wann hat er gelernt zu lächeln? Ich wusste immer, dass er anders war, doch ich hatte nicht geahnt, wie sehr.

Er drückt mich bestimmt von sich und sucht meinen Blick. „Triff mich um drei Uhr vor der Krankenstation."

Ich verstehe seine Worte nicht. Warum? Doch ehe ich eine Frage stellen könnte, lässt C515 mich bereits alleine in dem Gang zurück. Was ist mit ihm passiert? Warum lächelt er? Ist er etwa der Kontaktmann der Rebellen? War er schon immer einer von ihnen? War er ein Rebell, schon lange bevor ich überhaupt von ihrer Existenz wusste? Wie hat er von ihnen erfahren? Ich bin mit C515 aufgewachsen. Wie kann es dann sein, dass er so viel mehr weiß als ich?

03. Falsche Freunde

Während meiner Arbeit in der Nahrungsvergabe vergeht keine Minute, ohne dass ich einen Blick auf die Uhr werfe. Ich kann nicht erwarten, C515 wiederzusehen. Warum will er mich vor der Krankenstation treffen? Will er mir etwas zeigen?

Allein bei dem Gedanken an ihn fängt mein Herz wild zu klopfen an. Warum hat er mich nur so lange warten lassen? Aber vielleicht hätte er sich auch keinen besseren Zeitpunkt aussuchen können, um in mein Leben zu treten. Er erscheint mir wie ein Lichtblick in der Finsternis. Endlich bin ich nicht mehr alleine. Vielleicht kann er mir sogar sagen, wie es Iris und den anderen geht.

Um fünf Minuten vor drei Uhr schiebe ich in der Nahrungsvergabe meinen Stuhl zurück und marschiere auf D375 zu. Ungeduldig hebt er den Blick und ahnt bereits wieder Schlimmes.

„Was willst du?“, fragt er mich barsch.

„Ich muss auf die Toilette.“

„Es ist nicht die richtige Zeit dafür.“

Er hat seine Stirn in Falten gelegt, sodass seine Augenbrauen beinahe aneinanderstoßen.

„Ich muss trotzdem. Das spüre ich.“

„Ich werde dich den Legionsführern melden müssen. Dein Verhalten ist auffällig und bedenklich.“

„Dann melde mich eben. Das ändert aber nichts daran, dass ich jetzt auf die Toilette muss“, entgegne ich ungeduldig.

Er wirkt unsicher, was er nun tun soll. Ich überfordere ihn mit meinem unvorhergesehenen

Verhalten. Auch die anderen Arbeiter im Raum heben bereits wieder die Blicke. Sie haben Angst vor mir.

„Dann geh auf die Toilette. Wenn du in fünf Minuten nicht zurück bist, rufe ich die Wachen."

Ohne ihn weiter zu beachten, betätige ich den Scanner an der Tür. „Außerplanmäßiges Verlassen des Arbeitsplatzes. Bestätigung erforderlich."

Ich beiße mir auf die Lippe und sehe mich verärgert nach D375 um. Er tritt mit erhobenem Kopf neben mich. „Ich bin der Abteilungsleiter. Du stehst unter meiner Aufsicht", kommentiert er und legt seinen Finger auf den Scanner.

In dem Moment erkenne ich, dass ich mich geirrt habe. Auch hier sind die Menschen nicht gefühllos. Denn der Abteilungsleiter empfindet eindeutig so etwas wie Triumph. Er ist stolz auf seine Position.

„Bestätigung erfolgt", verkündet die Computerstimme und die Stahltüren gleiten zur Seite. Ich trete eilig in den Flur und höre noch, wie mich D375 an die „fünf Minuten" erinnert.

Schnell laufe ich zu der Krankenstation. Hoffentlich bin ich nicht zu spät. Doch als ich an der grünen Tür ankomme, ist von C515 nichts zu sehen. Ist etwas schiefgegangen? Panisch blicke ich mich um. Was, wenn er nicht kommt? Wenn ich länger als fünf Minuten wegbleibe, ruft der Abteilungsleiter die Wachen und sie sperren mich weg. Dann habe ich keine Möglichkeit, mit C515 zu sprechen. Ich muss wissen, was er mir sagen wollte. Plötzlich höre ich hinter mir ein Geräusch. Es kommt aus der Krankenstation. Verschreckt stehe ich vor der Tür und überlege, was ich jetzt tun soll. Wenn jemand anderes als C515 aus der Tür tritt und mich in meinem braunen Anzug davor stehen sieht, wird derjenige wissen wollen, was ich hier tue. Was soll ich dann sagen? Die Ausrede mit der Toilette wird nur Aufsehen erregen. Wir halten uns an Zeiten. Alles in unserem Leben ist geplant, selbst der Gang zur Toilette. Schnell renne ich zurück zu dem braunen Gang der Hilfskräfte und verstecke mich in der Öffnung. Von dort aus höre ich, wie die Tür zur Krankenstation aufgleitet. Angespannt lausche ich in die Stille, doch es bleibt ruhig. Weder Schritte noch Stimmen sind zu hören.

Mein Herz schlägt mir bis zum Hals, da höre ich eine leise Stimme. „D518?"

Ich verlasse mein Versteck und stürze auf C515 zu, der vor der Krankenstation steht.

„Ich hatte Angst, du kommst nicht mehr."

„Wir haben nicht viel Zeit", drängt er und öffnet die Tür zur Krankenstation über seinen Fingerabdruck auf dem Scanner. Er hat es eilig.

„Wofür?"

„Zoe will dich sprechen."

„Sie ist hier?", rufe ich erfreut aus. Sofort fährt C515 panisch zu mir herum.

„Nicht so laut", zischt er und schaut sich dabei ängstlich um.

Ich bin so glücklich, dass ich nicht aufhören kann zu lächeln. Natürlich sind wir nach wie vor alle Gefangene der Legion. Aber zusammen mit Zoe und C515 gibt es zumindest Hoffnung. Die Tage der Ungewissheit liegen mir jedoch noch schwer auf dem Herzen.

„Warum hast du so lange gewartet, mich zu kontaktieren? Ich dachte schon, ihr hättet mich aufgegeben", gestehe ich ihm, während ich ihm durch die schmalen und verwinkelten Gänge der

Krankenstation folge. Abrupt bleibt er stehen und dreht sich zu mir herum.

„Ich bin kein Rebell.“ Seine Worte sind deutlich, aber es liegt auch etwas Entschuldigendes in ihnen. „Ich bin Zoes Nachtwache.“

Das erklärt zwar, woher er von ihr weiß, aber sein Verhalten noch lange nicht. Wann hat er sich dazu entschlossen, ihr zu helfen? Wahrscheinlich dürfte er nicht mal mit ihr reden. Doch ich kann mir gut vorstellen, dass er sich an diese Regel nicht lange halten konnte. Ich konnte es auch nicht. Für Menschen wie uns, die nie ein freundliches Wort oder ein schlichtes Lächeln erfahren haben, ist ein Mensch wie Zoe, die vor Leben sprüht, faszinierend. Ich nehme an, er konnte sich ihrem Zauber genauso wenig entziehen wie ich damals.

Wir bleiben vor einer der vielen Stahltüren stehen und C515 klopft dagegen. Zwei kurze Schläge und ein langer. Das muss ihr vereinbartes Zeichen sein.

„Clyde?“, ertönt Zoes fragende Stimme aus dem Inneren. Irritiert blicke ich C515 an.

„Den Namen hat sie mir gegeben“, erklärt er schulterzuckend an mich gewandt. „Ich bin da“, zischt er danach in Richtung der verschlossenen Tür.

„Ist sie da?“, will Zoe aus dem Inneren wissen und ich weiß, dass sie mich damit meint. Ihre Stimme wirkt scheu. In den Wochen und Monaten bei den Rebellen fühlte ich mich ihr so nah. Durch die Erzählungen der anderen und vor allem der von Finn war sie immer ein Teil der Gruppe, auch wenn sie nicht da war. Ich sah sie als Freundin an, obwohl wir in der Sicherheitszone kaum Zeit miteinander hatten.

Ich räuspere mich verlegen. „Finn geht es gut.“

Es bleibt still hinter der Tür und ich verspüre den Drang, sie in die Arme schließen zu wollen. Sie zu wiegen, so wie Florance mich immer getröstet hat. Wie sehr muss ihr die menschliche Nähe an diesem kalten Ort fehlen? Ich bin ohne Gefühle aufgewachsen und sollte es nicht anders gewohnt sein, und trotzdem schmerzt mein Herz vor Sehnsucht. Wie muss es da erst Zoe gehen, die behütet in den liebevollen Armen ihrer Eltern groß wurde?

„Er vermisst dich", füge ich hinzu und glaube, ein Schluchzen aus der Zelle zu hören.

„Kannst du die Tür öffnen?", dränge ich C515, der jetzt Clyde heißt.

Er schüttelt entschuldigend den Kopf. „Das können nur die Ärzte und Legionsführer."

„Warum bist du wieder hier?", kommt es leise aus dem Inneren der Zelle.

„Ich habe eine Mission zu erfüllen. Ich..."

Sie unterbricht mich barsch. „Du gibst deine Freiheit auf für eine Mission? Du bist dumm!"

Ihre Stimme ist aufgewühlt und klingt wütend. Ich kann mir vorstellen, wie sie verständnislos die Tür anfunkelt. Mit dieser Reaktion habe ich nicht gerechnet. Ich dachte, sie würde hinter mir stehen, stattdessen verurteilt sie mich. Glaubt sie denn, mir wäre es leichtgefallen, die anderen zurückzulassen? Iris alleine zu lassen? Mich von Finn zu trennen? Doch von all den Dingen weiß sie nichts. Ich würde ihr gern alles erzählen, doch in diesem Moment tritt eine Legionsführerin in den Flur. Sie steuert geradewegs auf Clyde und mich zu, dabei sind ihre Schritte so leise, dass sie kaum wahrnehmbar sind. Deshalb haben wir sie auch nicht kommen hören. Panisch blicke ich zu Clyde, doch er scheint genauso ratlos zu sein wie ich.

Als die Legionsführerin vor uns anhält, erkenne ich sie wieder. Es ist A350. Anstatt uns festzunehmen oder anzufahren, was wir hier tun, schenkt sie Clyde einen zwar erhabenen, aber gleichzeitig wohlwollenden Blick.

„Gute Arbeit, C515. Sie haben D518 erfolgreich festgehalten, ab hier übernehme ich."

Sowohl Clyde als auch ich starren ihr ungläubig entgegen. Ist das ihr Ernst?

„Folge mir", befiehlt sie mir und marschiert eilig den Flur entlang. Mir bleibt nichts anderes übrig, als ihr hinterherzurennen. Glaubt sie wirklich, dass Clyde mich gefangen hat? Wie soll ich denn alleine in die Krankenstation gekommen sein? Und woher sollte ich von Zoe wissen? Oder tut sie nur so, als würde sie es glauben? Aber warum sollte sie? Sie erschien mir bereits bei unserer letzten Begegnung ungewöhnlich emotional für eine Legionsführerin. Verheimlicht sie etwas? Ist sie vielleicht mehr, als sie zu sein vorgibt?

Sie hält vor einer der vielen Türen und stößt sie auf. Es ist eine der wenigen Türen, die sich nicht über einen Scanner öffnen lassen, sondern altmodisch mit einem Schlüssel. Davon gibt es hier nur noch wenige.

Als die Tür hinter uns ins Schloss fällt, blicke ich mich in dem kleinen Raum um. Es ist eine Art Behandlungszimmer mit einem Schreibtisch, zwei Stühlen und einer Liege. Von der Decke baumelt eine Glühbirne, wahrscheinlich die letzte in der ganzen Sicherheitszone. Doch noch etwas fällt mir auf. Hier gibt es keine Kameras. Fragend schaue ich zu A350. Ihr Mund ist zu einem ärgerlichen Strich verkniffen.

„Glaube nicht, dass ich nicht wüsste, was hier vor sich geht.“

Mein Hals wird plötzlich ganz trocken. Doch der wütende Blick in A350s Augen wird etwas milder. „Aber vielleicht solltest du etwas über die Menschen wissen, für die du bereit bist, dein Leben aufs Spiel zu setzen.“

Mir ist nicht ganz klar, von wem genau sie spricht. Von Zoe? Oder den Rebellen? Wie viel weiß sie wirklich?

A350 geht um den Schreibtisch herum und holt aus der Schublade einen mobilen Monitor hervor. Als sie den Bildschirm berührt, erstrahlt ein bläuliches Licht und erhellt den kleinen Raum. Vor ihrem Gesicht erscheinen viele kleine Würfel in 3D. Sie wirken so real, als könnte man nach ihnen greifen.

„Vielleicht erinnerst du dich nicht mehr an sie, aber du warst nicht die Einzige, die von den Verstoßenen entführt wurde.“

Doch, ich erinnere mich sehr gut. Nicht nur an Iris, sondern auch an die anderen. D276, D456 und D389. Ich habe nie erfahren, was aus ihnen wurde. Ich habe aber auch nie danach gefragt. Ständig habe ich den Gedanken an sie von mir weggeschoben. Vielleicht wollte ich es einfach nicht wissen.

Die Legionsführerin betrachtet mich für einen Moment zögernd, dann tippt sie gegen einen der blauen Würfel vor sich. Die Kästen lösen sich langsam auf und lassen ein neues Bild vor unseren Augen entstehen.

Keuchend entfährt mir der Atem. Ich erkenne sie sofort und spüre, wie mir Tränen in die Augen steigen. Panisch schüttele ich den Kopf. Nein, das ist nicht wahr!

Vor mir sind die drei Leichen der anderen Gefangenen zu sehen. Ihre braunen Anzüge sind schmutzig, zerrissen und tragen noch den roten Sand der Höhlen an sich. Sie sind alle mit einem einzigen Schuss in den Kopf getötet worden. Ihre Augen sind geöffnet und starren leblos in den Himmel empor. Ich möchte die Angst in ihren Augen nicht sehen, doch ich kann meinen Blick nicht abwenden. Zu lange habe ich die Augen verschlossen. Zu lange habe ich den Gedanken an sie verdrängt.

„Das ist, was die Verstoßenen mit Menschen machen, die nicht bereit sind, so zu leben, wie sie es für richtig halten“, erklärt mir A350, dabei ist ihre Stimme weich und fast rücksichtsvoll. Sie sieht mich ernst an. Doch ich kann und will ihren Worten keinen Glauben schenken. Automatisch schüttele ich erneut meinen Kopf. Nein, so etwas würden die Rebellen nicht tun.

„Du glaubst mir nicht? Was hast du denn gedacht, was mit ihnen passiert wäre? Hast du sie auch nur einmal während deiner Gefangenschaft wiedergesehen?“

Ich schweige.

„Wenn die Verstoßenen sie freigelassen hätten, wären sie jetzt hier. So wie du auch.“

Ich beginne, über ihre Worte nachzudenken. Es bestand immer die Gefahr, dass die Legion mich töten würde, sobald sie mich vor ihren Toren sehen. Doch nichts dergleichen ist passiert. Sie haben mich bei sich aufgenommen, so als wäre nie etwas geschehen. Selbst meine Erinnerungen haben sie mir gelassen. Warum sollten sie bei mir eine Ausnahme machen? Ich bin nichts Besonderes für sie. Das haben sie mir bewiesen, als sie mich zurück in die Nahrungsvergabe gesteckt haben. Für sie bin ich nur eine von vielen. Doch für die Rebellen war ich etwas Besonderes. Für sie waren Iris und ich anders. Wir waren als Einzige in der Lage zu fühlen, wie die Rebellen es ausdrückten. Doch wäre das Grund genug für sie, die anderen Entführten einfach zu töten? Wären sie in der Lage dazu, wehrlose Menschen zu ermorden? Ohne dass ich es möchte, muss ich an Finn und den Hass in seinen Augen denken, mit dem er mir am Anfang begegnete. Er hasste mich aus tiefstem Herzen, so wie er mich jetzt aus tiefstem Herzen liebt. Er konnte in mir nur die Legion sehen, die seine Eltern getötet und seine Schwester entführt hatte. Als wir damals zusammen in die Grube stürzten, wusste ich genau, dass, wenn ich alleine hineingefallen wäre, er mich dort zurückgelassen hätte. Er wäre nicht zurückgekommen, um mich zu retten, so wie ich es für ihn getan habe. Es gibt nichts in Finns Leben, das er mehr hasst als die Legion. Die traurige Wahrheit ist, dass er für die Freiheit seiner Familie jeden einzelnen Bewohner der Sicherheitszone opfern würde. Für ihn sind die Menschen hier nur seelenlose Roboter.

„Willst du wirklich für solche Menschen kämpfen? Für Menschen, die Unschuldige entführen, gegen ihren Willen festhalten und töten? Menschen, die einen Krieg provozieren, ohne dabei an die Verluste zu denken? Menschen, denen es egal ist, wie viele Unschuldige sterben müssen, solange sie selbst leben?"

Ich weiß, dass es nicht stimmt, was sie über die Rebellen sagt. Nicht alle von ihnen sind so. Doch trotzdem steckt ein Funke Wahrheit in den Worten der Legionsführerin. Den Rebellen waren die Menschen in der Sicherheitszone immer egal.

Plötzlich legt sich die Hand der Legionsführerin auf meinen Arm. In ihren Augen lese ich Mitgefühl. „Ich bringe dich jetzt zurück zu deinem Dienst, aber denk über meine Worte nach. Ein weiterer Fehler deinerseits ist inakzeptabel.“

Als ich in den frühen Morgenstunden in mein Bett falle, ist das Gefühl der Leere in mein Herz zurückgekehrt. Zoe und C515 wiederzusehen, erfüllte mich mit Hoffnung, doch die Worte der Legionsführerin haben alles mit einem Schlag zerstört. Dabei waren es nicht einmal ihre Worte, sondern das Bild der ermordeten Bewohner der Sicherheitszone reichte völlig. Vielleicht habe ich es tief in meinem Inneren schon immer geahnt und deshalb auch nie nach ihnen gefragt. Hätte ich Finn überhaupt lieben können, wenn ich davon gewusst hätte? Ich war eine von ihnen. Vielleicht wäre ich heute genauso tot wie sie, wenn ich standhafter geblieben wäre. Die Rebellen haben meine Schwäche ausgenutzt.

Plötzlich öffnet sich die Tür meines Zimmers und eine Frau im blauen Anzug der Kämpfer tritt ein.

„Hast du eine Nachricht für mich?“, fragt sie mit tonloser Stimme.

Das ist sie also. Die Kontaktfrau der Rebellen. Doch sie kommt zu spät.

„Nein.“

Meine Antwort irritiert sie sichtlich. „Nein? Erinnerst du dich nicht?“

„Doch, ich sehe klarer als je zuvor.“

Fragend schaut sie mich an.

„Ich habe mich geirrt. Das hier ist mein Zuhause. Hier gehöre ich hin.“

Sie versteht meine Worte, aber sie will sie nicht akzeptieren. „Bist du dir sicher, dass das die Nachricht ist, die ich übermitteln soll?“

„Sag ihnen, es tut mir leid.“

Das tut es mir wirklich, von Herzen. Aber ich kann nicht für Menschen arbeiten, die Ziele vertreten, hinter denen ich nicht stehe. Ich weiß, sie würden in ihrem Kampf gegen die Legion keine Rücksicht auf die Menschen der Sicherheitszone nehmen, und das kann ich nicht zulassen. Vielleicht sind diese Menschen nicht so voller Gefühl wie sie selbst, aber das ändert nichts daran, dass es Menschen sind, die genauso atmen wie sie. Niemand hat das Recht, ihnen das zu nehmen.

04. Treue wird belohnt

Es ist leichter, die Tage zu überstehen mit einem Ziel vor Augen. Wenn man weiß, wofür man morgens aufsteht, hat der Tag einen Sinn. Früher war mein Ziel, eine gute Klassifizierung zu erreichen. Während der Entführung war es das blanke Überleben. Danach, zurück in der Legion, so viel wie möglich herauszufinden, um den Rebellen helfen zu können. Doch jetzt habe ich keine Ziele mehr. Ich habe den Rebellen den Rücken gekehrt. Meine Klassifizierung ist abgeschlossen. Das Einsatzgebiet ist die Lebensbestimmung und es gibt keinen Weg hinaus. Egal wie gut ich meine Arbeit auch erledigen werde, ist die höchste Beförderung, die ich erreichen kann, die der Nahrungsvergabeaufsicht. Der einzige Sinn in meinem Leben besteht darin, die Nahrungsrationen zu verteilen, und selbst diese Aufgabe ist unnötig, denn das System macht keine Fehler. Es gibt nichts in meinem Leben, wofür es sich noch zu leben lohnen würde. Ich fühle mich wie gefangen in meiner eigenen Hülle.

Diese Gedanken schleichen sich wie Nebel in meinen Kopf, während ich vor dem Monitor sitze und mechanisch die Pillen und Tabletten bestätige. Vor meinen Augen verschwimmt alles. Das passiert immer, wenn ich lange Zeit auf einen Punkt starre. In meinen Ohren beginnt es zu rauschen. Wie lange wird es wohl dauern, bis meine Seele sich aus meinem Körper zurückzieht? Tage? Wochen? Monate? Ich wäre fast dankbar dafür, denn jedes Gefühl und jeder Gedanke schmerzt.

Selbst als das Signal zum Ende der Schicht ertönt, stellt sich bei mir keine Erleichterung ein. Auch jetzt erwartet mich keine aufregende Abwechslung. In der Sicherheitszone haben die Menschen keine Freizeit. Es gibt keine Hobbys und nicht einmal Zeit, um sich zu unterhalten. Niemand redet mit dem anderen, wenn es nicht sein muss. Kommunikation ist unnötig.

Obwohl ich mich wieder anpassen wollte, schaffe ich es nicht, in demselben eiligen Schritt wie die anderen Arbeiter den Computerraum zu verlassen. Ich muss mich zwingen, einen Fuß vor den anderen zu setzen. Am liebsten würde ich mich auf den Boden schmeißen und schreien, schluchzen und weinen. Sie würden mich in der Krankenstation wegschließen. Es wäre nichts anderes als jetzt. Egal wo sie mich auch hinbringen, in der Sicherheitszone ist man immer gefangen.

Ohne auch nur den Kopf zu heben, schleiche ich durchs Atrium. Die beweglichen Bilder interessieren mich nicht mehr. Es ist alles nur eine Täuschung. Doch plötzlich stellt sich mir jemand in den Weg. Ich hebe den Kopf. Es ist Clyde.

„Geht es dir gut?“, fragt er mich besorgt, während rund um uns herum die Menschen an uns vorbeihasten. Es ist, als würde bei uns die Zeit stillstehen, während sie bei allen anderen weiterrennt.

„Ich bin funktionsfähig“, antworte ich ihm mit gefühlloser Stimme. Doch Clyde scheint hinter die Mauer blicken zu können, die ich mir sorgfältig errichtet habe. Er sieht den Schmerz und die Verzweiflung in meinem Inneren.

„Danach habe ich nicht gefragt.“ Er schweigt und wir blicken uns in die Augen. Es ist ein vertrauter

Moment. Wir kennen uns kaum und trotzdem verbindet uns so viel.

„Ich habe dich gesehen“, sagt er plötzlich und ich verstehe nicht, was er damit meint. Fragend lege ich meine Stirn in Falten.

„Draußen.“

Ungläubig reiße ich meine Augen auf und starre ihn entsetzt an. Wie soll das möglich sein?

„Ich war bei dem Einsatz dabei, als die Rebellen die Strommauer entdeckt haben. Du bist in die Höhlenlandschaft geflüchtet und ich bin dir gefolgt.“

Er war es. Der C-ler, der das Gewehr vor mir sinken ließ. Der Kämpfer, den Finn niederschlug.

„Ich habe dich sofort erkannt, obwohl du anders aussahst.“

Allein die Erinnerung an Cleo treibt mir die Tränen in die Augen. „Wie sah ich denn aus?“

„Glücklich.“

Das Wort schwebt zwischen uns wie eine Wolke. Das ist, wonach jeder Mensch sich sehnt. Ich bin unfähig, etwas zu sagen.

„Danach habe ich angefangen, mit Zoe zu sprechen. Ich wollte dich verstehen, denn du warst eine von ihnen. Ich musste wissen, warum du dich den Verstoßenen angeschlossen hast.“

„Sie haben mich entführt“, erwidere ich kleinlaut.

„Du bist freiwillig bei ihnen geblieben. Du hast an ihrer Seite gekämpft“, entgegnet Clyde. Er hat recht. Ich war eine Rebellin, wenn auch nur kurz.

Weil ich nichts sage, spricht er weiter: „Zoe hat mir von ihrem Leben erzählt. Von ihren Eltern, ihrem Bruder, dem Essen, den Tieren, den Pflanzen und ihrem liebsten Ort, dem Garten. Ich habe nie zuvor jemanden mit solch einer Begeisterung und Liebe sprechen hören. Ihre Worte waren wie eine Melodie, die mir seitdem nicht mehr aus dem Kopf geht. Ich sehne mich danach, all das mit eigenen Augen zu sehen. Ich möchte Kuchen schmecken und den Wind in meinen Haaren spüren. Ist es wirklich so schön, wie Zoe sagt?"

Ich spüre, wie meine Hände beginnen zu zittern. Er hat als Kämpfer die Welt außerhalb der Sicherheitszone bereits gesehen, und trotzdem ist er immer wieder zurückgekehrt. Trotzdem hat er sich nie nach einem anderen Leben gesehnt. Erst Zoes Worte haben die Sehnsucht nach Freiheit in ihm geweckt. Eine Sehnsucht, die immer ein Traum bleiben wird.

Ich greife nach seiner Hand, die genauso kalt ist wie meine. Ich denke nicht an all die Kameras, die uns beobachten, und auch nicht an die Menschen um uns herum. Für sie sind wir unsichtbar. Sie sind nicht in der Lage, sich für andere zu interessieren. Es ist egal, was wir tun und worüber wir miteinander sprechen.

„Es ist wunderschön, aber der Preis, den die Freiheit kostet, ist zu hoch."

Irritiert blickt er mich an. „Was für ein Preis?"

„Die Verstoßenen interessieren sich nicht für Menschen wie uns. Wir sind für sie nur Mittel zum Zweck. Sie sehen uns nicht einmal als Menschen an. Für sie sind wir Roboter, ohne die Fähigkeit zu fühlen."

Clyde schüttelt ungläubig den Kopf. „Warum warst du dann eine von ihnen?"

„Weil ich die Wahrheit nicht kannte. Sie haben die Menschen getötet, die mit mir entführt wurden, nur weil sie sich nicht anpassen konnten. Die Verstoßenen sind skrupellos."

Geschockt blickt er mir entgegen und entzieht seine Hand der meinen. „Zoe ist anders."

„Solange sie hier ist. Aber müsste sie sich zwischen uns und ihrer Familie entscheiden, würde sie nicht eine Sekunde zögern. Für ihre Freiheit würde sie über Leichen gehen."

Clyde wirkt erschüttert. „Warum sagst du so etwas? Was hat die Legionsführerin mit dir gemacht?"

„Sie hat mir die Augen geöffnet."

Eindringlich blicke ich ihn an. „Vergiss, was Zoe dir erzählt hat. Vergiss, was du in meinen Augen dort draußen gesehen hast. Es war eine Lüge. So unecht wie die Bilder des Atriums."

Clyde schüttelt energisch den Kopf. „Nein! Du weißt, dass das nicht stimmt. Augen können nicht lügen."

Mit diesen Worten lässt er mich stehen und geht. Nun bin ich wirklich allein. Das Atrium hat sich geleert. Die anderen Bewohner sind schon längst in ihren Zimmern, während ich mitten im Blick der Kameras stehe. Ich schaue ihnen herausfordernd entgegen. Seid ihr jetzt zufrieden mit mir? War es das, was ihr wolltet? Ich gehöre euch. Mein Wille ist gebrochen und jegliche Hoffnung gestorben.

Mir fallen langsam die Augen zu, während ich auf den Bildschirm vor mir starre. Ein herzhaftes Gähnen entfährt mir bereits im nächsten Moment und ich schlage erschrocken die Hand vor meinen Mund. Was ist denn nur los mit mir? Früher war ich doch auch nicht so. Früher habe ich mich wenigstens bemüht, einen Sinn in meiner Arbeit zu sehen. Doch die richtige Antwort ist eine ganz andere. Früher saß Zoe neben mir.

Ich blicke mich gelangweilt in dem Raum um, doch niemand erwidert meinen Blick. Alle sind vertieft in die Monitore vor sich. Niemand gähnt oder streckt sich, stattdessen sitzen sie alle mit aufrechter Haltung da, so als gäbe es auf dem Bildschirm etwas Interessantes zu lesen oder zu sehen.

Unruhig tippe ich mit meinen Fingern auf die Tischplatte, sodass ein leises Geräusch dabei entsteht. Ich ändere den Rhythmus und versuche, ein Lied nachzuspielen, das ich bei Jep und Pep gehört habe. Zu spät bemerke ich, dass ich damit nun doch die Aufmerksamkeit auf mich ziehe. Ich schaue erst empor, als sich der Bereichsleiter bereits missbilligend vor mir aufbaut.

„Was tust du da?“, will er verständnislos von mir wissen. In seinen Augen lese ich deutlich, was er über mich denkt. *‚Verrückte!‘*

„Musik“, entgegne ich schlicht und klopfe wie zur Bestätigung noch ein paarmal auf den Tisch.

„Ich werde dich melden“, droht er mir erneut. Aber was soll schon passieren? Es ist egal, ob sie mich hier oder in der Krankenstation gefangen halten. Die Zeit bei den Rebellen hat mich irreparabel zerstört. Ich bin nicht mehr derselbe Mensch und werde es auch nie wieder sein. Fast wünsche ich mir, dass die Legion mir meine Erinnerungen einfach genommen hätte. Es wäre so viel leichter.

Plötzlich ertönt eine laute Sirene und die Lautsprecher beginnen zu knistern. Besorgt blicken wir alle nach oben. Es folgt ein Räuspern und schließlich ertönt die Stimme eines männlichen Legionsführers:

„Es gibt keinen Grund zur Beunruhigung. Unterbrechen Sie Ihre Arbeit und finden Sie sich im Atrium ein.“

Das gab es noch nie. Ist etwas passiert? Gab es etwa einen Angriff der Rebellen?

Vor Aufregung würde ich am liebsten losrennen, doch stattdessen reihe ich mich gehorsam in die gebildete Menschenreihe ein und folge den anderen im Gleichschritt in zügigem, aber beherrschtem Tempo in das Atrium. Der Anblick überwältigt mich. Nie zuvor habe ich so viele Menschen in der Sicherheitszone auf einmal gesehen. Alle sind gekommen, selbst die Kleinkinder. Ich wusste zwar, dass wir etwa siebenhundert sein müssen, pro Generation neunundneunzig Menschen, aber ich habe nie alle zusammen gesehen.

Auf der Treppe zu dem verbotenen Gang haben sich alle zwanzig Legionsführer versammelt. Ihre Mienen sind ernst, doch das hat nichts zu bedeuten. Denn sie sind immer ernst.

Unter ihnen entdecke ich A350. Bilde ich es mir ein oder hat sie ebenfalls nach mir Ausschau gehalten? Als unsere Blicke sich begegnen, habe ich das Gefühl, eine Art Aufblitzen in ihren Augen zu sehen. So als wolle sie mich ermuntern. Aber warum sollte sie? Sie dürfte mich mit bloßem Auge ja nicht einmal erkennen, immerhin sind wir doch angeblich alle gleich.

Einer der älteren Legionsführer tritt vor. Ich erinnere mich an ihn von der Klassifizierung. Damals hat er auch die Entscheidung verkündet.

„Die Welt liegt im Wandel. Sie verändert sich jeden Tag ein kleines Stückchen mehr. Ob es positive oder negative Entwicklungen sind, liegt zu einem bestimmten Grad in unseren Händen."

Er legt eine kurze Gedankenpause ein, um seine Worte wirken zu lassen, bevor er fortfährt: „Nur wenn wir bereit sind, uns gemeinsam mit unserer Umwelt zu entwickeln, haben wir eine Chance zu überleben. Veränderungen passieren nicht von heute auf morgen, sondern in kleinen, berechenbaren Schritten."

Sein Blick gleitet über die Menge, die ihm gespannt lauscht. Von welchen Veränderungen spricht er nur? Was ist passiert? Hat es etwas mit den Rebellen zu tun? Obwohl ich mich entschlossen habe, nicht länger ein Teil von ihnen zu sein, spüre ich deutlich, wie mein Herz allein bei dem Gedanken daran, dass ihnen etwas passiert sein könnte, heftig zu pochen und zu schmerzen beginnt. Iris. Finn.

„Heute ist der Tag, an dem wir bereit sind, den ersten kleinen Schritt zu gehen. Es ist ein Tag, der in die Geschichte der Legion eingehen wird. Ein Tag, über den wir alle noch lange reden werden. Doch es ist auch ein Tag zur Freude."

Wieder hält er inne und ich möchte ihn dafür ohrfeigen. Warum muss er es so verdammt spannend machen? Ein Tag zur Freude der Legion bedeutet selten etwas Gutes für die Rebellen. Haben sie etwa ihr Lager zerstört? Oder sie womöglich alle getötet? Aber warum sollten sie damit heute beginnen? Sie wussten doch immer von ihrer Existenz und haben sie nur angegriffen, wenn die Rebellen sich nicht an die Spielregeln der Legion gehalten haben. Haben sie vielleicht etwas Dummes getan? War es Finn, der nicht länger auf seine kleine Schwester warten wollte?

„Wir verkünden heute zum ersten Mal in der noch jungen Geschichte unserer Gemeinschaft einen Klassifizierungswechsel."

Während ein aufgeregtes Raunen durch die Menge geht, setzt mein Herz für einen kurzen Moment aus. Kann das sein? Besteht die Möglichkeit, dass sie mich meinen?

„Das System macht keine Fehler. Jede Klassifizierung war zu dem Zeitpunkt, an dem sie getroffen wurde, richtig. Doch Menschen verändern sich genauso, wie die Welt es um uns herum tut. Es gibt einen ständigen Wandel und wir haben die Aufgabe, uns diesem anzupassen."

Wer könnte sich mehr verändert haben als ich? Bei den Rebellen hatte ich Angst davor, eine Legionsführerin zu werden. Es fühlte sich wie Verrat an, sowohl den Rebellen gegenüber als auch der Legion. Doch jetzt sehne ich mich so sehr danach, meine Bezeichnung zu hören. Es wäre eine Veränderung. Es gäbe meinem Leben einen Sinn. Ich balle meine Hände zu Fäusten und grabe meine Fingernägel tief in meine Haut. *‚Bitte, bitte, lasst es mich sein. Bitte'*, flehe ich innerlich.

„D518, tritt bitte zu uns auf die Treppe."

Ich erstarre. War das wirklich meine Bezeichnung oder spielen meine Ohren mir Streiche? Aufgeregt blicke ich umher. Niemand betritt die Treppe. Ich blicke zu A350, die schnell in meine Richtung nickt. Ihr Lippen formen lautlos das Wort ‚Komm'. Eilig setze ich meine Füße in Bewegung, wobei mir mein Herz bis zum Hals schlägt. Die anderen teilen sich vor mir und geben mir den Weg zur Treppe frei. Obwohl der Weg nur wenige Meter beträgt, erscheint er mir wie der längste Gang meines bisherigen Lebens. Das war es, wovon ich als Kind immer geträumt habe. Ich wollte immer eine von ihnen sein.

Als ich den Fuß der Treppe erreicht habe, zittern meine Knie so sehr, dass ich mich kaum noch auf meinen Beinen halten kann. Ich hebe den Kopf und blicke in die lichtblauen Augen des Legionsführers vor mir.

„D518. Im Namen der Legion ernenne ich dich zu A518. Du erhältst mit dem heutigen Tag den weißen Anzug.“

Ich spüre, wie meine Lippen zittern, und höre kaum den Applaus, der rund um mich herum ausbricht. A350 tritt mir entgegen und drückt mir einen sorgfältig gefalteten, weißen Anzug in die Hände. Für einen kurzen Moment berühren sich unsere Finger. Ihre sind genauso feucht wie meine. Ich blicke in ihre Augen und sehe grenzenlose Freude und Stolz. „Willkommen“, flüstert sie fast zärtlich und lächelt mich an. Warum ist sie so anders? Sie war es schon immer. Kann es sein, dass sie sich wirklich für mich freut? Womit habe ich die Ernennung verdient? Vor ein paar Tagen bin ich noch in die Krankenstation eingebrochen und meine Arbeit in der Nahrungsvergabe nehme ich schon lange nicht mehr ernst.

Ich weiß, dass mich diese Entwicklung beunruhigen sollte, doch für einen Moment gebe ich mich der Freude hin und lasse mich feiern. Fast ist es so, als hätte es die Zeit bei den Rebellen nie gegeben.

05. Nichts als die Wahrheit

Als die weißen Türen der Legion sich langsam öffnen und ich gemeinsam mit den zwanzig Legionsführern den Gang dahinter betrete, ist es Stolz, der mein Herz aufgeregt auf und ab hüpfen lässt. Am Ende des Flurs befindet sich eine weitere Tür, die sich, wie bereits die erste, nur durch den Daumenabdruck eines Legionsführers öffnen lässt. Würde sie sich nun auch von mir öffnen lassen? Mir bleibt keine Zeit, es auszuprobieren, denn ein anderer legt bereits seinen Finger auf den Sensor. Erst jetzt fällt mir auf, wie jung er ist. Die meisten A-ler sind deutlich älter als ich, aus der vierten, dritten oder sogar zweiten Generation, doch dieser scheint in meinem Alter zu sein.

„Zugang gewährt“, verkündet eine Computerstimme und die Türen gleiten auseinander. Dahinter öffnet sich ein kleiner Raum, kaum größer als meine ehemalige Zelle auf der Krankenstation. Doch die Wände dieses Raums sind aus Glas. Nacheinander treten wir alle ein, bis sich die Türen wieder schließen. Es ist ein Aufzug. Zuletzt bin ich mit einem gefahren, als ich von den Rebellen entführt wurde. Danach wachte ich in den Höhlen auf. Auch nach der Fahrt mit diesem Aufzug wird sich mein Leben für immer verändern.

Von oben dringt helles Licht in die Kammer. So hell, dass ich meine Augen zusammenkneifen muss. Als ich sie wieder öffnen kann, schweben wir praktisch in der Luft. Rund um uns herum ist die rote Weite der Wüste zu sehen. Unter uns liegen die

Sicherheitszone und die vielen Fahrzeuge der Legion sowie Wasser- und Benzintanks, während über uns die große, gläserne Kugel der Legionsführer thront. Doch ich kann meinen Blick nicht von den roten Sandbergen reißen. Ich presse meine Handfläche gegen das kalte Glas. Dort ist der Berg, von dem aus mir Finn die Legion eines Nachts zeigte. Die Sterne standen über uns am Himmel, während wir auf allen vieren den Berg hinaufkrochen und dann hinab in das Tal blickten. Natürlich haben wir uns auch damals gestritten. Wir stritten immer. Aber an einen Satz erinnere ich mich noch, als wäre es erst gestern gewesen. Ich kann ihn Finn förmlich aussprechen hören. Es waren Worte, die mich dazu brachten, eine Rebellin sein zu wollen.

„Vielleicht haben die Menschen irgendwann eine Wahl. Wir wollen, dass sie eine Wahl haben, und da sind wir nicht die Einzigen."

Damals habe ich ihm geglaubt. Doch wenn ich heute daran denke, wie sie einfach die anderen Gefangenen umgebracht haben, steigt Ärger in mir auf. Haben sie diesen Menschen etwa eine Wahl gelassen? Alles Lügen.

Ich löse meinen Blick von der Weite und schaue mich nach den Legionsführern um. Erst jetzt fällt mir auf, dass sie mich alle beobachten. Nicht offensichtlich, doch aus dem Augenwinkel heraus. In ihren Augen liegt Missbilligung. Während sie bei der Verkündung noch feierlich wirkten, scheinen sie jetzt wie versteinert. Ihre Münder sind schmale Striche und ihre Augen kalt wie Eis. Fast scheint es mir so, als wollten sie mich nicht bei sich haben. Als wäre ich nur ein lästiger Eindringling, der nichts in ihrer Welt zu suchen hat. Aber sie haben mich doch ernannt. Warum hätten sie das tun sollen?

Langsam gleitet der Aufzug in die gläserne Kugel und rastet schließlich vor einem Gang ein. Eilig strömen alle heraus, dabei rammen sie mich mit ihren Schultern oder stoßen mir ihre Ellbogen in den Bauch. Natürlich rein zufällig, doch ein Wort der Entschuldigung fällt nicht ein Mal. Für Entschuldigungen ist in der Welt der Legion kein Platz.

Verunsichert trete ich als Letzte aus dem Aufzug und höre dabei einen kurzen Gesprächsfetzen.

„Du wolltest sie haben, dann kümmere dich auch um sie."

Neugierig blicke ich auf und sehe, wie der Legionsführer, der das gesagt hat, davoneilt. Vor dem Aufzug wartet A350 auf mich. Hat er mit ihr gesprochen? Hat sie sich erneut für mich eingesetzt? Warum sollte sie? Doch wieder huscht dieses eigenartige und fremde Lächeln über ihr Gesicht.

„Willkommen in deinem neuen Zuhause."

Ich kann nicht anders, als ihr Lächeln zu erwidern.

Unbeirrt fährt sie fort: „Ich nehme an, das alles hier ist nicht so neu für dich, wie es sein sollte. Du kanntest die gläserne Kugel bereits, oder?"

Ich nicke vorsichtig und frage mich erneut, wie viel sie wirklich über meine Zeit bei den Verstoßenen weiß?

„Dachte ich mir. Komm mit, ich zeig dir deine neue Unterkunft."

Mit energischem Schritt läuft sie los, sodass mir nichts anderes übrig bleibt, als ihr zu folgen. „Wie geht es jetzt weiter? Was sind meine Aufgaben?"

Mit hochgezogenen Augenbrauen dreht sie sich zu mir um. „So weit sind wir noch lange nicht“, erwidert sie fast belustigt. „Erst einmal musst du in die Geheimnisse der Legion eingeführt werden.“

„Was für Geheimnisse?“, will ich sofort neugierig wissen. Spricht sie etwa von der Strommauer? Vertrauen sie mir so sehr, dass sie mir sogar die Möglichkeit lassen, diese abzuschalten, wenn ich es nur wollte?

„Eines nach dem anderen“, wehrt mich A350 kühl ab. Wir halten vor einer Tür.

„Probiere es aus“, fordert mich A350 auf und deutet auf den Türsensor vor mir. Gespannt lege ich meinen Finger auf die kühle Fläche. Ein rotes Licht fährt über meinen Daumen, bevor das Licht sich grün färbt und die Computerstimme verkündet: „Zugang gewährt.“

Die Tür gleitet auf. Der Anblick, der mich erwartet, verschlägt mir die Sprache. Während die Wand mit der Tür aus Stahl besteht, ist die gegenüberliegende Wand komplett aus Glas. Ich blicke geradewegs in die untergehende Sonne, die die Berge praktisch in Flammen stehen lässt.

Als ich zu A350 blicke, sehe ich, dass sie die Augen geschlossen hält und den Kopf der Sonne entgegenstreckt, so als könne sie durch das Glas ihre wärmenden Strahlen auf ihrer Haut spüren.

„Warst du je außerhalb der Legion?“, platzt es unerwartet aus mir heraus.

„Nein“, entgegnet sie, ohne ihre Augen wieder zu öffnen. Dabei wirkt sie vollkommen entspannt.

„Sehnst du dich nicht danach, die Wärme der Sonne auf der eigenen Haut zu fühlen?“

Jetzt öffnet sie die Augen. „Doch natürlich, aber der Preis dafür ist zu hoch.“

„Welcher Preis? Die Verstoßenen leben praktisch in der Sonne. Beneidest du sie nicht darum?“, will ich aufgebracht von ihr wissen. Warum versteckt sie sich hinter Glas, wenn sie sich eigentlich genauso nach der Freiheit sehnt wie die Rebellen?

„Die Verstoßenen sind ein Experiment, das gescheitert ist. Es war ein Fehler.“

„Was für ein Experiment?“

A350 schüttelt mit der Andeutung eines Lächelns den Kopf. „Darüber reden wir morgen weiter.“

Für mich fühlt es sich wie eine Ausrede an. Wird sie mir morgen wirklich die Wahrheit sagen oder so tun, als hätte es unser Gespräch niemals gegeben?

„Dusch dich und zieh dich um. Ich hole dich in einer halben Stunde zum Essen ab.“

Ehe ich etwas erwidern könnte, verlässt sie bereits den Raum. Offensichtlich läuft die Nahrungsvergabe hier anders als in der Sicherheitszone.

Doch wie anders wird mir erst bewusst, als ich am Abend den großen Konferenzraum zusammen mit A350 betrete. In der Mitte befindet sich ein großer runder Tisch, um den sich alle Legionsführer versammelt haben. Vor ihnen stehen Teller und Gläser sowie Besteck. Das werden sie sicher nicht brauchen, um ein paar Tabletten zu schlucken. A350 weist mir den Platz zu ihrer Rechten zu, während rechts von mir eine weitere Frau aus der dritten Generation sitzt. Auch dieser Raum ist, wie die meisten, auf einer Seite komplett verglast und auf der anderen durch eine Stahlwand getrennt. Doch hinter mir befindet sich eine weitere Tür, die ich jedoch erst bemerke, als sie sich öffnet. Zwei Frauen in braunen Anzügen treten ein und servieren auf großen, silbernen Platten dampfendes Essen. Also keine Pillen und keine Tabletten.

Sie platzieren die Platten auf dem Tisch. Es gibt eine Art Brathuhn, dazu Kartoffeln und Möhren. Doch anders als ich es von den Rebellen gewohnt bin, verströmt dieses Essen keinen Geruch, der mir das Wasser im Mund zusammenlaufen lassen würde. Denn das Komische ist, es hat überhaupt keinen Geruch.

Nachdem das Essen auf dem Tisch verteilt ist, gehen die beiden Frauen der D-Klassifizierung herum und schenken jedem von uns eine rote Flüssigkeit ein. Danach ziehen sie sich schnell in den Raum zurück, aus dem sie kamen. Verwirrter könnten sie mich kaum zurücklassen.

Bei den Rebellen hat man sich gegenseitig zugeprostet oder einen guten Appetit gewünscht, bevor man mit dem Essen begann, doch hier fehlt jegliches Ritual. Die Legionsführer nehmen sich einfach von den Platten, ohne auch nur ein Wort miteinander zu sprechen. Irritiert tue ich es ihnen nach. Vorsichtig schneide ich mit dem Messer ein Stück von dem Huhn ab und stecke es mir in den Mund. Auch wenn es nicht nach Huhn duftet, so schmeckt es zumindest entfernt danach. Jedoch ist es deutlich zäher, als ich es gewohnt bin. Es fühlt sich in meinem Mund fast wie Gummi an. Auch als ich es herunterschlucke, habe ich das Gefühl, als wäre noch ein dünner Film auf meiner Zunge zurückgeblieben.

Bei den Kartoffeln und Möhren ergeht es mir kaum anders. Alles schmeckt irgendwie künstlich, sodass ich mich nicht länger zurückhalten kann und mich an A350 wende.

„Woher kommt das Essen?“, frage ich sie leise. Sie kaut mechanisch auf ihrem Fleisch herum und schluckt es erst herunter, bevor sie sich mir zuwendet.

„Es gibt in den Laboren eine eigene Nahrungsproduktion.“

„Mit echten Hühnern?“

Sie denkt kurz über die Frage nach, bevor sie antwortet: „Es sind nicht die Art von Hühnern, wie du sie aus dem Bildungsunterricht kennst. Sie sind gezüchtet und weiterentwickelt aus dem Genmaterial, das uns von Hühnern vorliegt.“

„Und die Kartoffeln und Möhren?“

„Damit funktioniert es genauso. Wir haben ihre Gene so verändert, dass sie ohne Licht wachsen. So sind sie geschützt vor radioaktivem Befall.“

Ich verkneife es mir, ihr zu sagen, dass man die Genmanipulation auch schmeckt. Stattdessen stelle ich ihr eine weitere Frage, denn immerhin ist sie bereit, mir zu antworten.

„Warum sind Frauen der D-Klassifizierung hier oben? Ich dachte, dieser Bereich wäre nur den Legionsführern vorbehalten.“

„Sie kochen für uns. Genauso gibt es D-ler, die für uns putzen, sowie einen eigenen Arzt der B-Klassifizierung.“ Sie sagt es so, als wäre es selbstverständlich, doch das ist es nicht.

„Habt ihr denn keine Angst, dass sie den anderen davon erzählen könnten, was sie hier sehen?“

A350 winkt lässig ab. „Das kann nicht passieren. Sie verlassen die Glaskugel nicht mehr, sobald sie sie einmal betreten haben. Sie leben bei uns.“

„Essen sie dasselbe Essen wie wir?“

A350 will mir gerade antworten, doch wird sie von der anderen Tischseite unterbrochen. Ein Legionsführer der vierten Generation hat wütend die Hände auf den Tisch geschlagen und funkelt mich verärgert an.

„Es reicht! Kaum ist sie hier, gibt es auch schon Probleme!“, klagt er vorwurfsvoll.

„Sie ist interessiert, mehr nicht“, ergreift A350 sofort Partei für mich.

„Sie steckt ihre Nase in Dinge, die sie nichts angehen“, entgegnet der Mann unnachgiebig.

„Sie muss verstehen, was passiert, um uns vertrauen zu können“, verteidigt mich A350 weiter. Auch wenn mich ihr Einsatz rührt und ich sie dafür direkt etwas mehr in mein Herz schließe, stört es mich, dass sie reden, als ob ich nicht da wäre.

„Wir sollten nicht erst ihr Vertrauen gewinnen müssen, sondern sie sollte uns überhaupt nicht erst in Frage stellen. Wir sind die Legionsführer, was wir sagen, ist Gesetz.“

Das reicht. Ich stehe auf. „Meine korrekte Bezeichnung lautet A518 und wie ist ihre?“, fahre ich den Mann gegenüber an, womit ich ihn völlig aus der Bahn werfe. Offensichtlich hielt er mich für stumm oder zu ängstlich, um es zu wagen, die Stimme zu erheben.

„Meine Bezeichnung ist A489. Wer hat dir die Erlaubnis zum Sprechen erteilt?“

„Ich brauche keine Erlaubnis. Ich bin eine Legionsführerin“, entgegne ich mit erhobenem Kopf.

A489 lacht mich dafür nur höhnisch aus. „Ach sieh an, und was glaubst du, warum du hier bist?“

„Ich bin hier, um für den Schutz der Menschen in der Sicherheitszone zu sorgen.“

„Ganz genau, und dazu gehört nicht, alles in Frage zu stellen, was wir erreicht haben. Ohne die Legion gäbe es mit großer Wahrscheinlichkeit nicht einmal mehr einen Menschen auf der Erde. Es gibt keinen Grund, uns zu kritisieren."

Offensichtlich fühlt er sich angegriffen. Ob das an einem schlechten Gewissen oder einem zu großen Selbstbewusstsein liegt, weiß ich nicht einzuschätzen. „Ich kritisiere niemanden, ich bin nur ehrlich. Was spräche zum Beispiel dagegen, die Menschen in der Sicherheitszone mit derselben Nahrung zu versorgen?"

Entsetzt reißen einige der Anwesenden die Augen auf, während andere über meine Worte nachzudenken scheinen.

„Wir könnten einen Speisesaal einrichten, in dem alle ihre Nahrung gemeinsam zu sich nehmen. Die jetzige Nahrungsvergabe könnte lernen zu kochen."

A489 schüttelt nur den Kopf. „Du würdest die Menschen damit total überfordern. Sie bekämen Angst. Sie fürchten Veränderungen."

„Sie fürchten sie nur, weil sie sie nicht kennen. Aber wie ihr heute selbst gesagt habt, ist es Zeit für Veränderungen. Ihr könnt die Menschen dort unten nicht ewig gefangen halten." Ich versuche, nicht vorwurfsvoll zu klingen, sondern meine Meinung so sachlich und ehrlich wie möglich zu vertreten, doch viele fassen das nicht so auf.

„So siehst du die Sicherheitszone also? Als ein Gefängnis? Wer sagt uns also, dass du nicht, sobald du die Möglichkeit dazu bekommst, alles zerstören wirst, was wir viele Jahrzehnte aufgebaut haben?"

Schnell schüttele ich den Kopf und versuche, mich zu erklären. „Die Legion hat Großes geleistet. Ich würde niemals versuchen, das zu zerstören. Aber ich möchte das Leben für die Menschen in der Sicherheitszone verbessern. Nicht von heute auf morgen, aber in kleinen Schritten. Die Einführung von normalem Essen wäre ein Anfang.“

Es folgt keine Antwort, stattdessen betretenes Schweigen. A350 räuspert sich neben mir. „Ich denke, wir sollten A518s Vorschlag im Hinterkopf behalten und bei der nächsten Konferenz darüber diskutieren. Sind alle damit einverstanden?“

Niemand erwidert etwas. Die Stimmung ist genauso kalt und gefühllos wie vor der Diskussion. Jedoch liegt der Ärger noch in der Luft wie eine drohende Gewitterwolke.

„Du solltest dich jetzt schlafen legen. Es war ein aufregender Tag. Wir sehen uns morgen“, entgegnet mir A350 und fordert mich damit indirekt auf, zu gehen. Ich gehorche ihr und verlasse das Zimmer. Ob ich jemals erfahren werde, was sie dazu bewogen hat, mir zu helfen?

Als ich am nächsten Morgen den Konferenzsaal betrete, finde ich ihn verlassen vor. Lediglich ein Platz ist noch gedeckt. Offensichtlich haben die anderen schon gegessen. Auf dem Teller befindet sich eine Art Brötchen, dazu gibt es ein Glas Saft. Beides ist vollkommen geruchlos. Eigentlich habe ich keinen großen Hunger, trotzdem zwinge ich mich dazu, zu essen.

Während ich an dem großen Tisch alleine sitze, lasse ich meinen Blick durch die Fensterwand nach draußen wandern. Die Sonne badet das Zimmer in einem goldenen Licht, während der Himmel noch leicht roséfarben erstrahlt. Ich schließe meine Augen und stelle mir den taufrischen Geruch im Wald vor und den leichten Wind, der durch meine kurzen Haare gefahren ist. Die Morgenstunden hatten immer etwas Magisches an sich. Die Welt war stets ruhig, so als würde sie selbst erst müde die Augen öffnen.

Ein lautes Klirren reißt mich aus meinen Erinnerungen und ich fahre erschrocken in Richtung der Küchentür herum. Dort kniet eine der Bediensteten und sammelt Scherben eines Glases ein, das ihr offensichtlich gerade heruntergefallen ist. Sie hat den Kopf gesenkt, sodass ich ihr Alter nur schwer einschätzen kann. Als sie alle Scherben eingesammelt hat, verharrt sie regungslos auf dem Boden, so als würde sie sich fürchten, meinem Blick zu begegnen.

Plötzlich ist es totenstill in dem Raum. Wir scheinen beide den Atem anzuhalten und wirken dabei wie erstarrt. Doch dann sehe ich, wie Blut aus ihren Händen auf den Boden tropft. Sie presst die Scherben förmlich in ihre Handinnenflächen. Alarmiert springe ich auf und stürze zu ihr, während sie weiter bewegungslos auf dem Boden kauert.

Behutsam lege ich meine Hände um ihre und löse vorsichtig ihre verkrampften Finger, sodass die roten Scherben zu Boden fallen.

„Was hast du? Geht es dir nicht gut?“, frage ich sie besorgt und suche ihren Blick. Doch sie schüttelt nur stumm den Kopf, ohne aufzusehen.

„Wie ist deine Bezeichnung?“

„D560“, bringt sie leise hervor. Dabei zittert ihre Stimme. Offensichtlich hat sie furchtbare Angst.

Sie ist aus meiner Generation. Wie schrecklich muss es für sie sein, den Luxus der Legionsführer täglich zu sehen und nie ein Teil davon sein zu können.

„Ich bin A518. Kann ich dir irgendwie helfen?“

Endlich wagt sie es, mir in die Augen zu blicken. Tränen verschleiern ihre Sicht. Der Anblick berührt mich sofort, da ich zuvor noch nie Tränen in der Sicherheitszone oder Legion gesehen habe. Nicht einmal bei Zoe. Was ist dem Mädchen nur Schreckliches widerfahren? Doch ehe ich sie fragen könnte, schreckt sie alarmiert zurück.

„Was ist hier los?“, fragt eine strenge Stimme, und als ich mich umdrehe, steht A350 hinter uns.

„D560 hat sich geschnitten. Sie braucht einen Arzt“, erkläre ich ihr schnell die Situation.

„Sie hat sich geschnitten?“, wiederholt A350 ungläubig meine Worte, so als wäre es etwas völlig Unvorstellbares.

„Ja, es war keine Absicht“, bestätige ich ihr und verheimliche ihr dabei bewusst, dass sich D560 förmlich die Scherben in die Hand gepresst hat.

A350 zieht missbilligend die Augenbrauen zusammen, aber betätigt einen Knopf hinter ihrem rechten Ohr, mit dem sie einen Arzt in den Konferenzraum bestellt.

„Es wird sich jemand um sie kümmern. Folge mir.“

„Sollen wir nicht warten, bis der Arzt bei ihr ist?“

„Wir haben nicht den ganzen Tag Zeit.“

Ihre Antwort ist kurz und duldet keine Widerrede. Mit einem letzten besorgten Blick auf D560 verlasse ich den Konferenzsaal und folge A350 durch die gläsernen Gänge der Legionskugel.

Wir betreten einen Raum, der mit einem riesigen Computer ausgestattet ist. Der komplette Tisch vor uns beherbergt blinkende Lichter, Schaltknöpfe und verschiedene Hebel. Das Beeindruckendste ist jedoch, dass dieser Tisch mindestens zehn Meter lang ist. Es ist unmöglich für mich, da auf Anhieb durchzublicken. Hinter dem Kontrollboard befinden sich mehrere Bildschirme, die Kameraaufnahmen aus der Sicherheitszone zeigen.

„Das ist das Herz der Legion", verkündet mir A350 stolz und auf ihren Lippen liegt wieder dieses ungewisse Lächeln. „Von hier aus steuern wir alles und können jeden überwachen."

Wie zum Beweis drückt sie auf einen Knopf vor sich auf dem Board und auf einem der Bildschirme ist das Zimmer einer Bewohnerin der Sicherheitszone zu sehen. In der rechten Bildschirmecke ist ihre Bezeichnung eingeblendet, B287. Die Frau steht gerade vor dem Fenster der Nahrungszuteilung.

„Das ist unglaublich", gestehe ich A350.

Sie nickt zufrieden und fährt fort: „Wir sind jedoch nicht hier, damit ich dir das Kontrollboard erkläre, sondern um einen Teil deiner Fragen zu beantworten, so wie ich es dir versprochen habe."

„Die Verstoßenen sind ein Experiment, das gescheitert ist. Es war ein Fehler."

„Was für ein Experiment?"

A350 schüttelt mit der Andeutung eines Lächelns den Kopf. „Darüber reden wir morgen weiter."

Ich hätte nicht gedacht, dass sie darauf von sich aus noch einmal zurückkommen würde, umso gespannter bin ich nun auf ihre Antwort. „Du wolltest mir von einem Experiment erzählen?"

A350 lässt ihren Blick über die Monitore gleiten. „Es gab eine Zeit, in der wir selbst Einblicke in die Höhlen der Verstoßenen hatten." Gedankenverloren fährt sie mit den Fingern über eine Art Funkgerät. „Wir konnten sogar mit ihnen kommunizieren."

Verwirrt runzele ich die Stirn. Warum hätten die Rebellen das tun sollen?

A350 bemerkt mein Misstrauen und zuckt mit den Schultern. „Das war jedoch lange vor deiner Zeit, selbst ich habe davon kaum noch etwas mitbekommen. Die Verstoßenen oder die Rebellen, wie du sie wahrscheinlich nennst, waren nicht immer so, wie sie heute sind. Ganz im Gegenteil. Früher waren sie ein Teil der Legion."

„Bis sie geflohen sind...", ergänze ich vorsichtig, doch A350 schüttelt den Kopf.

„Das haben dir die Verstoßenen vielleicht so erzählt, aber in Wirklichkeit gab es nie eine Flucht." Sie schweigt betreten, bevor sie fortfährt. „Vor etwa dreißig Jahren erschuf die Legion die Strommauer. Sie grenzt ein großes Gebiet von der Außenwelt ab und bildet eine Art Kuppel über dem gesamten Gelände. Zu dieser Zeit war ein Leben außerhalb der Sicherheitszone noch unvorstellbar, doch innerhalb der Kuppel begann die Legion, die Luft zu filtern. Sie nahmen sowohl Boden- als auch Wasserproben. Als die Werte stabil waren, begannen sie, die ersten Pflanzen zu setzen und danach die ersten Tiere durch Züchtung wieder auszuwildern. Das Ganze hat etwa zehn Jahre gedauert und war immer das Geheimnis der Legionsführer. Niemand wollte den Menschen zu früh Hoffnung auf ein Leben außerhalb der Sicherheitszone machen."

„Was ist mit der Luft und dem Boden außerhalb der Kuppel? Sind sie nach wie vor radioaktiv verseucht?"

A350 zuckt nur mit den Schultern. „Das wissen wir nicht."

Ich kann ihr das nicht glauben. Die Legion würde doch niemals im Ungewissen darüber bleiben. „Warum habt ihr es nie überprüft?"

„Weil es keinen Grund gab, weiter an eine Aussiedlung der Menschen zu denken. Denn selbst die Kuppel war ein Fehler."

Ich habe das Gefühl, dass sie in diesem Punkt nicht ehrlich zu mir ist und etwas verheimlicht. „Warum?", will ich deshalb verständnislos von ihr wissen.

„Dazu kommen wir jetzt", erklärt sie geduldig. „Nachdem die Pflanzen und Tiere sich erfolgreich in der neuen Umwelt eingliederten, meldeten sich fünf Legionsführer freiwillig für den Auszug ins freie Land. Zwei von ihnen kennst du sogar, A175 und A176."

Sofort sehe ich die beiden liebevollen Gesichter von Marie und Gustav vor meinen Augen. Ich kann ihre faltigen, aber warmen Hände förmlich auf meinen Wangen fühlen. Sie waren von Anfang an herzlich zu mir und hatten oft mehr Verständnis für mich als irgendjemand sonst. Vor allem Marie strahlte eine innere Wärme aus, in deren Nähe man sich einfach geborgen fühlen musste. Doch von alldem sage ich zu A350 nichts, sondern nicke nur mit dem Kopf.

„Sie organisierten zusammen mit drei anderen den Auszug aus der Legion und die Einrichtung eines Lagers in den Höhlen. Dafür nahmen sie den ganzen Schrott der alten Erde mit sich, den wir als Antiquitäten gelagert hatten. Egal ob es nun um Matratzen, Kleidung oder Möbel ging. Sogar die alten Autos mit den Benzintanks ließen sie sich vor die Höhlen karren. Sie wollten damals alles der alten Erde so ähnlich wie möglich gestalten, obwohl zu der Zeit kaum noch jemand lebte, der eigene Erinnerungen an die Welt vor dem dritten Weltkrieg hatte."

Ich hatte mir zuvor nie Gedanken darüber gemacht, woher die Rebellen ihre ganzen Vorräte hatten. Und ich wette, viele der anderen haben darüber genauso wenig nachgedacht. Was würde Finn wohl dazu sagen, wenn er wüsste, dass die Matratze, auf der er jede Nacht schläft, eigentlich Eigentum der Legion ist?

„Nachdem sie alles eingerichtet hatten, wählten sie aus der Sicherheitszone Menschen unterschiedlicher Altersklassen aus, die sie bei dem Experiment begleiten sollten. Am Anfang waren die Menschen überfordert mit der Situation, aber sie nahmen ihre neuen Aufgaben schnell an. Hauptsächlich beschäftigten sie sich mit der Feldarbeit. Während die Legionsführer des Experiments anfangs noch täglich Kontakt zur Legion hielten, wurde es mit der Zeit immer weniger. Sie begannen, ihr Leben außerhalb der Legion zu leben, und vergaßen ihr eigentliches Ziel. Sie verloren den Anschluss an die Legion und wollten selbst immer stärker werden. Bei jedem Treffen forderten sie mehr Leute, sodass die Legion zustimmte, ihnen die Verweigerer und Querulanten zu schicken, die eigentlichen Verstoßenen. Ein fataler Fehler."

Dazu muss dann also Paul gehört haben. So wie Florance und die Zwillinge im Norden. Denn sie kamen erst später zu den Rebellen und waren nicht von Anfang an Teil der Gruppe. A350 schüttelt den Kopf und blickt von den Monitoren über die Wüstenlandschaft.

„Schließlich brach Streit in den Höhlen aus, weil sich die Menschen uneinig über ihre Ziele waren. Ein Teil von ihnen wollte weiterhin mit der Legion zusammenarbeiten, um so eine Zukunft für alle Menschen der Sicherheitszone schaffen zu können, aber andere wollten sich komplett von der Legion lösen. Die Legion bat sie mehrmals zum Gespräch, doch nur einer von ihnen nahm das Angebot an. Als er von der Lage in den Höhlen berichtete, waren die Legionsführer geschockt. Es war weit schlimmer, als sie gedacht hatten. Deshalb sahen sie sich gezwungen, einzugreifen."

Vor meinem Auge kann ich die vielen Toten förmlich sehen, trotzdem frage ich: „Wie griffen sie ein?"

„Der letzte Legionsführer des Experiments schloss einen Handel mit ihnen ab. Er wollte Freiheit für sich und seine Angehörigen, ein Leben ohne die Legion. Der Rest war ihm egal. So vereinbarten sie einen Tag für einen Angriff. An diesem Tag verließ der Legionsführer mit seinen Angehörigen bewusst die Höhlen. Als sie zurückkamen, waren die anderen verschwunden."

Der Legionsführer hatte die anderen verraten, um sich selbst zu schützen. Ohne dass ich fragen muss, weiß ich, dass dieser Legionsführer Gustav gewesen sein muss. Er hat seine Familie, zu der mittlerweile alle Rebellen zählen, schon immer über alle anderen gestellt.

„Das Experiment war somit zwar gescheitert, aber die Verstoßenen verhielten sich ruhig, sodass wir jahrelang in Frieden nebeneinander leben konnten. Bis vor einem Jahr die ersten Angriffe kamen."

„Was hat sich geändert? Warum griffen sie plötzlich an?"

„Die Kinder von damals sind erwachsen geworden. Sie wissen nichts von der Legion und sehen in uns nur den Feind. Für alles, was in ihrem Leben schiefläuft, geben sie uns die Schuld. Und die Älteren erinnern sich zwar an die Legion, aber sehen sich schon lange nicht mehr als ein Teil davon. Sie wollen unabhängig sein."

Wenn ich es nicht besser wüsste, würde ich denken, dass sie von Finn spricht. Jede Aussage trifft perfekt auf ihn zu.

„Aber wie soll es weitergehen? Die Menschen können doch nicht für immer in der Sicherheitszone leben", werfe ich schnell ein. Alleine die Aussicht darauf ist grausam.

„Sie können aber auch nicht ausgesetzt werden wie Tiere. Den Fehler hat die Legion bereits einmal gemacht."

„Aber sie könnten vorsichtig und langsam an ein Leben über der Erde herangeführt werden. In kleinen Schritten."

A350 lächelt mir entgegen. Es ist dasselbe Lächeln, mit dem sie über die Legion spricht. Sie scheint stolz auf mich zu sein. „Das sehe ich genauso. Sprich bei der Konferenz über deinen Vorschlag zur Nahrungsvergabe und ich werde dich darin unterstützen."

Sie legt mir beide Hände auf die Schultern und blickt mir aufmunternd in die Augen. Obwohl sie genauso lichtblau sind wie die eines jeden anderen hier, glaube ich, darin etwas wiederzuerkennen. Ich kann nicht sagen, was es ist, aber ich fühle mich ihr plötzlich sehr nah. Ihre Unterstützung bedeutet mir viel, denn vielleicht kann ich es so endlich schaffen, wirklich etwas für die Menschen der Sicherheitszone zu verändern. Das ist, was ich immer wollte. Vielleicht muss kein Blut vergossen werden, um die Welt zum Bessern zu wandeln. Vielleicht können Worte zum ersten Mal mehr erreichen als Fäuste.

06. KOMPROMISSE

Als ich am Abend in dem weichen, aber viel zu großen Bett liege und das Licht der abertausend Sterne in mein Zimmer leuchtet, schaffe ich es nicht, die Augen zu schließen. Zu viele Gedanken rasen durch meinen Kopf. Auf der einen Seite möchte ich mich voll und ganz der Legion und vor allem den Menschen in der Sicherheitszone widmen, aber auf der anderen Seite fühlt es sich wie Verrat an. Was würde Finn nur dazu sagen? Ich kann den enttäuschten und verletzen Blick in seinen Augen förmlich vor mir sehen. Wahrscheinlich würde er etwas sagen wie *‚Ich wusste immer, dass du eine von ihnen bist. Ich hätte niemals daran zweifeln dürfen.‘*

Vielleicht stimmt es sogar. Seit meiner Geburt gehöre ich zur Legion und je mehr ich über sie erfahre, umso mehr beginne ich, ihre Beweggründe zu verstehen, wobei das nicht bedeutet, dass ich damit einverstanden bin. Es gibt so vieles, das ich ändern möchte, aber ich möchte es ohne Krieg tun. Denn so falsch viele Entscheidungen der Legion auch gewesen sein mögen, sie taten es immer in der Absicht, einen weiteren Krieg zu vermeiden, und diesen Gedanken teile ich mit ihnen. Finn sagte immer, man müsse etwas riskieren, um etwas gewinnen zu können. Aber meiner Meinung nach gibt es nichts, das es wert wäre, das Leben unschuldiger Menschen zu gefährden. Das würde Finn nicht verstehen, aber vielleicht würde seine Schwester es anders sehen. Zoe hat in der Sicherheitszone gelebt. Sie kennt die Menschen. Wäre sie wirklich bereit, ihrer aller Leben zu riskieren, nur um selbst in Freiheit zu leben? Wären ihr Clyde und ich egal? Sie hat uns kennengelernt und weiß, dass wir uns nicht von ihr oder den Rebellen unterscheiden. Genauso ist es mit jedem anderen Menschen in der Sicherheitszone. Jeder trägt eine einmalige Persönlichkeit in sich, die nur darauf wartet, sich entfalten zu dürfen.

Plötzlich fällt mir ein, dass ich nun eine Legionsführerin bin, was bedeutet, dass ich tun und lassen kann, was immer ich möchte. Wenn ich der Sicherheitszone einen Besuch abstatten will, brauche ich nur in den Aufzug zu steigen. Selbst Zoe kann ich sehen, wann immer ich will.

Aufgeregt schlage ich meine Decke zurück und schwinge meine Beine über die Bettkante. Schnell streife ich das weiße Nachthemd über meinen Kopf und steige erneut in den Anzug der Legion. Die Tür meines Zimmers öffnet sich problemlos. Es ist ein unglaublich befreiendes Gefühl, nun die Freiheit zu besitzen, hingehen zu können, wo immer ich möchte. Es gibt keine Barrikaden, keine Schlösser und keine Verbote. Wenn ich wollte, könnte ich wahrscheinlich sogar an die frische Luft gehen. Als Legionsführerin stehen einem alle Wege offen. Trotzdem klopft mein Herz wild gegen meine Brust, als ich den gläsernen Aufzug erreiche. Nervös lege ich meinen Daumen auf den Scanner und warte ab. Es dauert einen Moment, dann erscheint ein rotes Licht und der Computer verkündet: „Zugriff verweigert."

Das kann nicht sein! Ich bin doch Legionsführerin. Vielleicht war mein Daumen vor lauter Aufregung zu feucht von dem Schweiß meiner Handflächen. Zittrig wische ich meine Hände an meinen Oberschenkeln ab und lege meinen Daumen erneut auf den Scanner.

Wieder erscheint ein rotes Licht, gefolgt von der Angabe „Zugriff verweigert."

Das darf doch nicht wahr sein! Warum funktioniert es nicht? Bin ich vielleicht im System noch nicht registriert? Aber meine Zimmertür lässt sich doch auch öffnen.

Erschrocken fahre ich herum. Neben mir steht der einzige Legionsführer aus meiner Generation. Ich habe ihn nicht einmal kommen gehört.

„Ich wollte nur…", ich stocke und fühle mich etwas dumm dabei, „ins Atrium fahren. Aber die Tür öffnet sich nicht", beende ich den Satz, denn die Wahrheit kann ich ihm wohl schlecht sagen. Selbst A350 würde einen Besuch bei Zoe auf der Krankenstation nicht gutheißen. Im Grunde hat sie mir sogar den Umgang mit ihr verboten.

„Das ist kein Wunder, du hast noch keine Berechtigung", entgegnet der Junge mit einem triumphierenden Lächeln auf den Lippen und einem stolz erhobenem Kopf.

„Keine Berechtigung?", wiederhole ich verwirrt. Ich dachte, ich wäre ein vollwertiges Mitglied.

„Du musst dich erst als vertrauenswürdig erweisen", erklärt er schulterzuckend, bevor er hinzufügt: „Ich erhielt meine vollen Rechte nach einer Woche."

Er sagt es in einem Tonfall, der mir deutlich macht, dass er nicht erwartet, dass es bei mir genauso schnell gehen wird. Allgemein fällt es mir schwer, ihn einzuschätzen. Zwar strahlt er nicht die typische Kälte der älteren Legionsführer aus, trotzdem hat er etwas an sich, dass es mir nicht leicht macht, eine Verbindung zu ihm aufzubauen.

Er scheint zu merken, dass ich ihn mustere, denn plötzlich winkt er lachend ab. „Entschuldige bitte, ich habe mich noch gar nicht vorgestellt. Ich bin A566. Früher einziger Legionsführer der fünften Generation. Doch seitdem du da bist, bin ich wohl nur noch der einzige männliche Legionsführer der fünften Generation."

Obwohl er bei seinen Worten lächelt, scheint er mir meine bloße Anwesenheit übel zu nehmen.

„Freut mich, dich kennenzulernen. Ich bin A518", antworte ich ihm höflichkeitshalber.

„Ich weiß", erwidert er mit diesem undefinierbaren Lächeln auf den Lippen. „Ich freue mich, dass du jetzt zu uns gehörst."

Obwohl er lächelt, wirken seine Worte nicht ehrlich, sondern wie auswendig gelernt. Mechanisch. Ich kann jedoch nicht sagen, ob es an seinem unsicheren Umgang mit Gefühlen im Allgemeinen liegt oder ob er bewusst lügt.

„Habt ihr eigentlich darüber abgestimmt, ob ihr mich bei euch aufnehmt?"

Er runzelt die Stirn. „Warum willst du das wissen?"

„Es wirkt so, als wären nicht alle mit meiner Anwesenheit einverstanden."

Er hebt entschuldigend die Hände. „Das hast du gut erkannt, aber lass dich von den anderen nicht verunsichern. Du kannst beruhigt sein, denn ich habe für dich gestimmt. Wenn du dich mit mir gut stellst, hast du einen wahren Freund an deiner Seite."

Ich bezweifle stark, dass er überhaupt weiß, was Freundschaft bedeutet. Woher sollte er auch? Doch umso komischer ist es dann, dass er dieses ihm fremde Wort benutzt.

„Danke", antworte ich ihm zurückhaltend.

„Wenn du willst, fahre ich auch mit dir ins Atrium“, bietet er mir sogar an, doch ich schüttele schnell den Kopf. Ich würde mich nicht gut dabei fühlen, in seiner Schuld zu stehen.

„Nein danke, so wichtig ist es mir nicht.“

Zumal ich nicht einmal wirklich in das Atrium, sondern auf die Krankenstation wollte. Doch das würde ich ihm niemals gestehen, dafür kenne ich ihn viel zu wenig. Vielleicht würde er es gegen mich verwenden.

„Kein Problem, war nur ein Vorschlag“, entgegnet er schulterzuckend. Eine Geste, die er oft benutzt. Bei anderen Menschen wirkt ein Schulterzucken unwissend oder sogar unsicher, doch ihn lässt es erhaben wirken. So als würde er über allem stehen.

„Danke dafür, das weiß ich zu schätzen, aber ich gehe jetzt auch zurück in mein Zimmer“, verabschiede ich mich.

„Das ist eine gute Idee, du solltest morgen ausgeschlafen sein. Immerhin musst du noch viel lernen.“

Wenn Jep oder Pep diesen Satz gesagt hätten, wäre dabei ein freches Funkeln in ihren Augen gewesen, das mir gezeigt hätte, dass sie mich nur damit aufziehen wollen, doch A566 meint es ernst.

Ich nicke und drehe mich bereits um, als er mich kurz an meinem Ellbogen berührt. Seine Hände sind heiß. „Wenn du es dir anders überlegst, lass es mich wissen.“

Wieder nicke ich, jedoch ohne ihn anzusehen. Während ich zurück in mein Zimmer eile, kann ich seinen Blick auf meinem Rücken spüren. Er bohrt sich wie glühendes Metall direkt zwischen meine Schulterblätter. Erst als die Tür sich hinter mir schließt, bemerke ich, dass ich die ganze Zeit die Luft angehalten habe. Erleichtert atme ich aus.

Die Konferenz findet bereits am nächsten Tag in dem großen Sitzungssaal statt, in dem wir auch unser Essen serviert bekommen. Es sind alle zwanzig Legionsführer gekommen, dazu aber auch ein Arzt in grünem Anzug und ein Kämpfer in blauer Uniform. Leider ist es nicht Clyde. Ich hätte ihn gerne wiedergesehen. Es wäre schön, mit jemandem reden zu können, dem man ehrlich gegenüber sein kann. Was würde ich ihm sagen? Wahrscheinlich würde ich ihn als erstes nach Zoe fragen. Aber im Grunde ist es völlig egal, worüber wir reden würden, selbst einfach neben ihm zu sitzen und zu schweigen, würde sich gut anfühlen. Obwohl wir kaum ein Wort miteinander gewechselt haben, fühle ich mich ihm verbunden, mehr als irgendjemandem sonst. Mehr noch als Finn. Wir teilen die gleiche Vergangenheit. Clyde ist der Einzige, der mich verstehen kann.

Die Konferenz wird von A489 geleitet und beginnt mit einer Zusammenfassung der Ereignisse der vergangenen Woche. Das Highlight bietet dabei meine Ernennung. Die Legionsführer der nördlichen, östlichen und südlichen Legionen lassen mir ihre Gratulation ausrichten. Auch für sie ist die Situation neu. Was mich jedoch besonders überrascht, ist, dass die Zentrallegion mich willkommen heißt. Ich wusste bisher nicht einmal, dass es eine Zentrallegion gibt. Selbst über die anderen Legionen weiß ich erst durch meine Zeit bei den Rebellen Bescheid. Darüber werde ich unbedingt noch einmal mit A350 reden müssen. Wie üblich sitzt sie direkt neben mir, und als die Rede auf die Zentrallegion kommt, zwinkert sie mir nur vielsagend zu. Wie viel gibt es noch, was ich über die Legion nicht weiß?

Weiter geht es mit Berichten aus den anderen Sicherheitszonen. In der nördlichen Legion ist es zu Angriffen durch die Rebellen gekommen. Sie haben es geschafft, die Stromversorgung für mehrere Stunden lahmzulegen, sodass in der Sicherheitszone Panik ausbrach und es zu mehreren Toten, Verletzten sowie auch Flüchtigen kam. Die Rebellen konnten bisher nicht gefasst werden.

Ich erinnere mich an Raymond, der aus der nördlichen Legion kam. Bei dem Angriff auf dem Schwarzmarkt starb seine Frau. Sie war eine der Unglücklichen, die bei der Explosion nah an der Strommauer standen. Danach fehlten ihr ein Arm und eine komplette Gesichtshälfte. Raymond hielt sie in seinen Armen, bis sie starb. Ich wusste, dass er ihren Tod rächen würde. Es ist eher erstaunlich, dass er damit so lange gewartet hat. Gleichzeitig erwische ich mich dabei, dass es mich erleichtert, zu hören, dass er und die anderen Rebellen bisher nicht gefasst werden konnten. Offensichtlich habe ich mich nach wie vor nicht für eine Seite entschieden.

Es folgt ein Bericht des obersten Kämpfers unserer Legion. Zur Freude aller gab es bei uns keinerlei Komplikationen. Die Rebellen verhalten sich ruhig und auch innerhalb der Sicherheitszone kam es zu keinen Aufständen. Ähnliches weiß der leitende Mediziner zu erzählen. Die Insassen der Krankenstation gehorchen den Anweisungen und leisten keinerlei Widerstand. Sofort muss ich an Zoe denken. Bereits in der Sicherheitszone war sie in der Lage, sich gut anzupassen. Etwas zögernd hebe ich meine Hand. Irritiert blickt mir A489 entgegen.

Offensichtlich ist es nicht üblich, seinen Vortrag zu unterbrechen, trotzdem erteilt er mir die Erlaubnis zu sprechen.

„Wenn sich die Patienten der Krankenstation positiv entwickeln, wäre dann nicht eine Wiedereingliederung möglich?“

„Nein“, entgegnet er sofort, ohne auch nur über meine Worte nachzudenken. Es folgt auch keine Erklärung seinerseits, sodass ich mich gezwungen sehe, weiter nachzuhorchen. „Und warum nicht?“

„Sie haben ihre Chance vertan“, antwortet er gleichgültig.

„Sind sie nicht auf der Krankenstation, weil man sie als krank eingestuft hat? Krankheiten sind heilbar“, entgegne ich in demselben besserwisserischen Tonfall, den A489 an den Tag legt.

Verärgert zieht er seine Augenbrauen zusammen. „Die Insassen der Krankenstation leiden nicht an körperlichen Krankheiten, sondern an Erkrankungen des Geistes, welche sich als irreparabel erwiesen haben. Eine Wiedereingliederung ist deshalb ausgeschlossen.“

Obwohl ich ihm deutlich ansehen kann, dass er von mir erwartet, endlich meinen Mund zu halten, fahre ich fort: „Man könnte die Patienten stundenweise ihrer alten Arbeit zuteilen, sodass man ihr Verhalten gegenüber ihren Mitmenschen beobachten könnte. Bei positivem Verlauf wäre eine Wiedereingliederung nicht auszuschließen.“

Ich sehe, wie die Lippen von A489 vor Wut beben und seine Hände sich zu Fäusten ballen. Er muss sich schwer beherrschen, um diese nicht auf den Tisch zu knallen wie ein kleines, ungezogenes Kind. Doch stattdessen wendet er den Blick von mir ab und betrachtet von oben herab A350. Als er spricht, ist seine Stimme spitz und schneidend: „Mir scheint, du bist in der Lage, ihr die Grundregeln der Legion beizubringen."

A350 zeigt sich jedoch unbeeindruckt von seinem verbalen Angriff. „A518 ist Legionsführerin. Sie hat ein Recht darauf, ihre freie Meinung mit uns zu teilen. Genau deshalb haben wir sie ernannt."

„Ihre Meinung ist von Grund auf falsch", zischt A489 zurück, wobei er sich bedrohlich über den Tisch legt.

A350 lehnt sich stattdessen lässig in ihrem Stuhl zurück und geht auf seine Provokation nicht ein. „Ihre Meinung ist neu und kann uns dabei helfen, nicht die Kontrolle zu verlieren. Es ist wichtig, sich dem Wandel der Zeit anzupassen."

„Die Legion wird niemals die Kontrolle verlieren."

„Das hoffen wir alle."

Obwohl das Gespräch damit beendet scheint, fixieren sie sich noch für einen Moment. Niemand will die Schwäche offenbaren, als Erstes den Blick abzuwenden. Um die Situation zu beenden, ergreift nun eine weitere Frau das Wort. Sie sitzt rechts von A350 und ist eine der ältesten Legionsführer. Ihre Bezeichnung ist A233. Sie räuspert sich, wobei ihr anzumerken ist, dass sie sich unwohl dabei fühlt.

„Ich nehme an, wir können die Berichte damit abschließen, und kommen zu den Verbesserungsvorschlägen."

Unsicher blickt sie in meine Richtung. „Möchte jemand beginnen?"

Ich kann mir ein Lächeln in A489s Richtung nicht verkneifen und hebe erneut meine Hand. Wenn es so weitergeht, wird er bald vor Wut auf den Boden stampfen. A233 erteilt mir das Wort.

„Wir sprachen bereits beim Essen über die Einführung einer gemeinsamen Nahrungsvergabe sowie über eine Abschaffung der Tablettenversorgung in der Sicherheitszone, darauf möchte ich jetzt zurückkommen. Nach wie vor glaube ich, dass eine schrittweise Veränderung für die Menschen unerlässlich ist. Wir können sie nicht ewig wie Roboter halten."

Ich erwarte einen weiteren Widerspruch von A489, doch stattdessen meldet sich A566 zu Wort, der neben A489 sitzt. Doch im Gegensatz zu A489 bleibt er ruhig und sachlich. „Du sprichst so, als würdest du glauben, dass wir die Menschen in der Sicherheitszone wie Gefangene halten. Hast du dich dort je gefangen gefühlt?"

Alles in mir möchte laut ‚ja' schreien, doch ich kann mich gerade noch beherrschen. Ich weiß, dass kein Legionsführer meine Antwort verstehen würde. Stattdessen würde ich sie damit nur gegen mich aufbringen. Zudem habe ich so eine direkte und dazu persönliche Frage nicht erwartet, sondern eher mit einer sofortigen Ablehnung gerechnet. Ich muss zugeben, dass mich A566 damit leicht aus dem Konzept bringt.

„Nein, die Sicherheitszone ist unser aller Zuhause. Die Menschen kennen nichts anderes und sie sind froh darüber, in Sicherheit zu sein", antworte ich wahrheitsgemäß.

„Warum sollte man dann irgendetwas an ihrer Situation ändern? Du sagst selbst, dass du zufrieden warst."

„Ich war zufrieden, bis ich die Welt außerhalb der Sicherheitszone gesehen habe", gestehe ich ehrlich. Vielleicht wird mir diese Aufrichtigkeit einmal das Genick brechen, aber ich war noch nie gut darin zu lügen.

„Wie hast du dich dann gefühlt?"

Seine Fragen sind direkt und ich spüre, wie alle in dem Saal verstummen. Sie erwarten meine Antwort, halten förmlich den Atem an.

„Ich fühlte mich betrogen."

Einige der anderen schütteln aufgebracht den Kopf und flüstern erregt miteinander. A350 legt mir eine Hand auf den Arm und blickt mich alarmiert an. Ihre Augen flehen mich an zu verstummen.

A566 grinst mich stattdessen triumphierend an. „Und trotzdem sitzt du heute mit uns an einem Tisch. Siehst du darin keinen Verrat?"

Ich frage nicht, was er damit genau meint. Verrat an wem? Verrat an der Legion? Verrat an den Rebellen oder Verrat an mir selbst? Es ist genau die Frage, die ich mir selbst fast täglich stelle. Aber niemals kann etwas Verrat sein, solange ich mir selber treu bleibe und anderen gegenüber ehrlich bin. Ich mache keine leeren Versprechungen und spreche keine Lügen aus.

„Ist es Verrat, für das zu kämpfen, woran man glaubt?"

„Und woran glaubst du, A518?" Die Art, wie er meine Bezeichnung ausspricht, hat etwas Belustigendes an sich. So als würde er mich und die ganze Diskussion nicht ernst nehmen, sondern mehr als Zeitvertreib oder Spiel ansehen.

„Ich glaube an die Menschen der Sicherheitszone", erkläre ich, und als mich niemand unterbricht, fahre ich fort: „Der Mensch braucht mehr als Sicherheit, Nahrung und eine Aufgabe. Er braucht etwas, für das es sich zu leben lohnt. Ein Ziel, eine Hoffnung, einen Traum oder ein Licht am Horizont. Menschen bleiben in ihrer Entwicklung nicht stehen, sondern wollen nach den Sternen greifen. Wenn man ihnen die Hoffnung nimmt, hören sie auf zu leben und werden zu Robotern. Das ist, was in der Sicherheitszone passiert. Doch wenn wir ihnen ein Ziel geben, werden sie vor Leben neu erblühen."

Wieder ist es still geworden. Meine Worte scheinen die Legionsführer nachdenklich zu stimmen. Selbst A566 wirkt etwas verunsichert. „Was für ein Ziel soll das sein?"

Die Antwort ist für mich offensichtlich. „Es ist die Liebe."

A566 bricht augenblicklich in schallendes Gelächter aus. Er klopft mit den flachen Händen auf den Tisch und kann sich vor Lachen kaum halten. Mehr Emotionen habe ich zuvor nie bei einem Legionsführer gesehen und gerade das macht mich wütend.

„Die Liebe ist vielschichtig. Es gibt nicht nur die Liebe zwischen Geliebten, sondern auch Freundschaft, Familie oder die Liebe für einen Traum. Selbst die Liebe zu sich selbst ist das, was uns am Leben erhält. Das müsstest du doch eigentlich am besten wissen", zische ich ihm entgegen und spüre dabei Röte in meine Wangen steigen.

Doch A566 schüttelt nur weiter amüsiert den Kopf. Wieder ist es A350, die mir ihre warme Hand auf den Arm legt, um mich zu beruhigen.

„Ich denke, wir sollten zurück zum Thema kommen", versucht sie zu vermitteln. „Der Vorschlag war die Einführung von Nahrungsmitteln in der Sicherheitszone sowie eine gemeinsame Essensverteilung. Gibt es irgendwelche Meinungen dazu?"

A489 meldet sich erstaunlich sachlich zu Wort. „Würden wir die Lebensmittel einführen, müssten wir den Menschen auch erklären, woher sie stammen. Wie sollten wir das tun, wo sie doch in dem Glauben leben, dass alles oberhalb der Erde radioaktiv verseucht ist?"

„Wir könnten ihnen die Wahrheit sagen", schlägt A350 vor, bevor ich irgendetwas erwidern kann. Ihre Hand liegt weiterhin schützend auf meinem Arm.

„Es würde sie überfordern", wendet nun auch A233 ein. „Sie würden sich betrogen fühlen, so wie A518. Denn sie wüssten, dass wir ihnen etwas verheimlicht haben und das über einen längeren Zeitraum. Kartoffeln wachsen nicht von einem auf den anderen Tag. Das wissen selbst die Menschen in der Sicherheitszone."

In diesem Punkt muss ich ihr recht geben, doch ich will nicht erfolglos aus der Konferenz gehen. „Wir könnten ihnen die Tabletten gemeinsam verteilen und ihnen dabei von der Forschung an Lebensmitteln berichten, sodass wir später auch mit dieser Vergabe beginnen könnten. Anhand der gemeinsamen Tablettenverteilung würden wir die Reaktion der Menschen darauf sehen."

„Und wie sollen wir ihnen die plötzliche Veränderung erklären?", hakt A489 missbilligend nach.

„Genauso, wie wir ihnen A518s Ernennung erklärt haben. Die Welt befindet sich im Wandel und die Legion geht mit der Zeit", unterstützt mich A350.

„Werden sich dann die Menschen nicht fragen, von welchem Wandel wir sprechen? Würden sie sich nicht unnötig Gedanken machen?“, entgegnet A489, weiterhin wenig überzeugt.

„Nein, das würden sie nicht. Sie wären dankbar für jede Veränderung“, widerspreche ich ihm standhaft. „Ich spreche aus eigener Erfahrung.“

„Ich denke, wir haben alle genug gehört, um uns selbst ein Bild darüber machen zu können. Deshalb sollten wir nun abstimmen“, beschließt A233. „Wer ist für die Einführung einer gemeinsamen Nahrungsvergabe in der Sicherheitszone?“

A350 hebt sofort mit mir die Hand, während die Hand von A489 natürlich eisern auf dem Tisch vor ihm liegen bleibt. Zu meiner Überraschung schließt auch A233 sich uns an. Nach wenigen Sekunden zähle ich zehn erhobene Hände gegen elf liegende. Wir haben verloren.

„Gibt es Enthaltungen?“, fragt A233 zur Sicherheit in die Runde. Niemand meldet sich. Ich spüre wie A566 mich betrachtet und blicke in seine Richtung. Er grinst. Freut es ihn, mich scheitern zu sehen? Doch plötzlich hebt sich seine Hand.

„Ich habe mich anders entschieden. Ich bin für die Einführung.“ Seine Augen fixieren mich. „A518 hat mich überzeugt.“

Somit sind wir elf gegen zehn, aber anstatt mich über A566s Sinneswandel zu freuen, überkommt mich das ungute Gefühl, dass er dafür irgendwann eine Gegenleistung fordern wird. Auch wenn wir nicht direkt einen Handel geschlossen haben, habe ich das Gefühl, in seiner Schuld zu stehen.

Die Konferenz ist beendet.

07. Es geht um Leben oder Tod

Heute ist der Tag, an dem ich zum ersten Mal in die Sicherheitszone zurückkehren darf, und nicht nur das, es wird auch mein erster offizieller Auftritt als Legionsführerin sein. Die neue Nahrungsvergabe wird durch drei Schalter im Atrium geregelt werden. Und meine Aufgabe ist es, diese zu eröffnen und den Menschen in der Sicherheitszone den neuen Ablauf zu erklären. Es war meine Idee und ich bin froh und stolz, sie schon so bald in die Tat umsetzen zu dürfen. Das Atrium wird nun zu dem werden, was es schon immer hätte sein sollen: Ein Platz der Kommunikation. Egal, welche Klassifizierung jemand erhalten hat, dort werden sie alle aufeinandertreffen. Es wird vor Menschen wimmeln und so werden wie von selbst auch Gespräche entstehen. Aus Gesprächen entstehen Meinungen und Gefühle. Diese winzige Veränderung wird den Bewohnern der Sicherheitszone ein Stück Menschlichkeit zurückgeben, davon bin ich überzeugt. Zudem ist es erst der Anfang.

Wenn die anderen Legionsführer erst sehen, wie gut die gemeinsame Tablettenvergabe funktioniert, werden sie sich auch nicht mehr lange gegen die Einführung von richtigen Nahrungsmitteln stellen. Aber das alles sind nur kleine Schritte auf dem Weg zu meinem eigentlichen Ziel. Ich möchte den Menschen den Sternenhimmel zeigen. Nicht den künstlichen der Wände des Atriums, sondern den echten. Sie sollen das Funkeln der Sterne mit eigenen Augen sehen und dabei den roten Sand unter ihren Füßen und den lauen Wind in den Haaren spüren. Sie sollen den Duft von feuchter Erde nach einem Regenschauer riechen und die Nadeln der Tannenbäume durch ihre Finger rieseln lassen wie Sand. Vielleicht unterscheide ich mich doch nicht so sehr von den Rebellen, wie ich dachte. Denn auch ich kämpfe. Doch es ist ein Kampf ohne Waffen, der Jahre andauern wird, aber irgendwann zum Sieg führen wird. Alles, was ich dafür brauche, ist Geduld und ein starker Wille.

Es klopft an der Tür. Sofort stehe ich auf und sehe über eine Kamera A350 zusammen mit D560 und einem Tablett vor der Tür stehen. Durch meinen Fingerabdruck öffne ich ihnen die Tür. Auch das ist neu für mich. Obwohl ich nach wie vor in der Kuppel der Legionsführer keine andere Tür öffnen kann, so habe ich zumindest die Macht über meine eigene Tür. Denn diese lässt sich nur durch meinen eigenen Fingerabdruck öffnen oder schließen. Niemand kann sich unerlaubt Zutritt verschaffen. Dieser Zustand führt dazu, dass ich mich zum ersten Mal in meinem Leben wirklich sicher fühle. Mein Zimmer unterscheidet sich vielleicht nicht von denen der anderen Legionsführer, trotzdem gehört es mir alleine. Es ist mein Zuhause. Mein Zufluchtsort.

Auf A350s Gesicht liegt wieder ihr schönes Lächeln. Während sie am Anfang nur selten gelächelt hat und sie mich jedes Mal, wenn sie es tat, damit aus der Fassung brachte, habe ich mich nun an den Anblick gewöhnt. Denn in den letzten Tagen lächelt sie immer öfter. Sie beginnt teilweise sogar zu scherzen. Ich genieße ihre Nähe jeden Tag mehr. Selbst unsere Unterrichtsstunden stellen keine Anstrengung für mich dar, sondern gleichen mehr den

Gesprächen, die ich mit Florance in den Höhlen führte.

Wie selbstverständlich streichelt mir A350 auch jetzt leicht über den Arm. „Bist du nervös?“

„Etwas“, gestehe ich ihr. „Ich habe Angst, mich zu versprechen und meinen Text zu vergessen.“

„Du brauchst keine Angst zu haben und du brauchst auch keinen Text. Du hast dich so sehr für die gemeinsame Nahrungsvergabe eingesetzt, dass du nur dein Herz sprechen lassen musst. Die Menschen werden spüren, wie viel sie dir bedeuten.“

Obwohl ich mich mittlerweile daran gewöhnt habe, dass sie anders als die anderen Legionsführer ist, treffen mich solche Worte aus ihrem Mund nach wie vor. Sie spricht von Liebe und Zuneigung, als wären diese Gefühle immer Bestandteil ihres Lebens gewesen. Trotzdem hoffe ich natürlich, dass sie recht hat.

A350 deutet auf D560, die, mit dem Tablett vor der Brust, verschüchtert an der Tür stehen geblieben ist. „Ich habe dir heute dein Essen ausnahmsweise auf dein Zimmer bringen lassen, damit dich die anderen nicht verunsichern.“

Ich weiß genau, wen sie damit meint. A489 ist nach wie vor gegen mich und meinen Vorschlag. Er würde jede Gelegenheit nutzen, um mich zu demütigen.

„D560 wird bei dir bleiben, bis du aufgegessen hast. Wir sehen uns dann bei dem Aufzug.“

Sie bleibt noch einmal kurz vor mir stehen und legt mir beide Hände auf die Schultern. „Ich glaube an dich.“

Ich spüre, wie Wärme meinen ganzen Körper durchflutet, und sehe das Leuchten in ihren lichtblauen Augen. Schon einmal hat jemand diese Worte zu mir gesagt. Es war Finn.

Nachdem ich ihr die Tür geöffnet habe, verlässt sie das Zimmer. In der Zwischenzeit hat D560 bereits mein Frühstück auf dem schmalen Tisch vor der großen Fensterwand angerichtet. Sie blickt hinaus auf die weite Ebene.

Geräuschlos setze ich mich auf den Stuhl und beginne, das Brötchen mit meinen Händen zu zerteilen. Ich kann nicht anders, als D560 zu beobachten. Ihr Blick ist voller Sehnsucht. Es ist nicht die Faszination und Neugier, die in meinen Augen gelegen hat, als ich das erste Mal die Welt außerhalb der Sicherheitszone sah. Bei ihr ist es viel mehr. In ihren Augen liegt eine tiefe Traurigkeit.

Gerade als ich ansetze, etwas zu sagen, höre ich plötzlich ihre zarte, zerbrechliche Stimme. „Ich hab dir bei der Konferenz zugehört."

Ich wusste nicht, dass sie da war. Aber ich hätte es mir denken können, immerhin arbeitet sie in der Küche.

„Mir hat der Teil mit der Liebe gefallen", gesteht sie mir leise und wendet den Blick vom Fenster ab. Doch anstatt mich anzusehen, blickt sie zu Boden.

„Was hat dir daran gefallen?", frage ich sie, um das Gespräch nicht enden zu lassen.

„Es wäre schön, etwas zu haben, für das es sich zu leben lohnt."

Sie spricht davon, als wäre es ein Traum in weiter, unerreichbarer Ferne. Gibt es nichts, was sie hoffen lässt?

„Wenn du einen Wunsch frei hättest, was würdest du dir dann wünschen?"

Irritiert hebt sie den Kopf und ich sehe, dass ihre lichtblauen Augen von roten Adern durchzogen sind. Sie muss viel geweint haben. „Ich würde mir wünschen, dass es zu Ende ist."

Ich verstehe nicht, was sie mir damit sagen will. Oder vielleicht möchte ich es auch einfach nicht verstehen. „Was soll zu Ende sein?"

Sie blickt wieder zu Boden. „Mein Leben. Es ist wertlos."

Erschüttert stehe ich auf und gehe um den Tisch herum auf sie zu. Ich muss wieder an die Glasscherbe in ihrer Hand denken. Also war es damals wirklich Absicht. Sie hatte sich bewusst selbst verletzt. Doch warum?

Wie A350 zuvor bei mir, lege ich ihr nun meine Hände auf die Schultern, doch dabei zuckt sie zusammen, als hätte ich sie geschlagen. Sie flüchtet mehrere Schritte vor mir zurück und starrt mich entsetzt an. Beruhigend hebe ich meine Hände, um ihr zu signalisieren, dass ich sie nicht noch einmal berühren werde.

„Sag so etwas nicht", bitte ich sie. „Auch wenn jetzt alles aussichtslos scheint, gibt es immer Hoffnung."

„Nicht für mich", erwidert sie kalt und starrt bewusst an mir vorbei auf den Tisch. Ich habe mein Essen kaum angerührt.

„Bist du fertig?", fragt sie trotzdem schroff und beginnt bereits abzuräumen, ohne eine Antwort von mir abzuwarten.

Ich möchte ihr so gerne helfen, aber ich weiß ja nicht einmal, was ihr fehlt. Ist es die ganze Situation oder steckt da mehr dahinter? Ich bin sicher, viele Menschen in der Sicherheitszone sind unglücklich, doch ich habe noch nie jemanden gesehen, der sich selbst verletzt hätte. Selbst Tränen sah ich zum ersten Mal bei Iris in den Höhlen.

„Öffnest du bitte die Tür“, fordert mich D560 nun auf, ohne mich dabei anzusehen. Das Tablett trägt sie wie ein Schutzschild vor ihrer Brust. Sie klammert sich daran so fest, dass ihre Knöchel weiß hervortreten.

„Natürlich“, antworte ich ihr und betätige den Scanner. Noch ehe die Tür komplett offen ist, schlüpft D560 auch schon hindurch und flieht förmlich vor mir. Habe ich etwas Falsches gesagt?

Mein Herz schlägt mir wild bis zum Hals, als ich gemeinsam mit zehn der anderen Legionsführer in der schmalen Aufzugkabine den Weg hinab in die Sicherheitszone gleite. Während A350 neben mir steht und mir immer, wenn ich sie anblicke, zuversichtlich zunickt, spüre ich A566s Atem in meinem Nacken. Er steht direkt hinter mir und ich habe das Gefühl, dass er extra besonders schwer atmet. Auch Finns Atem kitzelte mich bei den Rebellen im Nacken, doch damals war es ein angenehmes Gefühl. Der Atem von A566 hingegen beschert mir eine Gänsehaut, wie ein kalter Windhauch. Ich kann nicht einmal sagen, was dieses Gefühl bei mir auslöst. Er ist mir nie unfreundlich gegenübergetreten. Ganz im Gegenteil, er war es, der die Wahl zu meinen Gunsten beeinflusst hat. Eigentlich sollte ich ihm dankbar sein. Er ist der einzige Legionsführer in meinem Alter. Wir könnten Freunde sein. Trotzdem bezweifele ich, dass es jemals dazu kommen wird.

Mit einem Ruck kommt der Aufzug zum Stehen. Einer nach dem anderen treten wir hinaus in das künstliche Licht des Atriums.

Während sich die Menschen bei meiner Ernennung vor dem Aufzug versammelt hatten, stehen sie nun in geordneten Reihen vor den noch verhüllten Nahrungsschaltern. Durch einen abgesperrten Weg bahnen wir uns den Weg auf eine Art Podest, links von den neuen Schaltern.

Die anderen Legionsführer stellen sich in einer Linie hinter mir auf, während ich am Rand des Podests vor einem Mikrophonständer stehe. Bei Versammlungen der Rebellen würde jetzt vor Aufregung wildes Gerede herrschen, das erst langsam zur Ruhe kommen müsste. Doch hier spricht niemand ein Wort. Jeder einzelne Bewohner der Sicherheitszone hat seine Augen gehorsam auf mich gerichtet. Es sind Augen ohne jegliche Regung. Sie schauen weder freundlich noch ärgerlich, weder neugierig noch gelangweilt. Ihr Blick ist wie erfroren. Aber ich weiß, dass man Eis brechen kann. Irgendwo hinter der Hülle aus Gefühllosigkeit und Mechanismus muss sich bei jedem noch eine einzigartige Persönlichkeit verbergen, die nur darauf wartet, geweckt zu werden. Trotzdem würde es mir in diesem Moment helfen, wenigstens ein bekanntes Augenpaar in der Menge wiederzuerkennen. Ich lasse meinen Blick über die vielen Gesichter schweifen. Von hier oben sehen sie tatsächlich alle gleich aus. Während die Menschen vor mir wie Roboter verharren, spüre ich bei den Legionsführern hinter mir eine leichte Ungeduld aufkommen. Gerade als ich meine Suche aufgeben will, sehe ich ihn. Er steht zusammen mit einem anderen Kämpfer vor der Tür zur Krankenstation Wache, weshalb ich ihn nicht sofort entdeckt habe. Doch anstatt Zuversicht und Aufmunterung lese ich in Clydes Augen Wut und

Enttäuschung. Er starrt mir direkt in die Augen und vermittelt mir auch ohne Worte, was er über mich denkt. Er glaubt, ich hätte ihn und Zoe verraten.

Wenn ich zuvor noch nicht nervös gewesen wäre, wäre ich es spätestens jetzt. Mir sitzt ein richtiger Kloß in der Kehle und ich spüre, wie Schweißperlen meinen Rücken hinabrinnen und meine Stirn benetzen. Die warme Hand von A350 legt sich auf meine Schulter. „Fang jetzt an!", fordert sie mich auf. Es ist ein Befehl und keine Bitte.

Ich räuspere mich. Das Geräusch ist im ganzen Atrium zu hören und hallt verstärkt von den Wänden wider.

„Willkommen! A518 begrüßt euch."

Meine Stimme ist schwach und strahlt nicht die Stärke aus, die ich selbst von den Legionsführern immer gewohnt war. Natürlich habe ich mir zuvor schon Gedanken darüber gemacht, was ich sagen könnte, doch der Text ist plötzlich wie ausgelöscht. Ich atme tief ein und aus und denke an A350s Worte zurück.

„Du brauchst keine Angst zu haben und du brauchst auch keinen Text. Du hast dich so sehr für die gemeinsame Nahrungsvergabe eingesetzt, dass du nur dein Herz sprechen lassen musst."

„Der Mensch ist ein Herdentier. Würde man ihn alleine in eine Zelle stecken, ohne den Kontakt zu anderen Menschen, so würde er eingehen, wie eine Pflanze ohne Wasser."

Zu spät fällt mir ein, dass keiner der Menschen in der Sicherheitszone je eine lebende Pflanze gesehen hat. Sie kennen sie nur aus dem Bildungsunterricht, aber bereits da waren wir immer fasziniert von ihrer Schönheit.

„Der Grund, warum die Menschen damals den dritten Weltkrieg überlebt haben, ist, dass sie sich zusammengeschlossen haben. Hätte jeder für sich gekämpft, so gäbe es heute wahrscheinlich nicht mehr einen von uns."

Ich blicke zu Clyde. Er wirkt nach wie vor wütend, aber auch interessiert. Er hört mir zu.

„Die Legion gab den Menschen ein Zuhause. In der Sicherheitszone waren sie in Sicherheit, obwohl die Welt in Trümmern lag. Das Ziel der Menschen war es zu überleben. Tag und Nacht arbeiteten sie an einer Zukunft für die ihnen nachfolgenden Generationen. Sie kämpften für unser Leben."

Obwohl die Gesichter der meisten Menschen genauso leer und leblos wie zu Beginn meiner Rede wirken, sehe ich bei einigen wenigen ein Aufblitzen in den Augen. Ich erreiche sie mit meinen Worten. Diese Erkenntnis gibt mir die Kraft und den Mut fortzufahren.

„Doch jetzt liegt es an uns, für unsere Zukunft zu kämpfen. Die erste Generation der Legion gab uns Sicherheit. Unsere Aufgabe ist es, daraus mehr zu machen. Wir brauchen nicht nur einen Ort, der sicher ist, sondern einen Ort, den wir unser Zuhause nennen können. Wir brauchen Menschen um uns herum, die uns dafür schätzen, wer wir sind. Wir brauchen eine Familie."

Ich lese Verwirrung in den Augen der Menschen vor mir. Meine Worte sind neu für sie. Bisher war ihnen jegliche Art von Gefühl untersagt und ich fordere sie genau dazu auf. Doch aus Clydes Augen ist dafür jede Form der Missbilligung verschwunden. Als unsere Blicke sich begegnen, nickt er mir anerkennend zu. Meine Reaktion darauf ist ein Lächeln. Ein

Lächeln vor Menschen, die nie zuvor mit Liebe oder Zuneigung gesegnet wurden. Mein Lächeln soll ein Geschenk an sie sein und ihnen gleichzeitig deutlich machen, dass ich meine Worte ernst meine. Ich erlaube ihnen zu fühlen.

Aber hätte A489 den Text meiner Rede vorher gekannt, hätte er mir niemals erlaubt zu sprechen. Denn er ist außer sich. Ich kann seine zischende Stimme permanent wie ein Rauschen hinter mir hören. Er möchte, dass ich sofort aufhöre. A350 kann ihn nur mit Mühe daran hindern, nach vorn zu stürzen und mir das Mikrophon zu entreißen.

Mit erhobenem Kopf fahre ich fort: „Das Atrium ist der einzige Ort in der Sicherheitszone, an dem alle Menschen zusammenkommen. Es ist der einzige Ort, an dem wir wirklich alle gleich sind."

Schlagartig stelle ich eine Veränderung in den Gesichtern der Bewohner fest. Ihre Augen sind ungläubig aufgerissen. Ich brauche einen Moment, um zu begreifen, dass dies nicht an meinen Worten liegt, sondern an dem, was hinter mir passiert. Sieben der Legionsführer verlassen hektisch die Bühne und eilen zurück zu dem Aufzug. Unter ihnen auch A350 und A566. Was ist passiert? Die restlichen zwei Legionsführer bleiben zwar hinter mir stehen, doch lauschen sie wie gebannt dem Knopf in ihrem Ohr. Noch etwas, das mich von ihnen unterscheidet. Die anderen Legionsführer tragen alle eine Art Mikrochip hinter der Ohrmuschel, der ihnen jederzeit erlaubt, miteinander zu kommunizieren. Ich beneide sie nicht unbedingt um diesen Eingriff in den eigenen Körper, aber ich wüsste gerne, was ihre Unruhe verursacht. Sie wirken richtig panisch, das habe ich zuvor noch nie erlebt. Genauso wenig wie die Menschen vor mir.

„Fahr fort, aber beeile dich“, befiehlt mir einer der verbleibenden Führer. Offensichtlich ist das, was außerhalb der Sicherheitszone gerade passiert, wichtiger als alles, was ich den Menschen hier unten sagen könnte.

Ich versuche, mich zu konzentrieren, doch es fällt mir schwer, den roten Faden wiederzufinden.

„Das Atrium soll von heute an ein Ort der Zusammenkunft sein. Ein Ort der Gemeinschaft.“

Ich merke, dass es mir nicht gelingt, erneut die Aufmerksamkeit meiner Zuhörer auf mich zu ziehen. Die plötzliche Flucht der anderen hat sie verängstigt. Trotzdem beende ich tapfer meine Rede.

„Deshalb wird die Nahrungsvergabe ab sofort für alle Bewohner der Sicherheitszone hier stattfinden."

Auf mein Kommando hin lösen zwei der Kämpfer die Abdeckungen der Schalter, sodass alle sie nun sehen können. Aber ein überraschtes Jubeln oder wenigstens ein neugieriger Blick bleibt aus. Zwar nehmen die Menschen die Veränderung zur Kenntnis, doch sind sie mit ihren Gedanken woanders.

Drei D-ler der Nahrungsvergabe nehmen ihre Plätze an den neuen Schaltern ein.

„Hiermit eröffne ich die neue Art der Nahrungszuteilung. Stellt euch bitte in geordneten Reihen an, um eure Ration zu erhalten.“

Die Menschen gehorchen sofort, doch ich habe auch nichts anderes erwartet. Gerade in einer unbekannten Situation wie dieser sind Befehle das einzige, was sie beruhigt. Solange man ihnen sagt, was sie tun sollen, haben sie das Gefühl, dass weiterhin alles unter Kontrolle ist.

Während meine Rede sich am Anfang so gut entwickelte, bin ich über ihren Ausgang einfach nur enttäuscht. Ich wollte etwas bewegen, aber stattdessen habe ich die Menschen nur zusätzlich beunruhigt. Die beiden anderen Legionsführer geben mir ein Zeichen, dass es nun Zeit ist zu gehen. Sie haben es eilig. Was ist denn nur los?

Ich suche ein letztes Mal den Blick von Clyde. Weiß er vielleicht mehr? Doch er blickt mir genauso fragend entgegen wie ich ihm. Ich muss ihn und Zoe sobald wie möglich besuchen. Wir müssen reden.

Kaum, dass sich die Aufzugtüren schließen, platze ich mit meiner Frage heraus: „Was ist passiert?"

„Es gab einen Angriff."

Geschockt reiße ich meine Augen auf. „Wie viele waren es?"

„Nur einer."

Mein Herz bleibt für den Bruchteil einer Sekunde stehen und ich ringe nach Atem. Finn.

Sobald sich die Türen des Aufzugs öffnen, sehe ich auch schon die gebrochene Scheibe. Glassplitter liegen auf dem grauen Boden davor verstreut und reflektieren das Licht der Sonne. Sie funkeln wie Diamanten. Wie kann etwas so Schreckliches nur gleichzeitig so wunderschön sein?

„Er hat sich eine Art Schleuder gebaut und damit auf uns geschossen. Immer und immer wieder. Solange, bis das Glas brach."

Die Worte des Legionsführers rauschen an mir vorbei. Was hat sich Finn dabei nur gedacht? Hat er wirklich geglaubt, er könne seine Schwester im Alleingang retten? Hat er geglaubt, er könne mich retten? Was war sein Plan? Mit Steinen zu werfen, während Laserstrahlen seinen Körper durchlöchern? Verdammter Idiot! Wie konntest du nur?

„Was ist mit ihm passiert?“

Ich habe mehr Angst vor der Antwort als je vor irgendetwas zuvor. Ein einziges Wort könnte mein Leben für immer verändern. Denn dann hätte ich das verloren, was mein Leben lebenswert gemacht hat, mein Licht am Horizont. Obwohl Finn sich oft falsch verhalten hat und es wohl auch immer wieder tun wird, ist er es, der mich gerettet hat. Er hat mir die Augen geöffnet und mir den Weg zu mir selbst gezeigt. Ich habe nie aufgehört, ihn zu lieben.

„Er wird gerade verhört, danach wird entschieden, was mit ihm passieren wird.“

Ich kenne die Verhörräume der Legion. A350 hat sie mir bei einem Rundgang gezeigt, sodass es nun kein Halten mehr für mich gibt. Ich beginne zu rennen. Alles um mich herum verschwimmt zu einer einzigen schwarzen Masse. Es ist, als laufe ich durch einen Tunnel, an dessen Ende ein helles Licht auf mich wartet. Dieses Licht ist Finn.

Atemlos stoße ich die Tür zu den Räumen auf. Doch ich kann ihn nicht sehen, denn die anderen Legionsführer versperren mir die Sicht auf die Scheibe, hinter der er sich befindet. Achtlos dränge ich sie zur Seite und bahne mir meinen Weg an das kalte Glas. Sie haben ihn auf einer Liege fixiert. Er trägt Gurte sowohl um seine Beine und Hände als auch um seinen Bauch und den Kopf. Er ist vollkommen regungslos. Rund um ihn herum stehen Ärzte der B-Klassifizierung. Offensichtlich ist das Verhör bereits beendet. Was hat er ihnen gesagt?

Ich presse meine Hände gegen das Glas, obwohl ich weiß, dass er mich nicht sehen kann. Es ist ein venezianischer Spiegel.

„Was passiert mit ihm?", stoße ich aus, wobei meine Stimme bebt. Ich kann mich nicht länger beherrschen und spüre das Zittern in meinem ganzen Körper.

„Er ist ein Rebell", antwortet mir A350 schlicht, so als wäre das die Antwort auf meine Frage.

„Was passiert mit ihm?", wiederhole ich erneut. Es fällt mir schwer, nicht loszuschreien.

„Er hat uns angegriffen", wendet A233 ein. Doch auch das ist keine Aussage, die mir meine Frage beantwortet.

Verständnislos schüttele ich meinen Kopf und drehe mich zu den anderen Legionsführern herum. „Er ist alleine", setze ich an, doch werde rüde von A489 unterbrochen. „Und er wird alleine sterben."

„Nein!", schreie ich ihm, ohne zu zögern, entgegen.

A350 tritt vor mich und versperrt mir so die Sicht auf die anderen. „Es wird schnell gehen. Er wird keine Schmerzen haben", versichert sie mir. Soll mich das etwa trösten?

„Das dürft ihr nicht", flehe ich. „Gibt es denn keine andere Lösung?"

Traurig schüttelt sie den Kopf. Doch ausgerechnet A566 mischt sich nun mit einem lauten Räuspern ein. „Doch, die gibt es."

Hoffnungsvoll blicke ich ihm entgegen, während die anderen eher irritiert wirken.

„Was redest du denn da?", fährt ihn A489 erbost an, doch A566 beachtet ihn gar nicht. Stattdessen tritt er auf mich zu.

„Er muss nicht sterben." Das nicht zu deutende Grinsen liegt wieder auf seinem Gesicht, was meist nichts Gutes verheißt. „Er kann leben."

Doch seine Worte erfüllen mich mit Hoffnung. Kann er wirklich mein Retter sein? Kann er es sein, der Finn vor dem Tod bewahrt?

„Wir können ihn vergessen lassen."

Ich muss nicht fragen, was sie ihn vergessen lassen können, denn ich weiß es bereits. Trotzdem holt A566 weiter aus. „Er wird vergessen, wie er heißt, woher er kommt und warum er hier ist." A566 blickt mir in die Augen und lässt mich erschauern. „Er wird vergessen, wen er in seinem Leben getroffen hat und wen er geliebt hat."

Er wird mich vergessen.

„Er wird vergessen, wer er war und wer er ist."

A350 unterbricht ihn verärgert. „Das kommt nicht in Frage. Wir haben es nie erprobt. Wir wissen nicht einmal, ob es funktioniert."

A566 zuckt nur mit den Schultern. „Was macht das schon für einen Unterschied? Entweder stirbt er sofort oder nach der Operation, wenn es nicht klappt. So hat er wenigstens die Chance weiterzuleben."

„Er ist doch kein Versuchsobjekt", schimpft A350 weiter, doch nun mischt sich auch noch A489 ein. „Warum eigentlich nicht? So wäre sein Angriff auf uns wenigstens zu etwas nütze. Es war sein eigenes Risiko hierherzukommen."

„Das ist abartig! Wir sind noch lange nicht so weit, um Versuche an Menschen durchzuführen."

„Aber stell dir doch nur einmal unsere Möglichkeiten vor! Wer nicht einmal weiß, wer er selbst ist, kann auch nicht gegen uns rebellieren", verkündet A489 euphorisch. Er sieht bereits eine neue Chance, den Menschen jeglichen eigenen Willen zu rauben.

„Warum lassen wir sie nicht entscheiden?" A566s Augen fixieren mich. Bin ich in der Lage, diese Entscheidung zu fällen?

Ich drehe den Legionsführern erneut den Rücken zu und blicke zu Finn, der nicht aufhört, sich gegen seine Fesseln zu wehren. Selbst wenn sie ihm beide Beine und beide Arme brechen würden, würde er nicht aufhören, gegen sie anzukämpfen. Ich weiß, welche Entscheidung er treffen würde, wenn er die Chance dazu hätte. Lieber würde er sterben, als ein Teil der Legion zu werden. Niemals würde er sich freiwillig seine Erinnerungen rauben lassen. Sie sind das, was ihn auszeichnen. Ohne sie wäre er nur noch eine leere Hülle.

Aber ich bin nicht Finn. Und es ist auch nicht seine Entscheidung, sondern meine. „Lasst ihn vergessen."

„Ich wusste doch, dass ihr mein Vorschlag gefällt", verkündet A566 triumphierend.

„Aber vorher will ich ihn noch einmal sehen. Ohne Glas."

A566 zuckt mit den Schultern. „Mir soll es recht sein. Er wird sich ohnehin nach der Operation nicht mehr daran erinnern."

Auch die anderen Legionsführer haben nichts dagegen, sodass sie mir den Zutritt in den Operationssaal gewähren. Sobald sich Finns Augen auf mich richten, sehe ich, wie etwas in ihnen erlischt. Fort ist die Liebe, die er einst für mich empfunden hat. Ausgelöscht von dem weißen Anzug, den ich an meinem Körper trage. Aber war nicht genau das meine Aufgabe?

Ich knie mich neben ihn, sodass wir auf einer Augenhöhe sind, ungeachtet der Menschen um uns herum. Sein Kopf ist so fest fixiert, dass er sich nicht zu mir drehen kann, um mich anzublicken. Doch ich weiß, dass, selbst wenn er es könnte, er es nicht tun würde. Zu tief sitzt seine Enttäuschung.

Ich beuge mich zu ihm vor und flüstere ihm meine Abschiedsworte in sein Ohr: „Vergiss mich nicht."

08. GEFÄHRLICHES VERTRAUEN

Ungehalten laufe ich in meinem Zimmer auf und ab, während das seichte Licht des Mondes sanft durch die großen Fenster fällt. Doch für seine Schönheit habe ich nicht einen Blick übrig. Der Einzige, der mich im Moment interessiert, ist Finn. Ich wollte bei ihm bleiben, bis er wieder aufwacht, aber die anderen Legionsführer haben es mir verboten. Allein der Gedanke, wie Finn einsam und alleine in einer der kalten Krankenzellen zu sich kommt, zerreißt mir das Herz. Ich weiß noch genau, wie ich mich gefühlt habe, als ich mit dem Blick an die kalte, graue Decke erwacht bin. Doch bei ihm wird es noch tausendfach schlimmer sein, denn wenn es stimmt, was die anderen sagen, wird er sich an nichts aus seinem vorherigen Leben mehr erinnern können. Das Erste, was er in seinem ‚neuen' Leben sieht, soll deshalb nicht eine kalte Decke sein. Ich möchte bei ihm sein und seine Hand halten. Ich möchte seinen Kopf in meinen Schoß legen und ihm sanfte Worte ins Ohr flüstern. Das Erste, was er sieht, soll mein Gesicht sein. Und vielleicht wird er sich dann sogar erinnern. Ich gebe die Hoffnung nicht auf. Wir haben zu viel erlebt, um es ihn durch eine einzige Operation vergessen zu lassen.

Niemand konnte mir sagen, wie lange es dauern wird, bis er wieder zu sich kommt. Vielleicht ist er schon längst wach, aber vielleicht dauert es auch noch Stunden oder es sind nur noch wenige Minuten. Die nächste Untersuchung ist erst für den Morgen angesetzt. Dort werden sie sein Gehirn auf seine Reaktionsfähigkeit testen. Denn es ist sogar möglich, dass bei der Operation etwas schiefgelaufen ist und er nun nur noch beschränkt fähig zum Denken ist. Das wäre für mich das Schlimmste, aber daran versuche ich erst gar nicht zu denken.

Ich weiß, dass es eine Möglichkeit gibt, bei ihm zu sein. Ich wusste es schon in der Sekunde, in der sie mir verbaten, bei ihm zu bleiben. Doch es ist riskant. Es setzt Vertrauen in eine Person voraus, die ich weder besonders gut kenne noch leiden kann: A566. Sein Angebot steht nach wie vor und er ist derjenige, der Finn das Leben gerettet hat. Aber was wird er für den Gefallen von mir verlangen? Wird es mir zum Verhängnis werden, wenn er sieht, wie viel Finn mir bedeutet? Aber wahrscheinlich weiß er es ohnehin schon, so wie alle Legionsführer. Dadurch habe ich mich angreifbar gemacht. Sie kennen nun meine Schwachstelle. Wann immer sie mich ruhig halten wollen, werden sie nun Finn benutzen, um mich unter Druck zu setzen.

Obwohl ich mich unwohl dabei fühle, muss ich das Risiko eingehen. Also öffne ich meine Tür und trete in den schwach beleuchteten Flur hinaus. Leise laufe ich den Flur entlang und orientiere mich an den Türschildern. Zum Glück ist auf jedem die Bezeichnung des Bewohners vermerkt, sonst hätte ich wohl keine Chance, A566 zu finden.

Sein Zimmer befindet sich am Ende des Flurs. Komischerweise bin ich froh darüber, dass er soweit wie möglich weg von mir wohnt.

Schüchtern klopfe ich gegen seine Tür. Ich warte unruhig, doch nichts passiert. Schläft er vielleicht schon? Ich will es gerade noch einmal probieren, da gleitet die Tür auf und A566 steht in seinem weißen Legionsführeranzug vor mir.

„Ich habe mich schon gefragt, wann du kommst", sagt er triumphierend.

Ich weiß nicht genau, was er meint, aber versuche erst gar nicht, darauf einzugehen. „Ich würde gerne dein Angebot annehmen. Kannst du mich bitte auf die Krankenstation bringen?"

„Natürlich. Ich bin immer für dich da. Das weißt du doch, oder?", antwortet er grinsend und tritt zu mir hinaus auf den Flur. Seine Worte sind freundlich und er könnte mir nicht hilfsbereiter gegenübertreten, und trotzdem werde ich das Gefühl nicht los, dass etwas mit ihm nicht stimmt.

Gemeinsam schreiten wir den Flur entlang und betreten die Aufzüge. Ich weiß, dass ich mir mit dieser Aktion jede Chance verbaue, bald selbst die Erlaubnis zu erhalten, den Aufzug zu bedienen, aber ich kann einfach nicht länger warten. Ich muss zu Finn.

Obwohl die Aufzugkabine groß genug für dreißig Menschen wäre, stellt A566 sich direkt vor mich, als die Türen sich schließen. Ich kann seinen Atem erneut auf meinem Gesicht spüren.

„Würdest du das hier bitte für dich behalten?", frage ich ihn und muss dabei leicht zu ihm emporblicken.

Er beginnt wieder zu grinsen. „Aber natürlich. Ich würde doch ebenfalls Probleme bekommen, wenn rauskommt, dass ich dich verbotenerweise in die Krankenstation bringe."

„Vielen Dank dafür. Ich wüsste nicht, was ich ohne dich gemacht hätte."

„Merk es dir und denk daran, du bist mir dafür etwas schuldig. Aber es ist am Besten, wenn das unser kleines Geheimnis bleibt."

Die Aufzugtüren öffnen sich und ich trete erleichtert hinaus in das Atrium. Schnell atme ich tief ein, denn immer, wenn A566 in meiner Nähe ist, beginne ich, die Luft anzuhalten.

Rechts von dem Aufzug befinden sich die Türen zur Krankenstation. A566 braucht auch hier nur seinen Daumen auf den Scanner zu legen, um sie wie von Zauberhand zu öffnen. Eilig laufen wir den Flur entlang und zu spät fällt mir ein, dass Clyde nachts Wache bei Zoe hält. Ich erinnere mich erst daran, als wir praktisch vor ihm stehen. Verwirrt blickt er mir entgegen, doch ich versuche, so zu tun, als wäre er nur einer von vielen. A566 soll nicht auch noch über meinen Kontakt zu ihm Bescheid wissen.

Clyde blickt uns fragend nach, als wir an ihm vorbeigehen und A566 ein paar Türen weiter stehen bleibt, um die Tür vor sich zu öffnen.

Sobald ich Finn sehe, ist jeder andere Gedanke vergessen. Er ist nach wie vor gefesselt, doch dieses Mal nur an den Händen und Beinen. Er trägt einen braunen Zweiteiler, der für die männlichen Bewohner der Sicherheitszone als Schlafanzug dient. Seine wunderschönes, honigblondes Haar wurde ihm abrasiert, sodass sein Schädel genauso kahl in dem kalten Licht der Beleuchtung glänzt wie der von A566.

Finns Augen sind geschlossen und seine Lippen zu einem schmalen Strich zusammengepresst. Selbst im Schlaf ist ihm der Kampf noch anzusehen.

Vorsichtig setze ich mich auf den Rand der Liege und streichele fürsorglich über Finns Wange. War es die richtige Entscheidung, ihm seine Erinnerung zu nehmen? Hätte ich ihn lieber sterben lassen sollen? Aber dafür war ich zu egoistisch. Ich kann ihn nicht gehen lassen. Noch nicht. Unsere Liebe hat doch gerade erst begonnen.

Wie selbstverständlich gleitet meine Hand in die seine. Sie ist immer noch rau und von Schwielen als Zeichen seiner harten Arbeit übersät. Wenigstens das ist ihm geblieben. Vielleicht werden seine Hände ihm dabei helfen, sich zu erinnern. Ich könnte ewig bei ihm sitzen und ihn einfach nur betrachten. Selbst A566 kann ich dabei vollkommen ausblenden. Doch plötzlich regt sich etwas in Finns Gesicht. Seine Augenlider beginnen, leicht zu flackern, und seine Hand zuckt für einen kurzen Moment zusammen. Er kommt zu sich.

Ich beuge mich zu ihm vor und blicke gespannt auf sein Gesicht hinab. Als er die Augen öffnet, stoße ich erschrocken Luft aus. Seine Augen waren zwar schon immer blau, aber jetzt sind sie in dem typischen Lichtblau der Legion gefärbt. Ihnen fehlen die wilden Sprenkel, die Finn so lebendig wirken ließen. Aber nicht nur die Farbe ist anders, sondern auch jegliches Leben scheint aus ihnen gewichen zu sein. Fast sind sie so starr wie die Augen eines Toten. Ich versuche, mich zu beherrschen, ihm zuliebe. Zärtlich fahre ich ihm über den haarlosen Kopf. „Finn“, flüstere ich. „Endlich bist du wieder bei mir.“

Sein Blick begegnet dem meinen. Er ist verwirrt, aber sanft. „Kenne ich dich?“

Damit war zu rechnen und ich lächle ihm tapfer entgegen. „Ich bin Cleo. Du kannst dich im Moment noch nicht an mich erinnern, aber das wird bald anders werden. Ich werde dir dabei helfen.“

Ein leichtes Lächeln zuckt über seine Lippen. „Cleo“, flüstert er. „Was für ein schöner Name.“

„Es bedeutet ‚Die, die mit der Sonne aufgeht‘.“

Plötzlich öffnet sich die Tür und A350 steht bebend vor Wut in dem Raum.

„Was machst du hier?", fährt sie mich verärgert an.

„Ich musste ihn sehen", versuche ich mich zu verteidigen, aber halte dabei gleichzeitig meine Stimme ruhig, um Finn nicht zu erschrecken. Doch seine Augen sind bereits angstvoll geweitet.

„Ich habe es dir verboten", schimpft A350 unnachgiebig. „Komm sofort mit mir!"

„Aber er ist gerade aufgewacht! Wir können ihn doch jetzt nicht alleine lassen", flehe ich sie an, aber sie zeigt kein Verständnis.

„Ich lasse einen Arzt rufen, der wird dafür sorgen, dass er bis zur Untersuchung weiterschläft."

Sie packt mich grob an meinem Oberarm und zieht mich aus dem Zimmer.

„Für dich ist die Vorstellung ebenfalls beendet", fährt sie A566 aufgebracht an. Dieser zuckt nur grinsend mit den Schultern und schlendert unbeteiligt zu dem Aufzug. A350 schubst mich hinter ihm her. So wütend habe ich sie noch nie erlebt. Ich dachte, sie wäre meine Freundin. Kann sie denn dann nicht verstehen, warum ich es tun musste? Hätte sie nicht für mich das Gleiche getan?

Sobald wir mein Zimmer erreichen, befiehlt sie mir, die Tür zu öffnen. Doch anstatt mit einzutreten, bleibt sie davor stehen. „Ich werde jetzt D560 Bescheid geben. Sie soll heute Nacht bei dir bleiben, und sobald du versuchst, das Zimmer zu verlassen, wird sie mich alarmieren. Haben wir uns verstanden?"

Ich bin es nicht gewohnt, dass sie in so einem Befehlston mit mir spricht, und kann nur stumm nicken.

„Du setzt alles aufs Spiel. Ist das deine Art, mir zu danken?“, fährt sie mich weiterhin an. „Ich habe mich immer für dich eingesetzt und du stellst mich mit deinem ungehörigen Benehmen vor allen bloß. Willst du wirklich eine Deklassifizierung riskieren wegen eines Mannes, der sich nicht einmal an dich erinnern kann?“

Ich schüttele schnell meinen Kopf. „Woher wollt ihr wissen, dass er sich an nichts mehr erinnert? Du hast selbst gesagt, dass es das erste Mal ist, dass ihr die Operation bei einem Menschen durchgeführt habt.“

Ihre Augen verengen sich zu Schlitzen, aus denen sie mich wütend heraus anblitzt. „Er sollte sich besser an nichts erinnern.“

Mit diesen Worten lässt sie mich alleine zurück und geht. Ich habe verstanden. Wenn sich herausstellen sollte, dass die Operation nicht funktioniert hat, werden sie ihn töten.

Nur wenige Minuten später klopft es bereits an meine Zimmertür. Ich brauche gar nicht auf den kleinen Bildschirm zu schauen, um zu wissen, wer davorsteht. D560, so wie A350 es bereits angekündigt hat. Ich öffne ihr die Tür und versuche, mir meine schlechte Laune und Besorgnis wegen Finn nicht anmerken zu lassen. D560 ist ohnehin schon immer so verschreckt. Doch obwohl ich nichts sage, bemerkt sie sofort, dass etwas nicht stimmt. Ich weiß nicht, wie viel ihr A350 bereits verraten hat, aber normal ist es sicher nicht, dass sie nachts bei einer Legionsführerin Wache halten muss. Aber erstaunlicherweise scheint sie das nicht im Geringsten zu stören, sie wirkt sogar fast erleichtert.

„Du siehst traurig aus", liest sie aus meinem Gesicht und ich bin beeindruckt davon, wie gut sie sich mit menschlichen Gefühlen auskennt, da solche hier eigentlich verboten sind. Zögernd blicke ich sie an. Es ist komisch, dass jetzt unsere Rollen vertauscht sind. Sonst ist sie immer diejenige, die traurig und verzweifelt wirkt. Jedes Mal möchte ich dann, dass sie mit mir spricht und ihre Ängste mit mir teilt. Doch jedes Mal bleibt sie so verschlossen wie eine Tür, für die es keinen Schlüssel gibt. Vielleicht sollte ich den ersten Schritt tun und ihr beweisen, dass ich ihr vertraue. Denn das tue ich. Bereits seit dem ersten Tag, an dem ich ihr begegnet bin, fühle ich mich ihr verbunden. Es ist ein Gefühl, das ich genauso wenig erklären kann, wie meine Abneigung gegenüber A566.

Seufzend lasse ich mich auf mein Bett sinken. „Ich erzähle es dir, aber du darfst mit niemandem darüber sprechen. Versprichst du mir das?"

Meine Forderung scheint sie etwas zu ängstigen und sie wirkt nachdenklicher als zuvor, aber dann setzt sie sich neben mich und nickt.

„Versprochen."

„Gestern hat einer der Verstoßenen die Kugel der Legionsführer mit Steinen beworfen, deshalb haben sie ihn festgenommen."

„Ich habe die Risse in der Scheibe gesehen", bestätigt sie mir.

„Ich kenne den Verstoßenen", gestehe ich ihr, zögere jedoch fortzufahren. „Er ist ein Freund von mir, sogar ein sehr guter."

Gespannt blicke ich in ihr Gesicht, doch es zeigt keinerlei Regung. Weder Abscheu noch Verständnis. D560 hört mir einfach nur zu, aber vielleicht ist es genau das, was ich brauche: Einen Zuhörer, der nicht urteilt.

„Ich musste entscheiden, ob er sterben oder vergessen soll. Ich habe mich für das Zweite entschieden und war deshalb gerade bei ihm, obwohl es mir verboten war."

„Und? Hat es funktioniert? Hat er dich vergessen?"

Ich nicke traurig. „Er hat sich zwar irgendwie gefreut, mich zu sehen, aber er wusste nicht einmal, wer ich bin."

D560 sieht mich mitfühlend an. „Das tut mir leid für dich."

Ich spüre, wie mir die Tränen in die Augen steigen. „Er würde mich hassen, wenn er wüsste, was ich ihm angetan habe. Er wäre lieber gestorben, als hier leben zu müssen."

Meine Worte scheinen irgendetwas in D560 zu bewegen, denn ihr Blick wird plötzlich ganz starr. „Ich beneide ihn."

Das verstehe ich nicht. Wie kann man jemanden beneiden, der nicht einmal mehr weiß, wer er selber ist? „Warum?"

„Ich würde alles dafür tun, um einfach nur vergessen zu können." Bei ihren Worten blickt sie mich weiterhin nicht an, sondern starrt wie hypnotisiert auf einen Punkt in der Ferne.

„Was möchtest du vergessen?"

Sie schließt für einen Moment die Augen und sieht mich dann an. Tränen verschleiern ihren Blick, genau wie meinen. „Darüber darf ich nicht sprechen."

Jetzt hat sie meine volle Aufmerksamkeit. „Wer verbietet es dir?"

Sie zuckt traurig mit den Schultern. „Was denkst du wohl?"

„Die Legionsführer?"

Sie nickt.

„Aber ich bin auch eine Legionsführerin. Ich erlaube dir, es mir zu erzählen. Ich sage es auch keinem weiter."

„Was würde es dann ändern, wenn du es für dich behältst?"

„Ich könnte etwas ändern, ohne mit den anderen darüber zu sprechen", versuche ich, ihr Mut zu machen. Doch sie glaubt mir nicht.

„Nimm es mir nicht übel, aber ich weiß, dass du ihnen nicht gleichgestellt bist. Du hast doch nicht einmal die Erlaubnis für alle Türen, oder?"

Ich gebe es nur ungern zu, aber da hat sie wohl recht. „Noch nicht", entgegne ich ihr deshalb.

Verwirrt runzelt sie die Stirn. „Wie bist du dann eigentlich auf die Krankenstation gekommen?"

Mir ist bewusst, dass sie nur versucht, vom eigentlichen Thema abzulenken, aber ich vermeide es, sie darauf anzusprechen. Ich will sie nicht bedrängen und dadurch ihr Vertrauen verlieren.

„A566 hat mir geholfen."

Ihre Miene versteinert sich augenblicklich. „Du solltest keine Hilfe von ihm annehmen."

„Warum nicht?" Weiß sie mehr über ihn als ich?

„Er ist nicht der, für den du ihn hältst." Sie spricht in Rätseln. Was soll das bedeuten? Doch bevor ich sie fragen kann, steht sie von dem Bett auf und signalisiert mir damit deutlich, dass sie mir keine weiteren Fragen beantworten wird.

„Du solltest jetzt schlafen. Morgen wird es sicher eine Konferenz wegen deinem Freund geben und du wirst deine ganze Kraft brauchen, um ihn zu verteidigen."

Sie schlägt meine Bettdecke zurück, so als wäre ich ein Kleinkind und sie die Erzieherin. Trotzdem steige ich gehorsam in das Bett und lasse es zu, dass sie mich zudeckt. Ihre Fürsorge erinnert mich etwas an Florance. Der Gedanke an die Rebellen ist tröstlich, so fühle ich mich Finn etwas näher.

Doch als D560 zurücktreten will, greife ich vorsichtig nach ihrem Arm. Sofort zuckt sie zusammen, so als hätte ich sie verbrannt. Langsam lasse ich ihren Arm wieder los. „Entschuldige, ich wollte dich nicht erschrecken. Willst du dich nicht zu mir legen? Das Bett ist groß genug für uns beide."

„Es steht mir nicht zu", entgegnet sie verschüchtert und fährt sich mit der Hand über die Stelle an ihrem Arm, an der ich sie berührt habe.

„Ich erlaube es dir", versichere ich ihr. Ich sehe das Zögern in ihrem Gesicht, aber bin erleichtert, als sie sich tatsächlich an den Rand der anderen Betthälfte legt. Sie rollt sich zusammen, wie es Dumbo, der kleine Wüstenfuchs von Iris, immer getan hat. Es wirkt so, als müsse sie sich schützen. Doch vor was?

Am nächsten Morgen fühle ich mich, als hätte ich die ganze Nacht kein Auge zugemacht. Bereits mein erster Gedanke gilt Finn. Vielleicht war es ein Fehler, ihn direkt nach der Operation zu besuchen. A350s Wut muss ihn geängstigt haben. Ob er wohl schon wach ist? Wie erklärt sich jemand, der sich an nichts erinnern kann, dass er in einer Zelle ohne Fenster festgeschnallt ist? Wenn ich mit ihm tauschen könnte, würde ich es sofort tun.

Als ich zu meiner Rechten blicke und D560 sehe, erschrecke ich im ersten Moment. Ich hatte vollkommen vergessen, dass sie da ist. Auch jetzt rührt sie sich kaum. Sie liegt noch genauso da wie in der Nacht, als sie eingeschlafen ist. Es ist die Haltung eines Fötus. Man könnte fast meinen, sie wäre tot. Allein das leichte Heben und Senken ihrer Brust verrät sie. Sie wirkt so schwach und zerbrechlich neben mir, dass ich ihr am liebsten behutsam über den kahlen Kopf streicheln würde.

Plötzlich klopft es an der Tür und D560 schreckt auf, als wäre sie geschlagen worden. Sie bringt sich neben der Tür in Position, so als habe sie dort die ganze Nacht Wache gestanden.

Durch meinen Fingerabdruck lasse ich A350 eintreten. Sie hat sich etwas beruhigt. Jedoch wirkt ihre Haltung mir gegenüber kühler als die Tage zuvor.

„Es gibt eine Sonderkonferenz. Komm mit!“

So früh schon? Ist noch etwas passiert, von dem ich nichts weiß? „Ich habe noch nicht gefrühstückt“, erwidere ich spontan, um so herauszufinden, wie spät es ist. Dem Blick aus dem Fenster nach zu urteilen, müssten wir bereits Mittag haben. Habe ich so lange geschlafen?

„Das Frühstück hast du verpasst. Du wirst später genug Zeit haben, um es nachzuholen.“

Ich spüre deutlich, dass sie immer noch sauer auf mich ist, und habe deshalb ein schlechtes Gewissen, obwohl ich jederzeit wieder zu Finn gehen würde. Ich bereue es nicht. Ich wünschte nur, dass A350 mich verstehen könnte. Um sie nicht noch mehr gegen mich aufzubringen, folge ich ihr deshalb gehorsam in den Konferenzsaal. Die anderen sind bereits alle versammelt, so wie auch der leitende Arzt und der oberste Kämpfer.

A489 erhebt sich, um mit seinem Bericht zu beginnen: „Ich begrüße euch. Bevor wir auf die unschönen Ereignisse des vergangenen Tages zu sprechen kommen, muss ich euch leider über schlechte Neuigkeiten aus der östlichen Legion berichten. Auch dort gab es gestern einen Angriff auf die Legion. Dabei wurden Verstoßene der nördlichen Legion wiedererkannt, die sich mit den östlichen zusammengeschlossen haben. Ihre Streitkraft beträgt geschätzt 100 Personen, mehr, als wir je gedacht hätten. Bei dem Angriff wurde ein Wassertank so stark beschädigt, dass eine Versorgung nicht länger möglich war. Die östliche Legion wurde jedoch bereits mit einer Lieferung der Zentrale wieder stabilisiert."

Empört schütteln die anderen Legionsführer die Köpfe über die Tat der Rebellen. Obwohl auf dem Schwarzmarkt auch Vertreter der östlichen Legion waren, kann ich mich an keinen von ihnen erinnern. Sie schienen mir sehr zurückhaltend. Es wundert mich, dass sie zusammen mit Raymond und dem Norden einen solchen Angriff gewagt haben. Wie lange wird es wohl noch dauern, bis sie auch zu uns in den Westen kommen?

Das Wort geht weiter an den obersten Kämpfer, doch er zögert und blickt dabei immer wieder in meine Richtung. Was gibt es, das er nicht vor mir aussprechen möchte? Gab es einen weiteren Angriff der Rebellen? Wurde dieses Mal etwa jemand getötet?

„Innerhalb der Sicherheits- und Schutzzone gibt es keine Vorkommnisse zu melden", berichtet er ausweichend und fixiert dabei A489 mit seinem Blick. „Wir haben jedoch eine Sichtung außerhalb der Schutzzone gemacht."

A489 schreitet sofort ein. „Ich verstehe. Eine weitere Erläuterung wird nicht nötig sein."

Verwirrt blicke ich mich in dem Saal um. Die anderen wirken alarmiert. Weiß hier jeder, wovon die Sprache ist, außer mir? Was ist es, das sie mir verheimlichen? Was haben sie außerhalb der Strommauer gesichtet? Wie können sie überhaupt dort etwas sichten? Ich dachte, jedes Leben wäre dort aufgrund der Radioaktivität ausgeschlossen. Vorsichtig blicke ich zu A350. Wird sie mir die Wahrheit sagen? Doch ihr Blick ist starr an mir vorbei gerichtet. Ich weiß, dass sie spürt, wie ich sie ansehe, doch sie will darauf nicht reagieren. Sonst war sie immer ehrlich zu mir, warum kann sie es jetzt nicht sein? Habe ich ihr Vertrauen verloren, nur weil ich in der letzten Nacht bei Finn war? Kann ich sie damit wirklich so sehr enttäuscht haben?

Nun ergreift der Arzt das Wort. Über eine Fernbedienung fahren weiße Leinwände vor die großen Fenster und dunkeln so das Zimmer ab. In der Mitte erscheint dreidimensional die Zelle von Finn. Er liegt mit starrem Blick auf seinem Bett, doch die Fesseln sind verschwunden.

„Nach dem bisherigen Stand der Untersuchungen konnte ich keinerlei Beeinträchtigung seiner Gehirnfunktionen feststellen. Er wirkt jedoch leicht orientierungslos, was auf den Verlust seiner Erinnerung zurückzuführen sein dürfte."

Untersuchungen? Haben sie ihn etwa ohne mich untersucht? Verletzt starre ich zu A350, doch sie zuckt nicht einmal mit der Schulter. Sie wusste doch, wie wichtig es mir ist, dabei zu sein.

„Warum habt ihr ihn ohne mich untersucht?", zische ich ihr wütend zu.

Ohne ihren Blick zu verändern, antwortet sie mir: „Dir ist ab sofort jeglicher Kontakt zu ihm untersagt."

„Das könnt ihr nicht machen!“, entgegne ich aufgebracht und balle dabei meine Hände zu Fäusten, um die Tränen zurückzuhalten. Sie sind hier an der falschen Stelle.

„Es ist sowohl zu deinem als auch zu seinem Besten!“ Sie wirkt vollkommen emotionslos, aber gleichzeitig wagt sie es nicht einmal, mich anzusehen. Dafür hasse ich sie in diesem Moment am meisten.

„Woher willst du wissen, was das Beste für ihn oder mich ist? Du kennst ihn genauso wenig wie mich.“ Es fällt mir schwer, meine Stimme zu beherrschen, und ich bemerke zu spät, dass jedes andere Gespräch mittlerweile verstummt ist und alle uns beobachten.

A350 hat es lange vor mir bemerkt. Der Blick, den sie mir nun zuwirft, ist schneidend und kalt wie Eis. „Mir ist völlig gleich, was gut für ihn ist. Er ist ein Verstoßener, und wenn es nach mir gegangen wäre, würden wir jetzt seine Asche über der Ebene verstreuen.“

Ich schlucke den Kloß in meinem Hals zurück und fühle mich, als hätte sie mir vor den Augen aller eine Ohrfeige verpasst. Wie kann sie nur so grausam sein? Ich dachte, sie wäre meine Freundin.

A489 räuspert sich betont laut. „Dürften wir jetzt fortfahren, A518? Glaubst du, dass du es schaffen wirst, deinen Mund zu halten? Oder möchtest du lieber den Saal verlassen?“

Ich starre ihm voller Wut entgegen und blicke mich in dem Saal um. Niemanden interessiert mein Schmerz. Ganz im Gegenteil, sie wirken alle eher genervt von mir und der Unterbrechung. Das ganze Thema ist für sie nur ein Punkt auf ihrer Tagesordnung, den es abzuarbeiten gilt. Mein Herz zieht sich in mir zusammen. Wie können sie nur so gefühllos sein? Vielleicht hatten die Rebellen recht und es gibt wirklich keine Heilung für sie? Jedenfalls für die meisten. Mein Blick bleibt an A566 hängen. Er zwinkert mir zu. Sollte er sich als mein einziger Freund herausstellen? Für einen Moment vergesse ich D560s Warnung und bin nur dankbar für seine Geste.

Der Arzt fährt fort: „Ich halte es für unnötig, ihn weiter auf der Krankenstation festzuhalten. Er sollte so schnell wie möglich in den normalen Tagesablauf eingegliedert werden."

„Haben sie eine Empfehlung für die Klassifizierung?"

„Er hat nie Bildungsunterricht oder Kampftraining genossen, sodass ein Einsatz nur als Helfer möglich sein wird. Und selbst das ist schwierig, da die meisten Abläufe ihm vollkommen fremd sind."

„Er könnte putzen. Das kann jeder", mischt sich nun A566 grinsend ein. Die Art, wie er es sagt, gefällt mit nicht. So als wäre Finn nicht mehr wert oder schlicht dumm.

„In der Tat halte ich einen Einsatz in der Putzeinheit für angemessen", stimmt ihm der Arzt zu. „Er benötigt eine Bezeichnung der fünften Generation.

A489 wendet sich zu A233. „Gibt es eine freie Bezeichnung?"

A233 wirft einen Blick auf den tragbaren Monitor vor sich. „Die Nummer 577 ist derzeit unbesetzt."

Wie kann eine Bezeichnung unbesetzt sein? Was ist mit dem ehemaligen Besitzer geschehen?

„Also ist es beschlossen, der Verstoßene wird zu D577."

Niemals. Egal welche Bezeichnung sie ihm auch geben, für mich wird er immer Finn bleiben. Und ich werde dafür sorgen, dass er sich selbst auch wieder daran erinnert.

Ein anderer Legionsführer, der sich bisher selten an Diskussionen beteiligt hat, mischt sich nun ein. „Somit wäre geklärt, was mit dem Angreifer geschieht, aber nicht, wie wir uns in Zukunft vor Angriffen dieser Art wappnen sollen."

„Wir haben die Patrouillen auf das Doppelte erhöht", erklärt der oberste Kämpfer, doch das reicht dem Legionsführer nicht. Ich erinnere mich wieder an seine Bezeichnung: A333. Er war einer derjenigen, die bei dem Angriff bei mir in der Sicherheitszone geblieben sind.

„Ich wette, die östliche Legion hat ihre Patrouillen ebenfalls erhöht, und trotzdem hat es sie nicht vor einem Angriff geschützt. Meiner Meinung nach sollten wir deshalb die Rebellion unterbinden, solange es noch möglich ist."

„Was soll das heißen?", entfährt es mir alarmiert, wofür ich augenblicklich böse Blicke von allen Seiten ernte.

„Die Verstoßenen müssen zum Schweigen gebracht werden. Wir haben damit bereits viel zu lange gewartet", stimmt A489 seinem Vorredner zu.

„Das kann nicht euer Ernst sein. Er war alleine und hat mit Steinen geworfen. Es war eine Verzweiflungstat und nie wirklich eine Gefahr", rufe ich aufgebracht aus. „Die anderen Verstoßenen hatten damit nichts zu tun. Ihr könnt sie nicht für seinen Wahnsinn bestrafen."

„Er war alleine, aber vielleicht war er auch nur der Erste von vielen, die seinem Beispiel folgen werden. Wir müssen ein Zeichen setzen.“

„Warum sollte ihm jemand folgen wollen? Was hat es ihm denn schon gebracht? Die Verstoßenen werden ihn für tot halten.“

„Und gerade das könnte sie dazu animieren, einen Racheakt zu planen. Womöglich verbünden sie sich mit den Verstoßenen aus dem Norden und Osten.“

Ich schüttele hartnäckig den Kopf. „Ich könnte mit ihnen reden. Sie kennen mich und vertrauen mir. Es würde sie beruhigen zu wissen, dass Finn noch am Leben ist. Sie würden mich nicht belügen.“

Empörung kommt sofort über meinen Vorschlag auf. „Es sind nicht wir, die um Vergebung bitten müssen, sondern sie. Wir haben ihnen die Möglichkeit eines unbeschwerten Lebens geboten, doch sie werfen mit Steinen nach uns. Damit muss Schluss sein. Sie gefährden das Leben der Menschen in der Sicherheitszone.“

Verzweifelt suche ich nach Worten, obwohl ich weiß, dass sie ihr Urteil bereits gefällt haben und nichts, was ich sage, sie umstimmen wird.

„Sie haben nur ein falsches Bild von der Legion, so wie ihr ein falsches Bild von ihnen habt. Ich könnte verhandeln und die Missverständnisse aufklären.“

„Die Zeit für Verhandlungen ist bereits lange vorbei. Jetzt folgen Taten.“

Die anderen nicken bei A489s Worten zustimmend, während ich ungläubig den Kopf schüttele. „Stimmen wir nicht einmal ab?“, bringe ich schwach hervor, obwohl es sinnlos ist.

A489 grinst mich triumphierend an. „In Ordnung, stimmen wir ab. Wer ist für eine Auslöschung der Verstoßenen?“

Neunzehn Hände heben sich. Alle, außer meiner und der von A566. Wieder ist er der Einzige, der zu mir steht. Selbst A350 hat sich gegen mich verschworen. Ich halte es nicht eine Sekunde länger in diesem Saal aus. Aufgebracht springe ich auf und stürze aus dem Zimmer, schnappe nach Luft wie ein Fisch an Land. Das darf nicht wahr sein. Ich muss es verhindern, egal wie.

09. Freunde in der Not

Ich kann weder essen noch schlafen. Es ist, als hätte man mich unter Strom gesetzt. Es muss einen Weg geben, die Rebellen vor dem Angriff zu warnen. Leider weiß ich nicht einmal, wann genau er stattfinden soll, da ich mich nicht länger beherrschen konnte und die Konferenz vor deren Ende verlassen habe. Jetzt ärgere ich mich darüber. Aber das Datum werde ich schon noch herausfinden. Viel wichtiger ist, was ich dann tun soll. Natürlich könnte ich A566 bitten, mit mir zu den Höhlen zu fahren. Ich würde mich wahrscheinlich sogar noch an den Weg erinnern, aber ich kann unmöglich das Leben der Rebellen in die Hände eines Fremden legen. Auch wenn A566 nicht für ihren Tod gestimmt hat, so ist mir das Risiko dennoch zu hoch. Zudem würde ich ihn durch meine Bitte zu einem Mittäter machen. Er würde genauso des Verrats angeklagt werden wie ich. Es wäre nicht fair, ihm so eine Last aufzubürden.

Ich würde mir wünschen, dass ich gemeinsam mit Finn, Zoe und Clyde darüber beratschlagen könnte. Vielleicht wüssten sie weiter. Aber Finn erinnert sich nicht einmal an seinen eigenen Namen und Zoe sitzt bereits wie eine Gefangene in der Zelle auf der Krankenstation. Wenn ich ihr von den Plänen der Legionsführer berichten würde, wäre es nur eine weitere Folter für sie, da sie weder in der Lage ist, sich selbst zu befreien, geschweige denn andere zu schützen.

Trotzdem sehne ich mich nach der Nähe meiner Freunde, und da es nicht möglich ist, sie von Angesicht zu Angesicht zu sehen, beschließe ich, in den Kontrollraum zu gehen, um sie wenigstens über Monitor sehen zu können.

Der Kontrollraum befindet sich nur wenige Schritte von meinem Zimmer entfernt, am Ende des Flurs. Ich will gerade eintreten, doch stoppe im letzten Moment, als ich leises, aber aufgebrachtes Stimmengewirr höre. Es sind zwei männliche Stimmen und ich erkenne beide sofort: A489 und A566.

„Was ist aus deinen Prioritäten geworden? Du warst nahe dran, einer der Besten von uns zu werden!“, wirft A489 A566 vor.

„Ich bin einer der Besten, wenn nicht der Beste“, entgegnet A566 selbstbewusst.

„Das glaubst aber auch nur du“, ruft der Ältere höhnisch aus, bevor er wieder ernst wird. „Du hast dich verändert, seitdem sie da ist. Warum?“

Sprechen sie etwa über mich?

„Früher standest du auf meiner Seite. Wir waren uns einig darüber, was mit den Verstoßenen geschehen sollte, und heute stimmst du grundsätzlich für das, was diese Verräterin möchte.“

„Sie ist neu und ich helfe ihr nur, sich zurechtzufinden“, erklärt A566 unbeeindruckt. Ich höre aus seiner Stimme das freche Grinsen heraus.

„Du bist unzuverlässig, das ist alles“, ruft A489 verärgert aus. „Was willst du von ihr? Lass es mich wenigstens verstehen!“

Was A566 ihm antwortet, kann ich nicht verstehen, da er es zu flüstern scheint. Doch es können nur wenige Worte gewesen sein, denn bereits im nächsten Moment ruft A489 wütend aus: „Du bist wahnsinnig!

Krieg dich wieder ein oder du kannst in Zukunft deine Probleme alleine regeln."

Ich kann mich gerade noch gegen die Wand pressen, um nicht direkt vor der Tür erwischt zu werden, als A489 an mir vorbeistürzt. Ich atme erleichtert aus, weil er mich nicht bemerkt hat. Jedoch zögere ich trotzdem, in den Kontrollraum zu treten. A566 hat meinetwegen bereits Ärger. Er riskiert viel für mich, und trotzdem habe ich das Gefühl, dass er nicht ehrlich zu mir ist. Ich warte förmlich auf die Falle, in die er mich zu locken versucht.

Langsam trete ich in den Raum. „Hey", grüße ich ihn freundlich. Doch er fährt erschrocken herum, so als hätte ich ihn bei etwas Verbotenem erwischt. Auf dem Monitor vor ihm flackert das Bild einer Überwachungskamera auf. Es zeigt das Innere eines Zimmers, doch ich stehe zu weit entfernt, um sagen zu können, wessen Zimmer es ist.

Es dauert nicht einmal eine Sekunde, bis A566 seine Fassung zurückhat und sich gewohnt lässig gibt. „Gut, dass du kommst. Ich habe dich bereits erwartet."

Seine Aussage überrascht mich. „Warum?"

Er zwinkert mir schelmisch zu. „Ich nehme an, du brauchst meine Hilfe. Wo soll es heute hingehen? Auf die Krankenstation? In die Sicherheitszone oder lieber direkt außerhalb der Legion?"

Ist das sein Ernst? An seiner Haltung merke ich, dass er tatsächlich aufbruchbereit ist. Für ihn scheint das alles nur ein großes Abenteuer zu sein. Eine Flucht aus dem Alltag, die er sich selbst von den Warnungen von A489 nicht verbieten lässt. Sein Angebot ist verlockend. In der Tat sehne ich mich wahnsinnig danach, Finn zu sehen. Aber A350 hat es ohnehin schon auf mich abgesehen. Sie würde es rausfinden und ich weiß nicht, ob sie mich ein weiteres Mal vor den anderen decken würde. Zudem würde auch A566 in Schwierigkeiten geraten und das möchte ich nicht. Ich schulde ihm auch so schon mehr als genug. Deshalb schüttele ich den Kopf. „Nein, heute nicht, aber danke für das Angebot."

Er wirkt ehrlich enttäuscht. „Ich helfe dir gerne. Das macht mir nichts aus. Komm schon, ich habe mich den ganzen Tag darauf gefreut."

Sein Einsatz rührt mich und ich schenke ihm ein zaghaftes Lächeln. „Du hast meinetwegen schon genug Probleme", versuche ich ihm auszuweichen.

„Hast du etwa das Gespräch zwischen mir und A489 belauscht?", fragt er entrüstet, doch dann beginnt er zu grinsen: „Böses Mädchen!"

„Ich habe nicht gelauscht. Es war Zufall. Ich wollte sowieso in den Kontrollraum", verteidige ich mich.

„Du hättest dir ja die Ohren zuhalten können", erwidert A566 schulterzuckend, aber macht dann eine wegwerfende Handbewegung. „Mach dir deshalb keine Sorgen. Ich hab alles im Griff!"

Er scheint sich seiner Sache wirklich verdammt sicher zu sein. „Trotzdem, heute nicht", lasse ich ihn erneut abblitzen.

Dieses Mal hebt er nur abwehrend die Hände. „Dann eben nicht. Wer nicht will, der hat schon."

Ohne mich eines weiteren Blickes zu würdigen, verlässt er das Zimmer. Ist er jetzt etwa beleidigt? Ich versuche, nicht darüber nachzudenken, und wende mich dem Monitor vor mir zu. Rechts unten am Bildschirmrand flackert die Bezeichnung des gezeigten Bewohners auf. Es ist D560. Warum hat er in ihr

Zimmer geblickt? Was ist da zwischen den beiden? Sie hat mich bereits vor ihm gewarnt, aber warum?

Gedankenverloren lasse ich meine Finger über das Kontrollboard gleiten und drücke auf die Bezeichnung ‚D577'. Es erscheint das Bild eines Zimmers in der Sicherheitszone. Finn liegt auf dem Bett und schläft bereits. Die Betten in der Sicherheitszone steuern den Schlaf ihrer Bewohner. Sobald es Schlafenszeit ist, wird ein Gas von der Decke abgesetzt, das den Bewohner zwingt einzuschlafen. Die Sensoren des Bettes fangen gleichzeitig jede Art von Träumen ab. Das heißt, Finn wird sich nicht einmal in seinen Träumen an mich erinnern können.

Er liegt auf dem Bett wie ein Roboter, dem man den Strom abgestellt hat. Völlig bewegungslos und ohne jegliche Emotion im Gesicht. Meine Fingerspitzen berühren den Monitor an der Stelle, wo sein Körper ist. Ich fahre mit dem Zeigefinger über seine Brust und wünsche mir, die Wärme seiner Haut spüren zu können. Bereits jetzt ist sie bei weitem nicht mehr so braun, wie sie es in den Höhlen war. Die Legion muss das irgendwie durch die Tabletten steuern, genauso wie sie unsere Augenfarbe und den Haarwuchs manipuliert. Aber selbst wenn sie ihm ein neues Gesicht verpassen würden, könnte ich ihn erkennen. Mein Herz würde ihn spüren und ich glaube daran, dass er genauso empfindet. Vielleicht kann er es sich noch nicht erklären, aber er muss dieselbe Zuneigung zu mir empfinden wie ich zu ihm.

Schweren Herzens löse ich mich von Finn und lasse meinen Finger weiter zu der Bezeichnung ‚D523' gleiten. Anders als Finn schläft Zoe noch lange nicht. Ihr Anblick lässt mich erschauern. Sie sitzt in einer Ecke ihrer Zelle und hat die Beine an ihren Körper gezogen, während sie ihre Knie mit den Armen umschlingt. Ihr Kopf lehnt an der Wand und ist zur Decke erhoben, wobei sich ihre Lippen leicht bewegen. Erst denke ich, dass sie spricht, doch dann erkenne ich an der Art ihrer Bewegungen, dass sie singt. Tränen laufen ihr dabei die Wangen runter. Es muss ihr wirklich schlecht gehen, denn so habe ich sie zuvor noch nie gesehen. Zoe war immer stark. Schon als ich noch nichts von den Rebellen und Zoes wahrer Identität wusste, habe ich sie dafür immer bewundert. Ich habe mich sogar danach gesehnt, etwas mehr wie sie zu sein. In gewisser Weise war sie mein Vorbild und sie jetzt so leidend zu sehen, lässt mein Herz sich zusammenkrampfen.

Über das Kontrollboard lasse ich mir den Flur vor Zoes Zelle anzeigen. Wie erwartet, steht Clyde vor ihrer Zelle. Er hat seinen Kopf gegen die Tür gelehnt und scheint Zoes Gesang zu lauschen, dabei wirkt er jedoch alles andere als glücklich. Er scheint förmlich mit ihr zu leiden. Es ist erstaunlich, wie nah die beiden sich plötzlich stehen. Zoes Worte sind für Clyde wie Märchen aus einer fremden Welt. Wie vielen anderen Bewohnern der Sicherheitszone würde es genauso ergehen? Mir wäre es vor der Entführung so ergangen. Ich hätte an ihren Lippen gehangen und jedes ihrer Worte in mich aufgesogen, wie ein Schwamm Wasser.

Seltsam, dass ich anfangs geglaubt habe, dass Clyde der Kontaktmann der Rebellen wäre. Keiner von ihnen hat das leicht verträumte Wesen von Clyde. Die Rebellen sind alle Realisten. Sie haben zu viel erlebt, um sich Träume zu gestatten.

Die Erkenntnis trifft mich wie ein Schlag. Das ist es! Warum bin ich nicht sofort darauf gekommen? Ich muss lediglich die Kontaktfrau der Rebellen vor dem

Angriff warnen. Sie wird es weitergeben. Krampfhaft versuche ich, mich an ihre Bezeichnung zu erinnern, doch es ist lediglich ihr Gesicht, das mir vor Augen schwebt. Sie war eine Generation älter als ich und ein Mitglied der Kampfeinheit. Also müsste ihre Bezeichnung C4.. irgendetwas lauten. Hektisch beginne ich, die Knöpfe auf dem Kontrollboard vor mir zu betätigen. Meine einzige Chance, sie zu finden ist, wenn sie zurzeit keinen Dienst hat, ansonsten kann sie sich theoretisch überall in der Legion befinden. Die Männer fallen ohnehin schon weg, so bleiben 49 oder 50 Möglichkeiten übrig. Die ersten Frauen auf den Monitoren betrachte ich länger, um mir sicher zu sein, dass sie es wirklich nicht ist. Doch bereits nach den ersten vier habe ich das Gefühl, dass sie alle tatsächlich gleich aussehen. Ich schließe meine Augen und versuche, mir ihr Bild in Gedächtnis zu rufen. War dort irgendetwas Besonderes? Etwas Einmaliges? Etwas, das sie von allen anderen unterscheidet? Etwas, das sie identifiziert?

Natürlich hatte sie denselben kahlen Kopf und dieselben blauen Augen wie alle, aber etwas war anders in ihrem Gesicht. Ihre Nase? Nein, sie war so perfekt geformt wie alle anderen auch. Ihr Mund? Ich streiche mir gedankenverloren über die Lippen. Mein Zeigefinger bleibt auf meiner Oberlippe liegen. Das ist es! Dort hatte sie eine Narbe. Sie war weißer als der Rest ihrer Haut und hob sich deshalb leicht hervor.

Eilig gehe ich die verbleibenden Ziffern durch und bleibe an C403 hängen. Ich habe sie gefunden. Das ist die Kontaktfrau der Rebellen. Sie ist meine Hoffnung.

Ich bin vielleicht seit fünf Minuten zurück in meinem Zimmer, da klopft es bereits an der Tür.

Erstaunt lasse ich mir das Bild der Außenkamera anzeigen. Es ist D560. Ich öffne ihr die Tür und blicke sie fragend an.

„Ich soll dich heute Nacht wieder bewachen", erklärt sie mir.

Leicht genervt hebe ich die Augenbrauen. „Schon wieder?"

Sie nickt nur verschüchtert und tritt an mir vorbei in das Zimmer. Zu spät bemerke ich, dass sie meine Reaktion falsch deuten könnte. Meine Enttäuschung hatte schließlich nichts mit ihr zu tun.

„Entschuldige, so war das nicht gemeint. Ich habe nichts gegen deine Gesellschaft. Ich kann nur nicht verstehen, dass mich A350 jetzt so überwachen lässt. Sie scheint mir gar nicht mehr zu vertrauen."

D560 legt den Kopf leicht schief. „So solltest du das nicht sehen. Sie meinte, es wäre nur zu deiner Sicherheit. Ich bin sicher, dass sie nur dein Bestes will."

„Ja, das, was sie für das Beste hält", erwidere ich widerstrebend. „Es ist ihr egal, was ich möchte."

Ich lasse mich auf das Bett sinken. „Weißt du, ich dachte, als Legionsführerin hätte ich endlich mehr Freiheiten als in der Sicherheitszone, aber da habe ich mich getäuscht. Im Grunde bin ich genauso gefangen wie zuvor auch, nur mit einer schöneren Aussicht."

„Immerhin kannst du selbst darüber entscheiden, wer dein Zimmer betreten darf und wer nicht", erwidert D560 und ich höre den neidischen Ton aus ihrer Stimme. Sie muss mich wirklich für verwöhnt halten. Niemandem in der Sicherheitszone geht es so gut wie mir, und trotzdem finde ich immer wieder Gründe, um mich zu beklagen.

„Sollen wir schlafen?"

Sie nickt mit einem zaghaften Lächeln auf den Lippen und legt sich dieses Mal von alleine neben mich in das Bett.

Anstatt zu schlafen, blickt sie mich jedoch zögernd an. „Ich bin froh, dass ich bei dir sein darf."

Ihr Geständnis berührt mich. Anscheinend fängt sie langsam an, sich mir zu öffnen. Ich erwidere ihr Lächeln. „Und ich bin froh, dass du da bist."

Am nächsten Morgen bin ich bereits früh auf den Beinen und beim Frühstück eine der Ersten, genau wie A350, auf die ich gewartet habe. Ohne zu zögern, steuere ich auf sie zu.

„Guten Morgen."

Mit gerunzelter Stirn blickt sie mir misstrauisch entgegen. „Guten Morgen, kann ich etwas für dich tun?"

Sie scheint meine Freundlichkeit sofort zu durchschauen. „Ja, ich möchte bei der Nahrungsvergabe in der Sicherheitszone dabei sein", sage ich es geradeheraus. Es ist die perfekte Möglichkeit, um sowohl auf Finn als auch auf die Kontaktfrau der Rebellen zu treffen.

„Das kommt nicht in Frage. Du hast noch genug zu lernen", entgegnet A350 jedoch verbittert. Offensichtlich ist sie nach wie vor wütend auf mich.

„Aber es ist mein Projekt! Ich habe die Rede vor den Menschen gehalten und es würde sie sicher freuen, wenn ich mich ab und zu blicken ließe."

„Du misst dir eindeutig zu viel Bedeutung bei", erwidert sie ungerührt und geht an mir vorbei, um den Frühstücksraum zu verlassen. Doch so leicht lasse ich mich nicht abwimmeln. Eilig laufe ich ihr hinterher. „Ist ein Legionsführer denn nicht auch von großer

Bedeutung? Wir sind es, zu denen die Menschen aufblicken. Sie verlassen sich blind auf uns. Ich möchte nur meiner Aufgabe gerecht werden!“

Genervt stößt sie die Luft aus, bleibt aber endlich stehen. „Okay, du hast mich überzeugt“, gibt sie sich wenig erfreut geschlagen. „Du hast eine halbe Stunde. Ich selbst werde dich in der Sicherheitszone abholen.“

Gehorsam nicke ich und verkneife mir einen Triumphschrei. Wir bleiben an dem Aufzug stehen und sie betätigt den Sensor über ihren Daumenabdruck.

„Es versteht sich von selbst, dass ich dich nicht in der ganzen Sicherheitszone suchen möchte. Du hast lediglich die Erlaubnis für das Atrium“, erinnert sie mich erneut, als die Türen sich öffnen.

„Selbstverständlich“, stimme ich ihr zu. Sie verdreht genervt die Augen. Offensichtlich glaubt sie mir kein Wort, aber das ist mir egal, solange sie mich nur gehen lässt.

Während der Aufzug in die unterirdische Sicherheitszone gleitet, beginnt mein Herz, wie wild zu klopfen. Ich kann immer wieder nur seinen Namen denken: Finn. Wird er sich an mich erinnern? Vielleicht ist bereits ein Teil seiner Erinnerung zurückgekehrt. Wenn es so ist, wird er mir ein Zeichen geben, dessen bin ich mir sicher.

Die Türen gleiten auf und ich trete hinaus in mein altes Zuhause. Die Wände des Atriums zeigen heute einen Regenwald, während aus den Lautsprechern das leise Plätschern von Regen und sich im Wind wiegender Blätter dringt. Vor den drei Essensschaltern haben sich bereits ordentliche Schlangen gebildet. Es gibt kein Gedränge. Alles läuft völlig komplikationslos und friedlich ab. Mein Projekt dürfte also als voller

Erfolg zu verzeichnen sein. Unter diesen Voraussetzungen wird es nicht mehr lange dauern, bis ich auch die Zustimmung für richtiges Essen erhalte. Es gibt nichts, was länger dagegen spricht.

Am Ende der linken Schlange entdecke ich Finn in seinem braunen Anzug. Sofort steuere ich auf ihn zu, wobei ich auch jeden anderen Sicherheitsbewohner durch ein freundliches Nicken begrüße.

Finn bemerkt mich erst, als ich direkt neben ihm stehe. Jedoch scheint er nicht im Geringsten erfreut darüber zu sein, mich zu sehen.

„Finn", flüstere ich ihm lächelnd zu und streiche vorsichtig über seinen Arm.

Er betrachtet mich, als hätte ich den Verstand verloren, und weicht vor mir zurück. „Warum nennst du mich so? Meine Bezeichnung lautet D577", erwidert er irritiert.

„Erinnerst du dich nicht?", frage ich ihn geduldig. „Du bist Finn und ich bin Cleo. Wir gehören zusammen."

Er schüttelt stur den Kopf. „Lass mich in Ruhe!"

Er rückt ein Stück in der Schlange vor, ohne mich weiter zu beachten. Weiß er wirklich nichts mehr oder tut er nur so? Als er aufgewacht ist, hatte er sich doch auch gefreut, mich zu sehen.

„Weißt du nicht mehr? Cleo, die mit der Sonne aufgeht? Ich war bei dir, als du aufgewacht bist."

„Daran erinnere ich mich. Du warst es, die mich zu früh geweckt hat. Deinetwegen mussten sie mich erneut betäuben", wirft er mir verärgert vor. Die Legion muss ihn in der kurzen Zeit anscheinend einer neuen Gehirnwäsche unterzogen haben. Was haben sie ihm über mich gesagt?

„Ich wollte nicht, dass du alleine bist, wenn du aufwachst."

„Das wäre mir lieber gewesen."

„Sag so etwas nicht. Wenn du dich erinnern könntest, würde es dir leidtun", versichere ich ihm eindringlich.

Doch je mehr ich sage, umso mehr bringe ich ihn gegen mich auf. „Ich kann mich aber nicht erinnern und ich will es auch gar nicht. Halt dich einfach von mir fern!"

Seine Worte sind wie ein Schlag ins Gesicht. Tapfer dränge ich den Kloß in meinem Hals zurück und greife stattdessen erneut nach seinem Arm. „Ich werde dich niemals aufgeben, ob es dir nun gefällt oder nicht."

Wütend reißt er sich von mir los. „Fass mich nicht an! Du bist verrückt! Lass mich in Ruhe!", schreit er mir aufgebracht entgegen, wobei die anderen Bewohner der Sicherheitszone sich verstört zu uns umdrehen.

Beruhigend hebe ich die Hände. „Alles in Ordnung."

Obwohl es mir weh tut, muss ich mich damit abfinden, dass ich heute bei Finn nicht weiterkommen werde. Deshalb mache ich mich auf die Suche nach C403, der Kontaktfrau der Rebellen. Es sind nicht viele der Kämpfereinheit im Atrium vertreten. Doch wenn ich großes Glück habe, werde ich sie darunter entdecken. Eilig schreite ich die drei Schlangen auf der Suche nach ihr ab, doch sie ist nicht dabei. Verzweifelt blicke ich mich in dem Atrium um, als mich plötzlich jemand an der Schulter berührt. Erschrocken fahre ich herum und blicke in Clydes Gesicht. Ich habe ihn gar nicht gesehen. Er wirkt besorgt.

„Wolltest du dich nicht bei mir melden?", wirft er mir vor und ich sehe die dunklen Schatten unter seinen Augen, die auf Schlafmangel hindeuten.

„Das ist nicht so leicht, wie du denkst", versuche ich mich zu erklären. „Ich habe keine Genehmigung für den Aufzug. Ich kann die Legion nicht ohne Genehmigung oder die Aufsicht eines anderen Legionsführers verlassen."

Er geht jedoch gar nicht auf meine Erklärungen ein. „Zoe geht es immer schlechter. Ich glaube, sie wird noch verrückt in der Zelle."

„Ich weiß, ich habe sie gestern über eine Kamera gesehen", gestehe ich ihm.

„Du musst etwas unternehmen!", fordert Clyde und ich fühle mich durch seine Worte noch mehr unter Druck gesetzt. Glaubt er etwa, das wolle ich nicht? Sobald jemand Legionsführer ist, glauben die Menschen, derjenige hätte plötzlich ein leichtes Leben, dabei ist es schwerer als je zuvor. Ich muss die Rebellen vor einem Angriff der Legion warnen. Ich muss Finn dazu bringen, seine Erinnerungen wiederzufinden, und ich muss Zoe aus der Zelle herausholen. Doch niemand fragt, wie es mir dabei geht. Ich schaffe es kaum, nachts zu schlafen vor lauter Sorgen.

„Ich gebe mein Bestes!", versichere ich Clyde kleinlaut. Er nickt und lässt mich alleine zurück. Ich würde mir wünschen, dass er wenigstens gefragt hätte, wie es mir geht.

Ich sehe mich erneut im Atrium um, als ich den Blick einer Kämpferin auf mir spüre. Sie steht vor dem Aufzug und beobachtet mich anscheinend schon länger. Bei näherem Hinsehen erkenne ich, dass es C403 ist. Erleichtert laufe ich ihr entgegen.

„Ich grüße dich, C403."

„Es ist mir eine Ehre, Legionsführerin A518", erwidert sie und verneigt sich kurz vor mir.

„Ich habe eine Nachricht für dich", erkläre ich ihr und will bereits fortfahren, doch sie unterbricht mich.

„Mir scheint, du hast für viele Leute Nachrichten. Ist das nicht etwas riskant?"

Will sie mich warnen? Es stimmt, mein Verhalten ist sicher auffällig, aber bisher konnte ich jede Situation klären oder wurde von A350 gedeckt. Dabei habe ich wohl vergessen, Vorsicht walten zu lassen. Zu sehr habe ich mich an ihren Schutz gewöhnt. Vielleicht hat C403 recht und ich sollte mich in Zukunft etwas mehr zurückhalten.

„Du hast recht, aber die Nachricht, die ich für dich habe, ist wichtiger als alle anderen."

Sie nickt als Zeichen für ihre Aufmerksamkeit.

„Die Legion plant einen Überfall auf die Höhlen. Du musst sie so schnell wie möglich warnen. Sie sollen sofort fliehen."

Entsetzt reißt sie die Augen auf. „Wie lange habe ich Zeit?"

„Das kann ich dir nicht sagen. Es könnten Tage oder auch nur Stunden sein."

Sie nickt erneut. „Ich werde mich darum kümmern."

Ihrem Gesicht sehe ich an, dass das noch nicht alles war. Fragend blicke ich sie an.

„Wann hast du dich eigentlich entschlossen, doch zu uns zu gehören?"

„Ich habe mich für keine Seite entschieden, ich helfe lediglich meinen Freunden."

„Und es hat nichts mit Finn zu tun?"

„Du hast ihn erkannt?"

„Natürlich. Schon bevor ich dich mit ihm reden sah“, gibt sie zurück, so als wäre es selbstverständlich. Offensichtlich bin ich nicht die Einzige, die in Gesichtern lesen kann.

„Verrätst du mir deinen Namen?“

„Ruby.“

10. Falsche Behauptungen

Am Abend findet sich D560, pünktlich nach dem Abendessen, erneut bei mir ein. Obwohl ich nichts gegen ihre Gesellschaft habe, kann ich nicht verstehen, warum A350 sie mir immer noch schickt. Gerade heute habe ich mich mehr als vorbildlich benommen. Als sie in die Sicherheitszone kam, um mich abzuholen, stand ich bereits vor dem Aufzug und habe auf sie gewartet. Danach habe ich mir geduldig ihren Vortrag über die Geschichte der Legion angehört, ohne ihr auch nur einmal ins Wort zu fallen, sie zu unterbrechen oder mit kritischen Fragen zu löchern. Ich habe sie weder nach Finn noch nach Zoe gefragt. Sie könnte also wirklich zufrieden mit mir sein, aber stattdessen schickt sie mir weiterhin meinen persönlichen Wachhund.

D560 hingegen scheint meine Nähe förmlich zu genießen. Mit jeder Nacht, die sie bei mir verbringt, wirkt sie gelöster und fröhlicher. Heute hat sie sogar angefangen zu scherzen. Zugegeben, es war purer Sarkasmus, aber immerhin. Wir liegen bereits im Bett, als es erneut an meiner Tür klopft.

Neugierig laufe ich zur Tür. A566 steht davor. Offensichtlich sehnt er sich nach einem Abenteuer. D560 steht hinter mir und schaut mich panisch an. „Lässt du ihn rein?“

„Ich öffne nur die Tür, um mir anzuhören, was er möchte. Danach geht er wieder.“

„Und wenn er sich weigert zu gehen?“, will sie ängstlich wissen.

„Warum sollte er?“, frage ich verständnislos und betätige den Türöffner, ohne mir über D560s Worte Gedanken zu machen.

A566 hat denselben lässigen Blick wie immer in seinem Gesicht und seine Lippen sind zu einem Grinsen verzogen, doch als er D560 bei mir entdeckt, verfinstert sich seine Miene.

„Was macht die denn hier?“

„Sie bewacht mich. Es ist ein Befehl von A350“, erkläre ich ihm und wundere mich über seine abwertende Haltung.

„Warum schickt sie dir eine Küchenhilfe und keinen Kämpfer?“

Mir gefällt es nicht, wie er über sie spricht und schon gar nicht in ihrer Gegenwart. Ich wusste immer, dass er sich für etwas Besseres hält, aber es ihr so deutlich zu zeigen, ist einfach nur respektlos. Jedoch habe ich mir über seine Frage noch nie Gedanken gemacht. Was könnte A350 für einen Grund haben, immer wieder D560 zu mir zu schicken? Vertraut sie den Kämpfern vielleicht nicht? Oder ist es, um so wenig Aufsehen wie möglich zu erregen? Ich werde sie bei Gelegenheit danach fragen, aber A566 geht es definitiv nichts an.

„Warum bist du gekommen?“

Sein altbekanntes Grinsen kehrt zurück. „Ich wollte dich einladen, mit mir in die Sicherheitszone zu kommen, aber mit Wachhund wird dir das wohl nicht möglich sein.“

Eigentlich wollte ich seine Angebote nicht mehr annehmen, um ihn zu schützen und auch A350 nicht weiter gegen mich aufzubringen. Doch nach dem, wie ich Zoe gesehen habe und was Clyde mir berichtet hat, täte ihr etwas Aufmunterung sicher gut. Sie braucht mich, trotzdem zögere ich noch, sein Angebot anzunehmen.

„A350 ist bereits misstrauisch, sie würde uns bestimmt erwischen“, wehre ich ihn zögernd ab.

Doch A566 macht nur eine wegwerfende Handbewegung. „Mach dir um A350 keine Sorgen. Ich werde einfach die Aufnahmen der Kamera manipulieren, dann bekommt sie gar nichts mit.“

„Das geht?“, frage ich überrascht.

„Klar, alles bereits mehrfach erprobt und ich wurde nie erwischt“, behauptet er stolz. „Du brauchst nur noch mitzukommen, es ist bereits alles vorbereitet.“

Ich drehe mich bittend zu D560 um. „Es ist wichtig! Bitte verrate mich nicht!“

Als sie mir antwortet, flüstert sie. So leise, dass A566 uns nicht hören kann. „Ich würde dich niemals verraten, aber du solltest nicht mit ihm gehen.“

„Er hat mir schon oft geholfen. Ich vertraue ihm“, versichere ich ihr, obwohl es nicht der Wahrheit entspricht.

Sie schüttelt nur traurig den Kopf. „Ich kann dich wohl nicht umstimmen, aber bitte pass auf dich auf.“

„Keine Sorge, ich kann mich wehren“, antworte ich ihr grinsend.

Aber sie erwidert mein Lächeln nicht. „Er ist stärker als du.“

Selbst wenn, ich habe keine andere Chance, als ihm zu vertrauen. Er ist meine einzige Möglichkeit, um Zoe zu sehen. Deshalb folge ich ihm in den Flur und lasse D560 alleine in meinem Zimmer zurück. Ich weiß, dass sie mich nicht an A350 verraten wird.

Kaum, dass wir den Aufzug erreicht haben, beginnt A566 erneut, über sie zu lästern.

„Du solltest dich besser von ihr fernhalten", warnt er mich mit einer Ernsthaftigkeit, die ich bei ihm bisher nur selten erlebt habe.

„Warum?"

Verdammt, was geht zwischen den beiden nur vor, dass sie glauben, mich ständig vor dem anderen warnen zu müssen?

„Sie lügt und denkt sich ständig irgendwelche Geschichten aus."

„Warum sollte sie so etwas tun?"

Er zuckt mit den Schultern. „Wahrscheinlich, um sich interessant zu machen. Sie ist neidisch auf dich und deine Position."

Es wäre nur verständlich, wenn ein Besatzungsmitglied der D-Klassifizierung eifersüchtig auf einen Legionsführer wäre. Mir war es nie anders ergangen. Aber bei D560 hatte ich nie den Eindruck. Sie hat sich immer nur danach gesehnt, die Legion verlassen zu können, und nie danach, ein Teil von ihr zu werden.

„Das glaube ich nicht. Mir erschien sie eher immer sehr verschlossen. Sie spricht ja kaum mit mir, wie sollte sie mich dann belügen?"

„Frag mich nicht, aber an deiner Stelle wäre ich mir gar nicht so sicher, dass A350 sie wirklich zu dir geschickt hat."

„Warum sollte sich D560 so etwas ausdenken?"

Die Aufzugtüren öffnen sich.

„Vielleicht, um in einem bequemeren Bett zu schlafen und die Aussicht zu genießen?" Offensichtlich hat er genug von dem Thema, denn plötzlich wechselt er es. „Also, wo geht es heute hin? Wieder zu D577?"

Ich schüttele den Kopf. „Nein, heute nicht. Ich möchte jemanden auf der Krankenstation besuchen."

„Dein Wunsch sei mir Befehl", gibt er grinsend zur Antwort und steuert mit mir auf die großen Flügeltüren der Krankenstation zu. „Darf ich fragen, wen du dort besuchen willst?"

„D523. Sie ist eine Freundin von mir. Wir waren früher zusammen in der Nahrungsvergabe eingeteilt." Ich verheimliche ihm bewusst, dass sie zu den Rebellen gehört.

Für einen Moment gibt er sich mit meiner Antwort zufrieden, doch Schweigen zählt nicht zu seinen Stärken, sodass er mich bereits mit der nächsten Frage löchert, kaum dass wir die Krankenstation betreten.

„Wie geht es dir eigentlich wegen dem bevorstehenden Angriff auf die Rebellen?"

Mit dieser Frage hätte ich von ihm am wenigsten gerechnet. Kann es wirklich sein, dass der Mensch, dem ich im Grunde pausenlos misstraue und bei dem ich jederzeit mit einem Hinterhalt rechne, der einzige ist, der sich wirklich dafür interessiert, wie es in meinem Inneren aussieht? Wieder überkommt mich der Verdacht, dass ich ihn vielleicht immer falsch eingeschätzt habe. Er ist in der Sicherheitszone aufgewachsen und hat hart trainiert, um das größte Ziel aller Bewohner zu erreichen. Er ist Legionsführer geworden und hat jedes Recht, darauf stolz zu sein. Wie kann ich von ihm erwarten, anders über die Verstoßenen oder die unteren Klassen zu denken, wenn ihm nie etwas anderes beigebracht wurde?

„Ich mache mir Sorgen", gestehe ich ihm. „Und um ehrlich zu sein, hoffe ich, dass sie entkommen werden."

„Wie viele sind es? Vielleicht zehn? Sie haben keine Chance gegen eine Kämpfereinheit von fünfzig Mann." Obwohl mir der Größenunterschied schon vorher bewusst war, raubt er mir mit seinen Worten jede Hoffnung.

„Vielleicht schaffen sie es, sich zu verstecken", gebe ich zu bedenken.

„Dafür müsste sie jemand warnen", entgegnet A566. Ist das vielleicht die Falle, auf die ich die ganze Zeit warte? Was erwartet er von mir zu hören? Dass ich bereits jemanden losgeschickt habe? Damit würde ich Rubys Sicherheit gefährden und das kann ich unmöglich zulassen.

„Sie kennen sich da draußen besser aus als die Kämpfer, vielleicht ist das ihre einzige Chance", lenke ich von seiner Frage ab.

Wir erreichen die Zelle von Zoe. Wie jede Nacht, steht auch in dieser Clyde davor Wache. Er blickt mich irritiert an, weil ich mit einem anderen Legionsführer erscheine.

„Sei gegrüßt, C515", begrüße ich ihn förmlich, woraufhin er sich vor uns kurz verneigt.

„Was verschafft mir die Ehre, Legionsführer A566 und A518?"

„Ich möchte D523 besuchen und mir selbst ein Bild von ihrem Zustand machen", erkläre ich wahrheitsgemäß und bedauere es gleichzeitig, nicht offen mit ihm sprechen zu können.

„A566, würdest du bitte die Tür für mich öffnen?"

Er folgt meinem Wunsch, sodass ich Zoe in der hintersten Ecke ihres Zimmers kauern sehen kann. Sie wirkt erschrocken darüber, direkt zwei Legionsführer vor ihrer Zelle stehen zu sehen. Offensichtlich hat sie mich noch nicht einmal erkannt.

„Ich gehe alleine rein", sage ich zu A566 in einem Tonfall, der keine Widerrede duldet. Er wirkt etwas enttäuscht, aber nickt, wobei seine Augen neugierig in das Innere der Zelle spähen.

Schnell trete ich ein und schließe hinter mir die Tür.

Ich hebe beruhigend meine Hände, als ich langsam und behutsam auf Zoe zugehe. „Keine Sorge, ich bin es nur, Cleo."

„D518", erwidert sie nur gedankenverloren. Es steht wirklich schlimmer um sie, als ich dachte.

Ich gehe vorsichtig vor ihr auf die Knie, um sie nicht zu verschrecken.

„Oder sollte ich besser sagen A518? Du bist jetzt eine von denen, hm?"

Auch wenn ihre Stimme schwach ist, höre ich deutlich ihre Abneigung heraus.

„Es ist nicht so, wie du denkst", versuche ich ihr zu erklären, doch sie unterbricht mich ungerührt.

„Du musst verdammt stolz sein. Das ist doch genau das, was du immer wolltest. Jetzt bist du etwas Besseres als ich. Du hast es dir verdient."

In ihrer Stimme liegt so viel Hass, dass es mich schmerzt. Sie ist genau wie Clyde und lässt mich nicht einmal meine Situation erklären. Es wäre zwecklos, weiter auf sie einzureden und zu versuchen, sie vom Gegenteil zu überzeugen, stattdessen lasse ich die Bombe lieber direkt platzen.

„Finn ist hier."

Ihre Augen weiten sich geschockt. „Wie konnte das passieren?"

„Er hat die Kugel der Legionsführer mit Steinen beworfen."

Sorge und blanke Angst zeichnen ihr Gesicht. Ihre Lippen und Hände zittern, als sie mir antwortet: „Und sie haben ihn nicht getötet?“

„Sie hatten es vor, aber ich konnte es verhindern.“

Augenblicklich weicht der Hass aus ihren Augen und zurück bleibt Dankbarkeit. Tränen verschleiern ihren Blick und sie streckt ihre zittrigen Hände nach mir aus. Sie ist schwach, aber ihr Griff, mit dem sie meine Finger umschließt, ist fest. „Ich weiß nicht, wie ich dir jemals dafür danken soll. Du hast meinen Bruder gerettet!“

Ich habe das Gefühl, ihre Dankbarkeit nicht zu verdienen, da sie nur einen Teil der Wahrheit kennt. Trotzdem erwidere ich ihren Händedruck. „Es gibt da allerdings ein Problem. Ich hatte die Wahl zwischen seinem Tod und der Möglichkeit, ihm jegliche Erinnerung an sein bisheriges Leben zu nehmen.“

Sie entreißt mir ihre Hände und fällt mir ins Wort: „Und du hast das Letztere gewählt. Wie konntest du nur? Finn würde dich dafür hassen.“

„Ich weiß“, versichere ich ihr und kann meine Tränen nicht länger zurückhalten. Ihr Vorwurf ist mehr, als ich ertragen kann. Gerade war sie mir noch dankbar, dass ich ihm sein Leben gerettet habe, und jetzt verurteilt sie mich genau dafür. „Ich liebe Finn. Ich konnte ihn nicht sterben lassen“, gestehe ich ihr schluchzend. Endlich ist es raus. Endlich kann ich jemandem sagen, wie ich wirklich fühle.

Ihre Augen weiten sich vor Überraschung und ihre harten Gesichtszüge werden feiner, mitfühlender. Sie streckt erneut die Hände nach mir aus. „Ich liebe ihn auch und ich hätte an deiner Stelle das Gleiche getan.“

Ihr Verständnis beruhigt mich und lässt die Tränen versiegen. Endlich sind wir wieder ein Team. Mir hat ihre Freundschaft in den letzten Wochen so sehr gefehlt.

„Wir müssen versuchen, ihn gemeinsam an alles zu erinnern. Ich war bei ihm, als er aufgewacht ist, da schien er sogar bereit dafür zu sein. Aber als ich heute mit ihm gesprochen habe, verhielt er sich mir gegenüber sehr abweisend.“

„Wie soll ich dir bei irgendetwas helfen? Ich sitze hier Tag und Nacht fest, schon vergessen?“, erinnert sie mich verzweifelt. „Du musst mich irgendwie zu ihm bringen, am besten jetzt gleich.“

„Das geht nicht“, entgegne ich ihr. Ich kann unmöglich A566 jetzt auch noch bitten, uns alle zu Finn zu bringen. Es muss eine andere Möglichkeit geben.

„Warum nicht? Du bist Legionsführerin“, erwidert Zoe, so als wäre das die Lösung für alle Probleme.

„Genau, und wenn ich dich jetzt zu Finn bringe, war ich die längste Zeit Legionsführerin. Ich muss vorsichtiger sein. Alleine, dass ich jetzt bei dir bin, ist ein Risiko.“

„Bitte! Du musst doch etwas machen könne. Ich muss zu ihm. Weißt du eigentlich, wie lange ich ihn schon nicht mehr gesehen habe?“

Das muss sie mir nicht sagen. Ich weiß es selbst. Finn ließ keine Gelegenheit aus, es zu erzählen. Ein Jahr. Ein endlos langes Jahr.

„Ich weiß und ich verspreche dir, dass ich mein Bestes geben werde. Aber du musst Geduld haben“, ermahne ich sie eindringlich.

„Dein Bestes ist vielleicht nicht gut genug. Du musst alles in deiner Macht Stehende unternehmen. Verdammt, du bist Legionsführerin! Wenn du einen Weg finden willst, dann findest du auch einen.“

Ihre Worte setzen mich noch mehr unter Druck. Sie muss doch wissen, dass mir nichts wichtiger ist, als Finn seine Erinnerung zurückzubringen.

Alle glauben, es wäre leicht, Legionsführer zu sein, dabei ist es schwerer als alles andere. Denn die Verantwortung liegt nun bei mir.

Am nächsten Morgen bin ich bereits lange vor D560 wach. Sie hatte am gestrigen Abend auf mich gewartet und war erleichtert und erstaunt zugleich, dass mir nichts geschehen war. Was hatte sie denn erwartet, das mir A566 antun würde? Oder hatte sie sich davor gefürchtet, von A350 erwischt zu werden? Ich blicke bei ihr einfach nicht durch und auf meine Fragen hin schweigt sie beharrlich. Ich sehe doch, dass es ihr schlecht geht. Warum kann sie mir nicht einfach die Wahrheit sagen? Ich vertraue ihr doch auch.

Aber das ist nicht der Grund, warum ich die halbe Nacht wachgelegen habe. Es sind Zoe und Finn, über die ich mir den Kopf zerbrochen habe. Wie soll ich es nur anstellen, Zoe aus der Krankenstation zu bekommen? Und selbst wenn, wie würde Finn auf sie reagieren? Erinnert er sich an sie genauso wenig wie an mich? Immerhin kennt er sie bereits sein Leben lang und sie ist seine Schwester. Aber ich befürchte, dass es mich verletzen würde, wenn er sich an sie erinnern könnte und nur mich vergessen hätte. Trotzdem würde es mich freuen. Irgendeine Erinnerung ist immer noch besser als gar keine.

Dazu kommt, dass ich immer noch nicht weiß, ob der Angriff auf die Rebellen bereits stattgefunden hat. Konnte Ruby die anderen rechtzeitig warnen?

Wie soll ein Mensch mit so vielen Fragen im Kopf nur schlafen können? D560s Schlaf hingegen ist so fest wie immer. Jede Nacht rollt sie sich wie ein verletztes Tier zusammen und oft stöhnt sie im Schlaf. Albträume scheinen sie zu plagen und manchmal schreit sie sogar. Ihr eigenes Bett, das ihre Träume abschaltet, müsste ihr da eigentlich lieber sein. Noch so ein Privileg der Legionsführer, über das ich mich nicht immer freue. Seine eigenen Träume zu kennen, verschafft einem zwar Kontrolle über die eigene Person, aber es kann mitunter sehr qualvoll sein, wenn die grausamen Erlebnisse des Tages einen auch noch nachts verfolgen.

Erst als es an der Tür klopft, schreckt D560 auf.

A350 steht vor der Tür und ich bin erleichtert, über den Monitor zu sehen, dass ihre Mundwinkel nicht ganz so verkniffen aussehen wie in den letzten Tagen. Vielleicht hat mein gutes Benehmen des letzten Tages doch nicht seine Wirkung verfehlt. Ich öffne ihr die Tür.

„Guten Morgen A518", grüßt sie mich freundlich, aber hält irritiert inne, als sie D560 hinter mir stehen sieht. „Was machst du denn schon hier?"

Jetzt bin ich es, die verwirrt zwischen den beiden hin und her guckt.

D560 wirkt unsicher und scheint nach Worten zu suchen. „Ich dachte, es wäre Ihr Wunsch, dass ich A518 weiter bewache", druckst sie herum.

A350 legt misstrauisch die Augenbrauen zusammen. „Ich habe dir nie den Befehl dazu erteilt. Es war die Rede von einer Nacht!"

A566 hatte also doch recht. D560 hat mich belogen. Seit Tagen verbringt sie die Nächte bei mir.

Aber warum? Ist es wirklich nur der Komfort? Das kann ich mir beim besten Willen nicht vorstellen.

„Es tut mir leid, ich wollte nicht aufdringlich sein", beeilt sich D560, sich zu entschuldigen.

„Tu einfach nur, was man dir sagt. Wenn ich etwas von dir möchte, dann befehle ich es dir", erklärt A350 mit strengen Worten, bei denen D560 immer kleiner zu werden scheint. Obwohl sie mich belogen hat, tut sie mir leid.

„Sie hat es nur gut gemeint", versuche ich sie deshalb zu verteidigen, obwohl ich mir nicht einmal sicher bin, ob das auch stimmt.

Doch A350 reagiert gar nicht auf mich. „Du wirst A518 nicht noch einmal belästigen und jetzt geh!"

D560 gehorcht sofort, sodass ich keine Chance habe, noch einmal mit ihr zu reden. Auf der einen Seite bin ich erleichtert darüber, dass A350 mir offensichtlich doch mehr vertraut, als es in den letzten Tagen den Anschein gemacht hat, aber auf der anderen Seite gefällt mir ihr rauer Tonfall gegenüber D560 nicht. Ich bin sicher, sie hatte einen Grund dafür, dass sie die Nächte lieber bei mir als in ihrem eigenen Bett verbracht hat.

Kaum, dass D560 verschwunden ist, wendet sich A350 wieder an mich. „Hast du wirklich geglaubt, ich würde dir ein Mädchen der D-Klassifizierung als Wache schicken?", fragt sie ungläubig.

„Ich dachte, du würdest es tun, um weniger Aufsehen zu erregen", versuche ich, ihr zu erklären, doch bereits als ich die Worte ausspreche, merke ich schon an A350s Gesichtsausdruck, dass es genau die falschen waren.

Sie legt die Stirn misstrauisch in Falten. „Du kannst dich nicht darauf verlassen, dass ich jeden deiner

Fehltritte decken werde. Ich habe dir bereits mehr als einmal geholfen und bin es leid. Es ist an der Zeit, dass du selbst für deine Handlungen geradestehst."

„Das habe ich auch vor", versichere ich ihr. „Warum bist du gekommen?"

„Eine Konferenz wurde einberufen, ich wollte dich abholen."

„Worum geht es?"

„Es gibt Neuigkeiten aus der nördlichen Provinz und der Angriff auf die Verstoßenen hat am frühen Morgen stattgefunden."

Ich habe das Gefühl, mein Herz setzt für einen Moment aus. Ich wusste, dass es schnell gehen würde. Aber ich dachte nicht, dass es so schnell ginge. Hat Ruby sie rechtzeitig warnen können? Oder sind Iris und die anderen bereits tot? Ich bilde mir ein, dass ich es spüren müsste, wenn es so wäre.

11. Traurige Nachrichten

Ich kann zu Beginn der Konferenz vor Aufregung und Sorge kaum still sitzen, doch keiner der anderen Legionsführer erweckt den Eindruck, dass diese Konferenz irgendwie anders wäre als die vorherigen. Ihren Gesichtern ist nichts über den Verlauf des Angriffs auf die Rebellen zu entnehmen. Sie wirken weder ärgerlich noch freudig. Aber vielleicht ist ihnen das Schicksal dieser Menschen auch einfach völlig gleich. Genauso wie den Rebellen das Schicksal der Menschen in der Sicherheitszone egal wäre. Es ist einfach nur traurig. Verstehen sie denn nicht, dass wir im Grunde alle gleich sind und an einem Strang ziehen sollten, anstatt uns gegenseitig zu bekriegen?

Endlich treten der leitende Arzt und der oberste Kämpfer ebenfalls in den Konferenzraum. A489 erhebt sich, um die Konferenz zu eröffnen.

„Ich begrüße euch. Um es kurz zu machen, beginne ich direkt mit dem Bericht über die anderen Legionen. Am Morgen erreichten uns traurige Nachrichten aus dem Norden. Die Legion ist nach einem Angriff der Verstoßenen gefallen. Sie haben die Legionsführerkugel durch verschiedene Sprengsätze explodieren lassen. Der Kontakt zur Zentrallegion brach sofort ab, sodass die Strommauer nun zwischen der westlichen und östlichen Legion verläuft.“

Es herrscht Stille in dem großen Saal. Zum ersten Mal teile ich die Emotionen der anderen. Wir sind geschockt. Ich hätte niemals damit gerechnet, dass eine Legion wirklich fallen würde. Sie verfügen über so viele Kämpfer und Waffen, wie konnten die Rebellen sie nur schlagen?

Ich hebe vorsichtig meine Hand, um eine Frage zu stellen. A489 zieht verärgert die Augenbrauen zusammen. Offensichtlich traut er mir kein ehrliches Interesse zu. „Was ist?“, schnauzt er mich an.

„Wie konnten die Verstoßenen unbemerkt die Sprengsätze an der Legionskugel anbringen? War sie denn nicht videoüberwacht? Gab es keine Kontrollen durch die Kämpfer?“

Die anderen Legionsführer beginnen bestätigend zu nicken. Sie haben sich bereits dieselben Fragen gestellt.

A489 räuspert sich. „In der nördlichen Legion müssen sich Verräter in den obersten Führungsebenen befunden haben. Offensichtlich wurden die Kameraaufnahmen manipuliert und Kämpfer der Legion durch Verstoßene ersetzt. Sie haben sich unbemerkt in die Legion eingeschlichen.“

In gewisser Weise haben die Rebellen sich die Gesetze der Legion zunutze gemacht. Die Legion zwingt uns, alle gleich auszusehen. Sie duldet keine Individualität. Nur so war es den Rebellen möglich, einen der ihren mit kahlrasiertem Kopf und in der Kleidung eines Kämpfers in die Legion zu schicken. Würde die Legion uns erlauben, unsere eigene Augenfarbe zu tragen und unser Haar so lang wachsen zu lassen, wie es uns gefällt, wäre ein derartiger Austausch niemals möglich gewesen. Doch ich beherrsche mich, A489 diese Punkte jetzt an den Kopf zu werfen. Es sähe nach Triumph aus, den ich nicht empfinde.

„Was ist mit den Menschen in der Sicherheitszone passiert?“, frage ich stattdessen weiter.

Anstatt mir zu antworten, startet A489 einen Film, der Aufnahmen aus der nördlichen Legion zeigt.

Offensichtlich wurden sie aus der Luft aufgenommen, denn wir blicken hinab auf die zerstörte Legionsführerkugel. An ihrer Stelle klafft nun ein großes, schwarzes Loch im Boden. Rund um die Stelle der Explosion liegen Glassplitter verstreut, die in der Sonne glitzern. Wäre die Bedeutung des Ganzen nicht so schrecklich, sähe das funkelnde Glas fast schön aus. Es reflektiert die Sonne in allen Farben und erinnert an einen Regenbogen.

Die Kamera zoomt näher an den Krater heran und erst jetzt ist zu erkennen, dass Menschen aus dem Loch hervorklettern. Die meisten von ihnen tragen braune und grüne Anzüge, doch ein paar blau gekleidete sind auch dabei. Sie wirken orientierungslos und scheinen alle unter Schock zu stehen. Ein paar von ihnen leiden unter Verbrennungen, aber der Großteil wirkt zumindest körperlich gesund. Auch Kleinkinder und Heranwachsende befinden sich unter den Überlebenden. Einige der Jüngsten weinen, aber es ist niemand da, der sie tröstet oder in den Arm nimmt. Sie wirken verloren.

Der Film endet und erneut herrscht betroffenes Schweigen.

„Was passiert jetzt mit den Überlebenden?“, fragt überraschenderweise A233 an meiner Stelle. Offensichtlich bin ich doch nicht die Einzige, die sich für die Bewohner der Sicherheitszone interessiert.

A489 blickt bedauernd zu Boden. „Sie befinden sich nun außerhalb der Strommauer. Es gibt keinen Einlass für sie.“

Das kann ich einfach nicht glauben. Sie wollen gesunde Menschen einfach sich selbst überlassen?

„Könnte man denn nicht die Strommauer für wenige Minuten ausschalten, um die Menschen zurückzuholen?“, mischt sich nun auch A350 ein.

Doch A489 schüttelt nur den Kopf. „Das Risiko wäre zu groß.“

„Wir könnten wenigstens Messungen durchführen, ob die Radioaktivität immer noch so stark ist?“, schlage ich vor, doch niemand geht auf meinen Vorschlag ein.

„Darum geht es nicht“, kommentiert A233 schlicht. Offensichtlich wissen alle etwas, von dem ich nichts weiß, und ich erinnere mich nun auch wieder an die Worte des obersten Kämpfers in einer der letzten Konferenzen. *„Es gab Sichtungen“.* Ich wollte A350 danach fragen, aber hatte es durch die ganzen Probleme mit Finn völlig vergessen. Was ist dort draußen, dass die Legion nicht einmal bereit ist, für wenige Minuten ihre Schutzmauer fallen zu lassen? Die Radioaktivität ist es offensichtlich nicht.

Obwohl mein Kopf voller Fragen ist, gehen die anderen einfach zum nächsten Tagespunkt über. Es ist der Bericht des obersten Kämpfers. Das ist der Punkt, auf den ich die ganze Zeit gewartet habe.

„Wie geplant, haben wir gestern den Angriff auf die Verstoßenen durchgeführt. Doch als wir ihr Lager in den Höhlen erreichten, waren sie bereits auf der Flucht. Wir teilten uns auf, um sie zu verfolgen. Aber sie versteckten sich in den Wäldern und stellten uns Fallen. Zwei Kämpfer wurden dabei verletzt.“

Keine Toten? Ich kann es kaum glauben und muss mich beherrschen, um nicht erleichtert auszuatmen. Ruby hat es offensichtlich geschafft.

„Was schlagen Sie als weiteres Vorgehen vor?“, fragt A489 den obersten Kämpfer.

„Wenn wir die Wälder niederbrennen würden, hätten sie keine Möglichkeit, sich weiterhin zu verstecken, und eventuell würde sich dabei unser Problem auch direkt mitlösen."

Das darf doch nicht wahr sein! Gerade war ich noch erleichtert und jetzt fällt ihnen bereits eine neue Möglichkeit ein, die Rebellen zu foltern und auszulöschen. Was habe ich auch anderes erwartet?

Aber anscheinend bin ich nicht die Einzige, die mit dem Vorschlag des obersten Kämpfers nicht ganz einverstanden ist, denn nun meldet sich auch A233 wieder zu Wort. „Diese Wälder wachsen bereits seit vierzig Jahren. Sie sind gesund und frei von jeder radioaktiven Verstrahlung. Sie sollten der Anfang des Wiederaufbaus der Natur sein. Mit ihrer Verbrennung würden wir die Arbeit von vierzig Jahren und mehr vernichten."

Es sind zwar nicht die Argumente, mit denen ich gekommen wäre, aber wenigstens scheint A233 auf meiner Seite zu stehen, auch wenn sie sich offenbar mehr Gedanken um Bäume als um Menschen macht.

Aber A489 lässt sich davon wie üblich nicht beeinflussen. „Wenn den Verstoßenen ein Angriff auf uns gelingt, wie es im Norden der Fall war, wird es bald weder Wälder noch eine Legion geben. Denn dann werden wir alle sterben."

„Aber so muss es nicht enden", werfe ich sofort ein.

Der Blick, den A489 mir über den Tisch hinweg zuwirft, ist voller Wut und Verachtung. „Ach nein? Was schlägst du denn vor? Sollen wir den Verstoßenen vielleicht die Hand reichen und dabei zusehen, wie sie alles zerstören, was die Legion aufgebaut hat? Wäre das in deinem Interesse?"

„Um einander die Hand zu reichen, fehlt jegliches Vertrauen. So einfach ist es leider nicht“, gebe ich ihm recht. „Aber es ist durchaus kein schlechter Ansatz, anders zu reagieren, als es die nördliche Legion getan hat. Sie schlugen die Angriffe der Verstoßenen mit Gewalt zurück und zwangen so die Rebellen, sich weiterhin zu verteidigen und um ihr Leben zu kämpfen. Es gab nur zwei Möglichkeiten, entweder der Tod der Legion oder der Tod der Verstoßenen. Aber so muss es nicht sein. Wir können zusammenarbeiten. Wenn die Verstoßenen sehen würden, dass ihnen von der Legion nicht länger Gefahr droht, hätten sie auch keinen Grund, uns weiter anzugreifen.“

Obwohl A233 zuerst auf meiner Seite war, schüttelt sie nun vehement den Kopf. „Dafür ist zu viel vorgefallen. Lange Zeit herrschte Frieden zwischen den Verstoßenen und der Legion. Wir ließen sie ihr Leben führen, so wie sie es wollten, und trotzdem war es ihnen nicht genug. Sie bestehen auf die Abschaltung der Strommauer und das ist ausgeschlossen.“

„Aber nur, weil sie nicht verstehen, wofür die Strommauer errichtet wurde. Wenn ihnen jemand erklären würde, dass so auch die Radioaktivität außerhalb der Zone bleibt, wären sie sicher auch nicht mehr für eine Abschaltung.“

A233 blickt zögernd zu A350, doch diese schüttelt nur den Kopf. Was hat das zu bedeuten? Wieder geht es um den einen Punkt, den mir alle nach wie vor verschweigen. Was ist es? Verzweifelt blicke ich zu A566. Weiß er es? Würde er es mir verraten? Doch sein Gesicht ist wie eine Maske: undurchschaubar.

Ich denke an Gustav. Er hat das Experiment mitentwickelt. Er muss über die Radioaktivität Bescheid wissen. Warum hat er es nie vor den anderen erwähnt? Lässt er sie absichtlich im Ungewissen darüber? Will er etwa, dass wir uns gegenseitig bekriegen? Wenn ich doch nur mit ihm reden könnte.

Warum antwortet mir niemand?

„Außerhalb der Zone ist die Luft und die Erde doch noch radioaktiv verseucht oder nicht?", frage ich zweifelnd in den Raum hinein.

Erstaunlicherweise zeigt sie A489 plötzlich versöhnlich. „Wir werden erneut Messungen durchführen lassen und auf die Ergebnisse warten, bevor wir einen weiteren Angriff planen."

Es sieht ihm nicht ähnlich, mir entgegenzukommen. Warum jetzt? Will er nur die Diskussion beenden und von dem Thema ablenken? Was verheimlichen sie mir?

A489 erteilt dem leitenden Arzt das Wort.

„Die Eingliederung von D577 ist erfolgreich verlaufen. Er passt sich gut seiner Umgebung an und erledigt die ihm zugeteilten Aufgaben widerstandslos und gewissenhaft. Er stellt keine Fragen zu seiner Person oder seiner Vergangenheit. Auch sonst ist kein auffälliges Benehmen zu erkennen."

Warum sagt der Arzt nicht gleich, dass die Verwandlung von einem fühlenden Menschen in einen kalten Roboter geglückt ist? Aber eines wundert mich nun doch. Hat Finn mich den Ärzten gegenüber nie erwähnt? Er schien zuletzt sehr wütend darüber zu sein, mich zu sehen. Er wollte mich nicht in seiner Nähe haben und wirkte richtig verängstigt. Warum hat er sich nicht über mich beschwert? Ich an seiner Stelle hätte es getan. Schützt er mich vielleicht doch?

Erst jetzt bemerke ich, dass mich A350 die ganze Zeit von der Seite beobachtet. Was erwartet sie, in meinem Gesicht zu sehen? Eine Reaktion auf Finn?

„Gibt es Meldungen aus der Krankenstation?“, erkundigt sich A350 nun. Möchte sie so herausfinden, ob ich wieder da war?

„Der Zustand der Patienten ist gleichbleibend stabil. Keine Vorkommnisse!“

So nennt er es also, wenn jemand fast seinen Verstand verliert, so wie Zoe? Gleichbleibend stabil? Das kann wohl kaum sein Ernst sein.

„Da muss ich leider widersprechen. Ich habe über die Kameraaufnahmen ein paar der Patienten beobachtet und sie schienen mir alle in einem apathischen Zustand. Ihnen fehlt der menschliche Kontakt“, werfe ich wütend ein.

Überraschenderweise stimmt der Arzt mir sogar zu. „Eine Apathie ist nicht von der Hand zu weisen. Doch es ist ein Zustand, in dem der Patient keine Gefahr für andere darstellt...“

„...sondern nur für sich selbst“, beende ich seinen Satz. „Eine Krankenstation sollte dazu da sein, die Menschen zu heilen, und nicht, sie ihrer Krankheit zu überlassen.“

„Die Sicherheit der anderen Bewohner steht an erster Stelle. Wir können nicht das Risiko eingehen, dass ein Patient andere Menschen verletzt“, verteidigt sich der Arzt abwehrend.

„Nicht jeder ist Patient auf der Krankenstation, weil er gewalttätiges oder aggressives Verhalten gezeigt hat. Warum werden die Patienten wie Verbrecher behandelt? Welches Verbrechen wird ihnen zur Last gelegt?“

A489 übernimmt genervt das Wort. „Die Patienten verbreiteten Unruhe und Lügen, mit denen sie die anderen Bewohner der Sicherheitszone verunsicherten. Es ist unsere Pflicht, die Menschen zu schützen."

„Menschen lernen aus ihren Fehlern. Die Legion hat aus den Fehlern unserer Vorfahren gelernt. Deshalb tun wir alles, um einen Krieg zu vermeiden. Wenn wir jedoch den Patienten der Krankenstation vorwerfen, dass eine Besserung für sie ausgeschlossen ist, dann ist es auch für uns ausgeschlossen, einen weiteren Krieg zu vermeiden. Wenn wir wirklich an eine Veränderung glauben wollen, dann müssen wir das auch beweisen."

A350 nickt mir anerkennend zu. Ihr hat meine Rede gefallen. Ich muss zugeben, dass es ein kluger Schachzug war. Wenn A489 mir nun widerspricht, widerspricht er auch den Grundsätzen der Legion.

Doch anstatt ihm antwortet A350: „Ich stimme A518 zu. Sie hatte bereits vor der Einführung der gemeinsamen Nahrungsvergabe vorgeschlagen, die Patienten der Krankenstation daran zu beteiligen, um so eine Wiedereingliederung zu ermöglichen. Ihr Vorschlag wurde aufgrund des zu hohen Risikos abgelehnt. Doch die gemeinsame Nahrungsvergabe funktioniert problemlos. Deshalb halte ich es für sinnvoll, nun auch die Patienten daran zu beteiligen. Bei denen, die sich anpassungsfähig zeigen, sollte eine Eingliederung nicht länger ausgeschlossen werden."

Ich kann nicht anders, als ihr dankbar zuzulächeln. Endlich ziehen wir wieder an einem Strang. Endlich unterstützt sie mich wieder, so wie sie es bereits seit unserer ersten Begegnung getan hat. Mir war selbst nicht bewusst, wie viel mir an ihrer Meinung liegt.

Auch A233 zeigt sich einverstanden. „Einen Versuch ist es wert. Wenn wir weniger Patienten auf der Krankenstation hätten, könnten wir mehr Kämpfer für Kontrollgänge außerhalb der Sicherheitszone einsetzen, anstatt sie in der Krankenstation Wache stehen zu lassen."

Die Meinung von A350 und A233 scheint auch die anderen zu überzeugen, denn alle stimmen dem Vorschlag zu, sodass es nicht einmal zu einer Abstimmung kommt. Selbst A489 wendet nichts dagegen ein, obwohl ihm der Verlauf der Konferenz offensichtlich nicht gefällt, denn er hat seine Arme verärgert vor der Brust verschränkt. Ich freue mich jetzt schon darauf, Zoe morgen zurück in der Sicherheitszone begrüßen zu können. Auch wenn es erst mal nur für wenige Minuten ist, wird ihr der Kontakt zu anderen Menschen sicher Hoffnung geben. Und vor allem wird sie Finn nach zwei Jahren zum ersten Mal wiedersehen. Ich hoffe nur, dass sie auch etwas bei ihm auslöst. Vielleicht spürt er die Verbindung zu ihr, auch ohne seine Erinnerung.

Als ich am Abend nach dem Essen in meinem Zimmer sitze, bin ich zum ersten Mal seit Tagen wieder alleine. Obwohl D560 mich belogen hat, vermisse ich jetzt ihre Anwesenheit. Sie hat nie viel gesprochen, und trotzdem habe ich mich in ihrer Nähe wohl gefühlt. Egal, was ich ihr erzählt habe, sie schien es zu verstehen. Ich kann nicht glauben, dass sie mir das alles nur vorgespielt hat, um in einem schöneren Zimmer schlafen zu können. Aber ich möchte sie auch nicht erneut zu mir einladen. A350 würde das sicher nicht gefallen und ich brauche ihre Unterstützung. Das möchte ich nicht aufs Spiel setzen. Zudem sehne ich mich viel mehr nach jemand anderem: Finn. Wenn ich an das Wiedersehen mit ihm und Zoe denke, werde ich ganz nervös. Mein Herz beginnt zu rasen und meine Hände fangen an zu zittern. Ich habe Angst davor, dass er sich ihr gegenüber genauso abweisend benehmen wird wie bei mir. Aber gleichzeitig fürchte ich auch, was es in mir auslösen würde, wenn er sie wiedererkennen würde. Ich möchte nicht eifersüchtig sein. Ganz im Gegenteil, ich möchte nur das Beste für ihn. Aber ich bin machtlos gegen meine Gefühle. Das war ich schon immer und das liegt wohl auch in der Natur des Menschen.

Vielleicht würde es helfen, wenn ich ihn etwas auf die Begegnung mit Zoe vorbereiten würde. Ich könnte ihm erzählen, was er mir über sie gesagt hat. Wie sehr er sie vermisst und Geschichten aus ihrer gemeinsamen Kindheit. Immer wenn er von ihr gesprochen hat, haben seine Augen geleuchtet und ein weicher Zug legte sich um seinen sonst so verkniffenen Mund. Sie ist seine Familie und alles, was er die letzten Jahre getan hat, tat er in der Hoffnung, sie eines Tages wiederzusehen. Selbst wenn er sich nicht daran erinnert, müsste es ihn doch zumindest neugierig auf Zoe machen.

A566 würde mir sicher noch einmal helfen. In der letzten Nacht ist auch alles gut gegangen und er war der Einzige, der sich überhaupt dafür interessiert hat, wie es mir geht. Es ist unfair, dass ich ihm weiter misstraue, obwohl er mich im Gegensatz zu D560 noch nie belogen hat. Sogar über sie hat er die Wahrheit gesagt. Jedenfalls teilweise. Er hatte mich davor gewarnt, dass sie lügt.

Ich muss zurück an die Konferenz denken. A489 hatte erzählt, dass in der nördlichen Legion die Kameraaufnahmen manipuliert worden waren. Das ist genau das, was auch A566 tut. Mir ist es bereits in der Konferenz aufgefallen, aber ich habe nicht weiter darüber nachgedacht, es gab zu viele Neuigkeiten. Könnte es sein, dass A566 auch in Kontakt mit den Rebellen steht? Sie haben mir zwar gesagt, dass sie keinen Spion unter den Legionsführern haben, aber warum sonst sollte A566 mir helfen? Bei jeder Abstimmung war er bisher auf meiner Seite. Sein Vorschlag hat Finn das Leben gerettet und nur durch ihn war es mir möglich, Finn und Zoe zu besuchen. Ich verdanke ihm wirklich viel. Es wird Zeit, dass ich ihm das auch sage. Natürlich ist es etwas blöd, ihn gleichzeitig erneut um einen Gefallen zu bitten, aber er scheint den Nervenkitzel förmlich zu lieben.

Entschlossen öffne ich die Tür meines Zimmers und folge dem Flur bis zum Ende des Gangs. Dort befindet sich A566s Zimmer. Ohne zu zögern, klopfe ich an und warte. Doch es tut sich nichts. Vielleicht hat er mich nicht gehört. Ich klopfe erneut, dieses Mal etwas fester und länger. Nichts rührt sich. Irritiert presse ich mein Ohr gegen seine Tür und halte angespannt den Atem an. Doch nichts ist zu hören. Die Türen sind zwar gut isoliert, aber eine Dampfdusche müsste ich dennoch hören.

Ich versuche es ein letztes Mal. „A566?", rufe ich leise durch die geschlossene Tür. Doch eine Antwort bleibt aus. Er scheint nicht da zu sein.

Ich merke, wie mich Enttäuschung überkommt. Bisher war er jede Nacht für mich da. Selbst wenn ich nicht zu ihm gekommen bin, hat er bei mir geklopft, um nach mir zu sehen. Ich habe seine Hilfe schon fast für selbstverständlich genommen.

Eigentlich sollen wir uns nachts nicht in den Gängen aufhalten, sondern schlafen. Aber bisher habe ich mich kaum daran gehalten und A566 offensichtlich auch nicht. Aber wo treibt er sich wohl heute herum? Er liebt den Nervenkitzel so sehr, dass er mit der Gefahr auch bereits vor meiner Ernennung schon gespielt haben muss. Er hat bereits mehrmals Kameraaufnahmen ausgetauscht, aber warum eigentlich? Was hat er getan, dass die anderen Legionsführer nicht erfahren sollen?

Mein Verdacht, dass er in irgendeiner Verbindung mit den Rebellen steht, scheint immer wahrscheinlicher. Vielleicht ist er wie Clyde und hat sich ihrer Sache angeschlossen, ohne sie überhaupt zu kennen. Clyde tat es durch Zoes Worte. Aber warum sollte A566 seine Meinung geändert haben? Er wirkte doch immer so stolz auf seine Klassifizierung. Würden die Rebellen die Macht übernehmen, wäre sie nichts mehr wert. Ich verstehe ihn einfach nicht. Er ist wie von Wasserdampf beschlagenes Glas. Man kann zwar die Umrisse erkennen, aber nicht den Menschen als Ganzes. Ich wünschte, ich könnte mit der Hand einfach den Dampf wegwischen, um zu sehen, wer er wirklich ist.

Zum Glück konnte ich A350 erneut davon überzeugen, mich an der Nahrungsvergabe in der Sicherheitszone teilnehmen zu lassen, denn ich will unbedingt dabei sein, wenn Zoe und Finn zum ersten Mal wieder aufeinandertreffen. Und wenn ich mich an A350s Regeln halte, die mir genau eine halbe Stunde

Zeit einräumen, erteilt sie mir vielleicht bald sogar die Erlaubnis, selbst den Aufzug benutzen zu können.

Als ich das Atrium der Sicherheitszone betrete, ist es noch recht leer und die Schalter der Nahrungsvergabe sind noch nicht geöffnet. Doch Zoe steht bereits mit einer Wache vor der Tür zur Krankenstation. Leider ist es nicht Clyde. Da er Nachtdienst hat, muss er den Tag meistens zum Schlafen nutzen.

Sofort eile ich Zoe entgegen und versuche, meine Freude nicht zu zeigen. Ihr Wachmann verneigt sich vor mir.

„Ich grüße euch, Legionsführerin A518."

„Ich grüße dich ebenfalls", erwidere ich, woraufhin er sich aufrichtet. „Ich übernehme die Patientin D523. Du darfst dich einer anderen Aufgabe widmen."

Er nickt und verlässt das Atrium in Richtung des blauen Gangs, der zu den Räumen der Kämpfereinheiten führt.

„Ich hätte nicht gedacht, dass es so schnell klappen würde", gesteht mir Zoe mit einem dankbaren Lächeln im Gesicht.

„Es ist leider nur für eine halbe Stunde, aber ich arbeite daran, dich ganz zurück auf die Sicherheitszone zu bekommen."

Wir haben uns bisher bei dem Gespräch nicht angesehen, da wir beide Ausschau nach Finn halten, der bisher noch nicht aufgetaucht ist. Doch plötzlich legt mir Zoe ihre warme Hand auf den Arm.

„Es tut mir leid, dass ich dich neulich so unter Druck gesetzt habe. Ich bin sicher, du gibst dein Bestes."

In der Nacht war ich wirklich gekränkt von ihren Worten, doch die Freude über ihre Entschuldigung ist so groß, dass ich das vor ihr nicht zugeben will. „Ist schon in Ordnung“, erwidere ich schnell, denn in diesem Moment entdecke ich Finn, der durch den braunen Flur das Atrium betritt.

„Da ist er“, raune ich Zoe zu und schiebe sie vor mich her in seine Richtung. Obwohl sie ebenfalls zu dem braunen Gang blickt, scheint sie ihn noch nicht entdeckt zu haben, denn sie runzelt verwirrt die Stirn. „Wo?“

„Er geht gerade an den Bänken vorbei, um sich in der mittleren Schlange anzustellen“, erkläre ich ihr, aber an ihrem Blick merke ich, dass ihr das auch nicht weiterhilft. Verzweifelt sucht sie die Reihen nach ihrem Bruder ab. „Sie sehen alle gleich aus“, stößt sie enttäuscht hervor. „Warum erkennst du ihn und ich nicht? Er ist doch mein Bruder!“

Beruhigend lege ich ihr eine Hand auf den Arm. „Du hast ihn seit einem Jahr nicht mehr gesehen und er hat sich verändert. Die Legion hat ihn den anderen angepasst.“

„Aber er ist mein Bruder. Ich sollte ihn trotzdem erkennen. Er ist es, der seine Erinnerung verloren hat, und nicht ich.“ Sie ist voller Wut auf sich selbst und ich kann sie verstehen. Es würde mich umbringen, wenn ich nicht mehr in der Lage wäre, ihn von den anderen zu unterscheiden.

Wir bleiben direkt hinter ihm in der Reihe stehen. „Das ist er“, flüstere ich Zoe zu. Sie starrt angestrengt auf seinen Hinterkopf, aber schüttelt nur den Kopf. „Bist du dir sicher?“

„Auf jeden Fall“, bestätige ich ihr und in diesem Moment dreht sich Finn fragend um. Als er mich sieht, zieht er wütend die Augenbrauen zusammen, ohne jedoch etwas zu sagen.

Gleichzeitig hellt sich Zoes Gesicht auf. „Du hast recht, das ist er. Niemand sonst kann so böse schauen wie er."

Zoes Worte irritieren Finn sichtlich. „Was soll das? Woher kennst du mich?", fährt er sie misstrauisch an.

„Ich bin deine Schwester", sagt sie leise, aber eindringlich zu ihm. „Deine kleine Schwester Zoe, erinnerst du dich?", fügt sie liebevoll hinzu.

Finn schüttelt nur verärgert den Kopf. „Hat sie dir das erzählt?" Er deutet dabei auf mich. „Glaub ihr kein Wort. Sie ist verrückt."

„Nein, ist sie nicht. Sie ist unsere Freundin. Du kannst ihr vertrauen. Sie wird uns helfen, hier rauszukommen", versichert ihm Zoe und Finn schnappt geschockt nach Luft.

„Hier raus? Seid ihr denn beide wahnsinnig? Jeder, der die Sicherheitszone verlässt, muss sterben. Die Erde ist radioaktiv verseucht."

Zoe schüttelt mit geduldigem Lächeln den Kopf. „Wir wurden beide außerhalb der Sicherheitszone geboren. Dort ist schon lange nichts mehr verseucht. Du warst bei meiner Geburt dabei und hast mich als Erster im Arm gehalten. Weißt du noch? Du warst noch so klein, dass du mich kaum halten konntest."

Ihre Worte lösen rein gar nichts bei Finn aus, außer vielleicht noch mehr Wut.

„Hört auf damit. Ich will davon nichts hören", stößt er wütend aus und dreht uns wieder den Rücken zu.

Seine abwehrende Haltung macht Zoe zornig. Sie packt Finn grob an der Schulter und dreht ihn bestimmt zu sich herum. „Es ist mir egal, ob du es hören willst oder nicht, aber du mein Bruder. Ich werde dich schon dazu bringen, dich zu erinnern, und wenn ich dir deine Erinnerung eigenhändig einprügeln muss."

Erschrocken wehrt er ihre Hand von seiner Schulter ab. „Du bist verrückt, deshalb bist du auch auf der Krankenstation. Sie hätten dich nicht rauslassen dürfen, denn genau dort gehörst du hin."

Ich kann Zoe gerade noch davon abhalten, auf Finn loszugehen. Mit meiner ganzen Kraft zerre ich sie von der mittleren Reihe zu der rechten. „Beruhige dich! Wenn du dich auffällig benimmst, lassen sie dich nie wieder in die Sicherheitszone!"

Sie schnappt immer noch empört nach Luft und sendet wütende Blick in Finns Richtung, der uns nicht einmal mehr beachtet. „Er kann mich doch nicht einfach vergessen haben!"

„Er wurde von der Legion operiert. Es ist nicht seine Schuld!"

Zoe ballt ihre Hände zu Fäusten. „Das werden sie mir büßen. Die Legion hat uns schon viele schlimme Dinge angetan, aber das ist eindeutig das Grausamste von allen. Irgendwann kommt der Tag, an dem ich mich für all das an ihnen rächen werde."

Auch wenn ich ihre Wut verstehen kann, teile ich ihre Ansicht nicht. „Ihn vergessen zu lassen, war für die Legion die einzige Möglichkeit, ihn am Leben zu lassen. Sie sahen in ihm eine Gefahr, vor der sie sich schützen mussten."

„Willst du etwa behaupten, die Legion hätte Angst vor den Rebellen?", wirft sie mir mit ironischem Lachen vor.

„Ganz genau", bestätige ich ihr, doch Zoe glaubt mir kein Wort.

„Warum sollten sie? Sie sind stärker als wir!"

„Das waren sie vielleicht einmal, aber das sind sie nicht mehr. Erst heute Nacht ist die nördliche Legion gefallen."

Erstaunt blickt sie mir entgegen. „Ist das wirklich wahr?"

„Die Rebellen aus dem Norden und Osten haben sich zusammengeschlossen. Es gibt bereits seit Wochen Angriffe."

Ein Lächeln des Triumphs tritt auf ihr Gesicht. „Endlich bekommen die Schweine, was sie verdienen."

Ich schlucke betreten und hoffe, dass sie nicht ernst meint, was sie sagt, und es nur von dem Zorn wegen Finn herrührt. Versteht sie denn nicht, dass ich auch ein Teil der Legion bin? Ich war mir selbst in meiner Zeit bei den Rebellen nicht mehr sicher diesbezüglich, aber seitdem ich zurück in der Legion bin, habe ich viel über mich selbst nachgedacht. Ich weiß jetzt, wer ich bin und wo ich hingehöre. Mein Platz wird immer bei der Legion sein, auch wenn mein Name immer Cleo bleiben wird. Vielleicht lässt sich irgendwann beides miteinander verbinden.

Sobald Zoe ihre Nahrungsration erhalten hat, lasse ich sie von einer Wache zurück auf die Krankenstation bringen und stelle mich vor den Aufzug, um erneut auf A350 zu warten. Doch stattdessen gesellt sich Ruby zu mir. Ich freue mich ehrlich darüber, sie gesund zu sehen.

Wie von ihr erwartet, verneigt sie sich vor mir. „Seid mir gegrüßt, Legionsführerin A518."

„Seid mir ebenfalls gegrüßt, Kämpferin C403."

Ruby richtet sich auf. Ihr Gesicht ist eine Maske ohne Emotionen.

„Ich habe mich heute Morgen gefreut, als ich gehört habe, dass die Flucht geglückt ist“, flüstere ich ihr zu, während wir nebeneinander stehen, ohne einander auch nur anzublicken. Unser beider Blick ist starr auf das Atrium gerichtet.

„Die Flucht ist nicht so sehr geglückt, wie du es dir vielleicht vorstellst“, gesteht mir Ruby.

„Was meinst du damit?“

„Es gab eine Tote.“

Für einen Moment setzt mein Herz aus. „Aber die Legionsführer haben gesagt, dass sie niemanden festnehmen konnten“, bringe ich mit zitternder Stimme hervor und versuche, meine Fassung zu wahren.

„Sie wurde auch nicht erschossen, sondern ist an den Folgen der Flucht gestorben.“

„Wer ist es?“

„Marie. Sie hatte einen Herzinfarkt. Ich war dabei, als sie gestorben ist.“

Ich presse die Tränen zurück, die sich in meine Augen drängen. Marie war die gute Seele bei den Rebellen. Jeder hat sie geliebt. Selbst mir ist sie von Anfang an ohne Vorurteile begegnet. Ich kann mich noch genau an ihre zarten Finger auf meinem Gesicht erinnern, als sie mich abgetastet hat, um sich ein Bild von mir machen zu können. Marie war blind.

„Wie haben die anderen darauf reagiert?“ Ich weiß, es ist eine dumme Frage. Wie sollen sie schon darauf reagiert haben? Sie werden um sie geweint haben, so wie ich es in diesem Moment am liebsten auch tun würde. Aber ich weiß nicht, was ich sonst sagen soll.

„Gustav ist halb durchgedreht. Er wollte die Legion sofort angreifen. Die anderen konnten ihn gerade noch davon abhalten.“

Am Beispiel von Marie und Gustav habe ich erst gelernt, was Liebe bedeutet. Sie war immer in ihren Augen zu sehen, wenn sie miteinander sprachen oder auch nur nebeneinander saßen. Sie waren fast eins, wobei Marie immer der ruhige und ausgeglichene Teil war und Gustav der impulsive und unbeherrschte. Ich kann ihn mir ohne Marie nur schwer vorstellen.

„Was sollen wir jetzt machen?"

„Es gibt nichts, was wir tun können. Wir müssen abwarten."

„Sollen wir es Zoe und Finn erzählen?"

„Finn erinnert sich weder an dich noch an mich oder sonst irgendjemanden. Es würde ihm nichts bedeuten. Wenn du es Zoe erzählst, wird sie bedauern, dass sie sich nicht von Marie verabschieden konnte. Ich denke, sie hat schon genug Sorgen."

„Du meinst also, wir sollten es für uns behalten?"

Ruby zuckt mit den Schultern. „Du bist die Legionsführerin, nicht ich. Es ist deine Entscheidung!"

Sie lässt mich alleine zurück und marschiert in Richtung des blauen Gangs davon. Nachdenklich blicke ich zu der großen Uhr über dem Aufzug. Seit meiner Ankunft sind bereits 45 Minuten vergangen. A350 ist zu spät. Das sieht ihr gar nicht ähnlich. Ist womöglich etwas passiert?

Auch das Atrium hat sich mittlerweile geleert. Die Bewohner sind alle zu ihrer Arbeit zurückgekehrt und die Schalter der Nahrungsvergabe haben bereits geschlossen. Es gibt für mich keine Möglichkeit, alleine zurück in die Legionsführerkugel zu kommen. Also bleibt mir nichts anderes übrig, als zu warten.

Nach einer Stunde und zwanzig Minuten öffnet sich plötzlich der Aufzug und A233 tritt hervor. Sie wirkt gestresst und besorgt zugleich.

„Entschuldige die Verspätung, es gab einen Vorfall, der A350 aufgehalten hat. Sie will dich aber sofort sehen. Folge mir!“

A233 steuert zielstrebig auf die Krankenstation zu.

„Was ist passiert?“

Ist womöglich etwas mit Zoe? Konnte sie sich doch nicht beherrschen und hat randaliert?

„D560 hat versucht, sich umzubringen. A350 hat sie gefunden und ist seitdem bei ihr.“

12. Ein Name voller Hoffnung

Als ich vor der Tür stehe, hinter der D560 ihr Krankenzimmer hat, sind meine Hände schweißnass. Jegliche Farbe ist mir aus dem Gesicht gewichen und ich fühle mich leicht schwindelig. Wie konnte sie das nur tun? Warum habe ich in der letzten Nacht nur nicht nach ihr gesehen? Vielleicht wäre es dann niemals so weit gekommen.

A233 öffnet für mich die Tür mit ihrem Fingerabdruck. Ich bin froh zu sehen, dass es nicht eine der üblichen Zellen ist, in denen die Legion sonst ihre Gefangenen hält. Dieses Zimmer ist anders. Zwar gibt es auch hier kein Fenster, immerhin befinden wir uns unter der Erde, aber zumindest sind die Wände in einem fröhlichen Grasgrün gestrichen und der Boden besteht aus sandbraunen Platten und nicht dem üblichen tristen Grau. A560s Bett steht in der Mitte des Raums. Sie ist an ein Herzfrequenzmessgerät angeschlossen, das ein ständiges Piepsen von sich gibt. Ihre Handgelenke sind mit einem weißen Verband umwickelt, der sich kaum von ihrer bleichen Haut abhebt. Ihre Augen sind geschlossen, aber selbst im Schlaf wirkt sie traurig und so zerbrechlich, dass selbst die kleinste Berührung sie zum Zerspringen bringen könnte.

A350 steht neben dem Bett und blickt erst von D560 auf, als wir den Raum betreten. Ihr Gesicht ist gezeichnet von Sorge. Sie tritt um das Bett herum auf mich zu.

„Du darfst mit ihr alleine sein, wenn du möchtest."

Ich nicke schnell und beiße mir auf die Unterlippe, um meine bebenden Lippen unter Kontrolle zu halten.

„Ich warte vor der Tür auf dich“, flüstert mir A350 sanft zu und lässt für einen kurzen Moment ihre Hand auf meiner Schulter verweilen. Danach verlässt sie mit A233 den Raum.

Als sich die Tür schließt, stehe ich immer noch wie erstarrt auf derselben Stelle wie zuvor. Ich traue mich kaum, näher zu treten. Tief in meinem Inneren fühle ich mich schuldig. Schon bei unserer ersten Begegnung habe ich gesehen, wie schlecht es D560 ging. Ich erinnere mich noch deutlich daran, wie sie die Glasscherben in ihre Hände gepresst hat, sodass das Blut aus ihnen hervorquoll. Ich hätte mir mehr Mühe geben sollen herauszufinden, was mit ihr los ist. Stattdessen war ich immer nur mit meinen eigenen Problemen beschäftigt. Ich weiß nicht, warum sie mich belogen hat, als sie sagte, dass A350 ihr befohlen hätte, die Nächte bei mir zu verbringen. Vielleicht wollte sie einfach nicht alleine sein. Warum konnte sie nicht ehrlich zu mir sein? Ich hätte sie niemals weggeschickt. Ganz im Gegenteil, ich habe ihre Nähe doch genossen. Wusste sie das nicht? Hat sie es nicht gespürt?

Ganz langsam trete ich näher an ihr Bett. Ich setze so leise ich kann einen Fuß vor den anderen, um sie ja nicht zu wecken. Als ich vor ihr stehe und auf ihr blasses Gesicht herabblicke, überkommt mich der Wunsch, ihr über die Stirn zu streichen oder wenigstens ihre Hand zu halten, aber ich unterlasse beides. Stattdessen ziehe ich mir den einzigen Stuhl in dem Zimmer heran und setze mich an das Bett. Ich lege meine Hand sachte neben ihre, jedoch ohne sie zu berühren. Ich möchte ihr etwas sagen. Irgendetwas, das ihr vielleicht Hoffnung gibt, wenn sie es hört.

„Außerhalb der Legion gibt es einen kleinen Wald. Die Bäume sind so hoch, dass, wenn man nach oben blickt, man den Himmel durch ihr dichtes Blätterdach erkennen kann. Die Luft riecht dort nach Tannennadeln und dem weichen Moos, das sich über den Boden erstreckt. Wenn man barfuß darüber läuft, fühlt es sich fast wie Teppich an. Der Wald ist niemals still. Am Tag liegen der Gesang der Vögel und das Rascheln von kleinen Tieren in der Luft. Und in der Nacht ist der Ruf des Uhus zu hören. Manchmal klagt auch ein Wolf dem Mond sein Leid." An dieser Stelle ende ich, weil ich daran denken muss, dass D560 es wohl genau wie der Wolf täte, wenn sie könnte.

Doch plötzlich berühren ihre Fingerspitzen ganz sachte meine Hand. „Hör nicht auf", bittet sie flüsternd mit geschlossenen Augen.

Ich bin erleichtert darüber, dass sie wach ist, und schließe nun ebenfalls meine Augen, um mich besser erinnern zu können.

„Mitten in dem Wald gibt es einen kleinen See. Ganz früh am Morgen, wenn die Sonne gerade erst aufgeht, liegt Nebel über der Oberfläche. Wenn der Wind durch den Nebel weht, sieht es aus, als würden fremde Wesen über das Wasser tanzen, wie in einem Märchen. Sobald der Nebel sich lichtet, kann man sehen, wie klar das Wasser ist. Über Nacht hat sich der ganze Schlamm am Boden abgesetzt, sodass man bis auf den Grund blicken kann. Das Wasser ist jedoch auch eiskalt. Es kostet Überwindung, sich trotzdem hineinzutrauen. Doch man wird es nicht bereuen. Denn nach einem Bad am Morgen fühlt man sich wie neugeboren. Es wäscht allen Kummer von einem ab und lässt einen die Probleme klarer sehen."

Ihre Finger tasten sich etwas näher an meine Hand, sodass sie mich nicht nur berühren, sondern auf meiner Haut ruhen. „Ich wünschte, ich könnte jetzt auch ein Bad in dem See nehmen", flüstert D560 und ich sehe, wie Tränen unter ihren geschlossenen Augen hervorquellen.

„Soll ich aufhören?"

„Nein, bitte erzähl weiter."

„Am Mittag ist es am wärmsten am See. Die Sonne steht zu diesem Zeitpunkt an ihrem höchsten Punkt. Wenn man nicht aufpasst, holt man sich dann leicht einen Sonnenbrand. Das ist wirklich eine grausame Angelegenheit. Dabei schält sich die eigene Haut vom Körper ab. Am Anfang tut es weh und später juckt es sogar. Aber unter der verbrannten Haut wächst neue, wie bei einer Schlange, die ihre Haut abwirft. Aber nach dem ersten Sonnenbrand gewöhnt sich die Haut langsam an die Sonne und beginnt, sich zu verändern. Sie zieht Farbe in sich auf, wie ein Schwamm Wasser. Die Haut bekommt dann einen goldenen Glanz und wird ganz warm."

Als ich von Wärme spreche, tritt für einen kurzen Moment ein kleines Lächeln auf ihre Lippen. „Und was ist am Abend?"

„Am Abend ist das Wasser des Sees am wärmsten, aber auch am aufgewühltesten. Während es am Morgen so klar war, dass man bis auf den Grund schauen konnte, und es bläulich schimmerte, ist es am Abend schlammigbraun. Dafür quaken dann aber auch die Frösche und Kröten am lautesten. Sie sitzen versteckt im Schilf rund um den See und singen ein Lied, das nur sie selbst verstehen. In den Gräsern, die am Ufer des Sees wachsen, stimmen dann an warmen Tagen die Grillen mit ein. Sie zirpen, als trüge jede von ihnen eine kleine Geige in den zarten Beinen. Ihr Spiel ist so laut, dass man es selbst aus mehreren Metern Entfernung noch hören kann. Es erfüllt die ganze Luft und überdauert selbst den Sonnenuntergang.“

D560 öffnet die Augen und sieht mich erschöpft an, doch das Lächeln auf ihren gesprungenen Lippen ist geblieben. „Wenn man dir zuhört und dabei die Augen schließt, kann man alles vor sich sehen, so als wäre man selbst dabei gewesen. Ich wünschte, ich könnte das alles einmal mit eigenen Augen sehen.“

„Das wirst du eines Tages. Du musst nur Geduld haben“, versichere ich ihr. Doch D560 schüttelt traurig den Kopf.

„Daran glaube ich nicht mehr. Mein Leben ist, wie es ist, und wird auch immer so bleiben. Es gibt nichts, was ich dagegen tun kann, außer es zu beenden. Aber selbst das schaffe ich nicht.“ Erneut quellen Tränen aus ihren rot geäderten Augen. Sie schnappt nach Luft, um sich zu beruhigen, aber stattdessen beginnen ihre Lippen zu zittern.

Ich ergreife ihre Hand, deren Finger nach wie vor auf meiner Haut ruhen. Zu meinem Erstaunen zieht D560 sie nicht zurück. „So darfst du nicht denken. Ich verspreche dir, dass ich alles tun werde, um dir zu helfen. Wenn du willst, kannst du auch bei mir einziehen.“

Überrascht starrt sie mich an. „Wirklich?“ Ich höre die Hoffnung, die dabei in ihrer Stimme liegt.

„Ja, ich würde mich freuen. Ich mag dich und ich will nicht, dass es dir schlecht geht. Sag mir, was passiert ist. Ich kann dir helfen!“

Panik tritt in ihre Augen und sie schüttelt unwillig den Kopf. „Ich kann nicht!"

„Warum nicht? Was macht dir solche Angst?"

„Ich will nicht darüber reden. Ich will eigentlich nicht einmal daran denken!" Sie wendet den Kopf von mir ab und starrt auf die grünen Wände, doch vor ihren Augen scheint ein Film abzulaufen, den nur sie selbst sehen kann. Es muss ein schrecklicher Film sein.

„Kann ich dir irgendwie helfen?"

Sie schüttelt erneut energisch den Kopf. „Das kann niemand. Egal was auch passiert, die Erinnerungen werden immer wie Narben in mir zurückbleiben. Ich bin für den Rest meines Lebens entstellt."

Selbsthass spricht aus ihren Worten. Sie tut mir so leid, dass ich glaube, einen Teil ihres Schmerzes in meiner eigenen Brust zu spüren.

„Du könntest von vorne anfangen. Lass dein altes Leben hinter dir und beginne ein neues."

Sie wendet mir das Gesicht zwar wieder zu, aber in ihren Augen liegt Unglaube. „Wie soll das gehen? Ich bin immer noch hier."

„Es ist egal, wo du bist. Entscheidend ist nur, wer du bist."

„Und was, wenn ich nicht mehr ich selbst sein will?"

„Dann erschaffe ein neues Ich. Jemanden, auf den du stolz wärst."

Ich sehe, wie sie über meine Worte nachdenkt, und weiß, wie ich ihr das letzte Zögern auch noch nehmen kann.

„Jemand mit einer eigenen Persönlichkeit sollte keine Nummer als Bezeichnung tragen, sondern einen Namen haben."

Ihre Augen werden groß. „So wie du?“

„Ja, so wie ich und alle freien Menschen. Es sollte ein Name sein, der zu deinem neuen Ich passt.“

Sie zuckt pessimistisch mit den Schultern. „Ich kenne keine Namen.“

„Aber ich, und ich weiß auch schon, welcher zu dir passen würde.“

Ich lächle ihr entgegen und sehe mit Freude, wie die Tränen auf ihren Wangen trocknen und so etwas wie Hoffnung in ihre Augen zurücktritt.

„Welcher?“, fragt sie neugierig. Ihr ganzer Körper bebt vor Spannung.

„Asha. Das bedeutet Hoffnung.“

Sie lässt den Namen auf sich wirken und atmet tief ein und aus, dann spricht sie in selbst aus, ganz vorsichtig, so als wäre er etwas Heiliges, das nicht beschmutzt werden darf. „Asha.“

Als ich Ashas Zimmer verlasse, erwartet mich A350 bereits vor der Tür. Ich hatte sie völlig vergessen, doch zu meiner Überraschung ist sie weder genervt noch ungeduldig, sondern schlicht in Sorge.

„Wie geht es ihr?“

„Besser. Sie hat mit mir gesprochen, aber sie wollte mir nicht erzählen, was passiert ist. Weißt du etwas?“

„Nein, leider nicht. Ich habe sie mit aufgeschnittenen Pulsadern in ihrem Zimmer gefunden.“

„Ist so etwas schon einmal passiert?“

„Nein, noch nie. Die Menschen in der Sicherheitszone kämen nicht einmal auf die Idee, so etwas zu tun. Ihr Leben besteht darin, die ihnen zugeteilte Aufgabe zu erfüllen. Sie würden das niemals verweigern.“

Obwohl es mir nicht gefällt, dass sie behauptet, dass ein Leben nur der Erfüllung einer Aufgabe dienen soll, muss ich ihr zustimmen. Auch ich wäre niemals auf die Idee gekommen, mich selbst zu töten. Weder vor noch nach der Entführung.

Doch A350 zögert. Ich sehe es an ihrem Gesicht. Es gibt noch etwas, dass ich nicht weiß. „Verheimlichst du mir etwas?"

Sie schüttelt nachgiebig den Kopf. „Nein, ich möchte ehrlich zu dir sein. Aber du darfst mit niemandem darüber sprechen. Es ist wichtig, dass es unter uns bleibt, solange wir nicht die Ursache dafür geklärt haben. Auch dem Arzt, der sie operiert hat, habe ich Stillschweigen befohlen."

„Ich verspreche es. Was ist es?", erwidere ich sofort.

A350 blickt prüfend den Gang auf und ab, um zu sehen, ob wirklich niemand außer uns da ist. Dann beugt sie sich zu meinem Ohr vor und flüstert: „D560 war schwanger."

Ich reiße entsetzt die Augen auf. „Wie ist das möglich? Es ist keine Paarungszeit!"

A350 nickt. „Der Fötus ist letzte Nacht bei ihrem Selbstmordversuch gestorben. Sie war erst etwa in der achten Woche schwanger."

Normalerweise würde mich jeder Tod traurig stimmen, doch nicht in diesem Fall. Ich bin sicher, Asha hätte das Kind nicht gewollt.

„Von wem war sie schwanger?"

„Das gilt es nun herauszufinden."

Da Asha die nächsten beiden Nächte noch auf der Krankenstation verbringen wird, möchte ich die Zeit nutzen, um Finn noch einmal zu besuchen. Denn wenn Asha zurück ist, will ich für sie da sein. Natürlich kann ich sie nicht vierundzwanzig Stunden lang betreuen, aber zumindest die Nächte werde ich sie nicht mehr alleine lassen. So gesehen werden meine Chancen, Finn zu sehen, recht gering sein. Deshalb hoffe ich, dass A566 heute in seinem Zimmer ist. Doch ich muss ihn nicht einmal suchen, denn er begegnet mir bereits auf dem Flur.

„A518, was für eine Freude, dich zu sehen“, begrüßt er mich in seiner üblichen charmanten Art. Es fällt mir immer noch schwer, damit umzugehen, aber langsam gewöhne ich mich daran.

„Ich freue mich auch, dich zu sehen, A566.“

„Lass mich raten, du warst auf der Suche nach mir?“, grinst er mir frech entgegen.

Wieder überkommt mich das Gefühl, dass er mich in der Hand hält und alle meine Geheimnisse irgendwann gegen mich verwenden könnte. Aber daran darf ich jetzt nicht denken, wenn ich Finn sehen will. Deshalb gebe ich mich geschlagen und nicke schuldbewusst. „Stimmt, ich möchte D577 in der Sicherheitszone besuchen. Kannst du mir helfen?“

„Nichts leichter als das. Ich besitze magische Finger“, erwidert er mit einem strahlenden Lächeln, das seine perfekten weißen Zähne entblößt und drückt mit dem Zeigefinger auf den Scanner des Aufzugs. Die Tür öffnet sich sofort.

Ich will bereits in den Aufzug steigen, doch A566 versperrt mir den Weg. Triumphierend funkeln seine Augen mich an. „Hast du nicht etwas vergessen?“

Ich weiß nicht, was er meint, gerate aber sofort in Panik. Möchte er eine Gegenleistung? Ich habe nichts, dass ich ihm zum Tausch anbieten könnte. A566 scheint die Verzweiflung von meinem Gesicht ablesen zu können, denn er zwinkert mir plötzlich schelmisch zu. „Ein kleines Wort würde mir schon reichen."

Erleichtert atme ich aus. „Danke!"

„War doch gar nicht so schwer", lobt mich A566 und gibt mir den Eingang frei. Der Aufzug setzt sich in Bewegung, während wir einander schweigend gegenüberstehen. Normalerweise führt A566 unsere Gespräche, indem er mich mit einer Frage nach der anderen löchert, aber heute ist er ungewöhnlich still, seine Augen sind dafür umso wachsamer. Es scheint mir fast so, als würde er mich nicht einmal für eine Sekunde aus den Augen lassen. Als die Stille anfängt, unangenehm zu werden, frage ich ihn das, was mir als erstes in den Sinn kommt. „Wo warst du eigentlich in der letzten Nacht?"

Sein Gesichtsausdruck verändert sich schlagartig. Misstrauisch beäugt er mich. „Warum willst du das wissen?"

So kenne ich ihn gar nicht. Sonst prahlt er regelrecht damit, wenn er etwas Verbotenes getan hat. Er hält sich für wahnsinnig clever, so als könne er jeden und alles austricksen. Für ihn gelten keine Regeln, weil er immer Wege und Möglichkeiten findet, sie zu umgehen.

„Ich habe dich gesucht", erwidere ich ehrlich. Für einen Moment blickt er weiter prüfend in mein Gesicht, dann löst sich seine angespannte Haltung. „Tut mir leid, aber ich hatte etwas Wichtiges zu tun. Ich stehe dir nicht jede Nacht zur Verfügung."

Obwohl er mir nicht länger zu misstrauen scheint, bemerke ich den spitzen Tonfall in seiner Stimme. So wie er den letzten Satz ausspricht, hört er sich an, als würde ich genau das von ihm erwarten. So als nähme ich seine Hilfe für selbstverständlich.

„Ich weiß, aber ich bin dir wirklich dankbar für deine Hilfe. Ich wüsste nicht, was ich ohne dich tun sollte“, gestehe ich ihm, um ihn mit meinen Worten zu besänftigen, zumal sie der Wahrheit entsprechen.

Die Aufzugtüren sind bereits seit einiger Zeit geöffnet, doch ich wage nicht, den ersten Schritt zu tun und warte darauf, dass A566 den Aufzug verlässt, doch er scheint kein Interesse daran zu haben. Stattdessen starrt er mich weiter prüfend an.

„Es ist schön zu hören, dass du das weiß. Vergiss es auch nicht!“

Endlich verlässt er den Aufzug, doch der drohende Unterton in seiner Stimme jagt mir eine Gänsehaut über den Körper. Irgendetwas ist heute anders an ihm. Habe ich ihn womöglich verärgert?

Ich bin froh, als wir das Zimmer von D577 erreichen. Wieder brauche ich A566s Hilfe, um die Tür öffnen zu können. Doch er wartet damit.

„Ich nehme an, du willst alleine mit ihm sein“, stellt er fest, jedoch nicht ohne deutlich zu machen, dass ihm die Aussicht, alleine im Flur herumzulungern, nicht gefällt. Wenn er jedoch mit in das Zimmer käme, könnte ich nicht so frei reden wie ohne ihn. Ich brauche die Zeit mit Finn alleine und kann deshalb keine Rücksicht auf die Wünsche von A566 nehmen.

„Es wird nicht lange dauern“, versichere ihm.

„Ich werde auch nicht lange warten“, entgegnet A566 kalt, öffnet aber die Tür. Wieder setzt er mich unter Druck. Ich weiß, dass, wenn er einfach ohne mich gehen würde, ich hier unten gefangen wäre. Mein unerlaubtes Betreten der Sicherheitszone würde so auf jeden Fall bemerkt werden. Das weiß er auch. Er glaubt, mich damit erpressen zu können. Aber ich hoffe, dass er genauso weiß, dass jedem Legionsführer klar wäre, dass ich nicht ohne fremde Hilfe in die Sicherheitszone gekommen sein kann. Ich bin mir zwar nicht sicher, ob ich ihn wirklich verraten würde, denn immerhin hat er mir bereits mehr als einmal geholfen, aber auch A566 kann sich meines Schweigens nicht sicher sein.

Ohne ihn weiter zu beachten, trete ich in das Zimmer von Finn ein. Er liegt auf seinem Bett und schläft, so wie alle Bewohner der Sicherheitszone. Sie haben keine Kontrolle über ihren Schlaf, da selbst das die Legion für sie regelt.

Ich trete erst näher, als ich höre, wie die Tür hinter mir leise zugleitet. Vorsichtig setze ich mich neben Finn auf das Bett und beobachte sein Gesicht. Mir fehlt sein blondes, welliges Haar. Es gab seinem Gesicht so etwas Weiches und Verletzliches. Zwar war Finn schon immer stark und meistens auch grimmig, aber seine Haare waren oft der Hinweis auf seinen verletzlichen Kern.

Auch bei den Rebellen habe ich ihn ab und zu beim Schlafen beobachtet. Dort wirkte er immer friedlich, wenn er nicht gerade einen Albtraum hatte, was leider häufig vorkam. Doch hier in der Sicherheitszone ist sein Gesicht wie erstarrt, so als hätte man es in Eis eingefroren. Er sieht weder glücklich noch traurig aus, sondern mehr wie eine Maschine, ohne jedes menschliche Gefühl.

Zärtlich streiche ich ihm über die Wange. Ich weiß, dass er davon nicht aufwachen wird. Doch er scheint meine Berührung nicht einmal zu spüren. Sein Gesicht bleibt weiterhin ausdruckslos. Wenn ich ihn wecke, wird er mich wahrscheinlich wieder aufgebracht davonjagen, aber mir bleibt nichts anderes übrig, wenn ich ihn erreichen will.

Also beginne ich, ihn an seinen Schultern zu rütteln, erst leicht, dann immer fester, bis er endlich erschrocken die Augen aufreißt.

Er schnappt nach Luft und sieht sich panisch im Zimmer um. Als er sieht, dass außer meiner Anwesenheit alles in Ordnung ist, reagiert er, wie ich es bereits befürchtet habe. Seine Augen richten sich voller Wut auf mich und er rückt sofort ein Stück von mir weg.

„Du schon wieder", stößt er fast hasserfüllt aus. „Kannst du mich nicht einmal in der Nacht in Ruhe lassen?"

„Es tut mir leid, ich wollte deinen Schlaf nicht stören..."

Er lässt mich nicht ausreden und unterbricht mich abrupt: „Dann geh doch einfach wieder!"

„Ich möchte dir nur etwas erzählen, das ist alles", versuche ich ihm so sachlich wie möglich zu erklären. Es tut weh, wie er mit mir spricht und mich dabei ansieht. Doch es ist nicht so, als wäre ich es nicht gewöhnt. Genau so habe ich ihn kennengelernt und mich trotzdem in ihn verliebt. Ich weiß, dass unter seiner harten Schale ein weicher Kern steckt.

„Ich will deine Geschichten aber nicht hören. Sie sind alle frei erfunden und nichts als Lügen!"

„Du musst nicht glauben, was ich dir erzähle. Aber du könntest es dir wenigstens anhören", bitte ich ihn. Erst sieht es so aus, als würde er mir sofort eine weitere Abfuhr erteilen, doch dann stößt er genervt Luft aus.

„Du gibst ohnehin nicht auf, bis ich es mir angehört habe, oder?"

Ich lächle ihm entgegen. „Du kennst mich gut."

Er erwidert mein Lächeln nicht einmal für eine Sekunde. „Fang einfach an, damit ich es schnell hinter mir habe."

Ich atme tief ein und aus, um mich von seinen verletzenden Worten nicht treffen zu lassen. „Ich möchte dir von unserem Abschied erzählen."

Er zuckt desinteressiert mit den Schultern. „Es ist mir völlig gleich, solange du danach gehst."

„Es ist erst wenige Wochen her. Wir haben an dem Abend mit den anderen Rebellen gefeiert. Alle waren da. Der alte Gustav hat Schallplatten auf einem Grammophon gespielt und seiner Frau Marie dabei zärtlich über die Wange gestreichelt. Maries weißes Haar wehte sachte in dem lauen Abendwind. Florance hatte sich an Paul gelehnt, sodass ihr goldenes Haar über seine starken Schultern fiel. Neben ihnen saß Pep, der den Blick in die Sterne gerichtet hatte, weil der Verlust seines Zwillingsbruders Jep noch zu frisch war. Grace, die beste Freundin deiner Mutter, saß mit ihrer Tochter Emily und meiner kleinen Schwester Iris dicht am Lagerfeuer und hat Fleisch gegrillt. Und wir beide..."

Ich beobachte Finns Gesicht. Er hört mir zwar zu, aber nichts von dem, was ich sage, scheint irgendeine Wirkung auf ihn zu haben. Für ihn sind es nur leere Worte.

„Wir haben getanzt. Es war der erste und vorerst letzte Tanz in meinem Leben. Ich wusste nicht, wie man sich bewegt, aber du hast es mir gezeigt. Beim Tanzen gibt es kein richtig oder falsch. Wichtig ist nur, dass man die Musik spürt und sich zu ihr bewegt. Erinnerst du dich an die Musik?"

„Nein“, schießt es mir prompt abweisend entgegen. Er interessiert sich nicht einmal dafür. Asha wäre von meinen Worten beeindruckt gewesen und hätte alles über Musik und Tanzen wissen wollen. Selbst ein Lagerfeuer hätte sie schon beeindruckend gefunden. Doch Finn will mich nur so schnell wie möglich loswerden.

Trotzdem beginne ich leise, ihm die Melodie des Grammophons vorzusummen. Es waren traurige Töne. Traurig, aber trotzdem schön. Ich erinnere mich noch genau daran. Genau diese Melodie lief immer weiter durch meinen Kopf, während ich die ersten Tage in der Zelle auf der Krankenstation verbracht habe. Sie haben mir Hoffnung darauf gegeben, Finn irgendwann einmal wieder nah sein zu können. Obwohl ich jetzt direkt neben ihm sitze, erscheint er mir weiter weg als je zuvor.

„Hör auf damit!“, unterbricht er mich plötzlich aufgebracht. „Ich will das nicht hören.“ Wie zur Bekräftigung legt er sich die Hände über die Ohren. Erst als ich aufhöre, nimmt er sie wieder herunter. „Du wolltest mir etwas erzählen und nicht komische Geräusche von dir geben.“

„In Ordnung“, seufze ich. Es erscheint mir fast, als wolle er sich gar nicht erinnern. Alles, was irgendetwas bei ihm auslösen könnte, weist er strikt von sich, so als hätte er Angst vor seiner eigenen Erinnerung.

„In dieser Nacht bin ich zurück in die Legion gegangen. Du warst der Einzige, der mich begleitet hat. Du kennst die Wüste so gut wie kein anderer. Du hast den Weg selbst im schwachen Licht der Sterne und des Mondes gefunden, während ich blind neben dir hergestolpert bin. Aber wenn du meine Hand in deine genommen hast, habe ich mich sicher gefühlt.

Als wir die hell erleuchtete Kugel der Legionsführer erreicht haben, habe ich mir nichts mehr gewünscht, als dass du mich bittest, bei dir zu bleiben. Ich wollte dich nicht verlassen und ich wollte auch nicht zurück in die Legion. Du hast mich in deine Arme geschlossen und ich erinnere mich noch genau an meine letzten Worte, so als hätte ich sie erst heute zu dir gesagt."

Ich spüre, wie die Tränen in meinen Augen zu brennen beginnen. Ich will nicht weinen. Es würde Finn verschrecken, doch zum ersten Mal scheine ich wirklich sein Interesse geweckt zu haben, auch wenn er es zu verstecken versucht.

„Was hast du zu mir gesagt?", fragt er gelangweilt.

„Vergiss mich nicht", flüstere ich leise, wobei meine Stimme wie Espenlaub zittert. Für einen Moment begegnen sich unsere Blicke und ich habe das Gefühl, für einen winzigen Augenblick den alten Finn in seinen Augen zu sehen. Er ist nicht länger abweisend und kalt, sondern nur erschöpft. Vielleicht tue ich ihm sogar leid. Die Legion muss ihm eingebläut haben, dass Tränen ein Zeichen von Schwäche sind.

Er räuspert sich etwas verlegen. „War es das jetzt?" Auch wenn seine Worte gemein klingen, ist sein Tonfall bei weitem nicht mehr so schneidend wie am Anfang.

„Fast", entgegne ich. „Das Wichtigste kommt noch. Du hast etwas zu mir gesagt, was ich niemals vergessen werde."

„Was habe ich gesagt?", fragt er nach und dieses Mal glaube ich wirklich Neugierde aus seiner Stimme herauszuhören.

„Vielleicht kannst du deine Gefühle zurückhalten, aber ich kann es nicht und ich will es auch nicht."

Seine Stimme und sein Körper waren damals voller Kraft und Leidenschaft. Ich hingegen bin schwach und unsicher. Trotzdem tue ich genau das, was er damals getan hat. Ich beuge mich zu Finns Gesicht vor. Ganz langsam, um ihn nicht zu verschrecken. Das Erstaunliche daran ist, dass er nicht einmal zurückweicht. Er wirkt nur irritiert, aber wehrt sich nicht gegen meine Nähe. Ich suche Sicherheit in seinen Augen, ohne welche zu finden. Deshalb schließe ich meine Augen und lege meine Lippen auf seine. Der Kuss ist vollkommen anders als damals in der Wüste. Wir waren verzweifelt und hatten Angst, einander niemals wiederzusehen. Jetzt ist er zart wie der Flügelschlag eines Schmetterlings und so zerbrechlich wie feinstes Glas. Trotzdem spüre ich sofort, wie Wärme, einem Buschfeuer gleich, durch meinen Körper zieht. Jede Faser meiner Haut scheint wie elektrisiert. Ich möchte die Zeit anhalten und für immer so verweilen. Doch der Moment ist von so kurzer Dauer und die Erkenntnis kommt wie ein Faustschlag.

Finn stößt mich so plötzlich und so kraftvoll von sich, dass ich vor ihm auf dem Boden lande. Er starrt mich entsetzt an, bis die Wut in seine Augen zurückkehrt. „Was soll das?", schimpft er aufgebracht und hält sich mit beiden Händen den Kopf, so als habe er Angst, er würde jeden Moment explodieren.

„Ich wollte nur, dass du dich erinnerst", jammere ich verzweifelt und richte mich langsam wieder auf.

„Ich will mich nicht erinnern. Kapierst du das nicht?", schreit er mir entgegen. „Verschwinde endlich!"

Ich kann nicht anders, als den Tränen freien Lauf zu lassen, und drehe mich um. Die Tür ist bereits geöffnet und A566 steht wartend darin. Ich weiß nicht, wie lange er dort schon so steht und wie viel er von unserem Gespräch mitbekommen hat, aber es ist mir auch egal. Zum ersten Mal seit langer Zeit möchte ich einfach nur noch weg von Finn. Ich kann ihn nicht länger ansehen. Es ist, als würde man mir vor Augen halten, was ich verloren habe.

Ich stürze an A566 vorbei und renne förmlich zum Aufzug. A566 ist direkt hinter mir, denn er öffnet ihn sofort, und ich flüchte mich in das Innere wie in eine Schutzkammer, die mich vor all meinen Ängsten und Sorgen abschirmt. Erst als die Türen sich schließen, wage ich auszuatmen. Warum musste ich Finn auch küssen? Er fing gerade an mir zuzuhören und ich habe alles kaputt gemacht. Was habe ich mir davon erwartet? Dass er sich plötzlich erinnert wie in einem von Maries albernen Kindermärchen? Ich wusste, dass es zu früh war. Ich wusste es selbst, als ich meine Lippen auf seine legte, und trotzdem konnte ich es nicht verhindern. Ich habe mich so sehr nach seiner Nähe gesehnt. Unsere Beziehung hatte doch gerade erst begonnen. Sie kann doch nicht schon vorbei sein, bevor sie überhaupt richtig angefangen hat.

Wieder einmal bin ich so von meinen eigenen Gedanken und Gefühlen überwältigt, dass ich erst jetzt bemerke, dass der Aufzug stehen geblieben ist. Wir befinden uns in der gläsernen Röhre, die die Sicherheitszone mit der Kugel der Legionsführer verbindet. Unter uns liegt die rote Wüste in Dunkelheit, während über uns der Sternenhimmel thront. Fragend blicke ich zu A566. „Warum haben wir angehalten?“

Er mustert mich kritisch, so als hätte ich ein Verbrechen begangen. „Es wird Zeit, dass du deine Schulden begleichst."

Seine Stimme ist leise, aber gefährlich. So wie das Knurren eines Raubtieres. Ich weiß nicht, was er damit meint, aber empfinde plötzlich die kleine Kammer des Aufzugs als zu eng für uns beide. Ich weiche vor ihm zurück an das andere Ende des Aufzugs, trotzdem trennen uns nur wenige Schritte voneinander. Er lässt mich keinen Moment aus den Augen, wie eine Schlange, kurz bevor sie zum Angriff ansetzt.

„Können wir darüber nicht außerhalb des Aufzugs reden? Ich fühle mich hier in der Luft schwebend nicht wohl", bitte ich ihn und versuche dabei, meine Angst zu verstecken.

Er tritt einen Schritt auf mich zu und ich muss mich beherrschen, nicht zu Boden zu sinken, um mich vor ihm zu verstecken. Stattdessen straffe ich meine Schultern und tue so, als hätte ich weiterhin kein Problem mit seiner Nähe. „Die Zeit zum Reden ist vorbei, jetzt folgen Taten", erklärt er mir sachlich. Seine Augen sind jedoch vollkommen auf mich fixiert. Ich spüre, wie mir kalter Schweiß den Rücken hinabrinnt und mein Hals trocken wird, sodass ich schlucken muss, um nicht zu husten.

„Von welchen Taten sprichst du? Soll ich dir bei irgendetwas helfen?"

Er lächelt mich geringschätzig an. „Du tust immer so stark und überlegen, dabei bist du in Wirklichkeit nur ein naives, kleines Mädchen. Ich habe dich vom ersten Tag an durchschaut", gesteht er mir und tritt noch näher auf mich zu, sodass nur noch ein Schritt zwischen uns liegt.

„Ich habe nie behauptet, dass ich irgendjemandem überlegen wäre. Es tut mir leid, wenn du das so empfunden hast. Ich wollte nie..."

Seine Hand knallt neben meinem Kopf gegen die Aufzugwand und lässt mich erschrocken aufschreien. „Ich habe genug von deinen ganzen Reden. Du glaubst, du könntest die Menschen mit deinen schönen Worten um den kleinen Finger wickeln, aber der Trick zieht bei mir nicht", zischt er mir entgegen. Dabei ist sein Kopf meinem so nah, dass unsere Nasenspitzen sich beinahe berühren. Ich habe Angst vor ihm und spüre, wie meine Knie zu zittern beginnen. Am liebsten würde ich ihn fragen, was er von mir will, aber egal was ich sage, es scheint ihn nur noch wütender zu machen. Deshalb halte ich jetzt lieber meinen Mund. Ich wünschte nur, er würde den Aufzug wieder starten. Der Knopf liegt auf der gegenüberliegenden Seite. Zwar sind es nur wenige Meter, aber er erscheint mir dennoch unendlich weit entfernt.

„Ich habe gesehen, wie du den Verstoßenen geküsst hast", raunt mir A566 ins Ohr, wobei seine Lippen mein Ohrläppchen streifen. „Es war nicht das erste Mal."

Nein, das war es nicht und ich hoffe, dass es auch nicht das letzte Mal gewesen ist. Aber ich kann nicht an Finn denken, solange A566 mich bedroht. Dabei weiß ich nicht einmal, womit er mir eigentlich droht oder was er von mir erwartet. Ich zwinge mich, den Blick in seine Augen zu erwidern, auch wenn mir, je länger ich sie betrachte, immer kälter wird.

„Er wollte nicht von dir geküsst werden", spricht A566 weiter. Ich möchte ihm widersprechen, lasse es aber.

„Weißt du, wie es ist, wenn dich jemand küsst und du es nicht willst?“

Ich antworte ihm nicht, weil ich nicht glaube, dass er eine Antwort erwartet. Doch genau das tut er, aber das wird mir erst bewusst, als seine Faust erneut gegen die Wand hinter mir donnert. „Antworte mir!“

Verzweifelt schüttele ich den Kopf. „Nein, ich weiß es nicht.“

„Küss mich“, fordert er plötzlich. Entsetzt starre ich ihn an. Warum sollte er so etwas wollen? Er ist doch genau wie ich in der Sicherheitszone aufgewachsen, solche Verlangen müssten ihm fremd sein. Doch A566 meint es ernst. „Küss mich, wie du ihn geküsst hast.“

„Ich kann nicht“, stoße ich aus. Die Vorstellung, einen anderen als Finn zu küssen, ist schrecklich. Ich will es nicht.

„Du schuldest mir etwas, erinnerst du dich? Wir sehen alle gleich aus, es macht also keinen Unterschied.“

Es macht einen enormen Unterschied, aber das versteht er nicht. Ich weiß nicht, was passiert, wenn ich mich weigere. Im Moment scheint er zu allem bereit zu sein.

„Ich werde dich nicht gehen lassen, bevor du es nicht tust“, drängt er mich weiter. Ich denke an all die Geheimnisse, die er über mich weiß. Wenn er will, könnte er mir schaden. Nicht nur, indem er meine nächtlichen Ausflüge den anderen Legionsführern verrät, sondern auch, indem er Zoe oder Finn etwas antut. Sie sind ihm in der Sicherheitszone praktisch hilflos ausgeliefert. Er kann die Kameraaufnahmen so manipulieren, dass nie jemand etwas davon mitbekommen würde. Genauso wenig, wie hiervon jemals jemand etwas erfahren wird. Sicher ist es das Leichteste, mich einfach seinem Willen zu beugen, auch wenn es mir zuwider ist. Vielleicht wird ihn das auch besänftigen, sodass er danach den Aufzug wieder startet. In Zukunft werde ich ihm einfach aus dem Weg gehen, um ihn und mich nicht noch einmal in so eine Situation zu bringen.

„Okay“, stimme ich ihm schließlich zu, woraufhin er seine Schultern leicht lockert. Er nimmt den Arm hinter meinem Kopf weg und stellt sich gerade vor mich. Auch ich stelle mich gerade hin, sodass er mich nur wenige Zentimeter überragt, wie alle männlichen Bewohner der Legion. Ich bewege meinen Kopf vorsichtig auf sein Gesicht zu und schließe die Augen. Vielleicht ist es weniger schlimm, wenn ich dabei an Finn denke. Doch als meine Lippen seine berühren, ist es, als würde eine Falle zuschnappen. Seine Arme schlingen sich um meinen Körper wie Fesseln und seine Hände scheinen den dünnen Stoff des weißen Anzugs geradewegs zu verbrennen. Ich habe das Gefühl, sie überall auf meiner Haut zu spüren. Seine Lippen pressen unnachgiebig gegen meine und seine Zunge bahnt sich gewaltsam einen Weg in meinen Mund, sodass ich kaum Luft bekomme. Ich spüre, wie der Stoff an meinem Rücken unter seinen Fingern reißt. Erst ist es nur ein kleiner Spalt, doch durch einen Ruck seiner Hände klafft mein gesamter Anzug auf. Er reißt immer weiter, bis auch mein Po nackt gegen das kalte Glas der Scheibe gedrückt wird. Ich versuche ihn von mir zu drücken, doch je mehr ich mich wehre, umso fester presst er mich gegen den Aufzug. Seine Zähne beißen auf meine Zunge und ich schmecke, wie der metallische Geschmack von Blut mir den Rachen hinunterrinnt. Sofort beginne ich zu würgen und erst da lässt er von mir ab. Mit seinen Armen packt er mich fest an den Oberarmen und dreht mich herum, sodass mein Kopf gegen das Glas geschleudert wird. Für einen kurzen Moment wird mir schwarz vor Augen, doch als ich spüre, wie sein Körper sich gegen meinen nackten Rücken presst, lässt Panik mein Herz schneller schlagen. Ich weiß jetzt, was er vorhat. Es ist die Art von Folter, die mir bisher nur von der alten Erde bekannt war. Es ist die schlimmste Art, wie ein Mann eine Frau demütigen kann. Bereits bei den Bildungsfilmen über den zweiten Weltkrieg habe ich immer die Augen geschlossen, um die schrecklichen Bilder nicht mit ansehen zu müssen. Aber die Schreie der Frauen klingen mir nun umso lauter in den Ohren. Ich will das nicht. Es würde mich zerstören und das kann ich nicht zulassen. Seine Hände liegen zwischen meinen Beinen und ich weiß, dass auch hier der dünne Stoffe reißen wird, wenn er nur heftig genug daran zieht. Ich presse mich mit beiden Händen gegen das Glas und stoße mich so fest ich kann ab. Damit hat A566 nicht gerechnet und taumelt zurück, nur um sich sofort wieder auf mich zu stürzen. Mit einer Hand schlägt er meinen Kopf erneut gegen das Glas, während seine andere weiter an dem Anzug reißt. Ich hole mit meinem rechten Bein aus und trete hinter mich, ohne auch nur darauf zu achten, wohin. Ich treffe sein Knie, woraufhin er vor Schmerz aufschreit. Sofort stürze ich zu den Knöpfen des Aufzugs und löse den Stopp-Schalter. Der Aufzug setzt sich erneut in Bewegung, doch A566 ist schneller bei mir, als ich reagieren kann. Er verpasst mir mit der Faust einen Schlag mitten ins Gesicht. Schon als ich stürze, spüre ich, wie der Aufzug erneut stoppt. Meine Hände federn den Sturz ab, sodass ich mich schnell zur Seite rollen kann, als A566 mich bereits wieder angreift. Seine Atmung geht stoßweise. „Es gefällt mir, dass du dich wehrst. Ich muss sagen, damit hätte ich nicht gerechnet. Ich hatte eher Tränen und Betteln erwartet."

Als Antwort beginne ich, wild mit meinen Beinen nach ihm zu treten, sodass es ihm kaum möglich ist, in meine Nähe zu kommen. Doch schließlich schafft er es, mit einer Hand eines meiner Beine zu fassen zu kriegen, während ich ihm mit dem anderen in den Bauch trete. Er schreit vor Schmerz auf, aber schafft es dennoch, auch mein anderes Bein festzuhalten. An den Füßen zieht er mich von der Wand weg, sodass ich flach auf dem stählernen Boden des Aufzugs liege. Er kniet sich auf meine Beine, wobei sich seine Kniescheiben schmerzhaft in meine Haut pressen und ich unfähig bin, ihn weiter zu treten. Seine Hände umschließen meine Handgelenke. Er drückt so fest zu, dass ich sie kaum noch spüren kann. Ich tue das Einzige, was mir in dieser Situation noch übrig bleibt, und ramme meinen Kopf mit voller Wucht gegen seinen. Mir bleibt die Luft weg und ich sehe nur noch schwarz, aber gleichzeitig lässt der Druck auf meinen Beinen nach und ich ziehe mich auf allen vieren zurück zu der Schalterreihe und lege erneut den Schalter um. Aber anstatt mich wieder von ihm angreifen zu lassen, bin ich es dieses Mal, die auf ihn losgeht. Ich nutze den Moment, den er noch am Boden liegt, um ihm, so fest ich kann, mit dem Fuß in den Magen zu treten. Er gibt einen entsetzlichen Schrei von sich, der sogar Tränen aus seinen Augen quellen lässt. Ich möchte ihn immer weiter treten, solange, bis er kein Geräusch mehr von sich gibt und sich nicht mehr regt, doch stattdessen drücke ich ihm meinen Fuß gegen den Hals, während mein anderer Fuß mit vollem Gewicht auf seiner Hand ruht. Er versucht, mich mit seiner freien Hand von sich zu reißen, doch genau in diesem Moment öffnet sich die Aufzugstür und ich falle förmlich in den rettenden Flur. Ich warte nicht eine Sekunde und rappele mich sofort wieder auf. Ich renne los, ohne mich auch nur umzusehen oder darauf zu achten, wohin ich überhaupt laufe. Als ich um die nächste Ecke biege, stürze ich geradewegs in jemanden hinein und taumle zur Seite. Panisch blicke ich meinem Gegenüber entgegen und schluchze vor Erleichterung auf, als ich A350 erkenne, die mich geschockt anstarrt.

Ihre Starre währt nur einen kurzen Augenblick, denn bereits im nächsten ist sie an meiner Seite und packt mich an beiden Schultern. „Was ist passiert?", will sie alarmiert wissen. Doch ich bin unfähig zu sprechen. Ich kann mich kaum noch auf meinen eigenen Beinen halten, so sehr zittert mein gesamter Körper. „A566", stoße ich nur atemlos hervor.

Mehr brauche ich auch nicht zu sagen. A350 versteht sofort. Doch anders, als ich es von ihr erwartet hätte, stürzt sie nicht los, um A566 festnehmen zu lassen, sondern zieht mich stattdessen in ihre Arme. Mein Kopf ruht wie automatisch an ihrer Schulter und ihre Hände streichen, als hätten sie nie etwas anderes getan, über meinen kahlen Kopf. Ihre Nähe reicht aus, um sämtliche Selbstbeherrschung bei mir fallen zu lassen, und ich beginne zu weinen, wobei mein ganzer Körper bebt. A350 fängt nicht nur meine Tränen, sondern auch mich auf. Sie drückt mich so fest an sich, dass ich das Gefühl habe, mit ihr zu verschmelzen. Sie saugt mein Leid in sich auf, während mir ihre Berührungen die

Sicherheit zurückgeben, die mir A566 genommen hat. Ich weiß nicht, wie lange wir in dieser Haltung verharren, aber ich bin erst in der Lage zu sprechen, als wir uns in A350s Zimmer befinden und sie mir eine Tasse mit dampfendem Tee in die Hände drückt. Niemals hätte ich ihr so viel Fürsorge und Einfühlungsvermögen zugetraut. Ihr Verhalten überzeugt mich davon, dass sie die Einzige ist, der ich wirklich vertrauen kann. Es gibt nichts, was ich tun könnte, um ihren Schutz zu verlieren. Ich sehe es in ihren Augen und an ihren Händen, die mich nicht mehr loslassen wollen. Deshalb erzähle ich ihr die Wahrheit. Ich erzähle ihr alles. Von jedem verbotenen Besuch in der Sicherheitszone und lasse dabei nichts aus. Sie hört mir zu, ohne etwas zu erwidern, nur in ihren Augen kann ich ab und zu einen Funken Enttäuschung und Wut aufblitzen sehen. Als ich ende, schweigt sie für einen Moment und blickt zu Boden, während ihre Hand jedoch weiter beruhigend über meinen Rücken streicht. Erst als sie den Blick wieder hebt, lässt sie ihre Hand sinken.

„Warum hast du nicht mich um Hilfe gebeten? Warum bist du zu A566 gegangen?“ Offensichtlich verletzt es sie, dass ich ihr nicht vertraut habe.

„Ist das dein Ernst? Du hast dafür gestimmt, Finn zu töten, und genauso hast du für den Angriff auf die Rebellen gestimmt. Du hast alles dafür getan, um die Menschen zu töten, die mir am Herzen liegen.“

Ich denke nicht länger über meine Worte nach und spreche einfach das aus, was mich schon lange belastet. Das ist der Grund, warum ich ihr nie gänzlich vertrauen konnte. Aber jetzt weiß ich, dass sie nichts tun würde, was mir schaden könnte.

Sie greift nach meiner Hand. „Ich weiß und es wäre gelogen, wenn ich behaupten würde, dass ich meine Entscheidungen bereue. Aber ich sehe ein, dass es nicht immer nur falsch oder richtig gibt. Manchmal gibt es auch einen Mittelweg und ich weiß, dass du diesen finden wirst."

13. Z318

Seitdem A566 mich im Aufzug angegriffen hat, fühle ich mich ständig wie unter Beobachtung. Ich habe Angst, ihm alleine über den Weg zu laufen. Es ist nicht so, dass ich mich davor fürchten würde, dass er es noch einmal versuchen könnte, sondern eher so, dass ich nicht in sein selbstgefälliges Gesicht blicken will. Ich schäme mich vor ihm und weiß nicht einmal, warum. Letztendlich bin ich ihm durch meine eigene Kraft entkommen, aber es war knapp. Es schmerzt, dass ich im Grunde die ganze Zeit wusste, dass ihm nicht zu trauen ist, und ich mich trotzdem auf ihn eingelassen habe. Ich fühle mich dabei wahnsinnig dumm und naiv. Er hat gesagt, dass er mich für ein schwaches Mädchen hält, das nichts weiter als permanent losheulen kann, und genauso fühle ich mich jetzt. Zwar hat, seit A350 mich gefunden hat, nicht mehr eine Träne meine Augen verlassen, aber das Gefühl, losweinen zu wollen, ist zu einem ständigen Begleiter geworden. A350 wollte den Vorfall den anderen Legionsführern melden, um A566 zu deklassifizieren und zu bestrafen, aber ich konnte sie davon abhalten. Es steht zu viel für mich auf dem Spiel. Wenn er über unsere nächtlichen Unternehmungen auspackt, würden sie mich wahrscheinlich direkt mit herabstufen.

Aber ich bin froh darüber, dass Asha nun wieder bei mir wohnt, und dieses Mal sogar mit offizieller Erlaubnis von A350. Zwar habe ich Asha nichts von dem Überfall erzählt, um sie nicht zusätzlich zu ängstigen, aber es tut einfach gut, nachts ihre Nähe zu spüren und nicht alleine zu sein. Wir sprechen wenig miteinander, aber das ist auch nicht nötig. Es reicht mir, wenn ich sie anblicke und sie meinen Blick mit einem zaghaften Lächeln erwidert. Dann weiß ich, dass es ihr gut geht.

Seit dem Angriff konnte ich auch nicht mehr zu Finn oder Zoe. Ich bin praktisch wie gefangen in der Legionsführerkugel. Meine einzige Möglichkeit, einen der beiden zu sehen, sind die Überwachungskameras im Kontrollraum. Aber dort traue ich mich auch nur noch tagsüber hin, sodass es schwer ist, Finn zu erwischen, da er die meiste Zeit des Tages arbeitet. Auch jetzt sitze ich wieder vor dem Monitor und starre auf sein verlassenes Zimmer. Ich würde in diesem Moment alles für eine Umarmung von ihm geben, aber selbst, wenn er genau jetzt vor mir stehen würde, käme es nicht dazu. Gerade jetzt fällt es mir oft schwer, die Hoffnung nicht aufzugeben und weiter daran zu glauben, dass er sich irgendwann wieder an mich erinnern wird.

Ich lasse meine Finger über die Bezeichnungen des Kontrollboards gleiten. Jeder Bewohner ist aufgelistet. Das Board beginnt bei der A-Klassifizierung und endet bei der F-Klassifizierung für die Kleinkinder, wobei diese keine eigenen Zimmer haben, sondern in einem Gemeinschaftsraum schlafen. Doch ich stocke, denn F ist nicht der letzte Buchstabe auf dem Kontrollboard. Stattdessen befindet sich auf dem letzten Posten die Bezeichnung „Z318“. Das verstehe ich nicht. Wofür soll ‚Z' stehen? Ich weiß, dass die Verstoßenen manchmal mit ‚G' betitelt werden, aber noch nie habe ich von einer Z-Klassifizierung gehört. Neugierig drücke ich den Knopf und starre wie gebannt auf den Bildschirm vor mir. Es erscheint eine Aufnahme aus einer der Zellen der Krankenstation, das erkenne ich an der spärlichen Einrichtung. In der rechten Ecke des Zimmers sitzt eine Frau im Alter der dritten Generation, die sich unablässig vor und zurück wiegt und dabei ein Lied zu singen scheint, denn ihre Lippen bewegen sich. Doch ihr Verhalten ist fast unauffällig gegenüber ihrem Äußeren. Denn sie ist wohl die einzige Person in der ganzen Legion, die lange Haare auf dem Kopf trägt. Es steht ihr wirr vom Kopf ab und an einigen Stellen blitzt ihre Kopfhaut durch, so als hätte sie sich selbst Haare ausgerissen oder sie wurden ihr ausgerissen. Die Farbe ihrer Augen kann ich nicht erkennen, aber ich würde wetten, dass auch diese nicht lichtblau sind, wie sie eigentlich sein sollten. Was ist das für eine Frau, bei der die Legion nicht einmal darauf achtet, die Norm zu wahren?

Es ertönt ein Räuspern hinter mir und ich fahre erschrocken herum, atme aber erleichtert aus, als es nur A350 ist. Sie starrt jedoch leicht ärgerlich auf den Bildschirm vor mir.

„Wer ist das?“, stoße ich sofort neugierig aus.

„Z318“, antwortet A350 nichtssagend, immerhin kann ich ihre Bezeichnung selber lesen.

„Wofür steht das Z?“

„Z für Feinde der Legion“, entgegnet sie kurz. Offensichtlich ist sie nicht in der Laune, mir das genauer zu erklären, aber ich werde mich dieses Mal nicht wieder abwimmeln lassen.

„Warum ist sie ein Feind der Legion?“

„Weil sie uns angegriffen hat.“

„Finn hat die Legion auch angegriffen und trotzdem hat er nicht die Klassifizierung ‚Z’ erhalten. Was ist an ihr anders?“

„Bei ihr hat die Operation nicht funktioniert. Sie hat nie ihre Erinnerungen verloren, auch wenn sie uns das einige Zeit glauben lassen wollte."

„Aber ich dachte, ihr hättet die Operation nie zuvor an einem Menschen ausprobiert?"

„Nie erfolgreich", schließt A350 leicht genervt und schaltet von Z318 auf eine Kameraaufnahme, die das Gelände außerhalb der Legion zeigt. Offensichtlich ist damit für sie das Thema beendet, aber für mich noch lange nicht.

„Warum habt ihr sie danach nicht umgebracht?"

A350 wirft mir einen verärgerten Blick zu. „Ich habe es dir schon mehrfach gesagt. Die Legion ist nicht so grausam, wie du anscheinend immer noch glaubst. Wir töten nicht wahllos Menschen."

Ich erinnere mich an die anderen Entführten und an das schreckliche Bild ihrer Leichen. Im ersten Moment war ich überzeugt davon, dass die Legion sie eiskalt erschossen hätte, aber stattdessen waren es die Rebellen. Leider konnte ich Finn nie danach fragen, auch jetzt nicht.

„Wie lange ist sie schon hier?"

„Etwa ein Jahr", zuckt A350 mit den Schultern, so als ob sie es nicht genau wüsste, was ich ihr einfach nicht abnehme. Ein Jahr. Genauso lange wie Zoe also.

„Ist sie eine Verstoßene?"

„Jetzt nicht mehr. Jetzt ist sie nur noch Z318 und das wird sie auch für immer bleiben."

Mir kommt jedoch ein ganz anderer Verdacht. Vor einem Jahr wurde Zoe von der Legion bei einem Angriff entführt, während ihre und Finns Eltern sowie der Mann von Grace starben. Was ist, wenn sie sich getäuscht haben? Was, wenn doch nicht alle gestorben sind, genauso wenig wie Zoe gestorben ist? Ich habe bei den Rebellen nie Gräber für die drei gesehen. Ist es möglich, dass sie ihre Leichen nie gefunden haben? Besteht die Chance, dass Z318 in Wirklichkeit Maggie, die Mutter von Finn und Zoe, ist?

Ich weiß, dass es nutzlos ist, A350 danach zu fragen, denn sie würde nur behaupten, dass es in der Legion keine Mütter und Väter gibt. Stattdessen komme ich bei dem Blick auf die Außenaufnahmen auf einen ganz anderen Gedanken. Was ist mit den Sichtungen, die mir alle verheimlichen wollen? Ich starre wie gebannt auf den Bildschirm, doch es ist nichts Ungewöhnliches zu erkennen. Nur rote Wüste, soweit das Auge reicht. Aber vielleicht ist das nicht immer so.

„Über was für eine Sichtung hatte eigentlich der oberste Kämpfer damals gesprochen?"

A350 seufzt genervt auf. „Ich wollte dir eigentlich eine gute Nachricht überbringen, stattdessen löcherst du mich mit einer Frage nach der anderen. Wann wirst du endlich aufhören, mir und der Legion zu misstrauen?"

Ich schwanke, ob ich sie weiter nach den Sichtungen fragen oder meiner Neugier bezüglich der guten Nachricht nachgeben soll. Geht es um Finn? Erinnert er sich? Aber würde sie das als gute Nachricht bezeichnen? Wohl eher nicht. Vielleicht geht es aber auch um A566 und er bekommt nun doch eine Strafe. Ich beschließe, die Sichtungen weiter aufzuschieben. Immerhin kann ich die Monitore selbst im Blick behalten und werde so schon dahinterkommen oder A350 einfach bei nächster Gelegenheit noch einmal danach fragen.

„Also gut, ich gebe mich geschlagen. Um was für eine gute Nachricht geht es?"

A350 lächel mich zufrieden an. „Komm mit, ich will es dir selbst zeigen."

Jetzt bin ich aber erst recht gespannt. Aufgeregt folge ich ihr hinaus in den Flur, bis wir vor dem Aufzug stehen bleiben. Ist es etwas in der Sicherheitszone? Haben sie etwa schon die Essensvergabe mit normalem Essen eingeleitet?

„Leg deinen Daumen auf den Sensor", fordert mich A350 fröhlich auf. Im ersten Moment will ich protestieren, doch dann erkenne ich, was die gute Nachricht in Wirklichkeit zu bedeuten hat. Schnell lege ich meine Hand auf das kühle Glasfeld des Sensors, der sofort von rot auf grün schaltet. Wie von Zauberhand gleiten die Türen vor mir auf und gewähren mir Eintritt in den Fahrstuhl. Ich habe endlich die Erlaubnis, jede Tür in der Legion zu öffnen. Ich bin nicht länger auf die Hilfe anderer angewiesen und am wenigsten auf die Hilfe von A566.

Ich falle A350 ,von meinen Gefühlen überwältigt, glücklich um den Hals. „Danke! Wie hast du das nur geschafft?"

„Ich habe mich für dich eingesetzt. Es war an der Zeit, dass du die Erlaubnis erhältst und so zu einer richtigen Legionsführerin wirst. Jetzt fehlt nur noch der Mikrochip hinter deinem Ohr, aber das ist nur ein kurzer Eingriff. Du wirst es kaum bemerken."

Ich bin mir nicht sicher, ob ich so einen Mikrochip überhaupt eingepflanzt bekommen möchte. Aber es gehört wohl dazu. Wenn ich wirklich eine von ihnen sein will, dann werde ich die Prozedur über mich ergehen lassen müssen. Es ist ja auch nicht so, als könnte die Legion danach meine Gedanken lesen. Ich werde nur immer mit den anderen Legionsführern in Kontakt stehen. Ich kann sie in meinem Kopf hören, so wie meine eigenen Gedanken, und es wird nichts mehr geben, dass sie mir länger verheimlichen können. Ich will bereits in den Aufzug einsteigen, um direkt zu Zoe oder Finn zu fahren, aber A350 hält mich an meinem Arm fest.

„Es ist eine Chance, verspiel sie nicht", erinnert sie mich warnend und ich verstehe sofort, was sie meint. Nur, weil ich jetzt die Erlaubnis habe, jede Tür zu öffnen, darf ich noch lange nicht jede freie Minute in der Sicherheitszone oder auf der Krankenstation verbringen. Ich habe Aufgaben zu erledigen, so wie jeder andere auch, und dazu gehört nicht, Freundschaften zu schließen. Einsichtig trete ich aus dem Aufzug wieder heraus. „Was steht heute an?", frage ich A350, die nach wie vor meine Ausbildung zur Legionsführerin übernimmt.

Am Abend liege ich unruhig in meinem Bett und finde keinen Schlaf. Jetzt, wo ich weiß, dass ich Finn besuchen kann, wann immer ich möchte, ist das Verlangen einfach zu stark. Als ich wusste, dass es keine Möglichkeit für mich gibt, ihn zu sehen, fiel mir das Schlafen leichter. Den ganzen Tag habe ich schon hin und her überlegt, ob ich es wagen soll, ihn zu besuchen, oder es lieber sein lasse. Denn im Gegenteil zu A566 weiß ich nicht, wie man Kameraaufnahmen manipuliert. Ich möchte nicht A350s Vertrauen missbrauchen. Sicher war es nicht leicht für sie, die anderen Legionsführer dazu zu überreden, mir die Erlaubnis zum Öffnen aller Türen zu erteilen. Wenn ich auffliege, würde ich somit auch sie bloßstellen. Aber Finn sehen zu wollen, ist wie eine Sucht. Ich kann an nichts anderes mehr denken.

Wie von selbst gleiten meine Beine aus dem Bett. Ich trage bereits mein Nachthemd, deshalb schlüpfe ich nur schnell in die Stiefel. An der Tür halte ich noch einmal inne und werfe einen Blick zurück auf das Bett. Asha sitzt aufrecht und blickt mir entgegen.

„Wohin gehst du?“

„Zu Finn, aber ich bleibe nicht lange. Mach dir keine Sorgen.“

„Gehst du wieder mit A566?“, fragt sie mich ängstlich.

Schnell schüttele ich den Kopf. „Nein, den brauche ich nicht mehr.“

Ihre Augen weiten sich erstaunt. „Das heißt, du kannst jetzt alle Türen alleine öffnen?“

Ich nicke ihr lächelnd zu, bevor ich leise aus der Tür schleiche. Als ich meinen Finger auf den Sensor des Aufzugs lege, kann ich immer noch nicht fassen, dass sich die Türen tatsächlich öffnen. Es erscheint mir fast wie ein Trick oder ein Versehen. Es ist unglaublich, dass ich es nun wirklich geschafft habe, eine richtige Legionsführerin zu werden. Davon habe ich schon als Kind geträumt. Auch wenn es im Moment so aussieht, als wäre alles nur Tarnung, um den Rebellen bei ihrem Sieg zu helfen, stimmt das so nicht. Natürlich möchte ich zwar den Rebellen helfen, aber ich würde nie die Legion auslöschen. Ich nehme meine Aufgabe als Legionsführerin ernst und das bedeutet, dass für mich die Sicherheit der Bewohner der Legion mindestens genauso wichtig ist wie das Leben der Rebellen. Es gibt so viel, dass ich verändern möchte. Es wird ein langer und harter Weg werden, aber jeder Weg beginnt mit einem ersten Schritt und den habe ich mit Einführung einer gemeinsamen Nahrungsvergabe bereits erreicht.

Der Aufzug kommt zum Stehen und ich trete hinaus in das verlassene Atrium. Es ist nachts ein Ort der Ruhe. Jeder Schritt hallt von den hohen Wänden wider. Obwohl in der Nacht die falschen Bilder der Wälder, Strände und Städte der alten Erde abgeschaltet sind, muss ich dem Atrium eine gewisse Schönheit zugestehen. Es gibt keine Fenster, aber durch die hohen Wände hat man nicht das Gefühl, gefangen zu sein. Wenn ich zur Decke emporblicke, habe ich das Gefühl, als würde ich zu den Sternen blicken. Die große Entfernung macht einem bewusst, was für eine winzige Rolle man eigentlich auf der Erde spielt. Unsere Welt dreht sich um die Legionen, dabei muss es außerhalb davon noch viel mehr geben. Wir wissen nicht, was aus anderen Ländern und Kontinenten geworden ist. Niemand weiß, wie stark die Radioaktivität dort zugeschlagen hat und ob es Überlebende gibt. Jeglicher Kontakt ist vor langer Zeit abgebrochen. Es ist fast wie man Anfang der Erde, als man noch glaubte, die Erde sei eine Scheibe.

Vor Finns Tür halte ich inne. Er schläft mit Sicherheit und wird verärgert darüber sein, dass ich ihn wecke, aber selbst, wenn er mich anschreit, wird es mir besser gehen. Seine Wut und sein Zorn haben mich auch früher schon nicht davon abgehalten, mich in ihn zu verlieben.

Sobald das rote Licht des Sensors auf grün schaltet, gleiten die Türen des Zimmers auf und ich bin erstaunt, als ich Finn wach auf seinem Bett sitzen sehe. Er muss bewusst gar nicht erst zu Bett gegangen sein, denn sonst wäre es ihm unmöglich, vor der vorgegebenen Zeit wieder aufzuwachen.

Er wirkt nachdenklich und fast verzweifelt, aber als seine Augen mich erblicken, verfinstern sie sich sofort. Leise trete ich ein, wage es jedoch nicht, mich ihm weiter zu nähern. Die Türen schließen sich direkt hinter meinem Rücken.

„Was willst du?“, fragt mich Finn feindselig.

Ich weiß es nicht. Ich wollte ihn einfach nur sehen, aber das würde er nicht verstehen. Wenn er noch der alte Finn wäre, der Finn, der sich an mich erinnert, würde ich ihm von dem Überfall erzählen. Er würde mich aufbauen und mir meine Stärke zurückgeben. Und danach würde er A566 töten.

Aber Finn ist nicht mehr der, der er einmal war. Und vielleicht wird er es auch nie wieder sein. Der neue Finn versteht Gefühle nicht und fürchtet sich sogar vor ihnen. Der neue Finn kann mich nicht einmal gut leiden.

„Bist du jetzt stumm oder was?“, schnauzt er mich an, während ich mit gesenktem Kopf immer noch vor der Tür stehe. Vielleicht war es keine gute Idee, zu ihm zu kommen. Vielleicht wäre ich besser zu Zoe gegangen. Sie ist ein Mädchen, sie hätte mich ohnehin besser verstanden. Aber es tut weh, dass ich überhaupt so denke. Ich habe Angst, dass ich ihn jeden Tag ein Stückchen mehr verliere.

Obwohl ich nicht mehr weinen wollte, treten mir nun die Tränen erneut in die Augen und diesmal halte ich sie nicht zurück. Ich lasse ihnen freien Lauf, denn so fange ich wenigstens nicht auch noch an zu schluchzen.

Finn mustert mich misstrauisch, aber die Zornesfalten auf seiner Stirn weichen langsam. „Warum tust du das?“, will er verständnislos wissen.

„Weil ich traurig bin“, entgegne ich schlicht und traue mich endlich, ein paar Schritte auf ihn zuzugehen.

„Wird es denn besser, wenn du weinst?“

Ungewollt fange ich an zu lachen. Die Worte hätten sogar von dem alten Finn stammen können. Er war nie ein Freund von Tränen, sondern immer ein Mann der Taten. Bevor er es zuließ zu weinen, kämpfte er lieber bis zum Zusammenbruch.

„Nein“, gestehe ich ihm ehrlich. „Aber es erleichtert ein bisschen.“

Ich habe das Gefühl, dass die Stimmung nicht ganz so angespannt ist wie sonst, und wage es deshalb, mich neben ihn auf das Bett zu setzen. Er rutscht weder von mir weg noch jagt er mich davon.

„Warum bist du traurig?“

Ich frage mich, ob es ihn wirklich interessiert oder ob es reine Neugierde ist, aber Hauptsache, er spricht mit mir. „Mir hat jemand weh getan.“

Finn nickt verständnisvoll. „Das Gefühl kenne ich.“

Erstaunt starre ich ihm entgegen. „Wer hat dir wehgetan?“

Die Antwort scheint ihm Unbehagen zu bereiten, denn er presst gedankenverloren seine Hände gegeneinander und schaut mich nicht mehr an.

„Um ehrlich zu sein, bist du es, die mir weh tut.“

Entsetzt reiße ich meine Augen auf. Das kann er unmöglich ernst meinen.

„Wie meinst du das?“

Er blickt mir nun wieder in die Augen. Sein Zorn ist verschwunden und Verzweiflung gewichen. „Du kommst ständig zu mir und flehst mich an, dass ich mich an Dinge erinnere, die für mich so fremd sind, als stammen sie aus dem Leben eines anderen. Jedes Mal sehe ich, wie wichtig dieser andere Mensch dir gewesen sein muss. Du glaubst fest daran, dass ich dieser jemand bin, aber ich muss dich immer wieder enttäuschen. Das macht mir auch keinen Spaß, falls du das geglaubt hast. Ich fühle mich unter Druck gesetzt, mich an etwas zu erinnern, dass mir nur Probleme einbringen würde. Alles, was du mir erzählst, ist verboten. Die Rebellen sind gefährlich und Gefühle sind mir fremd. Ich wünschte mir wirklich, du würdest damit aufhören."

Mein Gesicht ist wie erstarrt. Zum ersten Mal redet er in einem normalen Ton mit mir, ohne mich anzuschreien oder mir Vorwürfe zu machen. Ich erkenne, dass es ihm ernst ist, und würde ihm seinen Wunsch gerne erfüllen, aber wenn ich aufhöre, um ihn zu kämpfen, wird er sich vielleicht nie erinnern. Wenn ich jedoch weitermache, werde ich vielleicht nicht nur den alten, sondern auch den neuen Finn für immer verlieren. Ich weiß nicht, was ich ihm antworten soll, aber eine Antwort scheint ihm auch gar nicht so wichtig zu sein, denn plötzlich reibt er sich die Augen. „Ich bin müde", gesteht er mir und legt sich neben mir in das Bett. Es ist der Hinweis für mich, dass es nun besser wäre, wenn ich gehe, aber ich will ihn nicht jetzt schon verlassen. Am liebsten würde ich ihn nie verlassen.

„Würde es dir etwas ausmachen, wenn ich mich neben dich lege? Nur eine Weile lang", bitte ich ihn. Er sieht mich erst zögernd an, aber dann nickt er tatsächlich und stimmt somit meiner Bitte zu. Der neue Finn ist nicht einmal halb so gefühllos, wie ich dachte.

Als ich mich neben ihn in das schmale Bett lege und sich unsere Körper so berühren, zieht sich eine wohlige Gänsehaut über meinen Körper. Ich kann seine Atmung spüren und seinen Herzschlag beinahe fühlen. Obwohl er sich nicht an mich erinnern kann, bin ich ihm nun nahe. Er ist kein schlechter Mensch, selbst ohne seine Erinnerung nicht.

Ich drehe mein Gesicht zu ihm und blicke in seine Augen, die genauso lichtblau leuchten wie meine eigenen. Obwohl es weder seine noch meine natürliche Augenfarbe ist, habe ich das Gefühl, in sein Herz schauen zu können. Es tut gut, dass er den Blick nicht von mir abwendet. Wir konnten schon immer ohne Worte miteinander kommunizieren. Augen verraten oft soviel mehr, als es der Mund je könnte. Er nimmt mich weder in den Arm noch versucht er mich zu trösten, und trotzdem fühle ich mich nun stärker als ohne ihn.

„Du bist seltsam und ich verstehe dich nicht", entgegnet er mir leise.

„Aber?", erwidere ich hoffnungsvoll und lächele ihm zögernd entgegen.

„Aber es fühlt sich gut an, wenn du in meiner Nähe bist." Es ist das erste Mal, dass er mein Lächeln wenigstens für einen kurzen Moment erwidert. „Na ja, jedenfalls solange du den Mund hältst."

Die Erkenntnis, dass wir einander nah sein können, auch ohne seine Erinnerung, ist beruhigend. Wenn wir zusammengehören, werden wir immer wieder zueinander finden, egal was passiert.

Ein heftiges Klopfen an der Tür reißt mich aus dem Schlaf. Erschrocken fahre ich hoch und erkenne, dass ich in meinem eigenen Zimmer liege. In meinem Traum war ich immer noch bei Finn. Es war in der letzten Nacht doch spät geworden. Als ich den Aufzug zurück in die Legionsführerkugel genommen habe, fing es bereits an zu dämmern. Ein Blick durch die großen Fenster bestätigt mir, dass es auch jetzt noch früh am Morgen ist. Ich kann erst wenige Minuten geschlafen haben. Das Hämmern gegen die Tür geht weiter.

„Willst du nicht aufmachen?", fragt Asha neben mir, die mich besorgt von der Seite mustert. Als ich zurückkam, war sie noch wach, sodass ich das Gefühl hatte, dass sie gar nicht geschlafen und stattdessen die ganze Zeit auf mich gewartet hat.

Schnell stehe ich auf und sehe über den kleinen Monitor A350 vor der Tür stehen. Sie wirkt gestresst und besorgt zugleich. Ich öffne ihr sofort.

„Verdammt, hast du was an den Ohren? Ich klopfe bereits seit Minuten gegen deine Tür. Es ist ein Wunder, dass sie nicht nachgegeben hat", schnauzt sie mich sofort an und lässt dann den Blick verärgert an mir auf und ab gleiten. „Du bist ja noch nicht einmal angezogen. Los, jetzt aber schnell!"

Eilig laufe ich zu dem Fach, in dem der frisch gewaschene Legionsführeranzug wartet. „Was ist denn los? Habe ich etwas vergessen?"

„Nein, aber es ist letzte Nacht etwas passiert. A566 hat deshalb eine Konferenz einberufen."

„A566?", fragen Asha und ich wie aus einem Mund. Das sieht ihm nicht ähnlich. Normalerweise beruft A489 alle außerplanmäßigen Konferenzen ein. Für einen Moment wird mir ganz kalt und ich befürchte, dass es um mich und Finn gehen könnte. Vielleicht hat er mich beobachtet und will sich jetzt an mir rächen.

„Weißt du, worum es bei der Konferenz geht?", erkundige ich mich vorsichtshalber, während ich in den weißen Anzug schlüpfe. Mittlerweile habe ich kein Problem mehr damit, mich vor anderen Frauen nackt zu zeigen, auch wenn beide mir aus Respekt den Rücken zugekehrt haben.

„Nicht genau, aber es hat wohl einen internen Angriff gegeben“, antwortet sie mir. Jedoch bin ich von ihrer Antwort zu verwirrt, um erleichtert darüber zu sein, dass es offenbar nicht um Finn und mich geht.

„Was soll das heißen?“

A350 stöhnt genervt auf. „Das wirst du gleich selbst erfahren. Komm jetzt endlich!“ Ungeduldig schließt sie mir den Anzug im Rücken. Ich hatte nicht einmal Zeit für eine Dampfdusche, so wie es sich eigentlich am Morgen gehört. Trotzdem renne ich ihr aus dem Zimmer hinterher zu dem großen Sitzungssaal.

Wie so oft, sind wir die beiden Letzten, die noch gefehlt haben, wofür wir prompt tadelnde Blicke ernten. Ich wette, A350 ist das mehr als unangenehm. Denn ich schätze sie nicht so ein, dass sie ohne mich je zu spät kommen würde. Ich denke eher, dass sie normalerweise die Erste ist, die irgendwo eintrifft.

Schnell lassen wir uns auf unsere Sitze gleiten. Sofort erhebt sich A566 und ich bemerke direkt sein blutunterlaufenes und geschwollenes rechtes Auge. Auch an seinem Kinn befinden sich blutige Schrammen. Offensichtlich wurde der Angriff also auf ihn verübt. Geschieht ihm gerade recht.

Sein ganzer Körper bebt förmlich vor Wut. „In der letzten Nacht hat es einen Angriff auf meine Person gegeben und ich erwarte, dass der Täter bestraft wird.“

A489 erhebt sich neben A566 ebenfalls. „Nun mal langsam, erzähl uns bitte, was genau vorgefallen ist.“

A566 holt tief Luft, um seinen Zorn unter Kontrolle zu halten. „Am gestrigen Abend habe ich ein letztes Mal die Kameraaufnahmen kontrolliert und dabei auch einen Blick auf die Krankenstation geworfen. Dabei sah ich, dass eine der Zellen unerlaubterweise geöffnet wurde. Alarmiert bin ich sofort in die Krankenstation gefahren, um für Ordnung zu sorgen. Ich kam bei der geöffneten Zelle von Patientin D523 an und erwischte ihren Nachtwächter C515 dabei, wie er ihr offensichtlich zur Flucht verhelfen wollte. Natürlich habe ich ihn zur Rede gestellt, doch da ging er gemeinsam mit D523 sofort auf mich los. Sie waren so aggressiv, wie es sonst nur für wilde Tiere üblich ist. Beide hatten jegliche Kontrolle über sich verloren und verletzten mich schwer. Nur mit Hilfe von zwei anderen Wachen gelang es mir, sie zu bändigen. Ich ließ C515 sofort zur Befragung einsperren und verschloss die Zelle von D523."

Als A566 seinen Bericht beendet und dabei ein betroffenes Gesicht aufsetzt, würde ich ihm die Lüge am liebsten laut entgegenbrüllen. Es stimmt niemals, was er erzählt hat. C515 ist als Kämpfer ja nicht einmal in der Lage, alleine die Zellentüren zu öffnen.

Genau diesen Einwand bringt nun auch A350: „Wie soll C515 denn die Tür der Zelle geöffnet haben?"

„Er muss Hilfe von einem Legionsführer gehabt haben", erwidert A566 sofort und blickt dabei gezielt auf mich, sodass jeder es mitbekommt.

„Hast du denn jemanden gesehen?", will A350 sofort wissen.

„Nein“, gesteht A566. „Aber da nur Legionsführer in der Lage sind, die Türen zu öffnen, gibt es keine andere Möglichkeit.“

„Was ist mit den Kameraaufnahmen? Darauf müsste doch alles zu erkennen sein“, wirft nun A233 sachlich ein.

Daraufhin meldet sich nun auch A489 zu Wort. „Das Tragische ist, dass die Kameraaufnahmen dieser Nacht manipuliert wurden, denn sie zeigen keinen der besagten Punkte. Offenbar wurden einfach die Aufnahmen einer anderen Nacht mit den heutigen vertauscht. Aber es gibt keinen Grund, A566s Wort anzuzweifeln.“

Und ob es den gibt, aber den Grund dafür kann ich ihnen nicht sagen. Dennoch sehe ich mich gezwungen, irgendetwas zu Clydes und Zoes Verteidigung beizutragen. Ich weiß, dass A566 lügt. Er ist der Einzige, der die Kameras manipuliert. „Es ist nur gerecht, sich beide Versionen einer Geschichte anzuhören. Wurde C515 schon befragt? Was sagt er dazu?“

„Das Wort eines Legionsführers steht gegen das eines Kämpfers. Es wäre eine Beleidigung, den Lügen dieses Verräters auch nur eine Sekunde lang zuzuhören“, verteidigt A489 seinen Sprössling. Er wird sich darüber freuen, dass sie sich nun endlich wieder einig darüber sind, dass ich hier nichts zu suchen habe.

„Es wäre keine Beleidigung, sondern nur gerecht“, entgegnet ihm jedoch A233. „Was sollten die anderen Kämpfer denken, wenn wir einen der ihren nicht einmal anhören? Sie würden sich degradiert fühlen und das könnte zu Misstrauen und Unwillen führen.“

Erstaunlicherweise kommt ihr nun auch noch A333 zu Hilfe. „Die These, auf der die ganze Legion beruht, ist, dass alle Menschen gleich sind. Um es zu verdeutlichen, steuern wir das Aussehen eines jeden Einzelnen. Das alles wäre sinnlos, wenn wir jetzt einen Legionsführer bevorzugen würden, nur weil wir ihn zu etwas Besserem gemacht haben. Wir müssen den Menschen zeigen, dass wir selbst hinter dem stehen, was wir predigen.“

Besser hätte ich es auch nicht formulieren können. Ich bin jedes Mal wieder überrascht davon, wie viele Legionsführer in Wirklichkeit mir selbst gar nicht so unähnlich sind. Es sind die, die an die Grundsätze der Legion wirklich glauben, und nicht die, die diese benutzen, um sich selbst zu bereichern.

Die Worte von A333 haben auch die anderen überzeugt, sodass A489 und A566 nun mit ihrer Ansicht alleine dastehen. Die anderen wollen alle C515s Sicht der Dinge hören. Ich bin gespannt, was er aussagen wird.

Das Verhörzimmer liegt ebenfalls auf der Krankenstation. Es ähnelt dem Operationssaal, in den sie Finn damals gebracht haben. Denn auch hier teilt ein venezianischer Spiegel das Zimmer in zwei Räume. Ich hätte selbst gerne die Befragung von Clyde übernommen, aber A489 war nicht davon abzubringen, dass er diese Aufgabe übernehmen werde, sodass nun zwanzig Legionsführer hinter der einen Seite der Scheibe stehen, während A489 auf der anderen Seite gegenüber von Clyde auf einem Stuhl Platz nimmt. Clydes Gesicht sieht nicht besser aus als das von A566. Auch er hat ein blaues Auge und dazu eine Platzwunde auf seiner Stirn. Auch muss er

Nasenbluten gehabt haben, denn die Reste von getrocknetem Blut kleben ihm immer noch unterhalb der Nase auf den Lippen und seinem Kinn. Dazu kommt aber, dass auch sein blauer Anzug Risse aufweist und Fußabdrücke deutlich in Höhe seines Bauches zu erkennen sind. Seine Sitzhaltung ist ebenfalls gekrümmt, während eine seiner Hände permanent auf seiner linken Seite ruht, dort wo sich die Rippen befinden. Vielleicht ist eine gebrochen. Er befindet sich in einem schlechten Zustand und sollte eigentlich medizinisch versorgt anstatt befragt werden.

„Es ist der Wunsch der Legionsführer, deine Ansicht über den Angriff auf Legionsführer A566 zu hören“, erklärt A489 gerade, wobei er deutlich macht, dass er diesen Wunsch nicht teilt. Sowohl sein Gesichtsausdruck als auch seine Tonlage machen seine Abneigung gegenüber Clyde deutlich. Clyde muss das Gefühl haben, gar keine Chance zu haben. Ich hoffe, er weiß, dass ich in der Nähe bin und er sich auf mich verlassen kann. Er darf nicht einen Moment daran zweifeln, dass ich ihm glauben werde, egal was er sagt.

„Gibst du zu, A566 angegriffen zu haben?“

„Ich habe ihn nur angegriffen, um D523 vor ihm zu schützen“, entgegnet ihm Clyde. Was hat A566 überhaupt bei ihr gewollt? Ich ahne bereits Böses, doch bin ich noch nicht so weit, um den Gedanken wirklich zulassen zu können.

„Willst du damit etwa behaupten, A566 hätte D523 angegriffen? Ist es nicht viel eher so, dass er ihre Flucht verhindern wollte und sich ihr deshalb in den Weg gestellt hat?“ Es ist einfach nur gemein, wie A489 Clyde die Worte im Mund verdreht. Er versucht ja nicht einmal, ihn richtig anzuhören. Ich kann nur hoffen, dass auch die anderen Legionsführer das bemerken.

„D523 wollte nur vor ihm fliehen. Er hat sie bedrängt."

Die Bilder aus dem Aufzug drängen sich wie Blitzeinschläge in meinen Kopf. Ich habe versucht, nicht mehr daran zu denken, doch jetzt sind sie so stark, dass ich mich an der Scheibe vor mir abstützen muss. Es darf nicht wahr sein, dass Zoe das gleiche Schicksal ereilt hat wie mich. Ich war es, die A566 überhaupt erst zu ihr geführt hat. Ohne mich wäre sie ihm nie aufgefallen.

Doch A489 geht überhaupt nicht auf Clydes Worte ein. „Als A566 auf die Krankenstation kam, war die Zelle von D523 bereits geöffnet. Wer ist dafür verantwortlich?"

Clyde schüttelt sofort den Kopf. „Das stimmt nicht. Als er kam, stand ich vor ihrer Zelle Wache. Er hat mich fortgeschickt, um mit ihr alleine zu sprechen. Er selbst hat die Zelle geöffnet."

„Lügen!", schreit ihm A489 aufgebracht entgegen, woraufhin Clyde erschrocken zusammenzuckt. „Warum sollte A566 mitten in der Nacht mit ihr sprechen wollen?"

Clyde zuckt mit den Schultern und blickt hilflos in Richtung des Spiegels. Er weiß, dass er von dort aus beobachtet wird. „Er war nicht da, um mit ihr zu reden. Er wollte etwas anderes von ihr. Als ich ihre Schreie gehört habe, bin ich sofort zurückgekommen..."

A489 fällt ihm sofort ins Wort. „Gerade hast du noch behauptet, dass er mit ihr sprechen wollte, und jetzt behauptest du das Gegenteil. Merkst du nicht, wie unglaubwürdig das ist? Was wollte er denn nun von ihr?"

Ich würde am liebsten in den Raum stürzen und A489 eigenhändig zum Schweigen bringen.

„Ich weiß es nicht. Als ich in die Zelle kam, war das Nachthemd von D523 zerrissen. Sie lag auf dem Boden und A566 hielt sie an ihren Händen fest, während er versuchte, sich selbst dabei auszuziehen."

Cylde versteht nicht, was er dort gesehen hat, weil er nichts über Sex weiß. Mir würde es nicht anders ergehen, wenn ich nicht bei den Rebellen gewesen wäre. Zwar haben wir das Thema kurz im Bildungsunterricht angesprochen, aber in unserer Gesellschaft gibt es keinen Sex, weil es keine Gefühle gibt. Wir pflanzen uns nicht auf diese Weise fort. In diesem Moment bin ich auch froh darüber, denn Sex scheint mir sehr schmerzhaft zu sein. Florance hat jedoch immer das Gegenteil behauptet. Sie sagte immer, es sei, als würden zwei Menschen miteinander zu einer Person verschmelzen. Näher könnte man einem Menschen, den man liebt, nicht sein. Obwohl ich ihre Beschreibung schön fand, konnte ich mir nicht vorstellen, es je selbst tun zu wollen. Jetzt erst recht nicht mehr. Ich frage mich nur, woher A566 so viel darüber zu wissen scheint. Hat er alles selbst rausgefunden?

„Das ergibt doch alles keinen Sinn!", behauptet A489 zornig und bricht die Befragung ab. Aufgebracht verlässt er den Raum und stürmt zu uns hinter den Spiegel.

„Merkt ihr nicht, dass er nur lügt?"

Obwohl die Befragung an diesem Punkt abgebrochen wurde, folgten den Rest des Tages viele

Diskussionen, Vorwürfe und Anschuldigungen, ohne zu einem wirklichen Ergebnis zu führen. A566 fordert eine Bestrafung für Clyde, dabei schließt er nicht einmal den Tod aus. Doch die anderen Legionsführer können sich nicht dazu entschließen, ihm zuzustimmen, da vor allem die Frauen entsetzt darüber sind, was Clyde A566 vorwirft. Es wäre leichter, sie von A566s Schuld zu überzeugen, wenn ich ihnen erzählen würde, was er mir angetan hat. Aber anstatt für Clyde zu kämpfen, werden meine Gesprächsanteile immer weniger, bis ich schließlich ganz verstumme. Ich bringe es einfach nicht über mich, ihnen die Wahrheit zu sagen. Es hat nichts mehr damit zu tun, dass ich mich davor fürchte, was A566 über mich erzählen könnte, sondern ich habe Angst vor dem Schmerz und der Hilflosigkeit, die eine Erzählung unweigerlich mit sich bringen würde. Es wäre, als müsste ich alles noch einmal durchstehen. Das schaffe ich nicht. Es ist feige und egoistisch. Ich fühle mich schrecklich dabei.

Erst am späten Abend schaffe ich es deshalb, endlich den Aufzug zu nehmen und in die Krankenstation zu fahren. Wenn mich jetzt jemand dabei beobachten würde, wäre es nicht einmal verdächtig. Niemand wollte die Aussage von Zoe hören, weil sie als Patientin der Krankenstation von allen ohnehin als verrückt abgestempelt wird. Aber ich will hören, was sie zu sagen hat. Ich muss wissen, was A566 ihr angetan hat.

Bevor ich den Aufzug genommen habe, hatte ich nicht einmal mehr Zeit, sie mir über die Kameraaufnahmen auf dem Monitor anzusehen, sodass ich nicht weiß, in welcher Verfassung sie sich nun befindet. Ich halte förmlich den Atem an, als ich die Tür ihrer Zelle durch meinen Fingerabdruck öffne. Zoe liegt wie erstarrt in ihrem Bett und hebt erst den Kopf, als mein Schritte auf dem quietschenden Linoleumboden zu hören sind. Ihre Lippe ist aufgeplatzt und an ihrem Kinn klebt ein weißes Pflaster. Ihr linker Arm ist in einen Verband gewickelt.

Sie atmet jedoch erleichtert auf, als sie mich sieht. „Weißt du, wie es Clyde geht? Ist er noch am Leben?“, will sie sofort wissen und klopft neben sich auf das Bett als Zeichen, dass ich mich zu ihr setzen soll.

„Er bleibt erst einmal im Verhörzimmer, bis entschieden ist, was mit ihm geschehen wird“, erkläre ich ihr. Denn die Frage, wie es ihm geht, ist nur schwer zu beantworten. Die Wahrheit ist: Ich weiß es nicht. Es gab keine Möglichkeit für mich, alleine mit ihm zu sprechen.

„Er hat mich gerettet. Wenn er nicht gewesen wäre, dann...“, sie stoppt und ich nicke verständnisvoll. Sie braucht es nicht auszusprechen. Wir wissen beide, was dann passiert wäre. Obwohl es mir unendlich leid tut, was sie durchmachen musste, und ich mich mitschuldig daran fühle, tut es doch irgendwie gut zu wissen, dass ich nicht die Einzige bin, der so etwas passiert ist. Dieses Gefühl möchte ich mit Zoe teilen.

Behutsam greife ich nach ihrer Hand und streichle zärtlich über ihre Finger, die trotz ihrer langen Gefangenschaft in der Sicherheitszone noch eine Spur brauner sind als meine eigene Haut.

„Ich weiß, wie es dir geht“, flüstere ich ihr zu und blicke ihr in die Augen. Ihr Blick ist zweifelnd, aber neugierig.

„Ich weiß es, weil mir dasselbe passiert ist.“ Ich deute auf die kleine Schramme über meiner Augenbraue. Die Wunden von A566s Angriff sind mittlerweile so gut wie verheilt und fallen kaum noch auf. Aber Zoe versteht, wofür sie stehen. Ihre Augen weiten sich sorgenvoll. „Hat er... hat er es zu Ende gebracht?“, fragt sie leise, so leise, als ob selbst ihre Worte mich zum Zerbrechen bringen könnten.

Ich schüttele den Kopf und beiße mir dabei auf die Lippe. „Nein, ich konnte rechtzeitig fliehen.“

Erleichtert atmet Zoe auf, bevor sie den Kopf schüttelt. „Nichtsdestotrotz ist es schrecklich. Hast du den anderen davon erzählt?“

„Nur A350“, gestehe ich ihr. Jetzt ist sie es, die meine Hand ergreift und kraftvoll drückt.

„Du musst es ihnen sagen. Dir werden sie glauben. Wenn du A566 davonkommen lässt, riskierst du nicht nur das Leben von Clyde, sondern auch das vieler anderer Frauen. A566 wird nicht aufhören. Er wird sich andere Opfer suchen. Ich bin sicher, du warst nicht einmal sein erstes.“

Es ist, als würden ihre Worte die einzelnen Teile eines Puzzles, die die ganze Zeit wild verstreut in meinem Kopf lagen, zusammensetzen. Plötzlich ist es eindeutig und ich frage mich, wie ich die ganze Zeit nur so blind sein konnte. Natürlich bin ich weder sein erstes noch sein letztes Opfer. Denn ich kenne sein erstes Opfer: Asha.

Sofort erfasst mich Panik. Als ich mein Zimmer verlassen habe, war sie noch alleine in der Küche. Sie ist erst sicher, wenn ich zurück bin. Deshalb wollte sie auch unbedingt bei mir schlafen. Mein Zimmer ist der einzige sichere Ort.

Ich springe eilig auf. „Entschuldige Zoe, ich muss dringend weg“, sage ich nur kurz und stürze bereits zur Tür. Ich höre noch, wie sie mir etwas nachruft, aber ich habe keine Zeit, um darauf zu reagieren. Wild hämmere ich gegen den Scanner des Aufzugs. Das Öffnen und Schließen der Türen erschien mir nie langsamer. Clyde hat Zoe gerettet und ich verfüge als Legionsführerin über die Möglichkeiten, mich vor A566 zu schützen. Aber Asha ist ihm wehrlos ausgeliefert. Niemand würde ihr glauben und jeder kann ihr Zimmer betreten und verlassen, wie es ihm beliebt. Wie viele schreckliche Stunden musste sie schon unter A566 leiden? Ich will es lieber gar nicht wissen. Aber ich habe ihr an ihrem Krankenbett ein Versprechen gegeben. Ich habe ihr einen Neuanfang versprochen und ihr zum Zeichen dafür ihren Namen geschenkt. Asha darf nicht dasselbe wie D560 widerfahren. Ich muss es verhindern.

Endlich gleiten die Aufzugtüren auf und ich renne geradewegs in Richtung des Konferenzraums, hinter dem sich die Küche befindet. Schon als ich eintrete, sehe ich, dass die Tür zur Küche geschlossen ist, was sonst nie der Fall ist. Es ist eine der wenigen Türen, die keiner Erlaubnis bedürfen, um sie zu öffnen. Voller Panik stoße ich die Tür auf. Genau im richtigen Moment. A566 hat Asha in die hinterste Ecke des Raumes gedrängt. Er bedroht sie mit einer der Laserwaffen, die wir sonst nur für Arenakämpfe benutzen.

„Zieh dich aus oder ich töte dich“, zischt er ihr gerade entgegen. Offensichtlich hat er mich noch nicht bemerkt, doch Asha weigert sich.

„Es ist mir egal, ob du mich umbringst. Töte mich. Du würdest mir damit einen Gefallen tun“, entgegnet sie ihm emotionslos. In diesem Moment begegnet ihr Blick dem meinen und ihre Augen weiten sich vor Überraschung. A566 bemerkt es auch und fährt erschrocken zu mir herum. Doch mich zu sehen, scheint ihn zu erleichtern. Er betrachtet mich nicht als Gefahr.

„Oh, wir haben Besuch. Das ist aber eine schöne Überraschung", säuselt er mit gespielter Freundlichkeit. „Wollen wir es zu dritt machen? D560 kann dir viel beibringen", höhnt er weiter.

Ich gehe gar nicht erst auf seine Worte ein und winke Asha zu mir. „Komm her."

Doch A566 versperrt ihr den Weg. „Was soll das werden? Niemand wird euch glauben."

Und ob sie das werden. Wenn ihnen meine Worte nicht als Überzeugung reichen, dann vielleicht das, was sie mit eigenen Augen sehen. Ich beginne zu schreien. Aus voller Kehle, so laut ich kann.

Asha blickt mich verständnislos an, doch dann erkennt sie, was ich vorhabe, und beginnt ein letztes Mal zu schreien. So viele Male hat sie es zuvor schon getan, ohne dass sie erhört wurde. Ihr letzter Schrei wird der eine sein, auf den Hilfe folgt. A566 starrt mich erst verwirrt, dann entsetzt an. Er richtet die Laserwaffe auf mich und schreit mich an: „Sei still oder ich schieße."

Ich lasse mich von ihm nicht einschüchtern und schreie weiter. Der Gebrauch von Laserwaffen außerhalb der Arena ist verboten. Wenn er mich erschießt, unterschreibt er sein eigenes Todesurteil.

A350 ist die Erste, die uns erreicht. Kurz darauf folgen A489 sowie A233 und A333. Sie sehen alle, wie A566 den Strahl der verbotenen Waffe auf mich richtet.

„Was ist hier los?“, unterbricht A233 aufgebracht unser Geschrei. Endlich kann ich verstummen. Mein Hals brennt wie Feuer.

„Alles, was C515 gesagt hat, ist wahr. A566 wollte D523 vergewaltigen.“

Das Wort kommt mir nur schwer über die Lippen, aber es beschreibt genau das, was er vorhatte.

Asha tritt hinter ihrem Peiniger hervor und stellt sich neben mich. Ihr Blick ist zu Boden gerichtet und ihre Stimme leise und zittrig: „Er hat mich vergewaltigt. Seit Monaten.“

Ich greife nach ihrer Hand und sie zieht sie nicht weg. Ganz im Gegenteil, sie greift fest zu. Es ist vorbei. A566 wird ihr nie mehr weh tun. Ich hebe meinen Kopf und blicke den anderen Legionsführern fest in die Augen.

„Er hat auch versucht, mich zu vergewaltigen.“

A350 stimmt dem sofort zu. „Ich kann es bezeugen. Ich habe A518 unmittelbar danach gefunden. Ihre Wunden sind gerade erst verheilt.“

„Sie lügen“, schreit A566 aufgebracht und sucht verzweifelt den Blick seines Mentors, doch A489 schaut nur betreten zu Boden. Er weiß, dass nun A566 derjenige ist, dem niemand glauben wird.

14. Fortpflanzung ohne Liebe

Ungeduldig sitze ich vor dem Monitor und trommle mit meinen Fingerspitzen auf das Kontrollboard. Ich bin etwas zu früh für meinen Unterricht bei A350, aber ich wollte die Zeit nutzen, um nach Zoe zu sehen. Doch weder sie noch Clyde oder Finn sind in ihren Zimmern. Bei Finn wundert es mich nicht, schließlich gehört er zur Putzkolonne. Clyde müsste weiterhin im Verhörraum sein, aber auch dort kann ich ihn nicht finden. Doch am ungewöhnlichsten ist, dass Zoe nicht in ihrer Zelle auf der Krankenstation ist. Sie hat keine andere Aufgabe und die Nahrungsvergabe ist schon seit Minuten vorbei. Sie müsste längst wieder zurück sein.

Ein Räuspern hinter mir lässt mich aufschrecken und herumfahren. A350 steht mit tadelndem Blick hinter mir und mustert die Kameraaufnahmen.

„Du wirst D523 nicht in ihrer Zelle finden", erklärt sie mir schlicht und setzt sich auf den Stuhl neben mir.

Sofort ahne ich Schreckliches. Haben sie am Ende etwa doch noch A566 geglaubt?

„Warum nicht?"

A350 ersetzt die Aufnahme der leeren Zelle durch einen Blick in die Arena, in der die Kämpfe zur Klassifizierung stattfanden. Sie ist genauso verlassen wie Zoes Zelle. „D523 befindet sich nicht länger auf der Krankenstation."

Ich lege meine Stirn fragend in Falten und verbiete mir jede noch so geringe Hoffnung. „Wo ist sie dann?"

Endlich erlöst mich A350 mit einem gütigen Lächeln. „Sie ist zurück in der Sicherheitszone und wurde genau wie D577 zum Putzdienst eingeteilt.“

Das ist weit mehr, als ich zu hoffen gewagt hätte. Zoe kann nun den ganzen Tag mit ihrem Bruder verbringen, besser hätte es gar nicht kommen können. Ich weiß, dass A350 dafür verantwortlich sein muss. Am liebsten würde ich ihr vor Dankbarkeit um den Hals fallen, aber vielleicht würde sie mein Verhalten erschrecken. Deshalb belasse ich es bei einem dankbaren Nicken. „Und was ist mit C515?“

„Nach deiner Aussage gab es keinen Grund mehr, ihm länger zu misstrauen. Ich bin jedoch der Meinung, dass er seine Aufgabe als Wache außerordentlich gut erfüllt hat, und habe ihm deshalb eine ähnliche Beschäftigung zugewiesen.“ Sie stoppt und grinst mich dann an. „Da D523 ihn nun nicht mehr brauchte, hielt ich es für angemessen, ihn als Wache in der Legionsführerkugel einzusetzen. Er wird noch heute seinen Dienst antreten.“

Ein freudiger Aufschrei entfährt meiner Kehle. Clyde wird nun bei mir sein. Endlich bin ich nicht mehr alleine. Ich habe nun nicht nur Asha, sondern auch noch Clyde an meiner Seite.

„Ich weiß nicht, wie ich dir dafür jemals danken soll“, entgegne ich A350 aufgewühlt. Warum tut sie das alles für mich? Es kann doch nicht einzig und allein daran liegen, dass sie ein guter Mensch ist.

„Ich möchte nur, dass es dir gut geht. Es darf nie wieder so etwas wie mit A566 passieren. Du kannst dir nicht vorstellen, welche Schuldgefühle ich hatte, weil ich nicht bei dir war, um dich zu beschützen“, erzählt sie mir ergriffen und greift dabei nach meiner Hand. „Du kannst mir vertrauen.“

„Ich weiß", stoße ich leise hervor, weil mir die Stimme zum Sprechen fehlt. Und ich weiß es wirklich. Ich fühle es. A350 spielt mir nichts vor. Ihre Sorge ist ehrlich.

„Was passiert jetzt eigentlich mit A566?"

A350 verzieht zornig den Mund. „Die anderen Legionsführer waren der Meinung, dass eine Deklassifizierung auf ein Versagen der Legionsführer hinweisen könnte und deshalb nicht möglich wäre. Wir haben beschlossen, ihm die Erlaubnis zum Verlassen der Legionsführerkugel zu entziehen, ebenso sein Stimmrecht bei Konferenzen. Er ist im Grunde nicht mehr als ein Gefangener."

Ein Gefangener im goldenen Käfig, denke ich verärgert. Es wäre mir lieber gewesen, ihn nicht mehr sehen zu müssen. Aber vielleicht ist es ganz gut, ihn nicht auf die ahnungslosen Bewohner der Sicherheitszone loszulassen. Wer weiß schon, was er dort noch angerichtet hätte.

„Nun aber weiter mit deiner Ausbildung. Ich hätte das heutige Thema eigentlich schon vor Tagen mit dir besprechen sollen, aber du weißt selbst, wie viel hier los war. Die Paarungskämpfe stehen nun kurz bevor, deshalb ist es wichtig, dass du alles über die Fortpflanzung in der Legion erfährst. Hast du eine Frage dazu?"

Es ist erstaunlich, wie schnell A350 von der verständnisvollen und fürsorglichen Freundin in die Rolle der strengen Lehrerin wechseln kann. Wenn mir ihre liebevollen Worte nicht noch in den Ohren klingen würden, müsste ich annehmen, sie mir nur eingebildet zu haben.

Sie fragt mich, ob ich *eine* Frage dazu hätte. Soll das ein Scherz sein? Ich könnte ihr hundert Fragen stellen und mir würden trotzdem immer weitere einfallen. Aber ich will am Anfang beginnen und erzähle ihr deshalb das, was ich schon weiß oder zu wissen glaube.

„Die erste Generation hat im Alter von sechzig Jahren ihren Abschied gefeiert, so wie es auch für alle Generationen nach ihnen vorgesehen ist. Von einer bis zur nächsten Generation liegen jeweils zehn Jahren. Das gilt jedoch nur für die ersten fünf Generationen. Danach sind es nur noch fünf Jahre, um die Population der Legionen zu erhöhen. Jede Generation besteht aus 99 Menschen..."

A350 unterbricht mich: „Falsch!"

Verwirrt blicke ich ihr entgegen. „Aber es gibt nur Nummerierungen von eins bis neunundneunzig."

„Das liegt daran, dass das hunderste Kind jeder Generation und jeder Legion in der Zentrallegion aufwächst, um dort seine Herkunft in der Führungsebene zu vertreten. Das bedeutet, in der Zentrallegion gibt es eine Frau aus deiner Generation, die die Bezeichnung W500 trägt. W wie Westen. Genauso gibt es auch N500, S500 und O500. Jede Generation hat also hundert anstatt neunundneunzig Menschen."

Ich wusste nie, wie die Zentrallegion aufgebaut ist. Ich wusste ja bis vor kurzem nicht einmal, dass es überhaupt andere Legionen geschweige denn eine Zentrallegion gibt. Es ist mir jedoch ein Rätsel, wie ein Mensch, der nie bei uns aufgewachsen ist, uns vertreten können soll. Aber ich bin nicht hier, um zu diskutieren oder zu hinterfragen, sondern um Antworten zu finden.

„Okay, jede Generation hat also hundert Menschen. Wovon die Hälfte männlich und die andere Hälfte weiblich ist. Wie lässt es sich steuern, ob ein Kind als Junge oder als Mädchen zur Welt kommt?"

A350 winkt belustigt ab. „Das wussten selbst die Menschen der alten Erde schon, nur war es damals verboten, darauf Einfluss zu nehmen. Jeder Mensch enthält eine einzigartige Desoxyribonukleinsäure, kurz DNA. Sie besteht aus vielen verschiedenen Chromosomen, die der Träger der Erbanlagen sind. Die Chromosomen entscheiden darüber, ob ein Mensch weibliche oder männliche Geschlechtsmerkmale ausbilden wird. Es ist für uns ein Leichtes, diese Entscheidung noch vor der Zeugung zu beeinflussen. Genauso können wir die Talente oder das Aussehen der Menschen festlegen."

Ich weiß aus eigener Erfahrung, dass die Legion das natürliche Aussehen eines Menschen durch Medikamente in der Nahrung nur unterdrückt, aber nicht völlig löscht. Warum nicht, wenn es doch so leicht möglich ist?

„Was bedeutet, dass die Legion die Talente und das Aussehen beeinflusst?"

„Nicht jede Generation kann nur aus Legionsführern und Forschern bestehen, genauso wenig, wie eine Generation nur aus Helfern und Kämpfern bestehen kann. Es muss immer Menschen geben, die Befehle erteilen, und andere, die sie ausführen. Ein Legionsführer sollte demnach Führungsqualitäten besitzen und ein Helfer hingegen Treue und Vertrauen."

Finn würde es als Naivität bezeichnen, aber mir machen ihre Erklärungen Angst. Ist denn nichts von dem, was mich auszeichnet, echt? Ist alles nur ein Spiel der Gene, die die Legion so beeinflusst, wie es ihnen gefällt? Hätte meinen Charakter genauso gut ein anderes Mädchen der fünften Generation erhalten können?

„Steht demnach schon vor der Geburt fest, wer einmal Legionsführer und wer Helfer werden wird? Sind die ganzen Jahre Bildungsunterricht und Leistungstests im Grunde überflüssig?“

A350 bemerkt meine Enttäuschung und schüttelt schnell vehement den Kopf. „Nein! Wir beeinflussen zwar einen geringen Anteil der Gene, aber die DNA besteht aus sechsundvierzig Chromosomen. Jedes einzelne trägt zu der Persönlichkeit eines Mensch bei. Dazu kommen noch die Erfahrungen, die ein Mensch im Lauf seines Lebens sammelt. Obwohl wir die DNA manipulieren, hat immer noch jeder die Chance, Legionsführer zu werden. Es gibt Entwicklungen, die auch wir nicht vorhersehen können, so wie deine.“

Sie lächelt mir aufmunternd zu, aber ich bin zu verwirrt und aufgewühlt, um mich darüber freuen zu können. „Gibt es Aufzeichnungen darüber, wessen Gene wie verändert wurden? Welche Aufgabe war mir ursprünglich zugedacht?“

A350 seufzt laut auf. „Es gibt Aufzeichnungen, aber sie sind ohne Bedeutung. Wichtig ist nur, wer du jetzt bist.“

Ich würde die Aufzeichnungen gerne sehen. In ihnen muss noch so viel mehr stehen. Wenn dort die veränderten Chromosomen aufgeführt sind, müssen dort auch die Erbgutgeber eines jeden Menschen verzeichnet sein. So könnte ich herausfinden, von wem ich wirklich abstamme. Aber selbst wenn ich es wüsste, wären es für mich keine Eltern, so wie Finn und Zoe Eltern hatten. Eltern zeichnen sich durch mehr als die Weitergabe ihrer Gene aus.

Ich atme einmal tief durch und versuche mich zu konzentrieren. *Es gibt hundert Menschen pro Generation*, rufe ich mir erneut ins Gedächtnis. Aber wie ist es dann möglich, Zoe und Finn nachträglich einzuschleusen? Was ist mit ihren Vorgängern passiert?

„D523 hat nicht schon immer in der Sicherheitszone gelebt, genauso wenig wie D577. Was ist mit den Menschen passiert, die vor ihnen diese Bezeichnung trugen?"

Auch diese Frage scheint A350 nicht zu gefallen, trotzdem gibt sie sich Mühe, sie mir ehrlich zu beantworten. „Die Legion ist nicht perfekt. Wir können viele Krankheiten bekämpfen und die meisten sogar komplett ausschließen. Dennoch kommt es auch bei uns zu Missbildungen. Manche von ihnen werden erst spät, oft zu spät erkannt. Die erste D523 ist im Alter von fünf Jahren an einem Herzversagen verstorben. Ihr Herz ist nicht mit ihrem Körper mitgewachsen und war irgendwann zu schwach, um das Mädchen weiter am Leben zu erhalten. Gerade deshalb ist es der Legion so wichtig, dass alle Menschen gleich aussehen. Nur so ist es möglich, dass ein Verlust unbemerkt bleibt. Die Menschen fühlen sich sicher, wenn sie nichts von solchen Gefahren wissen."

Ich dachte immer, dass ich den Blick für das Detail besäße. Aber nicht einmal ich habe bemerkt, dass ein Kind verschwunden war. Es ist mir nie aufgefallen.

„Warum wurde D523 überhaupt in die Sicherheitszone aufgenommen? Sah die Legion nicht eine Gefahr in ihr?"

A350 wirft mir einen tadelnden Blick zu. „Das Mädchen war noch so jung. Sie hatte fast ihr ganzes

Leben noch vor sich. Zwar wusste sie nichts über die Regeln der Legion, aber wir wollten ihr die Vorteile der Sicherheitszone am eigenen Leib zeigen. Sie sollte fühlen, wie es ist, ohne Angst schlafen zu können und ein geregeltes Leben zu führen. Wir dachten, sie wäre vielleicht irgendwann soweit, die anderen Verstoßenen davon zu überzeugen, sich der Legion wieder anzuschließen."

„Aber sie hat das Leben in der Sicherheitszone nie als Vorteil angesehen", beende ich A350s Bericht, woraufhin diese nickt.

„Und was ist mit dem ersten D577?"

A350 zuckt mit den Schultern. „Es gab nie zuvor eine Nummer 577 der fünften Generation."

Ungläubig reiße ich die Augen auf. „Aber wir waren bei den Leistungstests doch neunundneunzig."

„Du hast geglaubt, dass es neunundneunzig waren, weil es immer neunundneunzig waren. Aber hast du je nachgezählt?"

Natürlich nicht. Warum sollte ich? Es gab nie einen Grund, daran zu zweifeln.

„Warum besteht die fünfte Generation nur aus neunundneunzig anstatt hundert Menschen? War eine der Frauen unfruchtbar?"

A350 schüttelt erneut den Kopf. „Die fünfte Generation besteht genauso aus hundert Menschen wie jede Generation vor ihr und jede nach ihr. Aber ein Kind wurde nicht in der Sicherheitszone geboren, sondern verließ die Legion noch im Leib seiner Mutter, die an dem Experiment teilnahm."

Maggie und Finn. Oder sollte ich besser sagen: Z318 und D577?

Ich habe schon einmal versucht, A350 dazu zu bringen, mir zu sagen, wer Z318 wirklich ist. Sie hatte es abgeblockt und würde es sicher auch dieses Mal tun. Ich habe noch zu viele Fragen, um mir das leisten zu können. Es gibt auch einen anderen Weg, um herauszufinden, ob Z318 Finns und Zoes Mutter ist.

„Jede Generation besteht aus fünfzig Frauen, bedeutet das, dass jede Frau zwei Kinder zur Welt bringt?"

„Ja, aber nicht gleichzeitig. Jede Frau nimmt zweimal an der Paarung teil. Es ist dieses Jahr das zweite Mal für die vierte Generation und das erste Mal für die fünfte Generation."

Ich weiß, dass es zur Paarung sogenannte Paarungskämpfe in der Arena gibt, an der jedoch nur die Männer teilnehmen. Es dient demselben Zweck wie die Leistungstests. Die besten Paarungen sollen so herausgefunden werden. Über die Paarung selber weiß ich jedoch nur wenig. Allein bei dem Gedanken daran huschen die schrecklichen Bilder der Vergewaltigung aus dem Bildungsunterricht durch meinen Kopf und das falsche Grinsen von A566 schiebt sich vor mein inneres Auge. Florance beschrieb es jedoch als wunderschön. Bei beidem handelt es sich um Sex. Eine Art der Fortpflanzung, die mit der alten Erde untergegangen ist. In der Legion gibt es keinen Sex, also muss die Fortpflanzung bei uns anders funktionieren.

„Was genau passiert bei der Paarung?"

„Die Paarung beginnt mit den Paarungskämpfen. Dabei treten die Männer jeder Generation gegeneinander an, um so eine Rangfolge aufstellen zu können. Bei den Frauen gibt es auch eine Rangfolge, jedoch wird diese ohne Kämpfe festgelegt. Die Ärzte untersuchen zuvor ihren Körper und die Klassifizierung spielt dabei eine große Rolle.

Demnach wirst du sehr weit oben in der Rangfolge stehen, wenn nicht an erster Stelle. Aber die Rangfolge der Frauen bleibt natürlich stets geheim. Nach den Kämpfen werden die Frauen mit den ranggleichen Männern gepaart. Jedoch ohne jeglichen Körperkontakt. Der Samen des Mannes wird von einem Arzt entnommen und der Frau eingesetzt. Man bezeichnet diesen Vorgang als künstliche Befruchtung. Die Frauen sind während der Schwangerschaft von ihren Aufgaben befreit, um so den Schutz des Ungeborenen zu gewährleisten. Nach neun Monaten werden alle Kinder zeitnah zur Welt gebracht und kommen auf die Neugeborenenstation."

„Dürfen die Frauen ihr Kind nicht einmal sehen?"

A350 schüttelt sofort energisch den Kopf. „Nein! Wenn keine Frau weiß, welches der Kinder ihr eigenes ist, wird sie alle so beschützen, als wäre jedes von ihnen ihr Kind. Sie kann nie wissen, welches es wirklich ist."

Ich erinnere mich sofort an die Aufzeichnungen, von denen sie zuvor gesprochen hat. Dort ist sicher vermerkt, wer wessen Kind ist. A350 ist schon lange Legionsführerin. Kennt sie die Aufzeichnungen? Weiß sie, wer ihre Kinder sind? Könnte ich ihre Tochter sein? Ich möchte den Gedanken nicht zulassen. Ich mag A350, sehr sogar. Aber wäre sie meine Mutter, würde ich sie mit anderen Augen sehen. Ich würde mich von ihr im Stich gelassen fühlen.

„Und was ist, wenn eine Frau gar kein Kind bekommen möchte?"

„Sie hat keine Wahl. Der Fortbestand der Legion ist entscheidend."

„Aber vielleicht würde eine andere Frau gerne mehr als zwei Kinder bekommen, somit wäre doch der Bestand trotzdem gesichert."

„Jede Frau kann pro Paarung nur ein Kind bekommen und sie kann nur an zwei Paarungen teilnehmen, da sie sonst zu alt ist."

„Aber was wäre, wenn es gar keine Paarung mehr gäbe, sondern eine Frau jederzeit befruchtet werden könnte, so wie sie es möchte?"

„Die Entscheidung liegt nicht bei den Bewohnern der Sicherheitszone", antwortet mir A350 entrüstet.

„Das sollte sie aber", entgegne ich A350 hart. „Jeder Mensch sollte das Recht haben, frei über seinen Körper entscheiden zu dürfen."

„Aber die Legion hat die Kontrolle. Wenn sie die Menschen frei entscheiden lassen würde, könnte sie die Population nicht länger steuern."

„Vielleicht sollte die Legion einfach darauf vertrauen, dass die Menschen auch ohne die Kontrolle der Legion daran interessiert sind, ihren Fortbestand zu sichern."

A350 kneift die Augen zusammen und blickt mich resigniert an. „Ich nehme an, du wirst dich den Regeln nicht fügen, sondern gegen sie debattieren."

An der Art, wie sie es sagt, merke ich, dass sie nichts anderes von mir erwartet hat. Mittlerweile kennt sie mich wirklich gut. „Es geht dabei nicht nur um mich, sondern um alle Frauen. Wir sollten frei entscheiden dürfen."

„Diese Entscheidung liegt nicht in meiner Hand. Aber ich werde eine Konferenz einberufen, in der du versuchen kannst, die anderen zu überzeugen."

Am Nachmittag, kurz vor der abendlichen Nahrungsvergabe, laufe ich durch die verwinkelten Korridore der Krankenstation. Hier gleicht ein Flur dem anderen. Die Zelle von Zoe lag bereits kurz hinter dem Eingang im Atrium, doch die Zelle, zu der ich heute möchte, befindet sich im hintersten Teil der Krankenstation. Es erscheint mir fast wie ein Labyrinth. Ich spüre auch die misstrauischen Blicke der Ärzte und Wachen auf mir, an denen ich vorbeieile. Durch einen erhobenen Kopf und einen zielstrebigen Gang versuche ich, mir nicht anmerken zu lassen, dass ich im Grunde gar nicht weiß, wo lang ich gehen muss. Bei jeder Kreuzung halte ich mich einfach immer links. Links schlägt das Herz. Vielleicht wird es mich so zu der richtigen Zelle führen.

Erst als ich zum dritten Mal an dem Einsatzraum der Ärzte vorbeikomme und erneut ihre neugierigen Blicke auf mir spüre, beschließe ich, den rechten Gang zu wählen. Er führt mich jedoch direkt zur nächsten Kreuzung. Ich habe die Wahl zwischen einem linken Gang, der aussieht wie alle anderen: steril weiß mit grellen Deckenleuchten und quietschendem, grauen Boden; oder rechts: ein Gang, der aussieht, als würde er nur selten benutzt werden. Hier flackern die Leuchtplatten leicht und über den Boden ziehen sich schwarze Striemen, die von den Rollen eines Krankenbettes oder eines Rollstuhls herrühren könnten. Doch niemand scheint sich die Mühe gemacht zu haben, sie in sorgfältiger Arbeit wegzuschrubben. Die Frau, die ich besuchen will, bekommt keinen Besuch. Sie wird weder verhört noch behandelt. Sie wartet jeden Tag ihres restlichen Lebens auf den Tod.

Ich entscheide mich für den rechten Korridor und setze vorsichtig einen Fuß vor den anderen. Ich habe das Gefühl, etwas Verbotenes zu tun, obwohl es mir als Legionsführerin erlaubt ist, jeden Gang der Legion zu betreten und mit jedem Bewohner der Sicherheitszone zu sprechen.

Hinter der nächsten Ecke leuchtet nur noch jede dritte Deckenleuchte. Offensichtlich spart die Legion an dieser Stelle unsere kostbare Sonnenenergie. Doch am Ende des Gangs befindet sich eine Tür oder besser gesagt eine Art Schleuse, gesichert durch einen Sensor. Es stehen keine Wachen davor, jedoch fühle ich mich dadurch nicht so erleichtert, wie ich es eigentlich erwartet hätte, sondern ich spüre Sorgen in mir aufsteigen. Vielleicht ist diese Frau gefährlicher, als ich es annehme. Vielleicht hat sie den Verstand verloren und ist nicht mehr zurechnungsfähig. Die Legion hält sie sicher nicht ohne Grund abseits von allen anderen gefangen.

Trotzdem lege ich meinen Daumen auf den Scanner, der die Tür verschließt. Es dauert ein paar Sekunden, doch dann erscheint das grüne Licht und die Computerstimme verkündet „Zugang gewährt“.

Direkt hinter den beiden Stahltüren befindet sich eine weitere Tür aus grauem Metall. An dieser Stelle gibt es keinen Scanner, sondern nur ein Tastenfeld. Offenbar lässt sich diese Tür nur durch einen Code öffnen, den ich nicht kenne.

Versuchshalber tippe ich ‚318’ ein, die Bezeichnung der Bewohnerin, doch sofort leuchtet ein rotes Licht auf und der Computer verkündet blechern: „Zugriff verweigert.“

Frustriert blicke ich mich in dem winzigen Vorraum um und sehe eine Art Fenster an der Tür, das durch eine Klappe geschlossen ist. Neugierig schiebe ich die Klappe zur Seite und weiche erschrocken zurück, als mir direkt hinter dem Glas ein hellblaues Augenpaar entgegenstarrt. Ich taumele ein paar Schritte rückwärts und fasse mir an die Brust, hinter der mein Herz panisch hämmert. Die fremden Augen fixieren mich wie ein Adler, der über einem Feld voller Mäuse kreist. Doch so fremd sind mir die Augen nicht einmal. Es ist diese kalte Blau, das fast ins Grau übergeht und mich immer an Schnee erinnert hat, obwohl ich Schnee nur aus den Aufnahmen des Atriums kenne. Es ist dieselbe Farbe, wie Finns Augen sie getragen haben, bevor ihnen von der Legion das standardisierte Lichtblau aufgezwängt wurde.

Langsam beruhigt sich mein Herzschlag wieder und ich trete langsam einen Schritt in Richtung des kleinen Fensters in der Tür. Das Augenpaar dahinter zuckt zurück und ich kann nun das gesamte Gesicht der Frau erkennen. Falten liegen rund um ihre Augen und ihren schmalen Mund. Das Haar steht ihr zu allen Seiten vom Kopf ab. In ihrem Gesicht befinden sich rote Muster, wie mit Farbe gemalt. Doch ich befürchte, dass es ihr eigenes Blut ist. Zugegeben, die Frau wirkt alles andere als vertrauenerweckend, aber ich weiß nicht, wie ich aussehen würde, wenn man mich seit Monaten hier ohne jeden menschlichen Kontakt gefangen halten würde. Wahrscheinlich weiß sie nicht einmal, ob es Tag oder Nacht ist oder wie viele Tage, Wochen und Monate sie nun schon in der einsamen Zelle verbringt.

„Hallo, ich bin Cleo“, stelle ich mich ihr vorsichtig vor. Sie legt ihren Kopf schief und scheint über meine Worte nachzudenken, sofern sie sie überhaupt verstanden hat. Doch dann schüttelt sie den Kopf, so als hätte ich ihr eine Frage gestellt.

„Wie ist dein Name?“, frage ich sie, um sie so zum Sprechen zu bringen. Wenn sie wirklich die Frau ist, für die ich sie halte, muss ihr die Bedeutung eines Namens bewusst sein. Sie legt ihren Kopf von der einen auf die andere Seite, so als würde sie meinen Worten wirklich lauschen. Vielleicht kann sie auch durch das dicke Stahl der Tür gar nicht richtig hören, was ich sage.

Ich zeige auf mich und lege danach meinen Finger auf das kalte Glas des Fensters und schreibe meinen Namen: C-L-E-O.

Wieder schüttelt die Frau nur verständnislos mit dem Kopf.

Vielleicht versteht sie mich besser, wenn ich mich mehr der Umgebung anpasse. Deshalb schreibe ich nun: A518.

Das scheint sie besser zu verstehen, doch ihre Reaktion darauf ist nicht so, wie ich es mir erhofft hatte, denn sie spuckt angewidert auf den Boden vor ihren Füßen und wirft mir einen hasserfüllten Blick zu. So verrückt sie auch sein mag, scheint sie immer noch zu wissen, dass die Legionsführer dafür verantwortlich sind, dass sie in dieser Zelle festsitzt.

„Wer bist du?“, frage ich sie, obwohl die Bezeichnung an ihrer Tür steht, aber ich will es von ihr selbst hören.

Ein eigenartiges Grinsen macht sich plötzlich in ihrem Gesicht breit und sie tritt beiseite, sodass ich sie nicht länger sehen kann, dafür kann ich nun auf die Wand hinter ihr blicken. Die ganze Fläche ist in rot beschrieben. Immer und immer wieder hat sie ‚Z318’ geschrieben. Mal in winziger Größe und dann wieder ganz groß. Die ganze Wand ist voll davon.

Plötzlich schlägt sie ihre Hände gegen das Glas, sodass ich erneut zurückschrecke. Ihre Fingerkuppen sind blutig und hinterlassen kleine rote Punkte auf dem durchsichtigen Glas der Scheibe. Es ist ihr Blut.

Langsam bekomme ich wirklich Angst vor der fremden Frau und frage mich, ob ich mich nicht vielleicht in etwas verrannt habe. Aber ich habe sie ja nicht einmal gefragt, weswegen ich überhaupt gekommen bin. Obwohl ich am liebsten sofort umkehren würde, zwinge ich mich zu bleiben.

Mit meinem Finger schreibe ich auf die Scheibe: M-A-G-G-I-E. Anders als bei ihr, hinterlassen meine Fingerspitzen keine blutige Spur. Z318 beginnt zu lachen, so als hätte ich einen Scherz gemacht. Sie scheint gar nicht mehr aufhören zu können und hält sich vor lauter Lachen schon den Bauch. Doch durch die Tür kann ich sie nicht hören, sondern nur sehen. Tränen quellen aus ihren Augen hervor und für einen Moment bin ich mir nicht mehr sicher, ob sie wirklich noch lacht oder jetzt weint.

Aber plötzlich hebt sie den Kopf und ihre Miene ist erneut wie versteinert, so als wäre nichts gewesen. Sie mustert mich erneut mit schief gelegtem Kopf wie ein Vogel. Fast erwarte ich, dass sie im nächsten Moment mit dem Kopf gegen die Scheibe picken wird. Doch sie rührt sich nicht von der Stelle, sondern starrt mich an, ohne auch nur mit der Wimper zu zucken.

Ich wünschte, ich könnte mit ihr sprechen, aber leider bleibt uns nur die Zeichensprache. Wenn ihr eigener Name nichts bei ihr auslöst, dann vielleicht wenigstens die ihrer Kinder. Erneut lege ich meinen Zeigefinger auf die Scheibe und schreibe: Z-O-E.

Es folgt keine Reaktion von Z318. Sie ist wie erstarrt. Nicht einmal ihre Augen bewegen sich.

Vorsichtig klopfe ich gegen das Glas der Scheibe, doch nichts passiert. Vielleicht vertraut sie mir auch einfach nicht, immerhin bin ich eine Legionsführerin. Ich könnte testen, ob sie sich noch erinnert. Es könnte eine Falle sein.

Unsicher blicke ich mich um. Bis zu der großen Doppeltür sind es nur drei Schritte. Der Raum ist ein Durchgang, ohne eigene Lichtquelle. Das einzige Licht kommt von dem rot leuchtenden Zahlenfeld und durch das Fenster zu der Zelle von Z318. Trotzdem reicht das spärliche Licht, um zu erkennen, dass der Raum vollkommen leer ist. Es gibt weder ein Regal noch Haken an der Wand.

Ich lege die Spitze meines Zeigefingers gegen meine vorderen Zähne und beiße zu, doch ich schaffe es einfach nicht, feste genug zu beißen, um meine Fingerspitze zum Bluten zu bringen. Verzweifelt lasse ich meine Finger den Rand der Tür abtasten, bis ich finde, worauf ich gehofft habe: Eine spitze Stelle. Nur wenige Zentimeter oberhalb des Bodens befindet sich eine scharfe Kante. Solange man nur leicht über sie tastet, ist sie ungefährlich, aber wenn man mit Druck an sie gerät, könnte sie scharf genug sein, um die Haut aufzureißen. Ich beiße meine Zähne aufeinander und fahre ruckartig mit dem Finger um den Rand der Tür. Ich spüre den Schmerz sofort und hebe mir meine Hand vor die Augen. Blut tropft aus meinem Ringfinger. Zwar habe ich den falschen Finger getroffen, aber das macht nichts.

Z318 steht noch genauso erstarrt da, wie ich sie zuletzt gesehen habe. Schnell schreibe ich mit dem Blut auf die Scheibe: F-I-N-N.

Gespannt beobachte ich sie und bemerke die Veränderung als erstes in ihren Augen. Es ist, als löse sich ein Nebel darin langsam auf. Die Erkenntnis breitet sich von ihren Augen über ihre Schultern, ihr Becken und ihre Beine aus. Während sie zuvor noch eine abwehrende und feindliche Haltung mir gegenüber hatte, scheint sie nun förmlich in sich zusammenzusinken. Ihre Schultern sacken kraftlos nach vorne und ihre Beine beginnen zu zittern. Schwankend nähert sie sich wieder der Scheibe und fährt mit ihren blutigen Fingerspitzen meine Worte nach. „Finn“, flüstert sie leise, ohne mich eines Blickes zu würdigen.

Doch ihre Reaktion reicht mir völlig. Sie ist es. Sie ist die Mutter von Finn und Zoe. Sie ist Maggie.

Ich klopfe erneut gegen die Scheibe, um so ihre Aufmerksamkeit zu erlangen. Wütend starrt sie mir entgegen. Es scheint ihr nicht zu gefallen, dass ich sie aus ihrer Erinnerung reiße.

„Sie leben“, entgegne ich ihr, wobei ich meine Lippen besonders deutlich forme, damit sie mich hinter der Stahltür trotzdem verstehen kann.

Sie beißt sich fest auf die Lippen und nickt mir zu. Sie hat mich verstanden.

„Ich komme wieder“, verspreche ich ihr, doch es scheint sie nicht zu interessieren. Vielleicht würde es sie mehr interessieren, wenn ich ihr erzählen würde, dass ich nicht vorhabe, alleine zu kommen. Es muss gut geplant sein, aber es ist nicht unmöglich und vielleicht meine letzte Chance, den alten Finn doch noch wiederzubekommen.

Dieses Mal bin ich die Erste, die den großen Sitzungssaal betritt. Bei der anstehenden Konferenz setze ich mich nicht nur für die Bewohner der Sicherheitszone oder meine Freunde ein, sondern vor allem auch für mich selbst. Alleine die Vorstellung, von irgendeinem anonymen Spender einen Samen eingepflanzt zu bekommen, erfüllt mich mit Grauen. Ich will weder schwanger sein noch ein Kind, das ich ohnehin nie kennenlernen werde.

A350 trifft als nächstes ein. Sie wirkt überrascht, mich schon anwesend vorzufinden. Ich habe mich bisher leider nicht unbedingt durch Pünktlichkeit ausgezeichnet. Es wird Zeit, dass ich das ändere. Wenn ich wirklich etwas in der Legion erreichen will, dann reicht es nicht nur, das Vertrauen der Menschen in der Sicherheitszone zu gewinnen, sondern ich muss vor allem auch die anderen Legionsführer von mir überzeugen. Denn sie sind es, auf die es letztendlich ankommt. Sie sind diejenigen, die über meine Vorschläge entscheiden.

Nach A350 treffen zeitgleich A233 und A489 in Begleitung von A566 ein. A566 wirft mir einen vernichtenden Blick durch das Zimmer zu. Ich weiß nicht, wofür er mich mehr verachtet. Dafür, dass ich von seinem Angriff auf mich erzählt habe , oder dafür, dass es nicht geklappt hat. Vielleicht ist es auch beides. Bisher konnte ich mir seiner Stimme in Abstimmungen immer gewiss sein, doch heute befürchte ich, werde ich genau mit dem Gegenteil rechnen müssen. Zumal er sein Stimmrecht ohnehin verloren hat. Ich bin mir ziemlich sicher, dass er sich, seitdem er ein kleiner Junge war, bereits auf die Paarungskämpfe freut. Es ist eine der wenigen

Möglichkeiten in der Legion, um zu zeigen, was in einem steckt, und sich von den anderen abzuheben. Er würde sagen: ‚*Wir sind alle gleich, aber trotzdem gibt es einige, die besser sind als andere.*

Am blödesten ist, dass er damit sogar recht hat. Wir sind äußerlich annähernd gleich, aber innerlich ist jeder Mensch ein Individuum mit Schwächen und Stärken. Ich bin mir nicht sicher, welche meine sind. Aber ich weiß, dass ich nicht die Legion über mein Schicksal entscheiden lassen werde. Es ist MEIN Leben und deshalb sollte es auch MEINE Entscheidung sein, WANN ich schwanger werde und vor allem von WEM.

Fast gleichzeitig trifft nun auch der Rest der Legionsführer ein und nimmt am großen, runden Tisch Platz. Da A350 die Konferenz einberufen hat, liegt es an ihr, diese auch zu eröffnen. Während ich mich setze, steht sie von ihrem Stammplatz auf.

„Ich begrüße euch und danke euch für euer Erscheinen." Eigentlich müsste sie sich dafür nicht bedanken. Die Teilnahme an den Konferenzen ist für jeden Legionsführer Pflicht.

„Anlässlich der bevorstehenden Paarungskämpfe habe ich diese Konferenz einberufen. Wie wir alle wissen, gibt es zurzeit in den anderen Legionen viele Unruhen. In der nördlichen Legion war es so schlimm, dass wir sie verloren haben. Ich weiß, dass die Probleme von den Verstoßenen verursacht werden und nicht innerhalb der Legionen liegen. Trotzdem glaube ich fest daran, dass es Zeit ist für Veränderungen auch innerhalb der Legionen. Mit der Einführung einer gemeinsamen Nahrungsvergabe haben wir bereits einen ersten Schritt getan. Und nachdem es bei uns so gut funktioniert hat, darf ich mit Stolz verkünden, dass die Zentrallegion auch den anderen Legionen aufgetragen hat, unserem Beispiel zu folgen. Demnach ist die gemeinsame Nahrungsvergabe nun nicht nur ein fester Bestandteil unserer westlichen Legion, sondern eine sich durchsetzende allgemeine Veränderung in allen Legionen."

Bei dem Wort ‚*Stolz*' und ihrem letzten Satz blickt sie mich direkt an. Davon hatte sie mir bisher nichts erzählt. Aber es ist ein überwältigendes Gefühl zu wissen, dass meine Idee nun nicht nur in unserer Sicherheitszone umgesetzt wird, sondern auch in allen anderen.

„Genau wie bei der Nahrungsvergabe, denke ich, dass auch der Paarungszeit ein paar Veränderungen guttäten. Wir versuchen, den Bewohnern der Sicherheitszone einen Teil ihrer Menschlichkeit zurückzugeben, indem wir ihnen erlauben, in einer Gemeinschaft zu leben und miteinander Gespräche zu führen, die sich nicht nur um ihre Aufgabe in der Legion drehen. Aber der entscheidendste Punkt im menschlichen Leben ist die Fortpflanzung. Bisher sind wir in dieser Hinsicht immer sehr technisch vorgegangen. Die Samen wurden den Frauen eingepflanzt, so wie man bei einem Roboter eine Schraube festziehen würde. Dadurch wollten wir verhindern, dass Frauen eine Bindung zu ihren Kindern aufbauen. Doch egal wie wissenschaftlich wir auch vorgehen, ist nicht zu leugnen, dass eine Frau, die einmal ein Kind in ihrem Bauch gespürt hat, sich nach diesem immer sehnen wird. Eine Schwangerschaft verändert eine Frau. Sie wird danach nie wieder dieselbe sein und das haben wir bisher schlicht ignoriert."

Mich berührt ihre emotionale Rede. Es ist deutlich spürbar, dass sie aus eigener Erfahrung spricht. Doch das Besondere ist, dass nicht nur A350 emotional auf dieses Thema reagiert, sondern auch alle anderen anwesenden Frauen. Sie nicken ihr wissend zu. Ich hätte nie gedacht, dass sie so empfinden. Ich hielt die Legionsführer immer für kühl und reserviert, aber unter ihren reinen Oberflächen verbergen sich tausende von unterdrückten Gefühlen.

Doch A489 stöhnt genervt auf. „Was soll das hier werden? Ein Bedauern des weiblichen Geschlechts? Tatsache ist nun mal, dass die Schwangerschaft das Einzige ist, was die Männer den Frauen nicht auch noch abnehmen können. Im Grunde ist die Austragung des Nachwuchses doch die einzige Bestimmung einer Frau. Es wird doch nicht so schwer sein, wenigstens dieser einen Aufgabe gerecht zu werden."

Ich weiß nicht, ob es ihm nicht bewusst ist, aber er hat einen großen Fehler begangen, indem er so abwertend über das weibliche Geschlecht gesprochen hat, während die Hälfte des Raums mit Frauen besetzt ist.

Auch A233 formt ihre Augen zu Schlitzen, als sie in seine Richtung blickt und ihn damit zum Schweigen bringt. Einen wesentlich sanfteren Blick schickt sie A350. „Bitte fahr fort!"

„Was ich euch vorschlagen möchte, ist deshalb, die Paarungszeit komplett abzuschaffen. Frauen sollen selbst darüber entscheiden, ob und wann sie schwanger werden möchten."

Mit diesem Vorschlag hätte ich nicht gerechnet. In unserem Gespräch hat sie eine Abschaffung für völlig ausgeschlossen gehalten. An den Blicken der anderen

Frauen merke ich, dass auch sie mit A350s Idee überfordert sind.

A233 schüttelt unsicher den Kopf. „Du weißt, dass das nicht möglich ist. Wir müssen den Bestand der Menschheit sicherstellen und ihn sogar nach und nach erhöhen."

Doch A350 zeigt sich uneinsichtig. „Es gibt genug Frauen, die ihre Aufgabe gerne unterbrechen werden, um Kinder zu bekommen. Wir müssten uns nicht länger an vorgeschriebene Zeiten halten, sondern es gäbe jährlich neue Kinder."

Nun meldet sich auch eine weitere Frau zu Wort, A402. „Die Kinder wären alle unterschiedlich alt. Das würde es den Erzieherinnen schwer machen, sich gleichzeitig um sie zu kümmern."

A350 antwortet ihr mit einem Schulterzucken. „Wir brauchen keine Erzieherinnen. Die Frauen können sich selbst um ihre Kinder kümmern, bis sie alt genug für den Bildungsunterricht sind. So haben es die Menschen auf der alten Erde auch schon gehandhabt."

A489 mischt sich nun auch noch ein. „Und was ist das Resultat? Die alte Erde ist ein einziger Trümmerhaufen."

„Aber das lag nicht daran, dass Mütter ihre Kinder selbst großgezogen haben", entgegnet A350 sofort.

„Es gibt nicht den einen Grund, warum die alte Erde zerstört wurde, sondern es sind viele kleine Gründe, die miteinander einhergehen. Einige der Frauen waren vielleicht nicht in der Lage, ihre Nachkommen in richtiger Weise zu erziehen, sodass schlechte Menschen aus ihnen entstanden. Menschen, dic eine Gefahr für die Erde waren", erläutert A489 und ich bemerke, dass er nicht nur gegen das weibliche Geschlecht ist, sondern wirklich an das glaubt, wovon er spricht.

„Müssen wir wirklich über die Abschaffung der Paarungszeit diskutieren? Sie wurde nicht grundlos eingeführt. Lasst uns unsere Zeit für wichtigere Dinge nutzen und sofort abstimmen. Wer ist für die Abschaffung der Paarungszeit?"

A350 und ich heben sofort unsere Hände, so wie drei weitere Legionsführerinnen, doch der Rest bleibt still. Auch A233.

Zufrieden klatscht A489 in die Hände. „Na wunderbar, dann erkläre ich hiermit die Konferenz für beendet."

Er schiebt bereits seinen Stuhl zurück, um zu gehen, doch A350 unterbricht ihn wütend.

„Die Konferenz ist noch lange nicht vorbei. Okay, wir haben entschieden, dass die Paarungszeit nicht abgeschafft wird, aber das bedeutet nicht, dass wir nicht trotzdem etwas an ihr verändern können."

A233 stimmt ihr sofort zu. „Das sehe ich genauso."

A489 blickt sich in dem Raum um, und als er bemerkt, dass er der Einzige ist, der aufgestanden ist, setzt er sich mit zerknirschtem Gesicht zurück auf seinen Platz und verschränkt die Arme vor der Brust.

Überraschenderweise meldet sich nun auch noch A566 zu Wort: „Ich stimme A350 darin zu, dass es der Legion an Menschlichkeit mangelt. Die Fortpflanzung ist der natürlichste Trieb eines jeden Säugetiers, also auch des Menschen. Unnatürlich hingegen ist die künstliche Befruchtung. Kein Tier würde je diesen Weg wählen…"

A489 ärgert sich offensichtlich darüber, dass A566 ihm jetzt auch noch in den Rücken fällt, denn er fällt ihm erbost ins Wort: „Tiere hätten auch keine Möglichkeit dazu. Ihnen fehlt die Intelligenz des Menschen."

„Und trotzdem sind es nicht die Tiere, die den Untergang der alten Erde verursacht haben. Es sind die Menschen. Vielleicht täte es uns deshalb ganz gut, etwas mehr unseren Urinstinkten zu folgen."

Langsam erkenne ich, worauf er hinaus will, nd mir wird ganz kalt dabei.

„Wir sollten die künstliche Befruchtung abschaffen und zu der natürlichen Fortpflanzungsweise zurückkehren. Sex."

„Auf keinen Fall!", schimpft A350 sofort. „Wie kannst du es wagen, so etwas vorzuschlagen, nachdem du erst für die Vergewaltigung von D560 bestraft wurdest?!"

„Ich habe das Recht, meine freie Meinung zu äußern, genau wie jeder andere in diesem Raum", verteidigt sich A566.

A350 macht es nun genauso kurz wie A489 vor ihr. „Okay, wer ist für die Abschaffung der künstlichen Befruchtung?"

Keine Hand hebt sich, nicht einmal die von A566. Er weiß, dass seine Stimme ohnehin nicht zählen würde. Verärgert presst er seine Lippen aufeinander.

„Gibt es noch andere Vorschläge für eine Veränderung der Paarungszeit?", fragt nun A233 in die Runde.

Nachdem die komplette Abschaffung der Paarungszeit und die Abschaffung der künstlichen Befruchtung bereits abgelehnt wurden, bleiben nicht viele Möglichkeiten zur Veränderung übrig. Doch bevor alles beim Alten bleibt, klinke ich mich nun auch in die Diskussion mit ein.

„Wir könnten die Paarungskämpfe verändern“, schlage ich vor.

A333 runzelt misstrauisch die Stirn. „Sprichst du von einer Veränderung oder einer Abschaffung?“

Im Grunde wäre ich für eine Abschaffung, aber an der Stimmung im Konferenzsaal merke ich deutlich, dass ich damit genauso scheitern würde wie A350 und A566 zuvor mit ihren Vorschlägen.

„Eine Veränderung“, beeile ich mich deshalb zu sagen. „Die Paarungszeit und die Paarungskämpfe haben mittlerweile Tradition in der Legion und sollten deshalb auch ein Bestandteil unserer Gesellschaft bleiben.“

Ich weiß nicht wirklich, was ich eigentlich zu erreichen hoffe. Das Wichtigste ist, dass Frauen nicht länger unbeteiligt dabei sollen, wie andere über ihr Leben entscheiden.

„Ein anderer Bestandteil der Legion ist, dass nie zwischen Männern und Frauen unterschieden wird, weil wir alle gleich sind. Wir haben alle dieselben Chancen. Frauen können genauso Legionsführer oder Kämpfer werden wie Männer. Doch die einzige Unterscheidung findet bei den Paarungskämpfen statt. Ich denke, es ist falsch, dass alleine die Männer ihre Rangplätze durch Kampf festlegen. Frauen sollten dieselbe Chance haben, für die optimale Weitergabe ihrer Gene zu kämpfen.“

„Verstehe ich dich richtig? Du bist dafür, dass Frauen an den Paarungskämpfen teilnehmen?“, fragt ausgerechnet A489 nun misstrauisch, aber neugierig. Offensichtlich haben meine Worte sogar ihn erreicht.

„Genau. Wie ließe sich besser herausfinden, wer der Stärkste von uns ist, wenn nicht im direkten Vergleich?“

Mein Vorschlag gefällt den anwesenden Männern deutlich besser als den Frauen, die sich noch bedeckt halten und nicht wirklich eine Verbesserung für ihr Geschlecht in meinem Vorschlag zu sehen scheinen.

„Aber das ist nicht alles. Ich schlage außerdem vor, die Anonymität der Befruchtung aufzulösen. Sowohl Männer als auch Frauen sollen wissen, auf welchem Stand sie sich befinden und mit wem ihre Gene gemischt werden."

Als mir nur fragende, aber gespannte Gesichter entgegenblicken, fahre ich fort: „Wir könnten vorab eine Rangliste nach den uns vorliegenden Werten der einzelnen Bewohner erstellen und vor den Kämpfen veröffentlichen. So weiß jeder, wo er steht, und wird so sein Bestes in den Kämpfen geben, um sich zu verbessern. Die meisten Menschen sind selten mit dem zufrieden, was sie haben, sondern streben immer nach etwas Besserem."

Zustimmendes Nicken.

„Wir lassen die Bewohner als erstes in Gruppen, zum Beispiel in Größe von zehn Personen, die wir nach der Rangliste für eine Befruchtung für geeignet halten, gegeneinander antreten. Immer Mann gegen Frau. So entsteht innerhalb der Gruppe eine Rangliste. Die besten vier der Gruppen treten dann erneut gegeneinander an. Bei den verbleibenden sechs hingegen bleibt es bei der vorgesehenen Befruchtung."

Den Männern sehe ich sofort an, dass ihnen meine Idee weiterhin gefällt. Es gibt in der Legion selten die Möglichkeit für Unterhaltung. Die Paarungskämpfe bieten da eine Abwechslung.

Doch A233 bleibt weiterhin kritisch. „Und wo genau siehst du darin eine Verbesserung zu unserem jetzigen System?“

Meine folgenden Worte sind entscheidend. Mit ihnen muss ich nun auch die Frauen von meinem Vorschlag überzeugen.

„So wären die Paarungskämpfe eine Art zweiter Leistungstest. Sie bieten einem Bewohner der D-Klassifizierung die Möglichkeit, allen anderen zu beweisen, dass er mehr ist als nur ein einfacher Helfer. Und ein Bewohner der B-Klassifizierung muss zum Beispiel beweisen, dass er diese Einordnung zu Recht erlangt hat und auch verdient.“ Eigentlich wollte ich sagen, dass ein Legionsführer sein Können unter Beweis stellen muss, aber das habe ich mir noch gerade rechtzeitig verkniffen.

„Wird es dann nicht zu Aufständen führen, wenn einzelne Bewohner nach den Paarungskämpfen der Meinung sind, eine bessere Klassifizierung zu verdienen?“

„Für außergewöhnlich starke Leistungen in den Kämpfen erhalten sie einen höhergestellten Paarungspartner, aber auch über eine höhere Klassifizierung wäre in bestimmten Fällen sicher nachzudenken. Oder auch eine Deklassifizierung bei besonders schlechter Leistung. So sichern wir, dass auch wirklich jeder sein Bestes gibt. Es würden den Menschen Hoffnung geben und das Gefühl, den Verlauf ihres eigenen Lebens beeinflussen zu können. Zudem würden Bindungen zwischen den einzelnen Menschen aufgrund der Aufhebung der Anonymität entstehen. Die Bewohner hätten ein Thema, über das sie bei der Nahrungsvergabe reden könnten. Etwas, das nichts mit ihrer Arbeit zu tun hat.“

Meine Worte bringen die Anwesenden zum Nachdenken. Ist es sinnvoll, so viele Emotionen bei den Bewohnern der Sicherheitszone zu wecken? Es könnte zu Ärger und Neid führen. Aber gleichzeitig würde es die Menschen lebendiger machen.

„Ich hätte gerne gewusst, mit wem ich gepaart wurde", gesteht plötzlich A402 unerwartet. Ich bin eigentlich davon ausgegangen, dass die Legionsführer dies aus ihren Aufzeichnungen heraus wüssten. Genauso, wie ich davon ausgegangen bin, dass dort auch verzeichnet ist, wer wessen Kind ist. A350 hatte doch so eine Andeutung gemacht oder habe ich sie nur falsch gedeutet?

„Obwohl die Bewohner bei der Nahrungsvergabe die Erlaubnis haben, sich miteinander zu unterhalten, tun sie es nur selten. Ein Gesprächsthema, das alle betrifft, würde das sicher ändern", wirft A233 nun auch zustimmend ein. „Ich denke, wir haben genug gehört, um über den Vorschlag von A518 ein Urteil fällen zu können", fährt sie fort. „Wer ist für die Teilnahme von Frauen an den Paarungskämpfen und die Abschaffung der Anonymität der Paarung?"

Mit einem Schlag sind alle Hände oben, nur A566s Hände liegen zu Fäusten geballt auf dem Tisch. Das Urteil ist einstimmig. Selbst A489 habe ich überzeugt. Die Sitzung ist somit beendet und alle beginnen damit, ihre Stühle zurückzuschieben, um ihre unterschiedlichen Aufgaben wieder aufzunehmen. Doch A350 berührt mich leicht am Arm. Überrascht drehe ich mich zu ihr herum.

„Das hast du wirklich toll gemacht", lobt sie mich lächelnd.

Ich zucke unsicher mit den Schultern. Das Ergebnis könnte besser sein. Wahrscheinlich wäre es einigen Frauen sogar recht gewesen, wenn sie bei den Paarungskämpfen nicht antreten müssten.

Sie blickt sich in dem Raum um, der nun fast verlassen ist, und beugt sich geheimnistuerisch zu mir vor.

„Ist dir bewusst, dass du eine Möglichkeit geschaffen hast, der Befruchtung zu entgehen?"

Verwirrt runzele ich die Stirn. Das war nie mein Ziel.

„Wenn eine Frau als Siegerin aus den Paarungskämpfen hervorgehen würde, gäbe es nach den neuen Regeln keinen geeigneten Partner für sie. Somit könnte sie eine Befruchtung umgehen."

An die Möglichkeit hatte ich noch gar nicht gedacht. Aber die Chance, dass eine Frau gewinnt, ist auch sehr gering. Die stärksten Kämpfer sind in der C-Klassifizierung zu finden und darunter sind nur wenige Frauen. Ruby ist eine von ihnen.

„Stimmt, aber was hat das mit mir zu tun?"

A350 blickt mich an, als sei ich schwer von Begriff. „Das fragst du noch? Du wirst natürlich am Ende als Siegerin hervorgehen!"

Ungewollt beginne ich zu lachen. Die Vorstellung, der Prozedur entgehen zu können, ist zwar verlockend, aber ich bin realistisch genug, um zu wissen, dass ich keine Chance habe. Ich war zwar nie eine schlechte Kämpferin, aber ich habe auch sicher nicht zu den Besten gehört, sonst wäre ich nicht in der Nahrungsvergabe gelandet. Bei meinem Leistungstest hätte ich ja beinahe nicht einmal einen Schuss abgegeben. Damals habe ich mich wahnsinnig über mich selbst geärgert, aber rückblickend bereue ich, überhaupt gefeuert zu haben. Es hätte nichts an meiner Klassifizierung geändert. Bei meinem Kampf stand ich Zoe gegenüber und sie zu treffen, war das Beste, was mir passieren konnte. Sie war ein Lichtblick in meinem grauen Alltag.

„Entschuldige bitte, aber du hast mich noch nie kämpfen sehen. Ich bin erbärmlich!"

A350 schüttelt unnachgiebig den Kopf. „Dann wirst du eben trainieren müssen."

„Alleine?"

A350 grinst. „Natürlich nicht. Du hast eine der besten Kämpferinnen der dritten Generation vor dir und ich habe mir sagen lassen, dass deine neue Wache, C515, sich auch nicht schlecht schlägt."

15. Unter Freunden

Als ich mein Zimmer betrete, liegt Asha bereits in unserem Bett. A350 hat den Scanner so eingestellt, dass er nun auch auf Ashas Fingerabdruck reagiert und sie so kommen und gehen kann, wie sie möchte. Wir sind jetzt offiziell Zimmerpartnerinnen. Nie zuvor hatte ein D-ler ein eigenes Zimmer in der Legionsführerkugel. Aber die Umstände, die Asha zu dieser Ehre gebracht haben, sind viel zu grausam, um sich darüber richtig freuen zu können.

Auch jetzt ist ihr Blick beinahe geistesabwesend an die Decke gerichtet. Die ersten beiden Tage, als sie von der Krankenstation zurückgekehrt war, schien sie optimistischer zu sein als zuvor. Aber der Zustand ist bald wieder verflogen und zurückgeblieben ist eine stets negativ eingestellte Person. Asha sieht in jedem einen Verräter und in allem einen Hinterhalt. Sie vertraut grundsätzlich niemandem, nicht einmal mir.

„Hey, wie war dein Tag?“, frage ich sie freundlich und weiß sofort, dass es eine blöde Frage war. Asha redet nicht gerne über ihre Arbeit. Im Grunde redet sie über gar nichts gerne. Sie hört lieber zu.

„Dasselbe wie jeden Tag“, antwortet sie in monotoner Stimmlage. „Und so wird jeder Tag meines restlichen Lebens sein.“

Ich höre das Bedauern aus ihrer Stimme. Manchmal denke ich, dass sie bereut, dass ihr Selbstmordversuch gescheitert ist. Zwar kann A566 sie nicht länger belästigen, aber deshalb ist ihr Leben noch lange nicht aufregender oder abwechslungsreicher als zuvor. Immer wenn ich sie dabei erwische, wie sie aus den großen Fenstern blickt, sehe ich die Sehnsucht in ihren Augen wie ein Feuer lodern. Die Erinnerung daran bringt mich auf eine gewagte Idee, aber vielleicht ist es genau das, was Asha jetzt braucht.

„Hast du Lust auf einen kleinen Ausflug?"

Neugierig, aber zugleich auch misstrauisch, dreht sie ihren Kopf in meine Richtung. „Ein Ausflug?"

„Es ist nichts Gefährliches", versichere ich ihr, ohne zu erwähnen, dass es verboten ist.

„Was hast du denn vor?", will sie weiterhin zweifelnd wissen.

„Das ist eine Überraschung!"

„Kannst du mir nicht einfach sagen, was du vorhast?", fragt sie genervt, aber hat sich bereits aufbruchbereit in dem Bett aufgesetzt.

„Dann wäre es keine Überraschung mehr. Vertrau mir einfach!"

Ich weiß, dass das leichter gesagt als getan ist. Asha ist bisher wenig Gutes im Leben widerfahren. Trotzdem steht sie nun auf und folgt mir aus der Tür in Richtung der Aufzüge. Obwohl sie nun die Berechtigung hat, unser gemeinsames Zimmer zu öffnen, liegt die Erlaubnis zur Benutzung des Aufzugs nach wie vor einzig und allein bei den Legionsführern. Schnell lege ich meinen Daumen auf den Scanner und schaue zufrieden dabei zu, wie die Tür sich vor unseren Augen öffnet.

Asha und ich treten ein. Doch anders als sonst drücke ich nicht den Knopf mit der Aufschrift ‚S' für Sicherheitszone, sondern den Knopf zwischen der Sicherheitszone und der Legionsführerkugel mit der Bezeichnung ‚F'. F wie Freigelände. Asha schaut mich mit großen Augen an. Für sie scheint ‚F' nicht für Freigelände, sondern für Freiheit zu stehen.

„Ich sagte doch, es ist eine Überraschung“, sage ich und kann mir ein Grinsen kaum verkneifen.

Sobald die Türen sich öffnen, schlägt uns bereits ein völlig anderer Geruch entgegen. In der ganzen Legion riecht es oft nach nichts oder es liegt der sterile Duft von Desinfektionsmitteln in der Luft. Außerhalb des Aufzugs wird die Nase jedoch beinahe von den vielen verschiedenen Gerüchen überwältigt. Da ist der Duft nach dem roten Sand, der sich am Tag von der Sonne aufheizt und in der Nacht vollkommen abkühlt. Außerdem der Geruch nach Motorenöl und Benzin von den Fahrzeugen der Legion. Metall und Stahl von den Gehäusen liegt in der Luft, sowie der kühle Duft der Nacht, den der Wind einem ins Gesicht bläst. Mir wird erst jetzt bewusst, wie sehr ich das alles vermisst habe. Dabei habe ich nur wenige Monate außerhalb der Sicherheitszone gelebt. Wie muss es da erst Zoe und Finn ergehen, die außerhalb der Legion aufgewachsen sind?

Asha setzt vorsichtig einen Fuß außerhalb des Aufzugs, so als habe sie Angst, sich an dem roten Sand zu verbrennen. Ihre Stiefel würden ohnehin keine Hitze durchlassen, abgesehen davon, dass der Sand schon längst abgekühlt ist. Aber ihre Vorsicht hat etwas Ehrfürchtiges an sich, das mich tief berührt. Als ich nach meiner Entführung in einer Höhle der Rebellen aufgewacht bin, war meine Panik, an der Radioaktivität zu sterben, viel zu groß, um die vielen unterschiedlichen Düfte in der Luft überhaupt wahrzunehmen. Asha braucht davor keine Angst zu haben. Sie weiß von mir, dass die Luft nicht länger radioaktiv verseucht ist.

Sobald sie den zweiten Fuß außerhalb des Aufzugs gesetzt hat, atmet sie erleichtert aus und wieder ein.

Sie scheint die fremde Luft förmlich zu inhalieren und schließt schließlich sogar die Augen. Sie hebt ihre Hände und genießt die sanfte Berührung des lauen Nachtwindes. Finn hat mir einmal gestanden, dass er sich bereits in mich verliebt hatte, als er gesehen hat, wie ich zum ersten Mal die Sterne betrachtet habe. Er hat in meinen Augen damals gesehen, dass ich mich bereits in die Welt und auch ihre Freiheit verliebt habe. Nur war er zu stolz, um sich das selbst einzugestehen.

Asha hat sich nicht erst jetzt in die Sterne und die rote Wüste verliebt, sondern sie hat sich seit dem ersten Tag, an dem sie sie durch die großen Fenster der Legionsführerkugel gesehen hatte, nach ihnen gesehnt. Ihre Sehnsucht war so stark, dass es sie fast getötet hätte.

Ich löse sie nur ungern aus ihrer Starre, aber wir haben leider nicht so viel Zeit außerhalb der Legion, wie ich ihr gerne schenken würde. Alleine, dass wir den Aufzug verlassen haben, verstößt gegen sämtliche Regeln. Deshalb greife ich nun nach Ashas Hand und ziehe sie mit mir zu einem der kleineren Fahrgeräte. Es ist ein Wüstendrift. Eine Mischung aus Motorrad und Jet Ski der alten Erde. Gerade zwei Personen haben darauf Platz, wobei die Kämpfer sie meistens alleine benutzen, da ihre Schutzuniformen viel Platz wegnehmen.

Ich bin noch nie mit einem gefahren, aber ich habe vor wenigen Tagen ein paar Kämpfer dabei beobachtet und es sah einfach aus. Da ich Asha jedoch nicht verängstigen will, setze ich mich zielsicher auf den Sattel eines dunkelgrün glänzenden Wüstendrifts und klopfe auf die freie Fläche hinter mir. Zögernd steigt Asha auf und legt vorsichtig ihre Hände um meine Taille.

„Halt dich gut fest! Die Teile sind extrem schnell“, bitte ich sie und frage mich gerade, ob es vielleicht ein Fehler war. Die Kämpfer tragen beim Fahren nicht nur Schutzanzüge, sondern auch Helme und Handschuhe. Wir hingegen sind lediglich mit unseren dünnen Anzügen bekleidet. Sollten wir stürzen, werden sie keinen Schutz darstellen. Aber ich will auch keinen Rückzieher machen, denn Asha wirkt zum ersten Mal wieder richtig lebendig und lächelt sogar jedes Mal, wenn der Wind ihr um die Stupsnase streift.

Ich lege meine Hände auf die Griffe an der Lenkstange. Um die Wüstendrifts zu starten, braucht man weder einen Schlüssel noch einen Code. Jeder kann sie fahren. Es wundert mich, dass die Rebellen sie noch nie versucht haben zu stehlen, aber vielleicht kommt das noch.

Ich atme einmal tief ein und aus, um meinen Herzschlag zu beruhigen.

„Alles okay?“, fragt Asha noch besorgt, doch da habe ich die Griffe des Wasserdrifts bereits nach vorne gedrückt und wir düsen in einem unglaublichen Tempo los. Wir werden beide durch den plötzlich Ruck zurückgeschleudert. Ich kann mich gerade noch festhalten und spüre, wie sich Asha fester an meinen Rücken presst und erschrocken Luft ausstößt. Wir fliegen förmlich über den roten Sand, wobei die Scheinwerfer des Wüstendrifts quer durch die Luft tanzen. Unsere Fahrt ist holprig und erinnert mich nur wenig an das sanfte Gleiten der Kämpfer, die ich beobachtet habe. Dazu wackelt die Lenkstange wie verrückt, sodass ich mich kaum an ihr festhalten kann.

Als dann auch noch ein Hügel wie aus dem Nichts vor uns auftaucht, verliere ich endgültig die Kontrolle über das Gefährt und wir stürzen beide in hohem Bogen zu Boden.

Bedauerlicherweise lande ich auch noch auf Asha. Ich rolle mich schnell von ihr runter. „Es tut mir leid", entschuldige ich mich sofort mit hochrotem Kopf. „Ist dir etwas passiert?"

Doch Asha strahlt über das ganze Gesicht und beginnt plötzlich, so unbeschwert und aus voller Seele zu lachen, wie ich es zuvor noch nie bei ihr gesehen habe.

„Ich wette, das ist das erste Mal, dass du so ein Ding fährst", zieht sie mich grinsend auf.

Schuldbewusst, aber ebenfalls grinsend, gebe ich ihr recht. „Es sah immer so einfach aus", verteidige ich mich spielerisch.

„Es ist noch kein Meister vom Himmel gefallen", versucht mich Asha mit für sie ungewöhnlichem Optimismus aufzumuntern. „Darf ich es auch mal versuchen?"

„Nur zu", fordere ich sie auf und setze mich hinter sie auf das Wüstendrift. Ohne zu zögern, startet Asha den Motor und es geht in genauso rasantem Tempo los wie bei mir zuvor. Anfangs ruckelt das Gerät und lässt uns auf und ab hüpfen, aber schon nach kurzer Zeit gleiten wir über den Sand wie Libellen über das Wasser eines Sees. Asha scheint ein wahres Naturtalent zu sein. Auch die Geschwindigkeit bereitet ihr keine Probleme. Ganz im Gegenteil, ihr Lächeln wird immer breiter, je schneller wir fahren. Bald ist die helle Lichtkugel der Legionsführer nur noch ein kleines Licht am Horizont. Ich habe keine Ahnung, wo wir uns befinden, aber es interessiert mich auch nicht, solange Asha vor Freude kreischt und jauchzt. Sie ist völlig gelöst und wirkt wie ausgetauscht. Nie zuvor habe ich jemanden glücklicher gesehen als sie. Nicht einmal Iris, als ich ihr Dumbo zum Geburtstag geschenkt habe.

Wir jagen förmlich durch die Wüste. Einen Hügel hinauf und den nächsten wieder hinunter. Asha schafft es, Kurven so scharf zu nehmen, dass wir praktisch den Boden berühren, jedoch ohne zu stürzen. Erst als die ersten Strahlen der Dämmerung über den Horizont ziehen, erkenne ich, wie schnell die Zeit vergangen ist. Wir müssen die ganze Nacht durchgefahren sein und das bedeutet, dass es höchste Zeit für uns wird zurückzukehren. Mir bleibt nur zu hoffen, dass unser Verschwinden noch nicht bemerkt wurde.

„Asha, wir müssen zurück“, rufe ich ihr gegen den Fahrtwind ins Ohr. Ruckartig kommt das Wüstendrift zum Stehen, sodass ich mit dem Kinn auf Ashas Schulter knalle und meine Zähne unangenehm gegeneinander schlagen. Mit schmerzverzerrtem Gesicht reibe ich mir übers Kinn und lasse meinen Kiefer beim Öffnen des Mundes knacken.

„Was ist denn los?“, frage ich sie verwirrt. Doch Asha sitzt wie erstarrt vor mir. Ihre Hände krallen sich förmlich um die Lenkstange, sodass ihre Fingerknöchel weiß aus ihrer ohnehin bleichen Haut hervortreten.

„Ich will nicht zurück“, gesteht sie mir leise.

Damit hatte ich gerechnet. „Ich weiß. Ich würde auch lieber noch weiter mit dir durch die Nacht fahren, aber es gibt Aufgaben, die erledigt werden müssen.“

„Sie werden schon jemand anderen finden, der die Legionsführer bedient", faucht Asha unerwartet.

Ich versuche das Gefühl zu verdrängen, aber dennoch fühle ich mich angegriffen. Immerhin bin ich auch eine Legionsführerin.

„Die Paarungskämpfe stehen kurz bevor. Es gibt viel zu organisieren", versuche ich ihr zu erklären, ohne auf ihre Antwort einzugehen. Doch darauf pfeift sie nur abwertend durch die Zähne.

„Auch das noch. Ich kann es kaum erwarten, das Sperma irgendeines Vollidioten eingesetzt zu bekommen, nachdem mir der Samen des letzten Monsters erst entfernt wurde", erwidert sie sarkastisch. Sie weiß also von der Schwangerschaft. Wir haben nie darüber geredet.

„Die Regeln wurde geändert. Es nehmen jetzt auch die Frauen an den Paarungskämpfen teil und man weiß, mit wem man gepaart wird", versuche ich sie aufzuheitern, aber erreiche damit genau das Gegenteil.

„Glaubst du, das macht es besser? Vorher hätte ich wenigstens nicht gewusst, der Samen wessen Ekels in mir wie ein Parasit heranwächst. Außerdem habe ich doch eh keine Chance. Bei den Leistungstests hatte mein Gegner mich bereits nach wenigen Sekunden besiegt. Ich bin eine absolute Niete!"

„Willkommen im Club", erwidere ich scherzend, aber auch darauf steigt Asha nicht ein.

„Was wäre, wenn wir einfach nicht zurückkehren würden? Wir könnten uns den Rebellen anschließen", schlägt sie vor und ich höre ihr deutlich an, dass sie es ernst meint. Flehend dreht sie sich zu mir um. Doch ich kann ihr unmöglich den Gefallen tun. Zum einen sind da Finn und Zoe, die meine Hilfe brauchen, und zum anderen, WILL ich die Legion nicht verlassen.

Ich WILL keine Rebellin sein. Mein Platz ist in der Legion. Es ist meine Aufgabe als Führerin, die Menschen der Sicherheitszone zu beschützen, und das kann ich nur, solange ich auch ein Teil der Legion bin.

„Die Rebellen leben ein gefährliches Leben", warne ich sie, doch das beeindruckt sie nur wenig.

„Lieber ein Leben in Gefahr als in Gefangenschaft", erwidert sie nur schulterzuckend und erinnert mich damit stark an den alten Finn. Der Satz hätte von ihm sein können.

„Ich weiß nicht, ob die Rebellen dich überhaupt akzeptieren würden", behaupte ich deshalb. Für Sharon aus dem Süden mag das vielleicht sogar stimmen, aber Florance und die anderen würden sie wahrscheinlich mit offenen Armen empfangen. Sie ist, was ihre Gefühlsebene angeht, sehr viel weiter, als ich es am Anfang war. Vielleicht sogar, als ich es jetzt bin, gestehe ich mir neidvoll ein.

Die Aussage scheint Asha zu verunsichern, denn sie schweigt und starrt stattdessen hinaus in die Nacht. Der dunkelblaue Himmel färbt sich langsam lila. Die Zeit drängt.

„Lass uns bitte zurückfahren!"

Asha schüttelt den Kopf und steigt von dem Wüstendrift.

„Du musst ohne mich gehen. Ich bleibe hier!"

Alarmiert schüttele ich den Kopf und steige ebenfalls von dem Fahrzeug. Es würde auf mich zurückfallen, wenn ich ohne sie wiederkäme, aber das ist nicht der entscheidende Punkt.

„Asha, bitte. Wir sind doch Freundinnen", flehe ich sie an.

Zweifelnd mustert sie mein Gesicht. Sie hatte nie eine Freundin. Der Begriff der Freundschaft ist ihr genauso fremd, wie er mir lange war.

„Ich brauche dich!"

Ihre Augen weiten sich ungläubig. „Du brauchst mich?", bringt sie zögernd mit zittriger Stimme hervor.

„Natürlich! Sogar mehr als jeden anderen. Wenn du nicht wärst, hätte ich mir schon oft einfach die Decke über den Kopf gezogen und geheult, bis keine Tränen mehr kommen. Aber du warst immer da, um mich zu trösten."

„Ich wurde noch nie für irgendetwas oder von irgendjemandem gebraucht", gesteht sie mir nachdenklich.

„A350 will mich für die Paarungskämpfe trainieren. Du kannst mitmachen. Dann haben wir beide eine bessere Chance. Bitte, Asha! Ich verspreche dir, dass ich nicht zulassen werde, dass dir etwas passiert."

Zögernd greift sie nach meiner ausgestreckten Hand. Unsere Hände legen sich umeinander. Sie sind kaum voneinander zu unterscheiden.

Schließlich nickt sie. „Okay, ich komme mit, aber nur deinetwegen. Und ich will, dass du mir etwas versprichst."

„Alles, was du willst!", rufe ich erleichtert aus.

„Wenn du irgendwann die Legion verlässt, dann darfst du nicht ohne mich gehen."

Das hatte ich ohnehin nicht vor. Ich drücke ihre Hand etwas fester. „Versprochen."

A350 und Clyde warten in der Mitte der Arena auf mich. Ihre Augen weiten sich überrascht, als außer mir noch Asha, Ruby, Zoe und Finn den sandigen Boden der Arena betreten. Doch anders als A350 lächelt Clyde, als er sieht, dass ich nicht alleine komme. Ich habe das Gefühl, dass seine Augen dabei einen Moment länger auf Zoes Gesicht verweilen als nötig. Sie erwidert sein Lächeln sofort, aber wendet sich dann wieder Finn zu, der fasziniert an die Decke der Arena starrt. Er ist der Einzige von uns, der zuvor noch nie hier war. Die Größe des Bauwerks ist beeindruckend, wenn man bedenkt, dass sich die gesamte Sicherheitszone unter der Erde befindet. Es ist so hell, dass man meinen könnte, dass vom Himmel wirklich Sonnenlicht und nicht nur besonders starke Deckenplatten leuchten.

„Kannst du mir den Aufmarsch erklären?“, fordert A350 wütend.

„Ich bin nicht die Einzige, die in den Paarungskämpfen antritt, deshalb sollte ich auch nicht die Einzige sein, die dafür trainiert.“

A350 presst ihre Lippen aufeinander und formt ihre Augen für einen Moment zu schmalen Schlitzen. Sie scheint zu überlegen, ob sie meine Entscheidung einfach so hinnehmen oder den anderen befehlen soll, die Arena zu verlassen, und sich damit meinen Ärger aufhalst.

Schließlich stöhnt sie genervt auf. „Ein paar Übungsgegner werden sicher nicht schaden.“

Sie teilt uns als erstes in drei Gruppen ein. Ruby und Clyde bilden als Kämpfer die erste und stärkste Gruppe. Zoe und Finn scheint sie hingegen als die beiden Schwächsten anzusehen und lässt sie deshalb gegeneinander kämpfen, während sie selbst mit mir und Asha üben will.

A350 verteilt an jeden ein Lasergerät, das wir uns jeweils um den rechten Arm schnallen. Die Arena ist so groß, dass wir uns problemlos in den Gruppen weit voneinander entfernt aufstellen können. Zuerst sollen Asha und ich gegeneinander kämpfen, damit A350 uns dabei beobachten kann, um so unsere Schwachstellen zu erkennen. Ich befürchte jedoch, dass sie weniger auf Asha als auf mich achten wird.

Wir stellen uns mit einigen Metern Entfernung einander gegenüber. Asha geht sofort in die uns beigebrachte Position, indem sie ihre Beine leicht auseinander stellt und für einen festen Stand etwas in die Knie geht. Gleichzeitig beugt sie ihren Oberkörper nach vorne und hebt ihren rechten Arm mit dem Laser in meine Richtung. A350 hat noch nicht einmal angezählt, aber wahrscheinlich will Asha sich vor ihr einfach nicht blamieren und ihr zeigen, dass sie dankbar dafür ist, dass sie mit mir trainieren darf. Also nehme auch ich meine Position ein. Durch Anzählen gibt A350 uns das Startzeichen.

„3,2,1. Los!“

Der erste Schuss von Asha geht los, kaum dass A350 ‚Los‘ gesagt hat und trifft mich mitten auf der Brust. Wenn wir mit geladenen Geräten spielen würden, wäre ich jetzt tot. Der Kampf ist also beendet, noch ehe er überhaupt für mich begonnen hat. Ich hätte nie damit gerechnet, dass Asha sofort schießt. Normalerweise umkreisen sich die Gegner erst einige Zeit, bevor überhaupt einer zu schießen wagt.

„Verdammt A518, schläfst du oder was ist los?“, fährt mich auch noch A350 verärgert an. „Sobald du das Feld betrittst, musst du mit einem Angriff rechnen. Noch einmal!“

Wieder nehmen wir unsere Starthaltung ein.

„3,2,1. Los!“

Wieder feuert Asha direkt einen Schuss ab, doch dieses Mal bin ich darauf vorbereitet, sodass ich mich gerade noch zur Seite retten kann. Ohne innezuhalten, schießt sie direkt weiter auf mich, als ginge es um Leben und Tod. Ich komme nicht einmal dazu zurückzuschießen, da ich viel zu sehr damit beschäftigt bin, vor ihren Schüssen zu flüchten. Ich hatte eigentlich gedacht, dass wir beim Training etwas Spaß miteinander haben würden, aber Asha scheint das anders zu sehen. Für sie ist es bitterer Ernst.

„Schieß doch!“, schreit A350 mich aufgebracht an, während ich mich vor einem weiteren Strahl von Asha ducke. *Wie denn?*, würde ich am liebsten zurückbrüllen, aber nicht mal dafür bleibt mir Zeit. Asha hetzt mich förmlich über das Feld, sodass mir nach fünf Minuten langsam die Puste ausgeht, während Asha unerbittlich weiterfeuert. Aber sie steht ja auch nur mit erhobenem Arm da, wohingegen ich von einer Stelle zur nächsten jage.

„Das ist kein Fangspiel!“, schimpft A350 wütend. Je länger der Kampf dauert, umso verärgerter scheint sie zu werden. Ich hatte sie ja gewarnt, dass ich nicht gut bin, aber wahrscheinlich hatte sie nicht erwartet, dass ich so extrem schlecht bin und nicht einmal gegen Asha eine Chance habe.

Gerade als ich mich vor dem nächsten Schuss zur Seite abrolle, erhasche ich einen Blick auf Zoe, der es ähnlich wie mir ergeht. Finn nimmt es mit dem Training offensichtlich genauso ernst wie Asha. Ich schaue von Zoe zu Finn und als unsere Blicke sich begegnen, trifft mich Ashas Strahl. Der Kampf ist vorbei und ich habe schon wieder verloren.

„Du hast nicht ein einziges Mal geschossen!“, brüllt mir A350 entgegen. "Soll das eine Art Protest sein?“

„Ich komme ja gar nicht zum Schießen", verteidige ich mich, jedoch ohne große Hoffnung auf Mitgefühl.

„Du kannst nicht nur aus dem Stehen, sondern auch aus gebückter Haltung oder sogar liegend schießen", erwidert A350 verständnislos und schüttelt über meine Antwort nur den Kopf.

„Wir machen das Ganze jetzt noch einmal und wehe, du schießt wieder nicht!", droht sie mir. Sie beginnt sofort anzuzählen, sodass ich nicht mal mehr Zeit habe, um Luft zu holen.

„3, 2, 1. Los!"

Dieses Mal mache ich es wie Asha und schieße auch sofort, als das ‚Los' ertönt. Genau wie ich weicht sie zur Seite aus und feuert dabei den nächsten Schuss ab. Wir rennen praktisch im Kreis, bis ich plötzlich die Richtung wechsele und Asha nur knapp verfehle. Obwohl ich dieses Mal genauso eifrig drauflos feuere wie Asha, ist A350 immer noch nicht zufrieden.

„Schneller! Ihr seid beide zu langsam."

„Ihr bewegt euch wie zwei Stöcke, da wären selbst die Kämpfer der zweiten Generation schneller."

„Umtanzt euch nicht, sondern greift frontal an!"

Bei diesem Kommando ändert Asha plötzlich ihre Taktik und geht gezielt auf mich zu, wobei sie durch Ducken und Springen meinen Schüssen ausweicht. Da ich nun nicht dasselbe machen kann wie sie, beschließe ich, es anders zu versuchen, und renne, so schnell ich kann, um sie herum, um sie so von hinten anzugreifen. Mit dieser Taktik überrumple ich sie und streife mit meinem Laserstrahl ihr rechtes Ohr. Doch die ‚Verletzung' würde nicht ausreichen, um sie zu töten, und würde somit nur als Treffer gewertet werden, aber nicht als Sieg. Die Paarungskämpfe unterscheiden sich von den Leistungskämpfen in dem

Punkt, dass sie nicht nach einer bestimmten Zeit einfach enden, sondern sie dauern so lange, bis einer bei geladenen Waffen tödlich verletzt würde. Selbst wenn so ein Kampf über mehrere Stunden dauert.

Nachdem Ashas Taktik des frontalen Angriffs nicht erfolgreich war, jagen wir uns wieder gegenseitig durch die Arena. Dabei kommt mir meine gute Ausdauer letztendlich zu Hilfe, denn nach einigen Minuten feuert Asha immer seltener und wird langsamer, sodass es mir schließlich gelingt, sie zu erschießen, als sie am Boden liegt und sich gerade wieder aufrappeln will. Wenigstens ein Sieg.

Aber A350 ist nach wie vor unzufrieden.

„Seht das als Aufwärmtraining an. Wir sind noch lange nicht fertig!“, sagt sie in herrischem Tonfall. „Partnertausch!“

A350 schickt Asha nun zu Finn, Zoe zu Ruby und zu uns tritt Clyde. Ist das ihr Ernst? Ich habe es ja nicht einmal geschafft, mich gegen Asha zu behaupten. Wie soll ich dann auch nur eine geringste Chance gegen Clyde haben? Ungläubig und erschöpft starre ich sie an.

Doch A350 zuckt nur mit den Schultern. „Bei den Paarungskämpfen wirst du gegen die Stärksten der Starken antreten müssen, wenn du gewinnen willst. Wir haben nicht genug Zeit, um euch tagelang gegen Gegner eures Levels antreten zu lassen. Messe dich lieber mit den Besten!“

Clyde errötet leicht bei ihren Worten und wirft mir einen entschuldigenden Blick zu. Da jedes Murren und Jammern ohnehin nicht hilft, gebe ich mich geschlagen und begebe mich zurück auf unsere Startposition.

„3, 2, 1. Los!“

Anders als Asha feuert Clyde nicht sofort, sondern fixiert mich und wartet auf eine Reaktion meinerseits. Für einen Überraschungsangriff ist es bereits zu spät, deshalb versuche ich, ihn erneut mit Geschwindigkeit zu überlisten, wie zuletzt auch bei Asha. Wie von der Tarantel gestochen, renne ich los und feuere einen Schuss ab, als ich mich hinter ihm befinde. Clyde reagiert deutlich schneller als Asha, und ehe ich mich versehe, steht er vor mir und wehrt meinen Schussarm mit seinem linken Unterarm ab. Ich bin es nicht gewohnt, dass es beim Arenakampf zu körperlichem Kontakt kommt. Normalerweise werden diese Kämpfe immer aus einer gewissen Entfernung geführt, doch Clyde zieht mir genau in diesem Moment die Füße unter den Beinen weg, sodass ich zu Boden stürze. Ich weiß, dass er mich bereits jetzt problemlos erschießen könnte, doch stattdessen weicht er zurück und gibt mir die Gelegenheit, mich wieder aufzurappeln. Wir nehmen wieder Distanz zueinander ein und ohne mit der Wimper zu zucken, feuere ich einen Schuss ab und setze direkt den nächsten hinterher, so wie Asha es zuvor immer bei mir gemacht hat. Mein Ziel ist, Clyde genauso über das Feld zu jagen wie Asha zuvor mich, aber Clyde ist schneller, als ich es war, und so ist er hinter mir, noch ehe ich mich ducken kann. Aber er schießt nicht auf mich, sondern schmeißt mich durch einen groben Stoß zu Boden.

„Sehr gut! Hätte er sofort geschossen, wäre die Chance groß gewesen, dass du hättest ausweichen können. Doch wenn du erst mal mit dem Gesicht voran im Sand liegst, sind deine Chancen gering“, kommentiert A350 das Ganze, während ich prustend den Sand versuche auszuspucken. In meinem ganzen

Mund knirscht es vor lauter Sand. Es ist das zweite Mal, dass Clyde mich hätte erschießen könne, aber es nicht tut. Er ist mir haushoch überlegen.

Erschöpft drehe ich mich auf den Rücken und blicke in das helle Licht der Deckenleuchten.

„Wirst du wohl wieder aufstehen?", schreit A350 völlig aufgebracht. „Ich habe dir nicht erlaubt, dich auszuruhen!"

Clyde beugt sich über mich und hält mir seine Hand entgegen, um mir aufzuhelfen. Erleichtert nehme ich sein Angebot an.

„Verdammt! Warum schießt du in diesem Moment denn nicht?", flucht A350, kaum dass ich neben Clyde wieder auf den Beinen stehe.

Überrumpelt starre ich sie an. „Er hat mir seine Hilfe angeboten, dann erschieße ich ihn doch nicht. Wie unfair wäre das denn?!"

„Bei den Paarungskämpfen geht es nicht darum, wer sich am fairsten benimmt, sondern nur darum, wer gewinnt!", schreit sie mit hochrotem Kopf und tritt dann bedrohlich auf mich zu.

„Wenn du einer Befruchtung entgehen willst, solltest du lieber mit allen Mitteln kämpfen", zischt sie mir zu.

Sie wirkt mittlerweile genauso erschöpft wie ich, dabei hat sie nicht einmal gekämpft. Offensichtlich hat sie sich so in den Kampf hineingesteigert, dass sie ihn förmlich mitempfindet.

„Ich denke, es ist jetzt Zeit für eine kurze Pause", erklärt sie dann aber gutmütig. Wahrscheinlich hat sie auch eingesehen, dass es einfach nichts bringt weiterzukämpfen, solange ich und auch einige andere mit ihren Kräften am Ende sind.

Clyde klopft mir aufmunternd auf die Schulter, als wir von A350 zu den anderen auf die gegenüberliegende Seite der Arena laufen.

„Du hast dich gar nicht so schlecht geschlagen. Deine Ausdauer ist sogar ziemlich gut."

Ich weiß, dass er es nur gut meint, aber genauso weiß ich auch, dass ich meine Gegner nicht besiegen kann, indem ich ihnen davonlaufe. Ich muss sie erschießen, um gewinnen zu können.

Asha, Zoe und Ruby haben sich in einem Kreis auf den Boden gesetzt. Nur Finn lehnt ein Stück abseits von ihnen an der Mauer.

Fragend blicke ich zu Zoe, doch die macht nur eine wegwerfende Handbewegung. „Ich hab alles versucht, aber er ist sturer als jeder Esel. Zumindest in der Hinsicht ist er noch genau der Gleiche, auch wenn das leider schon alles ist. Glaub mir, ich habe es im Guten versucht und ihm alle möglichen Kindheitserinnerungen aufgetischt. Als das nichts geholfen hat, habe ich ihn angeschrieen und ihm sogar eine geknallt." Sie schaut beschämt zu Boden. „Aber nichts davon hat geholfen. Es scheint fast so, als würde er sich mit Händen und Füßen gegen jede Erinnerung wehren, und je mehr ich es versuche, desto mehr Abstand sucht er zu mir. Ich bin wirklich ratlos", gesteht sie mir verzweifelt. Mitfühlend nicke ich ihr zu. Ich verstehe sie nur zu gut, aber genau das ist das Problem. Je mehr wir uns wünschen, dass Finn sich erinnert, und je mehr wir ihn bedrängen, umso mehr verlieren wir ihn. Es hat mich ohnehin schon gewundert, dass er überhaupt bereit war, mit an dem Training teilzunehmen. Das überzeugende Argument war, dass sich so sein Ranglistenplatz bei der Paarung verbessern könnte. Es geht ihm alleine darum und nicht etwa darum, mit uns Zeit verbringen zu können.

Trotzdem steuere ich nun langsam auf ihn zu, weil ich es einfach nicht ertrage, ihn alleine an der Mauer stehen zu sehen. Egal, ob er sich erinnert, selbst wenn er sich nie mehr erinnert, ist er ein Teil von uns.

Er schaut misstrauisch auf, als ich vor ihm stehe, ohne etwas zu sagen.

„Na, wie lief das Training?", frage ich ihn und lasse mich neben ihm zu Boden gleiten. Erstaunlicherweise folgt er meinem Beispiel und setzt sich neben mich.

„D523 ist eine Niete. Sie gibt sich gar keine Mühe", bemängelt er mit einem abwertenden Blick in Zoes Richtung. Auch sie schaut zu uns herüber und streckt ihm die Zunge raus, als sie seinen Blick bemerkt. Finn schaut schnell wieder weg. Er kann mit ihrer Geste nichts anfangen, während ich leise kichern muss.

„Und Asha?"

Ich benutze gezielt unsere Namen und nicht etwa die Bezeichnungen. Ich habe Finn, bevor wir in die Arena gingen, noch einmal alle namentlich vorgestellt, aber er weigert sich offensichtlich trotzdem, diese auch anzunehmen.

„Sie ist besser und hat wenigstens Ehrgeiz. Sie weiß, worum es geht."

„Hast du gegen sie gewonnen?", frage ich ihn lächelnd.

„Ja", antwortet er stolz und erwidert unsicher mein Lächeln. Es fällt ihm mit jedem Tag ohne seine Erinnerung immer schwerer, Emotionen umzusetzen.

Trotzdem bin ich froh, dass die Kämpfe für ihn so gut laufen. Eigentlich hatten wir damit gerechnet, dass er der Schlechteste von uns sein würde, da er zuvor nie Unterricht erhalten hat, aber er erweist sich als

Naturtalent. Wer weiß, vielleicht wäre er jetzt wie Clyde ein Kämpfer, wenn er von Geburt an in der Legion aufgewachsen wäre. Oder sogar ein Legionsführer wie ich.

Wir schweigen für einen Moment und blicken über das Kampffeld zu der Tribüne, auf der sonst die Legionsführer Platz nehmen. Unsere Arme berühren sich dabei leicht und ich spüre, wie ich eine leichte Gänsehaut bekomme. Obwohl er nicht mehr der Alte ist, hat seine Anziehungskraft auf mich nicht abgenommen.

„Bist du eigentlich noch traurig?“, fragt er plötzlich und wendet mir das Gesicht zu. Überrascht schüttele ich den Kopf. Mit dieser Frage hätte ich nicht gerechnet. Ich hätte nicht gedacht, dass er sich darüber weiter Gedanken macht, aber offensichtlich hat er genau das getan. Er hat an mich gedacht. Diese Erkenntnis bringt mein Herz zum Klopfen und meine Hände werden leicht zittrig.

„Das ist gut“, erwidert er erleichtert. Ich habe das Gefühl, dass er noch mehr sagen möchte, aber er zögert und blickt sich fast hilfesuchend in der Gegend um. Gedankenverloren wühlt er mit seinen Fingerspitzen den Sand neben seinen Beinen auf.

„Ich wollte dir auch noch etwas sagen“, beginnt er stockend. Die Worte gehen ihm nicht leicht über die Zunge. „Ich glaube dir jetzt.“

„Was genau meinst du?“

„Ich glaube dir und D523, dass ich der bin, für den ihr mich haltet.“

„Erinnerst du dich wieder an etwas?“, frage ich sofort neugierig. Doch Finn schüttelt den Kopf.

„Nein, aber ich weiß, dass du mich nicht belügen würdest. Du bist ehrlich.“

Sein blindes Vertrauen berührt mich. Anscheinend habe ich doch nicht alles falsch gemacht.

„Ich weiß, dass du und D523 euch nichts mehr wünscht, als dass ich mich wieder erinnere, aber ich weiß gar nicht, ob ich das überhaupt möchte. Um ehrlich zu sein, habe ich ziemlich Angst davor."

„Warum?", will ich entsetzt wissen. Er wehrt sich offenbar tatsächlich gegen seine eigene Erinnerung.

„Dieser Finn scheint mir kein guter Mensch zu sein. Er ist ein Verräter und ein Verbrecher. Ich möchte so jemand nicht sein. Es gefällt mir in der Legion. Ich mag meine Aufgabe und den geregelten Tagesablauf. Es gibt mir Sicherheit."

Seine Worte beweisen mir, dass er sich wirklich nicht erinnern kann. Dem alten Finn hätte es niemals in der Legion gefallen. Er hätte sich wie ein Tier im Käfig gefühlt. Seine Freiheit war für ihn das Wichtigste. Aber mir kommt gleichzeitig auch ein anderer Gedanke. Vielleicht passt der neue Finn viel besser zu mir als der alte, denn auch ich mag die Legion in einer gewissen Hinsicht. Sie ist mein Zuhause.

„Der einzige Grund, warum dieser Finn nicht ganz so schrecklich gewesen sein kann, wie es mir scheint, ist, dass du ihn mochtest."

In seinen Augen liegt fast so etwas wie Wehmut. Ich bedeute ihm etwas, auch ohne seine Erinnerung.

„Ich mag dich auch jetzt noch, aber ich hatte nie das Gefühl, dass es dir genauso gehen könnte", antworte ich ihm ehrlich. „Du schienst eher immer wahnsinnig genervt von mir zu sein."

Finn lacht. „Das war ich auch. Sehr sogar! Aber das lag daran, dass du immer nur von meiner Erinnerung gesprochen hast. Dir war vollkommen egal, wer ich jetzt bin, sondern es ging dir nur darum, wer ich einmal war. Aber das hat sich geändert. Du warst heute zum Beispiel die Einzige, die mich nicht als erstes darauf angesprochen hat. Wahrscheinlich hättest du gar nicht damit angefangen, wenn ich dich nicht selbst darauf gebracht hätte."

„Stimmt, ich habe verstanden, dass es dich unter Druck setzt."

„Ich wünschte, Zoe würde das auch verstehen", seufzt Finn und mir fällt sofort auf, dass er dieses Mal ihren Namen und nicht ihre Bezeichnung verwendet. Es ist, als hätte er seine Schutzmauern fallen gelassen.

Wir blicken einander in die Augen, und obwohl es nicht wie früher ist, fühlt es sich gut an. Er ist mir näher als je zuvor. Zum ersten Mal habe ich das Gefühl, dass er mich wirklich versteht. Zwischen mir und dem alten Finn standen immer unsere unterschiedlichen Ansichten über die Legion, aber das ist vorbei. Der neue Finn sieht in ihr dasselbe Zuhause wie ich. Er hat alles vergessen, was war, aber trotzdem mag er mich. Er mag mich genauso, wie ich bin. Ich brauche nichts vor ihm zu verbergen, sondern kann alles frei aussprechen, und er versteht mich. Ich fühle mich von ihm verstanden.

„Weißt du, warum es mir wichtig ist, einen guten Ranglistenplatz zu erzielen?", fragt er mich plötzlich ganz unerwartet.

Ich dachte, es ginge ihm um sein Ansehen in der Legion, aber da ihm seine Aufgabe in der Putzkolonne gefällt, kann das nicht der Grund sein. Deshalb schüttele ich den Kopf.

„Ich möchte die Chance bekommen, gegen dich kämpfen zu dürfen und zu gewinnen."

Bei seinen Worten wendet er nicht eine Sekunde den Blick von mir ab, sondern starrt mir förmlich in die Augen.

„Weißt du, was das bedeuten würde?“, stoße ich verwirrt hervor.

Er nickt, ohne die Augen von mir zu lassen. „Du hattest recht, wir sind nicht alle gleich. Du magst vielleicht aussehen wie alle anderen und die meisten werden dich nur für eine von vielen halten, aber für mich bist du einzigartig. Du bist das einzige Mädchen, dass ich je weinen gesehen hab. Ich kann nicht aufhören, daran zu denken. Du hast etwas in mir bewegt, dass ich weder beschreiben noch deuten kann. Aber seit diesem Tag ist nichts mehr wie zuvor. Ich fühle mich in deiner Nähe lebendig.“

Er sprüht förmlich vor Emotionen und ich kann nicht anders, als meine Lippen auf seine zu pressen. Ich denke nicht einmal daran, dass A350 uns sehen könnte. Alles um uns herum ist in diesem kurzen Augenblick vergessen. Finn stößt mich nicht von sich, stattdessen legt er seine rauen Hände sanft auf meine Wangen und schiebt mein Gesicht wenige Zentimeter von seinem. Unsere Nasenspitzen berühren einander, während er mir in die Augen blickt und darin etwas zu suchen scheint. Ich bin jetzt völlig verwirrt und weiß nicht mehr, was ich denken oder fühlen soll. In dem einen Moment sehne ich mich so sehr nach dem alten Finn, dass es weh tut, und im nächsten Moment erkenne ich bereits, dass der neue Finn vielleicht gar nicht so schlecht ist. Ich halte es für ausgeschlossen, dass er sich erinnert, aber während er meinen Kuss erwidert, ist es, als hätte er nie auch nur eine Sekunde unserer gemeinsamen Zeit vergessen. Ich weiß nicht mehr, was ich glauben soll. Kann es vielleicht sein, dass Finn sich doch erinnert und es nur nicht zugeben will? Spielt er mir nur etwas vor?

Ich rechne förmlich damit, dass die anderen zu uns herüberstarren, doch nicht einer von ihnen schaut in unsere Richtung. Niemand hat unseren Kuss bemerkt. Von Zoe und den anderen lasse ich meinen Blick über den Rand der Arena wandern und ich muss nicht lange suchen, um fündig zu werden. A350 starrt direkt in unsere Richtung. Sie hat den Kuss gesehen und sie bebt vor Wut.

Nach dem Training habe ich das Gefühl, jeden einzelnen Muskel meines Körpers zu spüren. Sie scheinen allesamt völlig überanstrengt zu sein. Am liebsten würde ich mich einfach nur noch in mein Bett legen und eine Woche lang nicht mehr aufstehen, aber bereits am nächsten Tag geht das Training in der Frühe weiter, und auch jetzt bleibt keine Zeit, um auszuruhen. Ich habe ein Versprechen einzulösen.

Als ich im Aufzug in die Sicherheitszone gleite, hat sich der Himmel bereits dunkelblau verfärbt. Wolken verdecken die Sicht auf die Sterne und den Mond. Es ist eine finstere Nacht.

Kaum, dass ich den Aufzug verlasse, erkenne ich bereits vor den Flügeltüren zur Krankenstation Ruby in Begleitung von Zoe und Finn. Während Zoe unruhig von einem Fuß auf den anderen tippelt, steht Finn mit vor der Brust verschränkten Armen neben ihr und wirkt eher genervt als in freudiger Erwartung. Ruby sieht mich als erstes und stürzt ungehalten in meine Richtung.

„Du bist fünf Minuten zu spät! Kannst du dir vorstellen, in welche Panik du mich damit versetzt hast?“, fragt sie mich vorwurfsvoll. Ich weiß, dass sie sich nicht etwa Sorgen um mich gemacht hat, sondern mehr darum, im Atrium mit zwei D-lern erwischt zu werden. Aber ich wette, sie hatte sich für diesen Fall bereits eine Ausrede parat gelegt.

„Entschuldigt bitte", erwidere ich trotzdem höflich und öffne mit meinem Fingerabdruck den Weg zur Krankenstation. Die Türen gleiten gehorsam auseinander und gewähren uns Einlass.

Kaum, dass die Türen hinter uns schließen, schlingt sich Zoe zitternd die Arme um den Körper.

„Ich bin froh, dass ich nicht mehr hier bin. Alleine die Luft riecht schon nach Folter."

Finn blickt sie skeptisch an und sieht sich eher interessiert um. Wahrscheinlich erinnert er sich kaum noch an seine ersten Stunden hier. Seine Wiedereingliederung erfolgte sehr schnell.

Ruby hingegen hat es wie immer eilig. Sie ist immer auf der Hut und stets wachsam. Vielleicht ist das der Grund, warum sie in ihrer Tätigkeit als Spionin noch nie aufgeflogen ist. Ich weiß nicht einmal, wie sie überhaupt dazu gekommen ist und wie lange sie die Rebellen schon mit Informationen versorgt. Aber ich wette, wenn ich sie danach fragen würde, bekäme ich ohnehin keine Antwort. Wahrscheinlich würde sie nur erwidern: *‚Je weniger du weißt, umso besser.'*

Die Gänge der Krankenstation wirken nach wie vor wie ein Labyrinth auf mich. Ein Gang gleicht dem anderen. Doch dieses Mal bin ich besser vorbereitet als beim letzten Mal und habe mir heimlich einen Plan der gesamten Krankenstation ausgedruckt, sodass es nun wesentlich leichter ist, die Zelle von Z318 wiederzufinden.

Als wir vor der Tür stehen bleiben, ist Zoes Gesicht fast so bleich wie die grauen Wände um uns herum. Finn zieht, als er die Bezeichnung liest, misstrauisch seine rechte Augenbraue nach oben.

„Was wollen wir hier?"

„Nennen wir es einfach einen Krankenbesuch", erwidert Zoe kalt. Sie scheint immer mehr die Geduld mit ihrem älteren Bruder zu verlieren.

„Warum? Ich kenne diesen Bewohner gar nicht und ich will ihn, ehrlich gesagt, auch gar nicht kennen. Jemand mit einem Z vor der Nummer sitzt nicht ohne Grund abseits von allen anderen in einer Zelle fest."

Offensichtlich hat ihm Zoe noch nicht erzählt, um wen es sich bei Z318 handelt. Wahrscheinlich wäre Finn dann nicht einmal mitgekommen.

Findest du es etwa richtig, dass die Legionsführer jemanden wegsperren, nur weil derjenige eine andere Meinung hat als sie?!", schimpft Zoe direkt aufgebracht und mit geballten Fäusten los.

„Hey, lasst uns doch erst einmal reingehen", versuche ich die beiden zu beruhigen. „Schau sie dir wenigstens einmal an. Danach darfst du gehen, wann immer du willst", sage ich an Finn gerichtet. Das scheint ihn etwas zu beruhigen, denn seine angespannte Körperhaltung löst sich etwas.

Ich öffne die Tür und wir treten in den dunklen Raum, der nur von dem grellen Licht aus dem kleinen Fenster der Zelle von Z318 erhellt wird.

Ein Blick auf Zoe genügt, um ihr Herz förmlich schlagen zu hören. Sie steht wie angewurzelt in dem Raum und starrt auf das kleine Fenster, als wäre es der Weg in eine andere, bessere Welt.

Langsam nähert sie sich der Tür, so als hätte sie Angst, dass diese sich in Luft auflösen könnte, wenn sie zu schnell auf sie zustürmt.

Ganz vorsichtig legt sie ihre Hände auf die kalte Scheibe des Fensters und blickt in das Innere der Zelle. Erschrocken schnappt sie nach Luft und beginnt zu schluchzen. „Sie ist es."

Tränen quellen unaufhaltsam aus ihren Augen, als sie sich mir zuwendet und ihre Aussage noch einmal wiederholt, so als könne sie es selbst kaum glauben. „Sie ist es. Kannst du die Tür öffnen?", setzt sie flehend hinzu.

Ich weiß es nicht genau. Die Tür ist durch ein Zahlenfeld gesichert. Beim letzten Mal hatte ich Angst davor zu versuchen, irgendeine Zahl einzugeben. Ich hatte Angst vor Z318 und habe es irgendwie auch immer noch.

„Willst du auch mal durchsehen?", fordere ich Finn freundlich auf, doch er zuckt nur unbeteiligt mit den Schultern.

„Warum, wenn du ohnehin die Tür öffnest?!"

Er scheint verärgert über mich zu sein, dass er überhaupt mit hierher kommen musste. Aber vielleicht ändert sich das ja, wenn er seine Mutter erst einmal vor sich stehen sieht.

Die einzige mögliche Zahl, die mir in den Sinn kommt, ist die Jahreszahl der Gründung der Legion. 2105.

Mit zittrigen Fingern tippe ich die Zahl in das Tastenfeld. Ich rechne fest damit, ein rotes Licht zu sehen und die Computerstimme zu hören, die uns den Zugang verwehrt. Doch nichts von dem passiert. Stattdessen gibt die Tür nur ein kurzes Klicken von sich und schwingt dann einen schmalen Spalt breit auf.

Für Zoe gibt es kein Halten mehr, noch ehe ich etwas unternehmen könnte, stürmt sie an mir vorbei und reißt die Tür auf. Sie rennt in das Innere der Zelle und schmeißt sich ihrer Mutter weinend in die Arme.

„Mama“, schluchzt sie dabei immer wieder.

Während Maggie im ersten Moment noch überrumpelt wirkt, schließt sie im nächsten bereits Zoe fest in ihre Arme und vergräbt ihr Gesicht an ihrer Halsbeuge. Tränen sickern von ihren Wangen in den braunen Stoff von Zoes Anzug. Sie streicht ihrer Tochter über den kahlen Kopf.

Die Szene berührt mich und kommt mir gleichzeitig seltsam bekannt vor. Ich kann nicht sagen woher, aber es scheint mir, als hätte ich dasselbe so schon einmal gesehen. Nein, nicht gesehen, sondern gefühlt. Vor allem die fürsorgliche Reaktion von Maggie, die wohl typisch für eine Mutter ist, erinnert mich an irgendjemanden. Vielleicht Grace? Aber sie und Emily waren nie getrennt. Ich kann so eine Szene bei ihnen nicht beobachtet haben.

Betreten blicke ich weg, um den beiden wenigstens etwas Privatsphäre zu gönnen. Mein Blick bleibt an Finn haften, der wie zur Salzsäule erstarrt hinter mir steht und mit gebanntem Blick in das Innere der Zelle starrt.

Nun bemerken auch Zoe und Maggie Finn. Lächelnd strecken beide ihre Hände nach ihm aus, um ihn ihre Mitte aufzunehmen.

„Komm zu uns“, fordert ihn Zoe auf, wobei ihre Stimme vor lauter Emotionen zittert.

Panisch schüttelt Finn den Kopf und tritt einen Schritt zurück.

„Finn, mein Sohn“, flüstert Maggie liebevoll und geht einen Schritt in seine Richtung.

Geschockt stößt Finn Luft aus und schlägt die offene Tür zu, sodass seine Mutter und seine Schwester hinter der Zellentür verschwinden.

Wütend funkelt er mich an. „Wie konntest du mir das nur antun?“

Ich bin überrumpelt und weiß nicht, was ich antworten soll. Ich wollte ihm doch nur helfen.

„Ich dachte, deine Mutter zu sehen, würde dir helfen, dich zu erinnern…“

Seine Faust donnert gegen die geschlossene Tür, noch bevor ich meinen Satz überhaupt beendet habe.

„Und wieder geht es nur um meine verdammte Erinnerung! Ich dachte, du hättest verstanden, dass ich ein neues Leben begonnen habe. Der alte Finn ist tot!“

Seine Stimme hallt wie ein unangenehmes Summen in meinen Ohren nach. Ich weiche erschrocken vor ihm zurück. Obwohl er mir sagt, dass der alte Finn tot ist, benimmt er sich in diesem Moment haargenau wie er: Aggressiv und haltlos.

„Ich verstehe dich, aber es ändert nichts daran, dass Maggie deine Mutter ist“, erwidere ich kleinlaut.

„Z318“, entgegnet Finn kalt.

Ich kann nicht glauben, wie emotionslos er über seine eigene Mutter spricht. Die Mutter, deren Tod ihn fast in den Wahnsinn getrieben hätte. Die Mutter, um die er Tage, Nächte, Wochen und Monate geweint und getrauert hat. Die Mutter, für deren Tod er bereit war, die ganze Legion zu zerstören, nur um sie zu rächen.

Außerdem weiß ich, dass er sich sehr wohl an sie erinnert. Er muss! Denn sonst wäre er kaum bei ihrem Anblick so erstarrt und vollkommen aus der Haut gefahren.

Vom Inneren der Zelle ist ein Klopfen gegen die Tür zu hören.

„Bring mich weg von hier!“, fordert Finn an Ruby gewandt. Ohne mich auch nur eines Blickes zu würdigen, geht sie in die entgegengesetzte Richtung und öffnet Finn die Tür, durch die wir reingekommen sind.

„Nichts lieber als das“, murmelt sie leise. Finn folgt ihr, ohne sich noch einmal zu mir umzudrehen. Schlimmer könnte er mich nicht bestrafen und das gerade heute, wo wir uns erst am Mittag noch so nahegekommen sind.

Ich atme tief ein und aus, um die aufsteigenden Tränen zurückzudrängen. Am liebsten würde ich laut schreien und mit den Fäusten gegen die Wand hämmern. Der Schmerz in meinem Inneren scheint mich schier zu zerreißen. Ich versuche, das Zittern in meinen Händen unter Kontrolle zu bekommen und meinen Kopf von all den Gedanken und Erinnerungen zu befreien.

Erst als ich meinen Körper und meine Gefühle auf ein Minimum heruntergefahren habe, fühle ich mich in der Lage, erneut den Code *‚2105‘* in das Tastenfeld zu tippen, um so Maggie und Zoe die Tür zu öffnen.

Sie wirken beide alarmiert und suchen sofort den kleinen Vorraum nach Finn ab, doch ich bin die Einzige, die noch hier ist. Ihre Enttäuschung zeichnet sich deutlich auf ihren Gesichtern ab.

„Wie kann er nur so sein?“, stößt Zoe verletzt aus, wobei ihre Unterlippe erneut zu zittern beginnt.

„Er dachte, ich wäre tot“, versucht Maggie ihren Sohn zu verteidigen.

„Gerade deshalb“, entgegnet Zoe jedoch nur herablassend.

„Er erinnert sich“, werfe ich überzeugt ein. Entgeistert blicken mir die beiden Frauen entgegen.

„Bist du sicher?“, flüstert Maggie hoffend.

Doch noch ehe ich mich ihr erklären kann, kommt mir Zoe zuvor. „Wenn er sich erinnern würde, hätte er nicht so reagiert. Das ist nicht mein Bruder! Wir haben Finn verloren!“

16. Verständnis

Mit klopfendem Herzen sitze ich vor den Monitoren im Kontrollraum und lasse die Kameraaufnahmen der letzten Nacht von Zelle Z318 rückwärts laufen, um sie dann zu löschen und durch Aufnahmen einer anderen Nacht zu ersetzen. So wie es sonst A566 oft getan haben muss. Es ist das erste Mal, dass ich die Kameraaufzeichnungen manipuliere, dementsprechend groß ist auch meine Angst davor, erwischt zu werden. Ich blicke ständig verstohlen zu der Tür und lausche auf jedes noch so kleine Geräusch, sodass ich mir schon ganz paranoid dabei vorkomme.

Gerade als ich wieder von der Tür zurück zu den Bildschirmen herumfahre, bleibt mein Blick fassungslos an einem der anderen Monitore haften. Zu sehen ist eine Außenaufnahme. Aber keine innerhalb der Strommauer, sondern eine der wenigen dahinter. Bisher habe ich dort immer nur trostlose Wüstenlandschaften gesehen, in denen nicht einmal eine noch so kleine Pflanze wächst, geschweige denn ein Tier überleben könnte. Aber genau in diesem Moment huscht eine vermummte Gestalt durch das Bild. Die Entfernung ist zu groß, um genaueres erkennen zu können. Angespannt beuge ich mich weiter vor, doch da verschwindet die Person auch schon wieder aus dem Bild. Hektisch lasse ich mir über das Kontrollboard auch auf den restlichen Bildschirmen Außenaufnahmen anzeigen. Ich atme unbemerkt erleichtert auf, als ich die Gestalt auf einem der anderen Monitore wiederfinde. Schnell bediene ich die Steuerung und zoome das Bild näher heran, um so mehr erkennen zu können. Anfangs hielt ich die Person für einen ehemaligen Bewohner der nördlichen Legion, die nach dem Zusammenbruch ausgeschlossen wurde, doch jetzt erkenne ich, dass das unmöglich der Fall sein kann.

Die Gestalt auf dem Bildschirm vor mir ist größer als jede andere mir bekannte Person. Paul ist schon erstaunlich groß, genau wie Raymond. Aber die Person auf dem Bildschirm würde beide locker um zwei Köpfe überragen. Dazu ist die Kleidung, die er oder sie trägt, kaum als solche zu bezeichnen. Es sind weder Reste eines Legionsanzugs noch Kleidungsstücke der alten Erde, wie die Rebellen sie tragen. Viel mehr scheinen es wahllos aneinandergenähte Fetzen und Felle zu sein. Auch die Haltung der Gestalt ist ungewöhnlich. Sie geht nach vorne gebeugt und hat dabei einen leicht sprunghaften Gang, fast wie ein Tier. Weder das Gesicht noch andere Teile der Haut sind zu erkennen, da alles unter den dicken Stoffschichten verborgen ist. Aber ich brauche das Gesicht nicht zu sehen, um zu wissen, dass es sich bei der Gestalt vor mir weder um einen Bewohner der Legion noch um einen Rebellen handelt.

„Was tust du hier?", reißt mich eine wütende Stimme aus meinen Gedanken, sodass mir mein Herz vor Schreck fast stehen bleibt. Erschrocken fahre ich herum und blicke in das hochrote Gesicht von A233.

„Ich…ich…", beginne ich sprachlos zu stottern, bis mir einfällt, dass meine Manipulationsversuche gar nicht mehr auf den Bildschirmen zu sehen sind. Ich schlucke und straffe meine Schultern. Nicht ich bin es, die hier in Erklärungsnot geraten sollte. „Ich habe eine Sichtung bei den Außenaufnahmen gemacht.

Dort ist eine Person!“, stoße ich hervor und deute auf den Bildschirm, auf dem nach wie vor die vergrößerte Aufnahme der fremden Gestalt zu sehen ist.

„Person wird dem Wesen dort wohl nicht gerecht“, murmelt A233 und starrt auf den Bildschirm, so wie andere Menschen eine giftige Schlange zu ihren Füßen betrachten würden.

„Was ist es dann?“

Wir blicken beide wie gebannt auf den Monitor. In dem Moment dreht sich die Gestalt plötzlich in unsere Richtung und ein Teil der Fellschichten verrutscht und gibt den Blick auf das Gesicht frei. Doch als Gesicht ist es kaum zu erkennen. Anstelle einer Nase klafft ein großes Loch. Der Mund ist wie zu einem schiefen Lächeln in die rechte untere Gesichtshälfte verzogen. Die Stirn ist nach vorne gebogen, sodass die kleinen Augen kaum zu erkennen sind. Dazu ist die restliche Haut von vielen geröteten Pusteln übersät.

„Einige würden es Monster nennen, andere würden vielleicht den Begriff Zombie benutzen. Aber wir nennen sie Mutanten.“

Völlig sprachlos starre ich sie an. In dem Augenblick stößt A350 zu uns. Ihre Augen weiten sich entsetzt, als sie die Gestalt auf dem Monitor erkennt. Danach wandern ihre Augen direkt zu mir. Ein Blick in mein Gesicht genügt, um ihr deutlich zu machen, dass sie gar nicht erst zu versuchen braucht, sich eine weitere Ausrede auszudenken.

„Wie viel hast du ihr schon gesagt?“, wendet sie sich an A233.

A233 schüttelt den Kopf. „Nicht viel…“

„Nicht genug“, unterbreche ich sie wütend. „Warum hat mir niemand früher davon erzählt? Ist das der wahre Grund für die Strommauer?“

„Nicht nur", gesteht A350 geknickt. „Aber mittlerweile wissen wir, dass die Radioaktivität nicht mehr stark genug ist, um länger gesundheitsgefährdend zu sein."

„Warum nennt ihr sie Mutanten?"

„Weil es Mutanten sind. Einst waren sie Menschen wie wir, aber das war zu Zeiten des dritten Weltkriegs. Sie erreichten keine Legion und wurden der Strahlung ausgesetzt, dabei haben sich ihr Körper und auch insbesondere ihre Gene verändert. Sie haben verformte Gliedmaßen, aber gleichzeitig verfügen sie über einen anderen Stoffwechsel, der sie kaum altern lässt und dazu noch stärker als jeden Menschen macht", schließt A350.

A233 fährt fort: „Das alles wäre nicht schlimm, wenn sie nicht ihren ganzen angestauten Hass auf uns richten würden. Wir sind für sie der Feind, weil wir die Radioaktivität überlebt haben. Weil wir Schutz in den Legionen gefunden haben, der ihnen verwehrt blieb. Weil wir noch aussehen wie Menschen und nicht wie Monster. Für all das rächen sie sich an uns, indem sie unsere Leute töten und essen, wann immer sie die Chance dazu bekommen. Ich wette, von den Überlebenden der nördlichen Legion ist nicht mal mehr einer am Leben."

Ungläubig schüttele ich den Kopf und starre auf den Monitor, doch die Gestalt ist verschwunden. Auch auf keinem anderen Bildschirm ist sie mehr zu sehen. Das ist also die geheimnisvolle Sichtung, die sie mir die ganze Zeit verheimlicht haben.

„Was unternimmt die Legion gegen sie?"

„Die Zentrallegion plante einen gemeinsamen Angriff zur endgültigen Vernichtung der Mutanten, aber das war vor den Angriffen durch die

Verstoßenen. Solange wir so große Probleme innerhalb der Schutzzone haben, ist ein Angriff nach außen nicht möglich."

A233 und A350 haben mich verpflichtet, Stillschweigen über die äußere Bedrohung zu bewahren. Über dieses Thema ist es nur erlaubt mit anderen Legionsführern zu sprechen. Das bedeutet für mich, besonders nichts Finn und den anderen zu sagen. Nicht einmal Clyde, der ein Kämpfer ist, darf ich mich anvertrauen. Dementsprechend gedämpft ist meine Stimmung, als ich mit A350 und Asha in der Arena auf die anderen warte. Ich habe es satt, ständig irgendwelche Geheimnisse mit mir herumschleppen zu müssen. Erst der Tod von Marie, und als ob das nicht schlimm genug wäre, jetzt auch noch eine Bedrohung durch Mutanten. Die Legionsführer kommen nicht einmal auf die Idee, das Gespräch mit den Rebellen zu suchen. Vielleicht würden sie sich ja sogar mit uns zusammenschließen, wenn sie von den Mutanten wüssten. Aber zumindest könnten sie so verstehen, warum die Legion nicht einfach die Strommauer abschalten kann.

Die große Stahltür zu der Arena öffnet sich mit einem lauten Knarren, als Clyde in Begleitung von Ruby und Zoe eintritt. Kein Finn.

Zoe bemerkt sofort den fragenden Ausdruck in meinem Gesicht. Sie hebt entschuldigend die Schultern. „Er hat sich geweigert, noch einmal mitzukommen…"

„Aber ihm war das Training doch so wichtig", wende ich enttäuscht ein.

„Er hält uns alle für Verräter", entgegnet Zoe.

„Womit er vielleicht nicht einmal so ganz unrecht hat", mischt sich A350 mit genervtem Gesichtsausdruck ein. Ich denke an ihre Wut vom Vortag zurück, als sie Finn und mich bei unserem Kuss beobachtet hat, und frage mich, ob nicht sie etwas mit Finns Fernbleiben zu tun haben könnte. Ich weiß, er war wütend auf uns, aber ich kann mir nicht vorstellen, dass er sich deshalb eine Chance, zu trainieren, entgehen lassen würde. Erst am Vortag hatte er mir doch noch gesagt, wie wichtig es ihm sei, einen hohen Rangplatz zu erreichen. Oder bedeuteten seine Worte von gestern heute schon nichts mehr?

„Sein Pech, wenn er nicht mittrainieren will. Wer nicht will, der hat schon", schloss A350 kalt und ging zum Tagesablauf über. „Beginnen wir mit dem Training. Ich möchte heute, dass C515 gegen D523 kämpft und D560 gegen C403." Sie nickt in meine Richtung. „Und du trainierst mit mir."

Bei ihrem herrischen Tonfall hört es sich mehr nach einer Bestrafung als nach einer Ehre an. Offensichtlich ist sie auch nach einer Nacht Schlaf noch nicht zufriedener mit meinen Leistungen.

Komischerweise hätte ich keine Angst davor gehabt, gegen einen der anderen anzutreten, aber A350 gegenüberzustehen, bringt meinen Herzschlag nun doch zum Beschleunigen. Ihr Gesicht ist dabei genauso ernst und verbissen wie am Vortag bei Asha. Wahrscheinlich wäre Asha in dieser Hinsicht die bessere Legionsführerin von uns beiden.

„3, 2, 1. Los!"

Ihr Schuss knallt in meine Richtung, sodass ich direkt lossprinte, um diesem auszuweichen. Aber anstatt mich von ihr durch die gesamte Arena jagen zu lassen, bleibe ich stehen, ducke mich und feuere zurück. Ohne zu treffen.

Wir spielen das Spiel noch eine Zeit lang weiter, bis meine Reaktionsgeschwindigkeit langsam abnimmt und mich ein Schuss von A350 schließlich streift und sie vor Frustration den Kampf abbricht.

„Du gibst dir einfach keine Mühe!“, wirft sie mir erneut vor. „Ist es dir egal, was mit dir passiert?“

„Nein!“, stoße ich entrüstet aus, füge dann aber kleinlaut hinzu: „Aber ich kann nichts dagegen tun. Ich habe keine Chance zu siegen.“

„Wenn du selber nicht daran glaubst, hast du das auch nicht“, stimmt sie mir resigniert zu. Mit etwas freundlicherem Gesicht kommt sie mir entgegen, bis sie direkt vor mir stehen bleibt und mir eindringlich in die Augen blickt. „Aber ich glaube an dich. Ich glaube, dass du alles schaffen kannst, wenn du es nur willst. Du bist viel stärker, als du denkst.“

Ihre Worte berühren mich. Wie so oft, weiß ich auch in diesem Moment nicht, womit ich ihr Vertrauen überhaupt verdient habe. Seien wir mal ehrlich, ich habe mich bisher als Legionsführerin nicht gerade mit Ruhm bekleckert. Ich halte mich kaum an Regeln und mache meistens genau das Gegenteil von dem, was man von mir erwartet.

„Du musst außerdem verstehen, dass man als Legionsführerin auch eine bestimmte Leistung von dir erwartet. Zumal du die Erste bist, die außerhalb der Leistungstests ernannt wurde. Aufgrund deiner Klassifizierung erhältst du einen hohen Ranglistenplatz, den du verteidigen musst. Es wäre ein Skandal, wenn du wegen schlechter Kampfleistungen mit einem D-ler gepaart werden würdest. Vor allem jetzt, wo die Paarungspartner nicht länger anonym sind. Jeder würde annehmen, dass du deine neue Klassifizierung zu Unrecht erhalten hast. Dadurch könnte es zu Aufständen kommen, was wir unbedingt vermeiden müssen. Verstehst du das?“

Ich nicke schuldbewusst. So habe ich das Ganze noch nie gesehen. Ich dachte immer, es ginge dabei nur um mich, aber meine Leistungen stehen für alle Legionsführer und insbesondere für A350. Da sie diejenige war, die sich für mich eingesetzt hat.

„Lass es mich noch einmal versuchen“, fordere ich deshalb A350 nun etwas euphorischer als zuvor auf. Sie nickt zufrieden und begibt sich wieder in ihre Startposition.

„3, 2, 1. Los!“

Dieses Mal bin ich es, die den ersten Schuss abgibt. A350 weicht diesem jedoch mühelos aus. Ich feure weiter, aber sie feuert genauso schnell zurück, sodass letztendlich doch wieder ich diejenige bin, die über das Kampffeld gescheucht wird. Obwohl ich eine gute Ausdauer habe, lässt auch diese nach einiger Zeit nach und A350 trifft mich in den Rücken. Ich habe verloren. Schon wieder.

„So wird das nichts!“, schimpft sie resigniert und blickt mich verzweifelt an. Offensichtlich weiß sie nun auch nicht mehr weiter. Nachdenklich blickt sie auf ihr Lasergerät am Handgelenk. „Ungewöhnliche Situationen erfordern ungewöhnliche Maßnahmen“, murmelt sie vor sich hin und verändert die Einstellung des Geräts. Bisher war es auf bloße Strahlen gestellt, die nicht in der Lage sind, jemanden zu verletzen. Doch jetzt hat sie die Einstellung in einen Modus verändert, bei dem ich jede Berührung des Strahls spüren werde, ähnlich dem Schlag durch eine Peitsche. Das ist die Einstellung, mit der die Kämpfer die Legion verteidigen. Das Gerät hat auch noch eine tödliche Funktion, doch diese wird normalerweise nicht angewandt und wenn, dann nur im äußersten Notfall. Ob der Angriff auf den Schwarzmarkt damals ein äußerster Notfall war, sei dahingestellt.

Ängstlich blicke ich A350 entgegen. „Muss das wirklich sein?“

Sie bleibt hart und geht auf meine Angst gar nicht erst ein. „Vielleicht lernst du nur, wenn es wirklich um etwas geht.“

Wir beginnen den Kampf erneut. „3, 2, 1. Los!“

Bereits ihren ersten Schuss spüre ich schon deutlich. Zwar streift mich dieser nicht, aber ich kann fühlen, wie die Luft neben meinem Ohr vorbeizischt. Vor lauter Angst, von einem ihrer Strahlen getroffen zu werden, traue ich mich kaum noch selbst zu schießen, worauf A350 mit Anfeuerungsrufen reagiert. „Schießen, nicht nur flüchten!“

Die hat leicht reden, meine Strahlen sind schließlich ungefährlich! Ich rolle mich gerade über den Boden ab, als der erste Strahl mich quer über meine Wirbelsäule streift. Am Anfang ist es nur ein brennender Schmerz, der fast erfrischend wirkt, doch zurück bleibt ein Stechen, dass es mir schier unmöglich macht, mich wieder aufzurichten. Ich ziehe scharf die Luft ein, da trifft mich bereits ihr nächster Schuss frontal in den Oberarm. Ich schreie vor Schmerz auf und renne gekrümmt weiter. Nur aus dem Augenwinkel erkenne ich, wie sich der weiße Stoff meines Anzugs rot verfärbt.

A350 hat kein Mitleid mit mir und schießt unbarmherzig weiter. „Verteidige dich!“, fordert sie mich erbost auf. Genauso wütend wirbele ich herum und feuere einen Schuss in ihre Richtung ab. In diesem Moment wünsche ich mir, dass mein Strahl genauso verletzend wirken würde wie ihrer. Soll sie doch selbst spüren, wie sich das anfühlt! Vielleicht würde sie sich dann mit ihren Ratschlägen endlich einmal zurückhalten. Ich mache es nun ähnlich wie Clyde am Vortag und steuere geradewegs auf sie zu, wobei ich mich vor jedem ihrer Schüsse ducken und wenden muss. Bereits ihr nächster Schuss streift mich im Gesicht und versenkt mir die linke Augenbraue. Ich habe sie nun fast erreicht und lasse mich schwungvoll zu Boden gleiten. Im nächsten Moment stoße ich mit voller Kraft mein Bein gegen ihr rechtes Knie. Sie schreit vor Schmerz auf und knickt ein. Mein nächster Strahl landet direkt auf ihrem Herz. A350 hat verloren….UND ich habe GEWONNEN. Unglaublich!

Anstatt sich über meinen Sieg zu ärgern, springt A350 fröhlich auf und schließt mich in ihre Arme. „Fantastisch! Endlich hast du den nötigen Kampfgeist bewiesen. Ich wusste, dass er irgendwo tief in dir steckt."

Ihr Lob lässt mich den Schmerz aus den offenen Wunden völlig vergessen und ich beginne, über das ganze Gesicht zu strahlen.

„Das war echt klasse", lobt mich nun auch Clyde, der zusammen mit den anderen zu uns getreten ist.

Zoe nickt mir anerkennend zu. „Das Schwierigste ist wirklich, alle Methoden gleichzeitig anzuwenden und sich nicht nur der Flucht zu widmen."

„Ich denke, ihr habt euch jetzt eine Pause verdient", zwinkert uns A350 zu. Es ist immer noch komisch für mich, sie so menschlich zu erleben, obwohl ich sie nur selten anders kennengelernt habe.

Sie war schon immer anders als die anderen Legionsführer. Wärmer. Herzlicher.

Da Finn nicht da ist, setze ich mich mit zu den anderen in einen Kreis. Asha seufzt mit einem Blick in meine Richtung laut auf. „Du hast echt Glück, dass du von vorneherein eine hohe Platzierung hast. Bis ich deine Rangstufe überhaupt erst erreiche, muss ich bestimmt fünf Kämpfe gewinnen."

Ich weiß nicht, was ich darauf erwidern soll. Zu behaupten, ich würde mit ihr tauschen, wenn ich könnte, wäre gelogen. Aber gleichzeitig setzt mich meine hohe Stellung auch mächtig unter Druck. Es geht nicht einmal nur darum zu siegen, sondern auch A350 zu beweisen, dass ich ihre Unterstützung verdiene.

Zoe tippt mir vorsichtig in die Seite und deutet mit ihrem Kopf auf meinen verletzten Arm. „Hat es sehr wehgetan?"

Die Blutung hat mittlerweile aufgehört. „Im ersten Moment schon, aber im Kampf selber habe ich den Schmerz nicht mehr gespürt. Irgendwie hat er mir sogar geholfen, mich zu konzentrieren."

„Was würde eigentlich passieren, wenn jemand bei den Paarungskämpfen seinen Laser mit Absicht in den Kampfmodus schalten würde?", will Asha plötzlich wissen.

„Dieser jemand wäre ziemlich dumm, denn er würde den Rest seines Lebens auf der Krankenstation verbringen", erwidert Ruby sofort mit einem drohenden Blick in Ashas Richtung. Diese hebt abwehrend die Arme. „War nur eine Frage…"

„Ist es denn schon einmal vorgekommen?", will nun auch Zoe neugierig wissen.

„Nur einmal, aber nicht während eines Kampfes selbst", erwidert Ruby abwehrend. Von sich aus wird sie uns nicht mehr Informationen geben.

Überraschenderweise mischt sich jedoch A350 in unser Gespräch ein. „Während der letzten Paarungskämpfe ist einer der Kämpfer durchgedreht und hat wild um sich geschossen. Nachdem er etliche von uns tödlich verletzt hatte, ist er geflohen."

„Konnte er gefasst werden?"

A350 schüttelt bedeutungsschwer den Kopf. Sie muss von Paul sprechen. Er ist der Einzige der Rebellen, dem wirklich die Flucht aus der westlichen Legion gelungen ist. Er muss aus derselben Generation wie Ruby stammen. Ob die beiden sich wohl kannten? Ich werfe einen verstohlenen Blick in ihre Richtung. Sie hat alles schon einmal durchgemacht. Sie ist bereits Mutter, ohne zu wissen von wem. Nach außen hin wirkt sie immer hart und unnahbar, so als könne ihr nichts und niemand etwas anhaben, aber wie sieht es in ihrem Inneren aus? Quält sie die Ungewissheit?

Zoe tippt mich erneut an und bedeutet mir, ihr außerhalb des Kreises zu folgen. Neugierig gehorche ich.

„Was ist los?"

„Kannst du mich heute Abend noch einmal zu meiner Mutter bringen?"

Ich weiß, wie wichtig es ihr ist, und ich hatte schon mit dieser Bitte gerechnet, umso schwerer fällt es mir, sie ihr abzuschlagen.

„Das geht nicht. Nicht zwei Tage hintereinander. Ich kann nicht jeden Tag die Kameraaufnahmen austauschen. Heute Morgen wurde ich beinahe schon erwischt."

„Alle sind im Moment mit den Paarungskämpfen beschäftigt. Ich bin sicher, niemand schert sich um sie.“

Entschuldigend schüttle ich den Kopf. „A350 ist ohnehin schon misstrauisch. Sie hätte uns nicht für die Kämpfe trainieren müssen. Ich will sie nicht enttäuschen. Nicht jetzt.“

Zoe blickt misstrauisch in die Richtung von A350. „Und wenn sie es erlauben würde?“

„Sie würde es niemals erlauben!“, stoße ich, ohne zu zögern, aus.

„Das wollen wir doch mal sehen“, entgegnet mir Zoe und marschiert zielstrebig auf A350 zu. Mir bleibt vor Schreck beinahe die Luft weg, doch dann hechte ich ihr nach. Eigentlich, um sie aufzuhalten, aber ehe ich etwas sagen kann, spricht Zoe A350 bereits an.

„Legionsführerin A350, ich habe eine Bitte an sie!“

Skeptisch blickt ihr A350 entgegen. „Noch eine?“

Sie meint damit die Erlaubnis, dass Zoe überhaupt mit uns trainieren darf. Zoe hat sie jedoch nie persönlich darum gebeten. Nicht einmal ich habe sie um ihre Erlaubnis gebeten. Wir haben sie schlicht mit der Idee überrumpelt.

„Z318 ist meine Mutter und das wissen sie genauso gut wie ich. In der Legion mag es vielleicht nicht üblich sein, dass Eltern sich um das Wohl ihrer Kinder scheren, aber bei uns ist das anders. Ich liebe meine Mutter und sie liebt mich. Deshalb bitte ich sie, mich heute zu ihr zu lassen. Ich will sie noch einmal sehen, bevor ich vielleicht selbst Mutter werde.“

Ich bin überrascht, dass A350 sie überhaupt hat ausreden lassen. Doch noch mehr überrascht mich dabei ihr sich verändernder Gesichtsausdruck. Während sie am Anfang von Zoes Rede noch genervt und kritisch wirkte, wurde ihr Blick bei jedem Wort sanfter, bis sie zum Ende hin fast mitfühlend dreinblickte. Auch jetzt nickt sie Zoe verständnisvoll zu.

„Ob du es mir glaubst oder nicht, aber deine Mutter und ich sind uns nicht so unähnlich, wie du vielleicht annehmen magst. Ich kann sie sehr gut verstehen, und deshalb werde ich deinem Wunsch nicht im Wege stehen. Ich bringe dich sogar höchstpersönlich zu ihr.“

Zoe reißt genauso überrascht wie ich die Augen auf. Mit einer so entgegenkommenden Antwort hatte sie auch nicht gerechnet.

„Wirklich?“, stößt sie ungläubig hervor.

„Solange das unter uns bleibt“, erwidert A350 schlicht.

Zoe stimmt dem sofort zu. „Danke!“

„Wirst du uns begleiten?“, fragt A350 an mich gewandt.

„Wenn ich darf.“

„Ich bitte dich sogar darum. Es gibt dort etwas, das du sehen solltest.“

Ich verstehe nicht, was sie damit meint, und blicke sie fragend an, doch A350 hüllt sich in Schweigen.

Als wir am Abend erneut die Krankenstation betreten, halten Zoe und ich uns an den Händen, während wir A350 zu der Zelle von Maggie folgen.

„Ich bin nervös, dabei gehe ich nur meine Mutter besuchen“, flüstert Zoe mir, über sich selbst lachend, zu. „Eigentlich sollte das doch das Normalste der Welt sein. Ich kann gar nicht glauben, dass sie wirklich noch am Leben ist.“

„Wie hast du eigentlich damals von ihrem Tod erfahren?“

„Die Legion hatte mir gesagt, dass alle Rebellen bei dem Angriff gestorben seien und ich die einzige Überlebende wäre. Ich habe erst später von Ruby erfahren, dass das nicht stimmt. Aber nicht einmal sie wusste, dass meine Mutter noch am Leben ist.“

„Warum hat die Legion dir erzählt, dass deine ganze Familie ausgelöscht wäre, wenn sie dich doch auf ihre Seite ziehen wollte? Du hast sie doch dafür hassen müssen“, überlege ich laut.

„Bevor man ganz alleine auf der Welt ist, verbündet man sich lieber mit dem Feind“, erklärt A350, indem sie sich in unser Gespräch einmischt. Doch Zoe schüttelt vehement den Kopf. „Ich werde nie zur Legion gehören, egal ob meine Familie tot oder am Leben ist.“

„Mit solchen Aussagen solltest du dich in meiner Gegenwart lieber zurückhalten“, ermahnt sie A350 streng und ich habe fast das Gefühl, Zoes Aussage hätte sie getroffen. Sie wirkt irgendwie gekränkt. Trotzdem bin ich froh, dass wir nun offen miteinander sprechen können. Zwar sind wir nicht immer einer Meinung, aber sie versucht mich wenigstens zu verstehen.

Kaum, dass wir die Zelle erreichen, lässt Zoe meine Hand los und blickt erwartungsvoll zu A350.

Doch diese sieht mich grinsend an. „Mach schon auf…“

Verwirrt lege ich meine Stirn in Falten. „Ich kenne den Code nicht.“

Amüsiert hebt sie ihre Augenbrauen. „Hältst du mich für blöd? Ich weiß, dass ihr nicht zum ersten Mal hier seid. Jetzt gib den Code schon ein.“

Woher weiß sie das nur schon wieder? Ich habe doch die Kameraaufnahmen gelöscht. Schuldbewusst tippe ich *‚2105‘* in das Tastenfeld. Die Tür öffnet sich mit einem Klicken.

Maggie steht bereits erwartungsvoll davor, aber als sie A350 sieht, schreckt sie panisch zurück und verschränkt die Hände über dem Kopf. „Verschwinde!“, zischt sie ängstlich.

„Mama, sie hat uns geholfen“, versucht Zoe sie zu beruhigen und geht langsam auf Maggie zu. Doch diese ist völlig außer sich und fletscht ihre Zähne in unsere Richtung wie ein wildes Tier. Ein Grollen dringt aus ihrer Kehle, das ihr einen verrückten Eindruck verleiht. So habe ich sie auch bei unserer ersten Begegnung empfunden, doch hatte ich die Erinnerung daran verdrängt. Gestern hat sie sich so normal verhalten. So menschlich.

Auch Zoe wirkt geschockt über das Verhalten ihrer Mutter. „Pscht…“, flüstert sie und hält ihre Hände von sich gestreckt, so wie sie sich einem wilden Tier nähern würde. „Alles ist gut. Ich verspreche es.“

Ruckartig springt Maggie nach vorne und zieht ihre Tochter in ihre Arme, ohne jedoch den Blick von A350 zu lassen. Sie presst Zoe an sich, so als würde jemand versuchen, ihr sie wieder zu entreißen.

„Nicht so fest“, bittet Zoe, aber davon bekommt Maggie nichts mit. Ihre Augen sind starr auf A350 gerichtet. Es ist eine stumme Drohung.

„Du tust mir weh“, jammert Zoe weiter und versucht, sich aus der Umklammerung zu befreien, aber je mehr sie sich wehrt, umso fester drückt Maggie sie an sich.

„Maggie, lassen sie Zoe los“, mische ich mich nun auch ein, da ich sehe, dass Zoe es langsam mit der

Angst zu tun bekommt, doch Maggie reagiert gar nicht auf mich.

„Z318, ich befehle dir, deine Tochter loszulassen", befiehlt nun A350 in autoritärer Tonlage, woraufhin sich Maggies Augen zu winzigen Schlitzen verengen. „Du hast mir nichts zu befehlen", zischt sie zurück.

„Mama!", schreit Zoe nun aufgebracht. Ihr Schrei wirkt wie eine Ohrfeige und schlagartig lösen sich Maggies Hände, so als hätte sie sich an Zoe verbrannt. Betreten taumelt sie zurück. „Ich wollte das nicht", schluchzt sie und schüttelt wie zur Bestätigung den Kopf.

„Schon okay, alles ist gut", verspricht ihr Zoe und schließt ihre Mutter erneut in ihre Arme, wesentlich sanfter. Dieses Mal lässt es sich Maggie gefallen und versteckt ihren Kopf an Zoes Schulter. Ich sehe, wie sie die Augen geschlossen hält und tief den Duft von Zoe einatmet.

Nachdenklich blicke ich zu A350. Sie wirkt nachdenklich und so als wäre es ihr unangenehm Zuschauer der intimen Situation zu sein. Obwohl ich weiß, dass auch sie schon Kinder haben muss, hat sie nichts mit Maggie gemeinsam. Die Geburt eines Kinder verändert eine Frau.

Ich mag A350, aber würde ich sie noch genauso mögen, wenn sie meine Mutter wäre? Eine Mutter, die nie für mich da war. Eine Mutter, die mich nie getröstet hat, wenn ich traurig war. Plötzlich erscheint mir der Raum viel zu klein und zu eng für die Menge an Emotionen. Zudem vermisse ich schmerzlich die Anwesenheit einer bestimmten Person. Finn. Er sollte hier sein. Er sollte bei seiner Mutter sein, die nie aufgehört hat, ihn zu lieben, und ihn auch immer lieben wird, egal ob seine Erinnerung zurückkehrt oder nicht.

Ruckartig eile aus dem schmalen Vorraum, ohne mich umzusehen. Ich warte nicht auf sie und Zoe, sondern laufe gezielt zu den Aufzügen. Für einen Moment überlege ich, Finn zu besuchen, aber ich entscheide mich anders. Die Vorstellung, mich mit ihm zu vertragen und dann bei den Paarungsspielen gegen einen anderen als ihn zu verlieren, tut zu weh.

Als ich den Aufzug wieder verlasse, bin ich erleichtert, Clyde vor meiner Zimmertür stehen zu sehen. In den letzten Tagen war wieder so viel los, dass ich kaum die Chance hatte, mit ihm richtig zu reden. Er lächelt mir entgegen, doch sobald ich vor ihm stehe, verändert sich sein Gesichtsausdruck und er betrachtet mich voller Sorge.

„Ist alles in Ordnung? Du wirkst bedrückt."

Wie so oft bin ich beeindruckt von seinem Gespür. Löst das alleine Zoes Einfluss bei ihm aus oder war er schon immer feinfühlig und durfte es nur nie zeigen?

Gerne würde ich ihm von den Mutanten erzählen, um seine Meinung dazu zu hören, aber darüber DARF ich nicht reden.

Ich denke an A350 und meine Befürchtung, dass sie meine Mutter sein könnte, aber darüber WILL ich nicht reden. Darüber zu reden würde bedeuten, den Gedanken zu akzeptieren, und das kann ich nicht.

Unmittelbar danach kommt mir Finn in den Sinn. Finn, der mich erst küsst und dann fast panisch auf seine Mutter reagiert. Ich war mir in diesem Moment so sicher, dass er sich an sie erinnert.

„Es ist wegen Finn", gestehe ich Clyde. „Ich glaube, er erinnert sich, aber er streitet es ab."

„Wundert dich das etwa?"

Verständnislos schaue ich zu ihm auf.

„Wenn er sich erinnert, bringt die Legion ihn um."

„Aber ich bin doch nicht die Legion. Mir könnte er es doch sagen. Oder vertraut er mir etwa nicht?"

„Das hat nichts mit Vertrauen zu tun. Wenn du wüsstest, dass er sich erinnert, würdest du dich ihm gegenüber anders benehmen. Du könntest nichts dagegen tun, es wäre ganz natürlich."

Nachdenklich runzele ich die Stirn. Würde ich mich Finn gegenüber anders verhalten, wenn er sich erinnern würde? Es wäre leichter für mich, weil ich ihn dann besser einschätzen könnte. Ich wüsste, was ich ihm gegenüber erwähnen kann und worüber ich besser schweige. Der neue Finn hingegen überrascht mich jeden Tag aufs Neue. Mal fühle ich mich ihm näher als je zuvor und schon in der nächsten Sekunde weist er mich von sich. Gleichzeitig versteht er mich besser, als der alte Finn es je gekonnt hätte, oder zumindest tut er so als ob. Wahrscheinlich hat Clyde recht. A350 würde es sehen. Aber würde sie ihn auch verraten?

17. Die Paarungskämpfe

Ich stehe neben A350 und blicke hinab auf die gefüllten Zuschauerränge der Arena. Es herrscht ein ungewohntes Gemurmel und die Aufregung ist fast greifbar. Früher war das nie der Fall. Normalerweise waren die Bewohner der Sicherheitszone immer still, weil sie einander nichts zu sagen hatten, doch das scheint sich mittlerweile geändert zu haben. Zwar sind wir noch weit entfernt von der tosenden Stimmung, die bei den Rebellen an so einem Tage ausbrechen würde, aber immerhin reden jetzt die Menschen wenigstens miteinander. Zwar leise und auch nur vereinzelt, aber immerhin.

Die Paarungskämpfe sind eine der wenigen Traditionen der Legion. Wir feiern keine Feste, wie es die Menschen auf der alten Erde taten. Bei uns gibt es auch keine Jahreszeiten, die man willkommen heißen könnte. Uns bleiben nur die Paarungskämpfe und die Abschiedsfeier. Nicht einmal die Geburt einer neuen Generation erscheint der Legion ehrwürdig. Die Kleinkinder werden im Stillen herangezogen, bis sie irgendwann einfach da sind.

Die ersten drei Tage der Paarungszeit werde ich nichts weiter zu tun haben, als mir die anderen Kämpfe von der Tribüne der Legionsführer aus anzusehen und zu versuchen, aus den Fehlern der anderen zu lernen. Als Legionsführerin belege ich in den Ranglisten meiner Generation den zweiten Platz. Nur A566 wurde über mir eingestuft. Er ist die Nummer eins.

Der erste Tag ist den Kämpfen der D-Klassifizierung gewidmet. Sowohl in der fünften als auch in der vierten Generation gibt es jeweils fünf Gruppen, die je nur einen Gewinner hervorbringen können. Gewöhnlich dauern die Kämpfe der D-ler nicht sehr lange, da ihre kämpferischen Qualitäten nicht gerade die besten sind. Jedoch sind die Gruppen der D-ler die größten, da etwa fünfzig Prozent jeder Generation aus D-lern besteht.

Als eine der ältesten Legionsführer eröffnet A233 die Paarungskämpfe. Sie tritt an den Rand der Tribüne vor das Mikrofon.

„Willkommen zur Eröffnung der Paarungszeit!"

Es folgt ein Applaus, zwar verhalten, aber trotzdem kann ich in einigen Augen einen gewissen Glanz erkennen, der sonst gänzlich fehlt. Die Bewohner der Sicherheitszone lieben die Paarungskämpfe und es wäre falsch gewesen, ihnen diese zu nehmen.

A233 fährt fort, wobei sich um ihren Mund ein winziges Lächeln legt: „Wie ihr schon wisst, kämpfen dieses Jahr nicht nur die Männer, sondern auch die Frauen, um ein eindeutigeres Paarungsergebnis erzielen zu können. Zudem wird nach jeder Gruppenphase die Paarung bekannt gegeben werden. Es ist das erste Mal in der Geschichte der Legion, dass wir die Verbindung zweier Menschen in der Legion fördern. Es ist ein Schritt zurück zur Menschlichkeit."

Der Applaus bleibt aus. Die Menschen sind verwirrt. Bisher war uns jeglicher Kontakt, der über die Arbeit hinausging, untersagt. Deshalb wissen sie jetzt nicht, wie sie auf A233s Worte reagieren sollen. Ich erhebe mich von meinem Platz, sodass jeder mich sehen kann, und beginne zu klatschen. Das Geräusch meiner gegeneinanderschlagenden Hände hallt durch die stumme Arena. A350, neben mir, steht ebenfalls auf und stimmt in den Applaus mit ein. Ihr folgen weitere Legionsführer. Von unserem Vorbild animiert stehen auch andere Bewohner in den Zuschauerreihen auf und fangen an zu klatschen. Bis schließlich die ganze Arena steht und applaudiert. Ich fühle mich dabei wie berauscht. Es ist ein großartiges Gefühl, hier zwischen Menschen zu stehen, denen die Rebellen vorwerfen, wie Roboter zu sein, und mit ihnen die Menschlichkeit zu bejubeln. Keiner von uns ist kalt oder emotionslos. Wir haben Gefühle wie jeder andere auch. Wir sind Menschen.

Die Paarungskämpfe beginnen mit der ersten Gruppe der D-Klassifizierung aus der fünften Generation. Der Kampf dauert gerade mal eine Minute und der männliche Kämpfer geht als Sieger hervor, wobei er sich nicht unbedingt gut angestellt hat, sondern lediglich besser als seine weibliche Gegnerin war. Das ist die Art von Kampf, die die Legionsführer von den D-lern erwarten. Kurz und eindeutig, ohne große Überraschungen.

Die nächste Paarung stellen Asha und ein Junge mit der Bezeichnung D587 dar. Ashas Gesichtsausdruck ist grimmig und entschlossen. Allein bei einem Blick in ihre eisigen Augen muss dem Jungen zum Fürchten zumute sein. Jede Faser ihres Körpers ist auf einen Sieg ausgerichtet. Sie nehmen beide die Startposition ein.

„3, 2, 1. Los!“, verkündet die Stimme des Computers. Ashas Laserstrahl schießt sofort über das Kampffeld und trifft sein Ziel, ehe ihrem Gegner überhaupt bewusst ist, was passiert. Der Kampf ist vorbei. Asha hat gewonnen.

Es dauert einige Sekunden, bis der Applaus für sie einsetzt. Auch die Zuschauer sind überrumpelt, aber dann ist der Jubel für sie umso lauter, und ich klatsche am lautesten. In mir spüre ich so etwas wie Stolz. Stolz auf Ashas starken Willen, aber auch Stolz auf mich, weil ich mitgeholfen habe, sie zu der starken Frau zu machen, die heute furchtlos vor uns stand.

Der Computer verkündet die nächsten Kampfgegner. „Es tritt D523 gegen D577 an."

Es fühlt sich an, als würde mein Herz stehen bleiben. Mir entgleiten sämtliche Gesichtszüge und für einen kurzen Moment verschwimmt alles vor meinen Augen. Doch bereits im nächsten betreten Zoe und Finn das Feld, jeweils aus einem separaten Eingang. Kann das wirklich Zufall sein oder ist es ein gemeines Spiel der Legion? Entsetzt suche ich den Blick von A350, doch sie zuckt nur entschuldigend mit den Schultern. Offenbar wusste auch sie nichts davon. Zwar ist nicht gesagt, dass, wenn Zoe gegen Finn verliert, sie auch mit ihm gepaart werden würde, sondern sie könnte genauso gut mit jedem anderen aus der Gruppe gepaart werden. Aber sicher ist, dass einer der beiden nach diesem Kampf ausscheiden wird. Es ist grausam, Geschwister gegeneinander kämpfen zu lassen. Schlimmer geht es gar nicht. Unter normalen Umständen würde Finn sich weigern, seiner kleinen Schwester auch nur ein Haar zu krümmen. Aber er erinnert sich nicht oder zumindest muss er so tun als ob. Ich glaube ihm nicht mehr, dass er alles vergessen hat. Zu oft haben seine Reaktionen mir schon das Gegenteil bewiesen.

Sie nehmen beide ihre Startposition ein.

„3, 2, 1. Los!"

Es fällt kein Schuss so wie bei Ashas Kampf, der schon nach nicht einmal einer Sekunde entschieden war. Stattdessen fixieren beide einander mit den Augen. Sie umkreisen einander, wie es Tiger oder Löwen tun würden, bevor sie aufeinander losgehen. Der Abstand zwischen ihnen ist jedoch viel zu groß, um einen sicheren Treffer zu garantieren.

Beide haben ihr rechtes Handgelenk mit dem Laser erhoben. Gerade als Finn mit dem Gesicht zu mir steht, löst sich sein erster Schuss. Sein Gesicht mit den zusammengepressten Lippen verrät ihn jedoch, lange bevor der Schuss sich löst, sodass Zoe ihm leicht ausweichen kann. Finn setzt jedoch direkt einen weiteren Schuss nach und Zoe bleibt nichts anderes übrig, als weiter zu flüchten. Während Finn einen Schuss nach dem anderen abgibt, flieht Zoe über das Feld wie eine Antilope vor einem Löwen. Es ist eindeutig ersichtlich, dass Finn ihr klar überlegen ist. Zoe ist nicht unbedingt die schnellste Läuferin, aber Finn auch nicht der beste Schütze. Jedoch auch bei weitem nicht so schlecht, wie es gerade den Anschein macht. Keiner seiner Schüsse wird ihr auch nur im Geringsten gefährlich. Immer wenn sie langsamer wird, scheint es so, als würden Finns Schüsse gleichzeitig besonders ungenau. Er trifft den Sand vor ihren Füßen oder die Wand neben ihrem Kopf, aber nie sie selbst. Zudem sind seine Schüsse immer in Brusthöhe, sodass sich Zoe nur zu bücken braucht, um ihnen zu entgehen. Es wirkt fast so, als wolle Finn sie nicht erschießen, doch gleichzeitig gibt er ihr keine Chance, ihn zu treffen. Beide legen nicht den Ehrgeiz an den Tag, der bei Asha deutlich zu sehen war. Aber Zoe erreicht langsam einen Punkt der Erschöpfung. Sie atmet immer schwerer und ihre Schritte werden schleppender. Finn, der kaum etwas anderes getan hat, als auf seine Schwester zu schießen, lässt ebenfalls kraftlos den Arm hängen. Während er bei unserem Training noch voller Tatendrang war, scheint es ihm jetzt völlig gleichgültig zu sein, ob er gewinnt oder verliert. Zoe holt keuchend Luft, als sie den Halt verliert und zu Boden knallt. Sie hat nicht einmal mehr die Kraft, ihre Arme schützend vor sich auszustrecken, sodass sie mit dem Kinn voran aufschlägt. Japsend dreht sich auf den Rücken, jedoch ohne aufzustehen. Sie muss sich bei dem Aufprall auf die Zunge oder die Lippe gebissen haben, denn eine schmale Blutspur rinnt von ihrer Lippe hinab auf ihr Kinn. Sie bekommt kaum noch Luft und Tränen stehen in ihren Augen, während Schweiß auf ihrer Stirn glänzt. Sie gibt auf. Finn tritt mit erhobenem Laser auf sie zu. Er hätte schon längst schießen können, wenn er gewollt hätte.

Das Licht seiner Waffe tanzt unruhig auf ihrem mit Sand beschmutzten Anzug auf und ab, ohne dass sich ein Schuss löst. Er zögert viel zu lange. Jeder bemerkt es. Das ist der Beweis, auf den ich gewartet habe. Es gibt keinen Zweifel mehr. Finn erinnert sich. Die Frage ist nur, an wie viel.

Er hebt den Kopf und blickt zu der Tribüne. Sein Blick gleitet suchend über die Gesichter der Legionsführer und verweilt auf meinem. Ich lächle ihm entgegen und versuche ihm damit zu signalisieren, dass ich, egal wie er sich auch entscheiden mag, hinter ihm stehen werde. Ich erwarte keinen Sieg von ihm.

Der Schuss löst sich und hallt durch die Arena. Es ist still geworden.

„D577 hat den Kampf gewonnen“, verkündet der Computer monoton. Der Applaus bleibt aus.

Nachdem der letzte Kampf des Tages in der Arena ausgetragen wurde, sind nicht nur die Kämp sondern auch die Zuschauer erschöpft. Deckenleuchten dimmen sich leicht, doch schwache Licht erinnert nur entfernt an das satte der untergehenden Sonne. Es fehlt jegliche Wär A233 tritt ans Mikrofon, um die Sieger der Gruppen und die Paarungen bekannt zu geben.

„Ein erfolgreicher erster Tag liegt hinter uns mit vielen überraschenden Wendungen, spannenden Kämpfen und glorreichen Siegen. In die nächste Runde der Paarungskämpfe steigen sowohl aus der vierten als auch aus der fünften Generation jeweils nur fünf Kämpfer der D-Klassifizierung auf. Diese haben durch ihren Sieg bereits einen höheren Ranglistenplatz erreicht, aber haben bei weiteren erfolgreichen Kämpfen auch die Chance auf eine Neuklassifizierung, das erste Mal in der Geschichte der Paarungskämpfe.“

Die Bewohner der Sicherheitszone beginnen, verhalten zu applaudieren. Doch auch wenn ihre Körpersprache nicht Freude ausdrückt, so kann ich sie und vor allem Neugier in ihren Gesichtern erkennen. A233 verliest einzeln die fünf Sieger der vierten Generation, die sich daraufhin in einer Reihe in der leeren Arena aufstellen. Danach verkündet sie die Paarungen, woraufhin sich die Genannten zu Paaren aufstellen. Sie wirken weder glücklich noch traurig über die Wahl ihres Partners. Obwohl sie ein Kind zusammen zeugen werden, wird sie das darüber hinaus nicht weiter miteinander verbinden. Es ist keine körperliche Liebe, sondern eine Fortpflanzung im Reagenzglas.

Die D-Klassifizierung der vierten Generation verlässt die Arena.

„Die Sieger der fünften Generation sind D514, D539, D540, D560 und D577."

Die Sieger treten einzeln in die Arena, allesamt wirken sie zum ersten Mal stolz in ihrem Leben. Auch Asha hat den Kopf hoch erhoben. Ein Lächeln liegt auf ihren schmalen Lippen. Finn ist der Einzige, der betreten zu Boden blickt. Er scheint ein schlechtes Gewissen wegen Zoe zu haben. Nur kurz hebt er den Blick in meine Richtung und ich weiß: Er ist wieder der Alte. Manchmal kann ein kurzer Moment in die Augen eines Menschen mehr verraten, als Worte es könnten. Es ist ein stummes Geständnis.

Als nächstes folgen die Paarungen. Während die anderen D-ler fast teilnahmslos wirken, ist Zoe am Boden zerstört. Ihre Beine scheinen kaum ihr Gewicht noch tragen zu können und zittern, während sie wie erstarrt und mit hängendem Kopf in der Reihe steht und darauf wartet, dass ihre Bezeichnung aufgerufen wird.

„Zum ersten Mal in der kurzen Geschichte der Legion werden die Paarungen offiziell bekannt gegeben. Es ist den Partnern erlaubt, miteinander zu sprechen und sich besser kennenzulernen. Eine erneute Paarung in fünf Jahren ist zudem nicht auszuschließen."

Mit jedem Wort von A233 scheinen Zoes Schultern immer weiter nach unten zu sacken. Ihre Brust hebt und senkt sich, so als würde sie kaum Luft bekommen. Ich sehe, wie sie kontrolliert ausatmet, um so ihre Tränen daran zu hindern hervorzuschießen.

A233 beginnt die Paarungen vorzulesen, woraufhin sich die genannten Personen zu Paaren aufstellen. Allen scheint es im Grunde egal zu sein, mit wem sie gepaart werden, denn sie haben für den anderen nicht mehr als ein kurzes Nicken übrig. Niemand lächelt, niemand weint.

„D541 und D523“, verkündet A233 mit monotoner Stimme, die sich kaum von einem Computer unterscheidet.

Erschrocken hebt Zoe den Kopf und starrt zur Tribüne empor, so als könne sie kaum glauben, dass ihre Bezeichnung verkündet wurde. Die Tränen quellen aus ihren Augen hervor und sie sucht meinen Blick. Es tut mir weh, sie so leiden zu sehen und nichts tun zu können. Ich weiß, dass sie Hilfe von mir erwartet, aber ich weiß nicht, wie ich das anstellen soll.

Als ich nichts unternehme, blickt sie orientierungslos zu den anderen D-lern. Einer von ihnen ist nach vorne getreten und wartet darauf, dass sie ihren Platz an seiner Seite einnimmt. Er muss D541 sein. Er wirkt wie alle anderen. Nicht zu groß ~~oder~~ (und nicht) zu klein. Ein kahler Kopf, große, lichtblaue Augen, eine gerade Nase, wohlproportionierte Lippen und ein schlanker Körper mit leichten Muskeln an den Oberarmen. Der perfekte Mann. Ich kann von der Tribüne aus nichts erkennen, was ihn zu etwas Besonderem machen würde. Aber ich bin sicher, dass dort etwas sein muss, hinter der Fassade.

Als Zoe ihm entgegentritt, schwanken ihre Beine sichtbar für alle. Ein leises Keuchen dringt aus ihrer Kehle, während Tränen über ihre Wangen laufen. Sie würdigt D541 nicht eines Blickes, stattdessen presst sie ihre Lippen fest aufeinander, um nicht zu schluchzen. Sie starrt mir entgegen, so als wolle sie sagen, dass das meine Schuld sei.

Obwohl ich mich vor dem Besuch fürchte, sehe ich es als meine Pflicht an, Zoe zu besuchen, bevor die Befruchtung bei ihr durchgeführt wird. Die Krankenstation ist so belebt, wie ich sie zuvor noch nie erlebt habe. Durch die Gänge rennen Ärzte in ihren grünen Anzügen, gefolgt von D-lern in braunen und Kämpfern in blauen Anzügen. Heute werden bereits allen Männern der vierten und fünften Generation die Samen entnommen, um diese ab dem nächsten Morgen bei den Frauen gemäß der bereits feststehenden Paarungen einzusetzen.

Zoe befindet sich in einem großen Zimmer, zusammen mit zwei anderen D-lerinnen, die ebenfalls befruchtet werden sollen. Als sie mich durch die Tür treten sieht, springt sie erleichtert von ihrem Bett auf und rennt mir in ihrem braunen Nachthemd barfuß entgegen.

„Endlich bist du da! Ich hatte schon Angst, dass du nicht mehr kommst. Wie sieht dein Plan aus?“, überfällt sie mich aufgeregt. Die Wahrheit ist, es gibt keinen Plan. Aber das kann ich ihr so nicht sagen. Behutsam lege ich meine Hand auf ihren nackten Oberarm und führe sie zurück zu ihrem Bett.

„Setz dich bitte“, fordere ich sie auf. Doch Zoe schüttelt nur verständnislos den Kopf. „Warum? Wir haben keine Zeit. Der Eingriff soll schon morgen früh erfolgen. Wirst du mich verstecken?“

„Bitte setz dich“, wiederhole ich erneut, dieses Mal schärfer als beabsichtigt. Ich sehe die auflodernde

Panik in ihren Augen, doch sie gehorcht und lässt sich kraftlos auf das Bett zurücksinken, jedoch ohne mich aus den Augen zu lassen.

„Was hast du vor?“, fragt sie erneut, doch nun zittert ihre Stimme. Sie hat Angst und ich kann es ihr nicht verdenken.

Seufzend setze ich mich neben sie. „Ich will ehrlich zu dir sein. Ich weiß nicht, was ich tun soll“, gestehe ich ihr entschuldigend.

Ungläubig schüttelt Zoe nur den Kopf. „Aber es muss doch irgendetwas geben, was du tun kannst...“

„Ich kann dich nicht einfach entführen und hier rausschleusen. Alle Gänge werden bewacht, gerade jetzt. Die Kämpfer sind in höchster Alarmbereitschaft. Zum einen wegen der Paarungszeit und zum anderen wegen der drohenden Angriffe durch die Rebellen. Es war nie schwerer als jetzt zu entkommen.“

„Aber es ist nicht unmöglich, oder?“

Ich höre die langsam sterbende Hoffnung in ihrer Stimme. Es bricht mir das Herz, ihr zu antworten.

„Doch, das ist es.“

Ihre Finger krallen sich in den weißen Stoff der Bettdecke, während ihre Lippen erneut zu beben beginnen. Die Tränen glitzern in ihren Augen, aber bevor sie sich einen Weg über ihre Wangen bahnen können, kneift sie entschlossen die Lieder zusammen und schüttelt wütend den Kopf.

„Du bist Legionsführerin und du sagst mir, du kannst nichts tun. Das glaube ich dir nicht!“

Es ist wieder einer der Momente, in denen ich es hasse, ernannt worden zu sein. Es wäre so viel leichter, nur eine von vielen zu sein.

„Wenn es um dich ginge, würdest du einen Weg finden“, behauptet Zoe erbost und funkelt mich verächtlich an. Sie hasst mich dafür, dass ich nicht zusammen mit ihr auf meine Befruchtung warte. Aber was wäre, wenn ich heute genau wie sie hier sitzen würde? Würde ich versuchen zu fliehen? Immerhin ist es nur eine künstliche Befruchtung. Ich würde keinerlei Körperkontakt zu dem fremden D-ler haben. Er ist nur der Samenspender, mehr nicht.

„Wovor hast du am meisten Angst?", frage ich Zoe, ohne auf ihre Vorwürfe einzugehen. Ich weiß, dass sie es nicht so meint.

Überrumpelt löst sich die Wut aus ihren Gesichtszügen und zurück bleibt bloße Verzweiflung.

„Ich habe keine Angst. Aber ich will nicht von einem Fremden einen Samen eingesetzt bekommen. Ich will nicht schwanger sein und wissen, dass ich das Kind niemals sehen werde. Ich will Kinder, aber nicht so und nicht von irgendwem."

Es geht also nicht einmal um die Befruchtung an sich, sondern mehr um die Aussicht, nie wirklich Mutter sein zu können und das Kind eines Fremden in sich zu tragen. Ich kann die Befruchtung zwar nicht verhindern, aber zumindest den Samenspender könnte ich verändern, jedoch hüte ich mich davor, das gegenüber Zoe zu erwähnen.

Sie greift verzweifelt nach meiner Hand. „Gibt es denn gar nichts, was du für mich tun kannst?"

Traurig schüttele ich den Kopf.

Sie lässt meine Hand los, legt sich auf das Bett und dreht mir den Rücken zu. „Dann wäre ich jetzt gerne allein."

Ihre Abweisung tut weh, aber ich bin froh, dass sie nicht ausrastet und schreit oder Dinge verwüstet, denn dann würde man sie ruhigstellen und zur Not sogar am Bett fixieren. Die Nacht wäre umso schrecklicher für sie selbst.

Wortlos verlasse ich das Zimmer und laufe durch die Gänge der Krankenstation, jedoch nicht ziellos. Ich suche das Labor, in dem die Samenspenden aufbewahrt werden. Bei der Suche nach der Zelle von Z318 bin ich bereits an den Laborräumen vorbeigekommen, sodass ich sie auch jetzt bald wiederfinde. Sie sind leicht zu erkennen, da der Zugang durch eine Glastür abgesperrt ist. Jedoch brauche ich nur meinen Daumen auf den Scanner an der Tür zu legen, um mir Zutritt zu verschaffen. Das sind die Momente, in denen ich es wiederum liebe, Legionsführerin zu sein. Normalerweise wären die Laborräume zu dieser späten Tageszeit verlassen, doch heute werden die B-ler die Nacht durcharbeiten. Die Proben müssen nicht nur genommen, sondern auch beschriftet und sortiert werden. Dementsprechend irritiert sind sie auch, mich in ihren Räumen zu sehen. Ich erkenne den leitenden Arzt von den Konferenzen in der Legionsführerkugel wieder. Genau dieser steuert nun auf mich zu. Er verneigt sich respektvoll vor mir.

„Legionsführerin A518, ich grüße Euch."

„Ich grüße Euch ebenfalls, B210."

„Was kann ich für Euch tun?"

„Ich wollte euch nur etwas bei der Arbeit zuschauen. Das ist für mich die erste Paarungszeit, die ich aktiv und vor allem als Legionsführerin miterlebe. Ich hoffe, ich störe euch nicht bei eurer Arbeit."

B210 nickt verständnisvoll. „Eine Legionsführerin stört nie. Wir freuen uns über Ihr Interesse. Sehen Sie sich ruhig um. Aber ich muss jetzt weiter."

Er nickt mir kurz zu, bevor er eilig das Labor verlässt. Die arbeitenden B-ler wirken weniger erfreut über meinen Besuch. Für sie bin ich ein Störfaktor, zum einen, weil ich im Weg stehe, zum anderen, weil sie sich von mir kontrolliert fühlen. Ich bin sicher, dass jeder von ihnen seine Arbeit nach bestem Wissen und Gewissen und zur vollsten Zufriedenheit der Legion erledigt, aber ich kann mir gut vorstellen, wie nervös ich gewesen wäre, wenn in der Nahrungsvergabe damals ein Legionsführer aufgetaucht wäre, um unsere Arbeit zu begutachten.

Ich habe jedoch nicht vor, sie lange zu stören, ganz im Gegenteil, mich interessiert im Grunde nur der Ort, an dem die Proben aufbewahrt werden. Das große Regal ist kaum übersehbar. Es thront am Ende des Raums und ist durch eine Glastür verschlossen. Weißer Dampf von der Kühlung wabert rund um den großen Schrank.

Als ich die Tür öffne, gibt sie ein leises Zischen von sich und Kälte schlägt mir entgegen. Alle enthaltenen Reagenzgläser sind nach Klassifizierungen und Bezeichnungen sortiert. Das erste Reagenzglas trägt die Bezeichnung A489, das letzte D599. Es dauert nicht lange, da halte ich bereits das Glas mit dem Etikett D541 in den Händen. Verstohlen blicke ich über meine Schulter, um zu sehen, ob mich jemand beobachtet, doch alle scheinen völlig in ihre Arbeit vertieft. Niemand von ihnen würde je annehmen, dass eine Legionsführerin etwas Unrechtes tun könnte.

Zielstrebig fahre ich die Reihen der Reagenzgläser entlang zu der C-Klassifizierung. C515. Perfekt!

Vorsichtig löse ich beide Etiketten und klebe C515 auf das Reagenzglas von D541 und umgekehrt. Ich stelle das neue D541-Glas zurück.

„Kann ich Ihnen helfen?“, ertönt es hinter mir und ich erschrecke so sehr, dass ich beinahe das Glas hätte fallen lassen. Ein junger B-ler aus meiner Generation hat sich hinter mir aufgebaut. Ich kontrolliere seinen Blick nach Misstrauen, doch er wirkt lediglich höflich und zuvorkommend.

„Ich habe mir nur die Reagenzgläser angesehen. Es ist unglaublich, dass daraus mal ein neuer Mensch entstehen wird.“

„Es sind nicht nur Menschen, sondern bessere Menschen. Wir untersuchen jede Probe auf Krankheiten oder Missbildungen. Bereits jetzt können wir die Größe eines jeden Menschen beeinflussen“, erklärt er stolz. Ich gebe mich weiter interessiert, während ich das Reagenzglas mit der Bezeichnung C515 zurück auf seinen Platz stelle.

„Warum wird nicht auch zum Beispiel die Augenfarbe oder andere Merkmale in den Genen verändert?“

„Würden wir jedes Merkmal gleichsetzen, wäre es nicht mehr möglich, die Verstoßenen zu identifizieren. Nur gute Menschen haben das Recht, das Aussehen der Legion zu tragen.“

Er sieht es als Ehre an, sich nicht von anderen zu unterscheiden. Auf diese Weise habe ich es nie gesehen und könnte es auch nicht. Schon vom ersten Moment an habe ich das warme Braun meiner Augen vermisst. Meine wahre Augenfarbe und nicht das künstliche Lichtblau. Es ist wie eine Maske, die den wahren Menschen dahinter verbirgt.

„Danke für deine Hilfe“, erwidere ich freundlich und verlasse das Labor. Meine Arbeit ist getan. Das ist alles, was ich für Zoe tun kann. Ich kann sie nicht vor einer ungewollten Schwangerschaft bewahren, aber zumindest wird es nun nicht das Kind von irgendjemandem sein, sondern von ihr und Clyde. Seit ich zurück in der Legion bin, habe ich das Gefühl, dass die beiden eine besondere Beziehung zueinander haben. Es sind die kurzen Blicke, die sie einander zuwerfen, und der sanfte Klang ihrer Stimmen, wenn sie miteinander sprechen. Es ist die Sorge, die sie für den anderen hegen. Vielleicht täusche ich mich auch, immerhin habe ich nicht viel Erfahrung, was Gefühle angeht, aber vielleicht ist es gerade das, was mich Wahrheiten leichter erkennen lässt. Uns bleiben neun Monate, um einen Weg zu finden, dass Zoe ihr Kind behalten kann.

Bereits am nächsten Morgen gehen die Paarungskämpfe weiter. Heute habe ich das Gefühl, dass schon etwas mehr Leben in die Zuschauer geraten ist. Sie wirken gespannter auf das Schauspiel als noch am Vortag. Es ist eine Art Vorfreude in der Luft zu spüren, so zart und leicht wie die Flügelschläge eines Schmetterlings.

Heute ist die C-Klassifizierung dran. Obwohl es deutlich weniger C-ler als D-ler gibt, werden die Kämpfe trotzdem den ganzen Tag andauern, da gerade die Kämpfe der C-ler am längsten dauern werden. Sie sind die Erfahrensten von uns allen. Niemand kennt sich besser mit Kampftechniken aus. Ich zweifle nicht einen Moment daran, dass Clyde und Ruby zu den Siegern gehören werden, und genau so kommt es dann auch. Rubys Kampf dauert nur wenige Minuten. Von allen Kämpfern zeigt sie den größten Ehrgeiz. Da sie als Einzige von meinen Freunden aus der vierten Generation stammt, ist sie auch die Einzige, die die Paarungskämpfe schon einmal miterlebt hat, jedoch aus einer passiven Perspektive. Wieder frage ich mich, wie es für sie sein muss, nicht zu wissen, wer ihr Kind ist und wie es ihm geht. An der Art, wie sie kämpft, ohne Gnade oder Mitgefühl, erkenne ich, dass es schrecklich sein muss. Sie wird versuchen zu verhindern, dass ihr so etwas noch einmal widerfährt, koste es, was es wolle.

Am dritten Tag finden die Kämpfe der B-Klassifizierung statt. Sie überdauern lediglich den Vormittag, was daran liegt, dass die B-ler nur wenig trainiert sind. Ihre Qualitäten liegen auf anderen Gebieten, zudem gibt es nur wenige von ihnen. Deshalb nehmen alle Bewohner am Nachmittag für ein paar Stunden ihre Arbeit wieder auf. Eigentlich wollte ich diese Zeit nutzen, um Zoe zu besuchen, doch A350 macht mir einen Strich durch die Rechnung, indem sie mich zwingt, mit ihr die vergangenen Kämpfe zu analysieren. Sie zeigt mir die Schwachstellen der anderen Kämpfer und lobt geschickte Manöver. Der Nachmittag ist schneller vergangen, als ich es mir je hätte träumen lassen.

Erst am vierten Tag beginnen die Paarungskämpfe auch für die wenigen Legionsführer. Es war von vorneherein klar, dass ich gegen A566 antreten würde, denn er ist der einzige andere Legionsführer aus unserer Generation. Als ich ihm in der Arena gegenüberstehe, kann ich an seinem Gesicht deutlich ablesen, dass er sich schon sehr lange auf diesen Kampf gefreut hat. Ich möchte ihm sein dreistes

Grinsen mit den Fäusten aus dem Gesicht schlagen, aber allein der Gedanke daran, ihn zu berühren, löst einen Würgereiz in mir aus. Die Computerstimme beginnt unseren Kampf anzusagen: „A566 gegen A518. 3, 2, 1. Los!"

Ich erwarte eigentlich, dass A566 direkt losfeuern wird, doch nichts dergleichen geschieht. Stattdessen scheint er auf meine Initiative zu warten. Vielleicht versucht er so herauszufinden, wie gut ich wirklich bin, um sich dann eine Taktik gegen mich zu überlegen. Mittlerweile sollte er wissen, dass er nicht den Fehler machen darf, mich zu unterschätzen. Aber ich bin sicher, dass auch er vor den Kämpfen mit A489 trainiert hat. A489 hat bei seinem Kampf bereits eine grandiose Leistung gezeigt und natürlich gesiegt. A566 wird ihm nacheifern wollen, zudem dürfte es ihm eine Genugtuung sein, mich zu besiegen. Jedoch habe ich keine Lust, ihn weiter zu umkreisen wie ein scheues Tier, das ~~es~~ nicht wagt anzugreifen. Unerwartet beginne ich loszusprinten, um so mit meiner Geschwindigkeit punkten zu können. Ich denke an A350s Worte, dass jedes Mittel zum Sieg recht ist, und feuere meinen Schuss ab, als er mit dem Rücken zu mir steht. Doch A566 reagiert blitzschnell und schießt gekonnt zurück. Jetzt geht der Kampf erst richtig los.

Es ist deutlich, dass wir beide mit allen Mitteln gewinnen wollen. Aber allein der Gedanke, neun Monate seinen Samen in mir zu tragen, erfüllt mich mit Schwindel.

Doch plötzlich bleibt A566 wie erstarrt stehen und blickt fassungslos in den Himmel hinter mir. Seine Augen sind vor Schreck geweitet. Neugierig drehe ich mich herum. Es ist nichts zu sehen. In diesem

Moment stöhnt das Publikum laut auf und beginnt, wild zu schreien. Ich fahre herum und kann gerade noch A566s Strahl ausweichen, der nur knapp mein Ohr verfehlt. Es war ein Trick. Er hat versucht, mich reinzulegen, und er hätte es auch geschafft, wenn die Zuschauer mich nicht gewarnt hätten. Aber sie sind auf meiner Seite. Es ist das erste Mal während der Kämpfe, dass sie für einen Kämpfer Partei ergreifen. Diese Gewissheit erfüllt mich mit neuem Mut. Ich habe nicht vor, ihr Vertrauen in mich zu enttäuschen. Wütend schleudere ich einen Strahl nach dem anderen in A566s Richtung und jage ihn über das Feld, so wie er mich. Wir sind gleich stark, doch ich habe die Unterstützung der Zuschauer. Wann immer ich drohe, langsamer zu werden, feuern sie mich an. Schließlich wird A566 immer langsamer und ich lande einen Treffer. Er kommt völlig unerwartet, aber trifft genau ins Schwarze, auf Höhe seines Herzens. Erschöpft und gedemütigt lässt er sich in den gelben Sand fallen. Das Publikum applaudiert wie nie zuvor. Ich recke ihnen stolz meine Hände entgegen und drehe mich im Kreis, sodass alle mich sehen können. Bereits jetzt fühle ich mich wie eine Gewinnerin. Die Menschen mögen mich und das bedeutet, dass ich alles richtig gemacht haben muss. Egal wie die Kämpfe auch ausgehen werden, das kann mir niemand nehmen.

Da es in der fünften Generation nur einen Kampf unter Legionsführern und in der vierten Generation nur zwei Kämpfe gibt, treten im Verlauf des restlichen Tages die Gewinner der anderen Klassifizierungen gegeneinander an. Dabei besiegt Asha überraschenderweise Clyde. Sie beweist damit, dass man wirklich alles schaffen kann, wenn man es nur will. Am Ende des Tages sind aus der fünften Generation nur noch ein B-ler, eine C-lerin, Asha, Finn, A566 und ich übrig. A566 hat nach dem verlorenen Kampf gegen mich alle übrigen Kämpfe gewonnen und konnte so seine Stellung halten. Das ist der Vorteil eines Legionsführers. Aber ich werde nicht noch einmal gegen ihn kämpfen müssen. Mit nur einem einzigen Kampf führe ich unsere Rangliste an. Es ist im Grunde unfair, vor allem Asha und Finn gegenüber, die so viele Kämpfe bestreiten mussten, um überhaupt erst so weit zu kommen.

Auch Ruby ist in der vierten Generation erfolgreich.

Der fünfte Tag ist der letzte und entscheidendste der Paarungskämpfe. Heute wird der Sieger ermittelt und die letzten Paarungen bekannt gegeben. Ich befinde mich bereits startklar am Rand der Arena, als der Computer den ersten Kampf des Tages verkündet: „A518 gegen D577."

Ich wusste, dass es irgendwann passieren würde, aber als es dann soweit ist, fühlen sich meine Beine wie Gummi an. Die Welt beginnt, sich um mich zu drehen, und meine Schritte sind nicht einmal halb so stark und würdevoll, wie sie es für eine Legionsführerin sein sollten. Ich gehe gegenüber von Finn in Stellung. Seine Augen blitzen mir vor Aufregung herausfordernd entgegen. Ein freches Grinsen umspielt seine Lippen. Er ist wirklich wieder der Alte. Der neue Finn hätte in dieser Situation niemals lachen können. Es wäre ihm zu ernst gewesen. Fast vermisse ich ihn.

„3, 2, 1. Los!"

Noch ehe ich begreife, was passiert, stürmt Finn auf mich zu und schmeißt mich mit voller Wucht auf den Boden. Er setzt sich auf mich und drückt mich zu Boden, doch ich werde mich nicht kampflos geschlagen geben. So leicht darf ich es ihm nicht machen, das bin ich den Bewohnern der Sicherheitszone schuldig. Ich verpasse ihm eine Kopfnuss und nutze den Moment seiner Irritation, um mich durch einen Schlag mit dem Ellbogen von ihm zu befreien. Ich versuche zu flüchten, doch da packt Finn bereits meinen Fußknöchel und zieht mir förmlich die Füße unter den Beinen weg. Ich schlage hart mit meinem Kinn auf den Sandboden. Blut sickert in meinen Mund und bringt mich zum Röcheln. Aber mir bleibt keine Zeit, um mir weiter Gedanken darüber zu machen, denn schon im nächsten Moment stürzt sich Finn bereits wieder auf mich. Ich trete mit voller Wucht nach ihm und treffe ihn in der Magengegend. Er krümmt sich mit schmerzverzerrtem Gesicht.

Für einen Augenblick habe ich tatsächlich vergessen, dass es Finn ist, gegen den ich kämpfe. Er hat mich mit einer solchen Intensität angegriffen, dass ich das Gefühl habe, dass er mich hassen muss. Er kämpft anders als alle anderen. Er kämpft mit seinem Körper. Er kämpft so, wie der alte Finn kämpfen würde. Nicht mit Laserwaffen, sondern mit seinen Fäusten. Vielleicht habe ich seine Entschlossenheit falsch gedeutet und das hier ist seine Art, mir zu zeigen, dass er sich erinnert.

Sein Schlag trifft mich ins Gesicht, aber ich spüre keinen Schmerz. Ich suche den Blick in seine Augen. Feuer lodert in ihnen und so viel Wärme, dass mir schwindelig wird. Ich schaffe es nicht, mich aufzurichten, und sacke auf den Boden zurück. Die grellen Deckenleuchten verschwimmen vor meinen Augen. Finn baut sich mit erhobenem Laser vor mir auf. Er hat so gut wie gewonnen. Ich brauche nur liegen zu bleiben und mich erschießen zu lassen und es wird sein Samen sein, der in mir heranwachsen wird. Durch ein Kind werden wir für immer miteinander verbunden sein. Es gibt nichts, was ich mir mehr wünschen würde. Aber nicht so.

Ich trete ihm die Beine weg und zögere nicht einen Moment, ihn zu erschießen. Sein Blick ist entsetzt. Er kann kaum glauben, was gerade passiert ist. Als die Erkenntnis kommt, blickt er mich so fassungslos an, als hätte ich ihn getötet.

Zu Beginn des nächsten Kampfes befinde ich mich bereits wieder neben A350 auf der Tribüne. Ihrem Blick entnehme ich, dass sie mit meiner Leistung mehr als zufrieden ist. Vielleicht hatte sie nicht erwartet, dass ich Finn besiegen würde. Ich hätte es selbst nicht gedacht. Auch wenn er mich nun hasst, bereue ich es nicht. Finn ist ein Feind der Legion. Es würde ihn nicht glücklich machen, mit mir ein Kind zu zeugen auf die Art, wie es die Legion tut. Es wäre für ihn nicht das Gleiche. Es würde ihn immer nur an seine Gefangenschaft erinnern. Ich liebe Finn zu sehr, um ihm das anzutun.

„A566 gegen D560."

Für einen Moment setzt mein Herzschlag aus. Ich wünschte, ich hätte Asha davor bewahren können, aber als ich sie in die Arena treten sehe, erkenne ich den Stolz und die Entschlossenheit in ihren Augen. Das ist es, was sie von Anfang an wollte. Sie will ihn vor den Augen aller demütigen. SIE, eine unscheinbare und schwache D-lerin, wird IHN, den großen Legionsführer, besiegen. Wenn ich es geschafft habe, A566 zu besiegen, kann sie es auch. Sie ist die Bessere von uns beiden.

„3, 2, 1. Los!"

Sofort löst sich Ashas erster Schuss. Wie einen Feuerball schleudert sie ihn A566 entgegen. Ich habe das Gefühl, nie einen kräftigeren Laserstrahl gesehen zu haben. Ihr Wille muss sich bildlich auf das Gerät übertragen. A566 erwidert genauso verbissen ihren Angriff. Es reicht, dass er von mir besiegt wurde, nun wird er sich nicht auch noch von Asha besiegen lassen. In seinen Augen war sie immer unwürdig und ihm unterlegen. Lieber würde er sich die Zunge abbeißen, als sich von ihr demütigen zu lassen.

Ein Schuss nach dem anderen zischt über das Feld. Die Zuschauer halten angespannt den Atem an. Nie haben sie einen bewegungsreicheren Kampf miterlebt. Erst die Stille in der Arena lässt mich etwas hören, was unter anderem Umständen nie möglich gewesen wäre. Die Laser zischen tatsächlich. Vom Training her weiß ich, dass sie nur zischen, wenn sie aktiviert sind. Deshalb wirkte Ashas Strahl auch stärker als alle anderen. Er ist aktiv. Bereits ihr nächster Schuss ist eine Art Treffer. Sie streift A566s Bein, der sofort vor Schmerz aufheult. Sein weißer Anzug verfärbt sich rot. Es war nie Ashas Ziel, A566 zu besiegen, sondern sie will ihn töten.

Hilfesuchend blicke ich mich auf der Tribüne um. Auch die anderen Legionsführer haben nun bemerkt, dass etwas nicht stimmt. Sie wirken jedoch völlig ratlos darüber, was jetzt zu tun ist.

„Sie kämpft mit einem aktivierten Laser. Wir müssen den Kampf sofort abbrechen“, stoße ich in Richtung von A233 hervor.

„Aber dann haben wir keine Wertung“, ruft A320 aus. In diesem Moment aktiviert A566 ebenfalls seinen Laser und streift mit seinem Schuss Ashas Ohr.

„Sie werden sich noch weiter verletzen“, kommt mir nun auch A350 besorgt zur Hilfe. Jedoch habe ich meine Zweifel, dass es nur bei Verletzungen bleiben wird.

„Jemand muss sie aufhalten“, schreie ich panisch.

Sofort reißt A233 das Mikrofon an sich. „Der Kampf ist beendet und muss sofort abgebrochen werden!“

Weder Asha noch A566 reagieren auf sie. Sie kämpfen nun um Leben oder Tod. Auch die Zuschauer haben nun bemerkt, was vor sich geht, und brechen in Panik aus. Einige verlassen fluchtartig die Arena, andere sind zu gebannt von dem gefährlichen Schauspiel, als dass sie sich losreißen könnten.

Egal, was A233 ihnen auch befehlen wird, Asha und A566 werden erst aufhören zu kämpfen, wenn einer von ihnen tot am Boden liegt. Ich habe keine Zeit, darauf zu warten, und verlasse hektisch die Tribüne. Ich stolpere über die Treppenstufen in das unterste Stockwerk der Arena. An mir vorbei strömen flüchtende Menschen. Als ich es endlich schaffe, das Kampffeld zu betreten, landet Asha gerade einen Treffer auf A566. Er geht sofort zuckend zu Boden. Es ist mir völlig gleich, was nun aus A566 wird, mir ist nur Asha wichtig. Ich packe sie am Arm und zerre sie hinter mir her aus der Arena. Wenn sie A566 getötet hat, wird die Legion sie ebenfalls umbringen. Wir haben keine Zeit zu verlieren und uns bleibt nur eine einzige Chance: Wir müssen fliehen.

18. Die Flucht

Asha und ich stürzen förmlich in den Aufzug. Unser Glück ist, dass die Kämpfer mit der Panik in der Arena genug zu tun haben und so nicht die Aufzüge bewachen. Für die Rebellen wäre das der perfekte Zeitpunkt zum Angriff, doch ich bezweifle, dass Asha irgendjemandem von ihrem Plan erzählt hat. Den hat sie ganz alleine geschmiedet, wenn es überhaupt geplant war. Vielleicht war es auch eine reine Kurzschlussreaktion. Ich kann es ihr nicht verübeln. A566 hat ihr das Leben zur Hölle gemacht.

Die Aufzugtüren gleiten geräuschlos auf und wir springen auf den nächsten Wüstendrift. Asha steuert das Gefährt, als hätte sie nie etwas anderes getan, und ich navigiere sie in Richtung der Höhlen. Es ist erst Mittag, sodass die Sonne hoch am Himmel steht. Bereits als wir auf die Höhlen zusteuern, erkenne ich, dass sie verlassen sind. Ich habe nichts anderes erwartet, aber trotzdem schockt mich der verwahrloste Anblick.

Asha stoppt den Wüstendrift und wir steigen wortlos ab. Die Felder, auf denen die Rebellen Nahrung angebaut haben, wurden niedergetrampelt und die Holzstämme rund um die Lagerstätte zu Kleinholz verarbeitet. Hier wurde nicht nur nach jemandem gesucht, hier wurde gewütet. Fast ehrfürchtig betrete ich den Eingang der Höhlen. Der große Tisch in der Mitte des Raums wurde von einem Laserstrahl entzweigerissen. Die Stühle und der Inhalt der Schränke liegen verstreut auf dem Boden. Eine Mehlspur zieht sich wie Blut durch den gesamten Raum. Es tut weh, den Ort, an dem ich mich schon fast zu Hause gefühlt habe, so verlassen und verwüstet vorzufinden. Ich bringe es nicht über mich, auch noch die anderen Zimmer zu betreten, und schlage deshalb vor, im Wald nach den Rebellen zu suchen. Den Wüstendrift lassen wir bei den Höhlen zurück, da wir damit im Wald wegen der vielen Bäume ohnehin nicht gut fahren könnten.

Auf dem von Tannennadeln und Moos bedeckten Waldweg sind viele verschiedene Spuren zu erkennen, die an die eilige Flucht erinnern. Die Gräser sind niedergetrampelt und das Moos ist aufgewühlt worden. Wir folgen den Spuren, bis sie immer undeutlicher werden und wir sie schließlich ganz verlieren. Während meine Sorge mit jedem Schritt größer wird, scheint Asha immer mehr zu entspannen. Ihr Blick wandert von einem Baum zum anderen, staunend in den Himmel und mit einem Lächeln zurück zu dem weichen Boden. Ihre Finger berühren die Rinde der Bäume und streifen die grünen Blätter. Sie ist wie verzaubert von dem Anblick der Natur. Ich weiß noch, wie es für mich war, als ich das erste Mal die Sterne sah. Aber ich habe keine Zeit, um Ashas Freude zu teilen. Ich habe das Gefühl, das tödliche Messer schon im Rücken zu spüren. Die Legion wird nach uns suchen. Asha ist eine Mörderin und ich bin eine Verräterin, weil ich ihr geholfen habe zu fliehen. Ich habe Zoe und Finn im Stich gelassen und A350 enttäuscht. Sie hat so fest an mich geglaubt und ich habe ihr den Rücken zugewandt, als ich Asha die Tür zum Aufzug geöffnet habe. Ich hätte sie alleine gehen lassen sollen, aber ohne mich hätte sie nie die Rebellen gefunden. Ohne mich hätte die Legion sie gefangen und getötet, ohne dass ich es je erfahren hätte. Als ich ihr half, habe ich nicht eine Sekunde über die

Konsequenzen nachgedacht, sondern nur daran, ihr Leben zu retten. Ob ich es bereue? Ich weiß es nicht.

Wir laufen immer weiter durch das Dickicht, bis es anfängt zu dämmern, ohne dass wir fündig wurden. Wir haben weder eine Taschenlampe, noch weiß eine von uns, wie man Feuer macht. Zudem wäre das Feuer wie eine Signalfackel für die Sucher der Legion.

Unter den Zweigen einer großen Tanne suchen wir Schutz vor der aufkommenden Kälte. Wir kauern uns dicht aneinander, um uns gegenseitig zu wärmen. Wir sprechen nicht ein Wort miteinander. Aber während ich das Zittern ihres Körpers neben mir spüre und ihr Atem kleine Wölkchen in den Nachthimmel bläst, kann ich nicht länger wütend über ihr unüberlegtes Handeln sein. Ich hätte es mir nie verziehen, wenn ich ihr nicht geholfen hätte. Asha muss leben. Sie hat es mehr verdient als jeder andere.

Am nächsten Morgen irren wir weiter durch den Wald. Jeder Baum sieht gleich aus und ich befürchte, dass wir uns im Kreis drehen. Ich weiß nicht, wie groß der Wald ist. Schon bei meiner Flucht aus den Höhlen erschien er mir endlos. Dafür, dass er erst vor wenigen Jahrzehnten angelegt wurde, haben die Bäume bereits eine beträchtliche Größe erreicht.

Es scheint mir hoffnungslos, durch die Gegend zu irren, ohne auch nur das geringste Lebenszeichen von den Rebellen zu finden. Vielleicht sind sie längst weitergezogen zu einer anderen Legion. Vielleicht in den Süden zu Sharon oder in den Norden zu Raymond.

Die Sonne steht bereits an ihrem höchsten Punkt und brennt unnachgiebig durch die Zweige der Bäume auf unsere kahlen Köpfe. Mein Mund fühlt sich so trocken an, dass selbst das Schlucken schmerzt. Ich achte kaum noch auf den Weg vor mir, sondern laufe einfach immer weiter, in der Hoffnung auf eine Veränderung. Asha folgt mir kommentarlos. Sie würde mich überallhin begleiten, solange es nicht zurück in die Legion ist.

Erschöpft bleibe ich stehen und lasse meinen Oberkörper nach vorne sinken, um wieder zu Atem zu kommen. Soll das etwa unser Ende sein?

Ein Rascheln lässt mich aufhorchen, doch ehe ich mich umdrehen kann, spüre ich einen spitzen Gegenstand in meinem Rücken.

„Hände hoch oder ich steche dich ab."

Gehorsam hebe ich meine Arme und lasse mir von der fremden Hand meinen Laser abnehmen.

„Jetzt langsam umdrehen..."

Vorsichtig drehe ich mich um meine eigene Achse und würde am liebsten vor Freude weinen, als ich vor uns Rebellen stehen sehe. Sie sind zu viert und die Frau direkt vor mir erkenne ich als Sharon. Ihr raue Stimme kam mir gleich bekannt vor. Doch sie scheint sich nicht an mich zu erinnern, denn ihre Haltung bleibt misstrauisch und abweisend.

„Was wollt ihr hier?"

„Wir sind aus der westlichen Legion geflohen", erkläre ich ihr und suche Sharons Blick. „Ich bin Cleo. Erkennst du mich nicht?"

Misstrauisch kneift sie die Augen zusammen. Ich kann förmlich erkennen, wie die Erinnerung an mich in ihrem Gedächtnis aufsteigt, doch das ändert nichts an ihrer Haltung uns gegenüber.

„Jetzt schon. Aber ich habe dir noch nie vertraut", erwidert sie kalt. Ihr Blick scheint sogar noch etwas feindlicher geworden zu sein.

„Sind Gustav und die anderen auch bei euch?“

Sharon rümpft angewidert die Nase. „Du glaubst doch wohl nicht, dass ich dir auch nur ein Wort verraten werde. Du hast schon immer zum Feind gehört. Schau dich doch nur an in deinem weißen Anzug!“

Die anderen drei rücken mir mit ihren Messern bedrohlich entgegen. Sharon wusste genau wie alle anderen von dem Plan, mich in die Legion als Führerin einzuschleusen. Warum macht sie es mir jetzt zum Vorwurf? Haben sie ernsthaft von mir erwartet, dass ich nur mit den Fingern schnipse, und alle ihre Probleme lösen sich in Luft auf? Dachten sie, ich würde einfach die Strommauer abschalten, ohne an die Konsequenzen zu denken. Es wäre fatal gewesen, wenn ich an die abscheulichen Wesen denke, die die Kameraaufnahmen zeigten. Die Rebellen kennen nicht einmal die Wahrheit, aber verurteilen mich.

„Was passiert jetzt mit uns?“, fragt Asha scheu.

„Das wissen wir noch nicht. Vielleicht schicken wir eure Leichen als Warnung zurück zur Legion“, antwortet einer der anderen Rebellen abwertend und ich denke schaudernd an den Berg der toten Körper der Mitentführten. Finn hat sie damals einfach ermordet. Oder doch nicht? Ich hatte nie die Chance, ihn zu fragen? Ein Teil von mir hofft noch heute, dass er es nicht war. Obwohl ich ihn liebe, könnte ich es nicht ertragen.

Als ich ihnen antworte, versuche ich mir meine Angst nicht anmerken zu lassen. „Damit würdet ihr ihnen nur einen Gefallen tun. Sie suchen ohnehin nach uns.“

„Warum?“

„Ich habe einen Legionsführer umgebracht", antwortet Asha stolz. Sie bereut es nicht eine Sekunde, egal, was mit uns auch passieren mag.

„Er hatte es verdient", fügt sie flüsternd, wie zur Erklärung, hinzu.

Sharon und die drei anderen Männer tauschen einen kurzen Blick aus, dann führen sie uns durch den Wald in ihr Lager. Es gibt nur wenige Zelte, aber dafür umso mehr Menschen. Ich bin beeindruckt davon, wie viele es sind. Doch trotzdem strahlt ihre Ruhestätte keine Gemütlichkeit oder Wärme aus. Alles ist zum Aufbruch bereit. Sie rechnen jederzeit mit einem Angriff. Mit meinen Augen suche ich die Menge nach einem bekannten Gesicht ab, jedoch erfolglos. Was ist nur aus Gustav und den anderen geworden? Haben sie es nicht geschafft? Was ist mit Iris?

Sharon schubst mich vorwärts und gibt mir nicht die Möglichkeit, die Menge länger nach bekannten Gesichtern abzusuchen. Sie führt uns zu einer Plane, die zwischen zwei Bäumen gespannt wurde. Es stehen zwei Personen darunter, doch da ihre Gesichter im Schatten liegen, erkenne ich sie erst, als wir beinahe vor ihnen stehen. Es sind Raymond und Gustav. Gemeinsam mit Sharon bilden sie die Führungsspitze der Rebellen. Sharon für den Süden, Gustav für den Westen und Raymond für den gefallenen Norden. Irgendwie muss ihm und den anderen Rebellen die Flucht gelungen sein, bevor die Strommauer ausgeschaltet wurde. Nur der Osten hat keinen eigenen Rebellenführer.

Ich freue mich natürlich besonders darüber, Gustav wiederzusehen, auch wenn er verändert wirkt. Mit meinem strahlendsten Lächeln trete ich ihm entgegen. „Gustav, es tut so gut, wieder bei euch zu sein", beteure ich ihm und meine es aus tiefstem Herzen.

Doch Gustav zuckt nicht einmal mit der Wimper. Sein Gesicht ist zu einer grimmigen Maske erstarrt. Tiefe Furchen liegen rund um seine Augen, wo zuvor viele freundliche Lachfalten waren. Sein schelmisches Spitzbubengrinsen ist zu einem verbissenen, schmalen Strich geworden. Auch der Glanz in seinen Augen ist erloschen. Wut verdüstert seinen Blick.

„Wirklich? Das überrascht mich", erwidert er kalt und zeigt damit zwar deutlich, dass er sich an mich erinnert, aber nicht im Geringsten froh darüber ist, mich zu sehen. Seine Reaktion verletzt mich mehr, als ich gedacht hätte. Gustav war immer freundlich, witzig und herzlich. Ihm verdanke ich meinen Namen. Auch wenn er nicht immer ehrlich war, konnte ich mich stets auf ihn verlassen. Mir ist klar, dass Maries Tod ihn mehr getroffen haben muss als jeden anderen, immerhin war sie seine Frau, aber es war nicht meine Schuld. Ganz im Gegenteil, ich habe alles getan, um die Rebellen vor dem Angriff zu warnen. Warum behandelt mich dann plötzlich jeder wie eine Verräterin? Ihr Benehmen mir gegenüber ist in keiner Weise gerechtfertigt und genau das macht mich wütend.

„Kann mir bitte mal jemand sagen, was mir eigentlich vorgeworfen wird? Ihr behandelt mich wie eine Verbrecherin, dabei habt ihr mich doch zurück in die Legion geschickt. Es war euer Plan, mich zur Legionsführerin zu machen, nicht meiner. Wenn es nach mir gegangen wäre, hätte ich die Rebellen nie verlassen."

Gustav nimmt meine Worte ohne jede Gefühlsregung auf. Er bleibt so verbittert, wie ich ihn bereits angetroffen habe. „Ich habe mich in der Legion getäuscht. Sie sind schon lange nicht mehr das, was sie einmal waren. Das haben sie mir auf die härteste Weise bewiesen. Es gibt keine Hoffnung mehr. Jetzt heißt es nur noch sie oder wir."

Ausgerechnet Gustav muss so etwas sagen. Er war immer derjenige der Rebellen, der die Legion verteidigt und zeitweise sogar mit ihr zusammengearbeitet hat. Gustav ist ein Gründer des Experiments. Er war bereits Legionsführer, bevor ich überhaupt auf der Welt war.

Ich kann seine Aussage unmöglich einfach so stehen lassen. „Das stimmt nicht. Es gibt immer Hoffnung. Die Bewohner der Sicherheitszone verändern sich bereits. Ich konnte eine gemeinsame Nahrungsvergabe einführen und bei den Paarungskämpfen haben sie sogar applaudiert. Ich habe die Menschen nie lebendiger erlebt."

Gustav schüttelt entschieden den Kopf. „Das ist nichts. Das ist gar nichts!" Er beginnt aufgebracht zu schreien: „Sie haben mir Marie genommen und du hast es nicht einmal verhindert."

Ist das sein Ernst? Gibt er mir wirklich die Schuld an ihrem Tod?

„Ich habe versucht, euch zu warnen. Was hätte ich sonst tun sollen?"

Gustav ballt seine rechte Hand zu einer Faust und donnert sie in die Handfläche der linken. „Du solltest die verdammte Strommauer abschalten und nicht eine gemeinsame Essensvergabe für Roboter einführen."

Ich bin sprachlos. So hat der Plan nie ausgesehen. Jedenfalls nicht für mich.

Plötzlich reißt mich jedoch eine allzu vertraute Stimme aus meinen Gedanken.

„Cleo!"

Suchend blicke ich mich um. Sobald ich ihren kleinen Körper entdecke, schießen mir auch schon die Tränen in die Augen. Sie wirft sich in meine Arme und ich verberge mein tränenfeuchtes Gesicht in ihrer Halsbeuge. Iris. Ich atme tief ihren kindlichen Duft nach Zucker und Sonne ein, gemischt mit einer Spur Tannennadeln. Meine Finger gleiten durch ihr mittlerweile kinnlanges, blondes Haar. Es ist weicher als alles, was ich kenne. Erst jetzt, wo ich sie so feste an mich presse, dass sie kaum noch Luft bekommt, merke ich, wie sehr sie mir gefehlt hat. Es ist, als würde eine unsagbare Last von meinem Herzen fallen. Sie ist am Leben und es geht ihr gut.

An unseren Beinen springt mit lautem Bellen ihr kleiner Wüstenfuchs Dumbo empor, während aus dem Unterholz Paul hervortritt.

„Als sie dich gehört hat, war sie nicht mehr zu halten. Ich dachte erst, sie fantasiert...", erklärt Paul entschuldigend und zuckt mit einem scheuen Lächeln auf den Lippen die Schultern. Er war mein erster Freund unter den Rebellen. Ich erinnere mich noch gut daran, wie tröstlich seine grünen Augen in der Gefangenschaft auf mich gewirkt haben.

Ich löse mich von Iris und lasse mich von Paul in die Arme schließen. Er ist so groß und breit, dass ich das Gefühle habe, in seinen Armen zu versinken. Seine sonnengewärmte Haut presst sich gegen meinen kalten Anzug und ich schließe erleichtert die Augen.

„Soll ich jetzt etwa eifersüchtig werden?", höre ich plötzlich ein unverkennbares Flöten und reiße vor Freude die Augen auf. Florance. Wir stürzen einander in die Arme, als wären wir Jahre voneinander getrennt gewesen. Ich kenne niemanden, der herzlicher und hübscher als Florance ist. Sie ist ein wahrer Engel auf Erden. Ihre blonden Locken kitzeln meine Wangen und ich fange vor Freude an zu lachen. Danach kommen auch Pep, Grace und Emily an die Reihe. Die Begrüßung ist genauso warm und liebevoll, wie ich es mir immer erträumt habe, und lässt mich Gustavs abweisende Art beinahe vergessen.

Schnell drehe ich mich zu Asha um und nehme sie bei der Hand.

„Ich möchte euch jemanden vorstellen. Das ist meine Freundin Asha.“

Sie lächelt den Rebellen schüchtern entgegen und es dauert nicht einmal eine Sekunde, da presst Florance Asha auch schon an ihre Brust. „Herzlich willkommen. Freunde von Cleo sind auch unsere Freunde.“

Gemeinsam stärken wir uns mit Tee und Brot. Es sind die letzten Reste der Rebellen. Bald werden sie gezwungen sein, Feuer zu entzünden und Tiere zu jagen. Bisher haben sie das tunlichst vermieden, um die Legion nicht auf sich aufmerksam zu machen. Sie haben sogar jeden zweiten Tag ihren Rastplatz gewechselt. Grace fragt mich nach Finn und Zoe. Ich erzähle den anderen von Finns Gedächtnisverlust, Zoes wahrscheinliche Schwangerschaft lasse ich jedoch aus. Immerhin ist es nicht sicher. Ich habe sie danach nicht mehr gesehen.

Obwohl ich die Nacht inmitten meiner Freunde verbringe, bekomme ich kaum ein Auge zu. Ich kann nicht glauben, dass Gustav mir tatsächlich die Schuld an Maries Tod gibt. Sie waren für mich beide zu einem Teil meiner kleinen Patchwork-Familie geworden. Als die Morgendämmerung einsetzt, bemerke ich, wie Gustav noch bei Nebel das Lager verlässt, und folge ihm. Er läuft querfeldein durch den Wald, jedoch scheint er ein Ziel vor Augen zu haben, denn seine Schritte sind sicher. Ich habe keinen Zweifel, dass er mich längst hinter sich weiß, doch er dreht sich nicht um und schickt mich nicht weg. Diese Tatsache fasse ich als Erlaubnis, ihm folgen zu dürfen, auf.

Nach wenigen Gehminuten erreichen wir eine Lichtung. Die Morgensonne tanzt auf dem noch feuchten Gras und ich erkenne Gustavs Ziel. Er geht vor einem Holzkreuz auf die Knie. Hier haben sie Marie bestattet. Es ist ein schöner Ort. Es hätte ihr gefallen.

An der Stelle, wo ihr Grab ausgehoben wurde, hebt sich die Erde dunkelbraun von der grünen Wiese ab.

Als über Gustavs Wangen dicke Tränen laufen, spüre ich förmlich, wie sich mein Herz zusammenzieht. Ich beiße mir auf die Lippe, um nicht selbst zu weinen zu beginnen, und trete vorsichtig hinter Gustav.

„Es tut mir von Herzen leid, was Marie passiert ist."

Ich meine es ernst, aber es ist nur die halbe Wahrheit. Auch wenn ich Mitleid mit ihm habe, kann ich das, was er gestern gesagt hat, nicht einfach so stehen lassen. „Es war die Tat der Legionsführer, aber die Bewohner der Sicherheitszone können nichts dafür. Sie wissen ja nicht einmal, dass die Rebellen überhaupt existieren."

Überraschenderweise zeigt sich Gustav einsichtig und nickt verständnisvoll. „Das weiß ich. Sie wissen weder von einer Strommauer noch von einem Leben außerhalb der Sicherheitszone. Sie wissen im Grunde gar nichts."

„Es ist nicht ihre Schuld", beteure ich erneut, doch Gustav scheint mir nicht länger zuzuhören. Er senkt seinen Blick auf Maries kahles Grab.

„Es wirkt so lieblos und ist ihrer nicht würdig. Hilfst du mir, es mit Blumen zu bepflanzen?"

Ich freue mich über seine Bitte und stimme sofort zu. Es ist für mich eine Ehre, ihm dabei helfen zu dürfen. Gustav hat gestern Abend bereits eine Stelle im Wald entdeckt, an der Vergissmeinnicht wachsen, und will mich dorthin führen. Als wir die Lichtung hinter uns zurückgelassen haben, bittet er mich, im Wald vorzugehen, da er den Weg mit seinen Augen nicht mehr so gut erkennen kann.

Ich zucke mit den Schultern und laufe vorwärts, immer dem schmalen Trampelpfad nach.

Als nach wenigen Minuten immer noch keine Vergissmeinnicht in Sicht sind, halte ich inne. „Ist es noch weit?"

In dem Moment trifft mich ein fester Schlag auf den Hinterkopf und zwingt mich in die Knie. Vor meinen Augen wird es schwarz.

Doch bereits nur wenige Augenblicke später reißt mich ein scharfer Schmerz zurück aus der Bewusstlosigkeit. Alles um mich herum dreht sich und ich kann nur verschwommen sehen. Mein Oberkörper ist an einen Baumstamm gefesselt und die raue Rinde schneidet mir in den Rücken. Vor mir kniet Gustav und hält meine linke Hand umklammert, während er mir mit einem Messer den kleinen Finger abtrennt. Entsetzt muss ich mit ansehen, wie das Blut in Strömen herausfließt und auf den feuchten Waldboden tropft. Der Schmerz ist unbeschreiblich und nicht dem Schrei angemessen, der aus meiner Kehle dringt, bevor ich erneut das Bewusstsein verliere.

„Cleo!"

Langsam dringen Geräusche an mein Ohr. Sie sind gedämpft und scheinen aus weiter Ferne zu kommen.

Ich spüre, wie die Fesseln, die mich gefangen halten, durchtrennt werden und mein Oberkörper nach vorne kippt, um direkt wieder aufgefangen zu werden.

„Cleo!"

Dieses Mal ist die Stimme schon lauter. Mühsam öffne ich meine Augen und kneife sie sofort wieder zusammen. Es ist so hell und das Licht brennt in meinen Augen. Ein unsägliches Pochen in meiner linken Hand lässt mich kaum atmen. Als ich meine Augen erneut öffne, kann ich verschwommen über mir Gesichter erkennen. Mir ist flau im Magen und ich habe Angst, mich übergeben zu müssen.

„Wir haben dich schreien gehört. Wer hat dir das angetan?"

Die Gesichter werden klarer. Es sind Paul, Florance, Asha und Iris. Wovon reden sie? Ich kann mich nicht erinnern. Verwirrt blicke ich auf meine schmerzende Hand und sehe, dass der kleine Finger fehlt. Zurückgeblieben ist nur ein blutiger Stumpf. Diesmal kann ich den Brechreiz nicht unterdrücken und übergebe mich an Ort und Stelle. Es ist pure Galle.

Während Paul meinen Oberkörper hält, presst Florance meine blutüberströmte Hand in den Stoff seines Oberteils.

Die Erinnerung kommt nur langsam zurück. „Wo ist Gustav?“, stoße ich hervor.

„Ich weiß es nicht. Ich habe ihn schon lange nicht mehr gesehen. Was ist mit ihm?“

Paul zieht mich vorsichtig auf die Beine, ohne meinen Worten Beachtung zu schenken. „Kannst du gehen?“

Ich gerate in Panik. „Gustav war das. Er hat mir den Finger abgeschnitten.“

Entsetzt starrt Paul mich an, während Florance misstrauisch die Stirn in Falten legt. „Warum sollte er so etwas tun?“

Es gibt nur einen Grund, wofür Gustav meinen Finger brauchen könnte. Er will sich Zutritt zur Legion verschaffen. Kalter Schweiß bricht aus meiner Haut, als mir bewusst wird, was er vorhaben muss. Er will die Strommauer abschalten, aber Gustav und die anderen wissen nichts von den Mutationen. Ich muss ihn unbedingt aufhalten.

Schnell erzähle ich meinen Freunden von den Wesen außerhalb der Strommauer. Sie erkennen die Gefahr und bringen mich sofort zu Raymond und Sharon. Als ich ihnen von den Sichtungen der Legion berichte, sehen auch sie ein, dass unter diesen Umständen die Strommauer auf keinen Fall abgeschaltet werden darf. Wir machen uns sofort auf den Weg zur Legion. Glücklicherweise haben die Rebellen einen Weg durch die Wälder gefunden, der mit den Geländewagen befahren werden kann.

Als wir an den Höhlen, unserem ehemaligen Zuhause, vorbeikommen, erkenne ich, dass der

Wüstendrift, mit dem Asha und ich gekommen sind, fehlt. Gustav muss ihn genommen und sich so einen noch größeren Vorsprung verschafft haben.

Als wir vor der Legion ankommen, herrscht bereits überall Aufruhr. Kämpfereinheiten patrouillieren im gesamten Gebiet. Während Sharon dafür ist, sofort anzugreifen, schlage ich ihnen vor, erst einmal vorzugehen. Sie sollen erst angreifen, wenn ich nach zehn Minuten nicht wieder da bin.

Raymond und die anderen stimmen meinem Vorschlag zu, sodass ich alleine aus dem Geländewagen klettere. Asha greift nach meiner Hand.

„Pass auf dich auf!"

Ich lächle ihr dankbar entgegen und presse die verletzte Hand gegen meine Brust. „Pass du lieber auf dich und die Kleine auf", entgegne ich lächelnd und streichle Iris, die neben Asha sitzt, liebevoll über den Kopf. Wir werden uns wiedersehen und zwar noch heute. Ich lasse nicht noch einmal zu, sie zu verlieren.

Ich schließe die Augen und atme einmal tief durch. Es ist wichtig, dass ich von mir selbst überzeugt bin, denn nur dann kann ich auch andere überzeugen, und ich werde heute viel Überzeugungskraft benötigen. Ich denke an alles, was mir A350 beigebracht hat. Sie ist eine gute Lehrerin.

Zielstrebig gehe ich auf die eingeteilten C-ler zu, die sofort warnend ihre Laserstrahlen auf mich richten.

„Keinen Schritt weiter!"

Ich erhebe meine Stimme und bin selbst überrascht davon, wie voll und stark sie klingt. „Ich bin Legionsführerin A518. Ich wurde von Rebellen angegriffen und muss sofort die anderen warnen. Ich befehle euch, mich passieren zu lassen.“

Die Kämpfer verharren nur den Bruchteil einer Sekunde, dann senken sie die Waffen und schleusen mich zu dem Aufzug durch.

19. Verloren

Kaum, dass ich den Aufzug verlassen habe, stürzt auch schon A233 auf mich zu. Sie wirkt völlig durch den Wind und blickt mich irritiert an.

„Was tust du hier?“

Eilig stürzen an uns andere Legionsführer und Kämpfer vorbei. Es herrscht das bloße Chaos.

„Ich wurde von einem Rebellen angegriffen. Er hat mir einen Finger abgeschnitten...“, sage ich und hebe wie zum Beweis meine Hand mit dem T-Shirt von Paul hoch, das mittlerweile mit Blut vollgesogen ist.

„...und sich damit Zutritt zur Legion verschafft“, beendet sie den Satz für mich.

„Habt ihr ihn schon gesehen?“, frage ich, obwohl die Antwort offensichtlich ist. Gustav muss der Grund für das hier herrschende Chaos sein.

„Er hat sich im Kontrollraum verbarrikadiert und fährt gerade das System der Strommauer runter. A350 ist bei ihm.“

Ohne ein weiteres Wort renne ich sofort los. Vor der verschlossenen Glastür zum Kontrollraum finde ich A350 vor, die mit beiden Fäusten gegen die Tür hämmert.

„Mach sofort auf!“

Gustav steht währenddessen seelenruhig vor dem Kontrollboard und scheint ihr Geschrei nicht einmal zu bemerken. Erschrocken fährt A350 zu mir herum. Als sie mich erkennt, drückt sie mich sofort erleichtert an sich.

„Zum Glück bist du wieder da.“

Keine Vorwürfe, keine Anschuldigungen und keine Maßregelungen. Damit hätte ich nicht gerechnet.

Als sie mich wieder von sich hält, sieht sie mit Entsetzen meine verbundene Hand. „Was ist passiert? Geht es dir gut?"

„Gustav hat meinen kleinen Finger als Schlüssel benutzt."

Voller Abscheu wendet sie ihren Blick erneut zu Gustav hinter der Glastür und hämmert wie wild gegen die Tür. „Du verdammter Mistkerl, mach sofort auf!"

Würde er ihrem Befehl gehorchen, bin ich mir sicher, dass sie ihm höchstpersönlich alle Finger beider Hände mit den bloßen Zähnen abbeißen würde.

„Gustav!", rufe ich nun laut und bestimmt gegen das Geschrei von A350 an. Erstaunlicherweise dreht er sich sofort um, woraufhin A350 überrascht verstummt.

Er lächelt mir entschuldigend entgegen. „Tut mir leid wegen deines Finger. Es war nichts Persönliches. Ich hoffe, es tut nicht allzu weh."

Mit einer Entschuldigung hätte ich am wenigsten gerechnet, aber ich merke, dass ich in meinem Inneren trotz der Schmerzen keine Wut auf ihn verspüre. „Mein Finger ist jetzt egal. Du musst die Strommauer wieder hochfahren. Es gibt außerhalb der Mauer Sichtungen von anderen Wesen. Sie sind durch die radioaktive Strahlung mutiert und sehr gefährlich."

Für einen Moment wirkt Gustav ehrlich geschockt, doch blitzschnell fängt er sich wieder. „Dafür ist es zu spät. Ich habe mich entschlossen."

„Du kannst es aufhalten!"

Er schüttelt entschuldigend den Kopf. „Nein, es gibt keine Möglichkeit, den Prozess anzuhalten. Ich habe das System umprogrammiert für den Fall, dass mir etwas zustößt."

Er hat damit gerechnet, dass die anderen Legionsführer sich irgendwie Zugang zu dem Kontrollraum verschaffen, ihn töten und das System wieder hochfahren würden. Er war bereit, für seine Entscheidung zu sterben.

A350 berührt ungeduldig meinen Oberarm. „Wir müssen sofort fliehen oder wir werden ausgeschlossen."

„Wie viel Zeit bleibt uns noch?"

„Eine Stunde und fünfzehn Minuten", antwortet Gustav.

„Öffne die Tür und komm mit uns", fordere ich ihn auf. Ich kann ihm einfach nicht böse sein, nicht angesichts seines nahenden Todes.

Doch Gustav legt seine Hände nur etwas fester auf das Kontrollboard. Weiß treten seine Fingerknöchel hervor. „Nein, es hat mit mir begonnen und so soll es auch mit mir enden." Sein ernster und bedrückter Gesichtsausdruck weicht einem sehnsüchtigen Lächeln. „Ich freue mich darauf, Marie wiederzusehen."

A350 verliert langsam die Geduld. Mit ihrer Hand umschließt sie mein Handgelenk und will mich bereits fortziehen. „Komm jetzt oder wir werden nicht nur von der Strommauer ausgeschlossen, sondern sterben direkt mit ihm."

„Was meinst du damit?"

„Sobald die Strommauer abgeschaltet wird, zerstört sich die Legion selbst. Sie explodiert im wahrsten Sinne des Wortes."

Ungläubig blicke ich ihr entgegen, unfähig zu sprechen.

„Es gibt nur eine begrenzte Anzahl an Flugzeugen. Wir müssen im Gebiet der Zentrallegion sein, bevor die Strommauer abschaltet.“

„Und was ist mit den Bewohnern der Sicherheitszone?“

„Es gibt nicht genügend Platz, um alle mitzunehmen. Der Platz reicht nur für die Legionsführer und wenige Auserwählte.“

„Aber jemand muss sie doch wenigstens warnen“, rufe ich fassungslos aus. Das ist wieder einmal so typisch für die Legion. Die Menschen der Sicherheitszone waren ihnen schon immer egal, nur ein Mittel zum Zweck. „Sie werden sonst alle sterben.“

„Das werden sie ohne den Schutz der Strommauer so oder so.“

„Aber sie haben ja nicht einmal eine Chance!“

„Du wirst aber nicht diejenige sein, die sie warnt.“

„Glaubst du etwa, jemand anderes würde es tun?“, rufe ich schrill aus. Sie sollte mich mittlerweile besser kennen. „Entweder du hilfst mir oder du musst ohne mich gehen.“

Komischerweise weiß ich, dass sie das nie tun würde.

„Damit habe ich bereits gerechnet, um so eiliger haben wir es jetzt.“

Sie will bereits losstürmen, doch ich drehe mich erneut zu Gustav um. Er beachtet uns schon nicht mehr. Es scheint ihm alles egal zu sein, aber gleichzeitig hat er einen friedlichen Ausdruck im Gesicht. Ich weiß, dass ich ihn nicht umstimmen kann.

„Lebe wohl", flüstere ich leise gegen die Glaswand und wende Gustav den Rücken zu. Er bleibt zurück wie der Kapitän auf seinem sinkenden Schiff.

Als wir den Aufzug erreichen, sehen wir durch die Glasscheibe, dass außerhalb der Legionsführerkugel bereits der Kampf zwischen den Rebellen und den Kämpfern der Legion tobt. In dem Moment öffnen sich die Aufzugtüren und Asha und Iris stolpern uns entgegen. Ich war nie glücklicher darüber, sie zu sehen und in Sicherheit zu wissen.

„Wir konnten den Aufzug einfach so benutzen", stößt Asha immer noch ganz fassungslos hervor. Dafür muss Gustav ebenfalls verantwortlich sein. So lässt er den Bewohnern der Sicherheitszone wenigstens eine Fluchtmöglichkeit offen.

Wir fahren zusammen in die Sicherheitszone. Dort herrscht der völlige Kontrast zu den Kampfszenen an der Oberfläche: Absolute Ruhe. Niemand hat etwas von dem Tumult über ihren Köpfen mitbekommen.

„Was ist eigentlich passiert, nachdem Asha und ich während der Paarungskämpfe geflohen sind?" Ich versuche es gar nicht erst zu umschreiben. A350 kennt ohnehin die Wahrheit.

„Die Kämpfe wurden abgebrochen."

Ich frage sie absichtlich nicht nach A566. Er ist mir gleichgültig.

„Am besten teilen wir uns auf. Asha und Iris evakuieren die Krankenstation und A350 und ich übernehmen die restliche Sicherheitszone. Wir treffen uns dann an der Oberfläche."

Zustimmend nicken mir die anderen drei zu, und während Asha und Iris durch die Türen der Krankenstation treten, laufen A350 und ich in

Richtung des braunen Flurs, der Unterkunft der D-ler. Ich hoffe, dort Finn zu finden.

Als könne A350 meine Gedanken lesen, hält sie mich erneut fest und zwingt mich so, stehen zu bleiben. „Du willst zu IHM, oder?“, wirft sie mir anklagend vor.

„Ja, er muss genau wie alle anderen gewarnt werden“, entgegne ich ihr. Es ist nicht nötig, ihn beim Namen zu nennen. Wir wissen beide, von wem die Rede ist.

„Ich will mit ihm sprechen“, antwortet A350 jedoch überraschenderweise. Sofort überkommt mich Panik.

„Warum?“

„Weil ich ihm etwas sagen muss, dass nur ihn und mich etwas angeht.“

Alleine durch diese Aussage erweckt sie sofort mein Misstrauen. „Was musst du ihm sagen, das ich nicht hören darf?“

A350 blickt mich eindringlich an. „Vertraust du mir?“

Ich höre in mich. Auf ihre Frage gibt es nur eine Antwort und ich nicke.

Als sich die Türen zu Finns Zimmer öffnen, springt er von seinem Bett auf, und als er mich erblickt, stürzen wir aufeinander zu und fallen uns in die Arme. Wie von selbst finden unsere Lippen zueinander und verschmelzen in einem verzweifelten Kuss. „Ich habe mir Sorgen um dich gemacht“, haucht er mir entgegen und fährt mit der Hand über meinen kahlen Kopf.

A350 räuspert sich pikiert. Erschrocken fahren wir zusammen. Ich hatte sie tatsächlich vergessen. Kaum, dass ich in Finns Nähe bin, scheint die Welt stehen zu bleiben und es gibt nur noch ihn und mich.

„Ich möchte mit dir sprechen. Alleine", befielt A350 in einem Ton, der keine Widerrede zulässt. Skeptisch blickt ihr Finn entgegen, aber tritt mit ihr zur Seite. A350 beginnt sofort auf ihn einzureden, jedoch so leise, dass ich kein Wort verstehen kann, egal wie sehr ich mich auch bemühe. Finn wirkt A350 gegenüber erst abweisend, aber scheint dann einzulenken und ihr am Ende sogar zuzustimmen. Sie wirkt darüber zwar nicht glücklich, aber zufrieden. Die beiden kommen zurück zu mir. Es gefällt mir gar nicht, dass sie Dinge ohne mich besprechen, und ich kann mir beim besten Willen nicht vorstellen, worum es in dem Gespräch gegangen sein soll.

„Verabschiede dich von der Sicherheitszone. Sie war dein Zuhause und du wirst sie nie wiedersehen. Ich kümmere mich um die anderen", schlägt A350 mir vor. Ich bin ihr dankbar, obwohl ich nicht vorhabe, mich von der Sicherheitszone zu verabschieden, sondern die Zeit lieber mit Finn nutzen möchte. Es ist nicht viel, aber es ist unsere Zeit, die wir mit niemandem teilen müssen.

Finn greift nach meiner gesunden Hand und wir rennen los. Neben dem Atrium gibt es nur einen schönen Ort in der Sicherheitszone, der es verdient hat, dass ich mich von ihm verabschiede.

Wir biegen in den grünen Flur der B-ler ab. Am Ende des Gangs thront eine große Flügeltür mit Milchglasscheiben. Ohne zu zögern, stoße ich die Türen auf und trete gemeinsam mit Finn in das Innere. Hinter den Glasscheiben verbirgt sich eine Art unterirdisches Gewächshaus. Hier züchten die Forscher Pflanzen. Solange man nicht zur Decke emporblickt, hat man das Gefühl, sich im Freien und nicht unter der Erde zu befinden. An Finns Gesicht kann ich ablesen, dass sogar ihm der Anblick gefällt. Vor uns erstreckt sich ein großes Feld, auf dem Möhren gezüchtet werden.

Hand in Hand laufen wir durch die grünen Blätter der Pflanzen, die sanft unsere Beine streicheln.

„Wie lange erinnerst du dich schon wieder?“ Ich weiß, dass er es tut, aber ich bin mir nicht sicher seit wann. Was war echt und was war gespielt?

„Wahrscheinlich länger, als du denkst“, erwidert Finn mit einem Schmunzeln auf den Lippen. Doch ich lasse nicht locker. Es ist wichtig für mich.

„Wie lange?“

„Seit der Nacht, in der du geweint hast“, gesteht er mir mit einem entschuldigenden Blick. Überrascht starre ich ihn an. Damit hatte ich nicht gerechnet. In dieser Nacht war er zwar anders, aber trotz allem noch sehr abweisend. Und bei dem Training in der Arena habe ich ihm wirklich geglaubt, dass ihm die Legion so gut gefallen würde, dass er sich nicht vorstellen könnte, sie zu verlassen. Er hatte mich verstanden und ich habe mich ihm nah gefühlt. War alles, was er in dem Moment zu mir gesagt hat, nur gelogen? Erfunden, um mich und die anderen weiter zu täuschen?

„Aber du warst so verständnisvoll. Hast du nichts von dem, was du über die Legion gesagt hast, ernst gemeint?“

Beleidigt schiebt er seine Unterlippe vor. „Schön zu hören, dass du mich bisher für einen gefühllosen Grobian gehalten hast.“

Ich will mich nicht direkt wieder mit ihm streiten und versuche es ihm deshalb zu erklären: „So meine ich das nicht. Ich meinte nur, dass du die Legion immer so sehr gehasst hast, und in diesem Moment wirkte das anders. Hast du mir nur etwas vorgemacht?"

Ich habe Angst vor seine Antwort und kann ein Zittern in meinen Händen nur schwer unterdrücken, trotzdem scheint er es zu spüren. Denn er wendet sich verständnisvoll zu mir und blickt mir mit einem Lächeln in die Augen. „Ich bin froh, dass ich hier war. Es war die richtige Entscheidung. Anders hätte ich dich nie so sehen können, wie du wirklich bist."

„Und wie bin ich?" Hat er herausgefunden, dass wir nicht zueinander passen? Ist es das, was er mir sagen will?

„Du bist mutig, stark, liebevoll, gütig und wunderschön."

Sofort erröte ich und senke verlegen den Blick. Mich hat nie zuvor jemand als wunderschön bezeichnet. Florance mit ihrem langen, blonden Haar ist schön, aber doch nicht ich mit der Glatze und der bleichen Haut.

Er zwingt mich, ihm erneut in die Augen zu blicken.

„Deine Schönheit kommt von innen. Sie ist wie ein leuchtender Stern, der sich hinter Wolken am Himmel verbirgt. Strahlend und rein."

In seinen Augen kann ich die Liebe sehen, die er für mich empfindet. Er meint ernst, was er sagt. Das spüre ich. Wir küssen uns erneut.

Obwohl um uns herum das absolute Chaos herrscht, habe ich in dem Möhrenfeld mit Finn meinen inneren Frieden gefunden. Es gibt nichts, das noch zwischen uns steht. Wir wissen alles voneinander. Auch wenn wir nicht immer einer

Meinung sind, so schätzen wir den anderen für seine Stärken und verzeihen ihm seine Schwächen.

Ich habe mich so nach ihm gesehnt und hatte gleichzeitig Angst vor der Wahrheit. Der Kuss wird immer leidenschaftlicher. Zu viele Wochen liegen hinter uns, in denen jede Berührung verboten war. Wir haben viel nachzuholen. Ob wir je die Zeit dafür haben werden?

Am liebsten würde ich ihn nie wieder loslassen und mit ihm eins werden. Ich möchte ihm näher sein als je zuvor einem Menschen. Jede seiner Bewegungen spüren und in sein Herz blicken können.

Doch plötzlich löst sich Finn atemlos von mir. Zum ersten Mal ist sein Gesicht gerötet. „Das ist nicht der richtige Zeitpunkt und nicht der richtige Ort“, stößt er hervor. Als ich verstehe, wovon er spricht, schießt mir ebenfalls die Röte ins Gesicht. Daran hatte ich nicht gedacht, aber seltsamerweise erfüllt mich der Gedanke, mit ihm zu schlafen, nicht länger mit Furcht. Es erscheint mir eher wie die richtige Abfolge der Dinge.

„Und was, wenn es nie einen richtigen Zeitpunkt geben wird?“, frage ich ihn herausfordernd und deute auf das Feld um uns herum. „Dieser Ort ist genauso gut oder schlecht wie jeder andere. Es ist mir egal, wo ich bin, solange wir zusammen sind.“

Finn blickt mir erst besorgt, aber dann lächelnd entgegen. Seine warmen Hände legen sich erneut um meine Wangen, während mir mein Herz bis zum Hals schlägt.

„Bist du dir sicher, dass du das wirklich willst?“

„Ich könnte mir nicht sicherer sein.“

Zum ersten Mal in meinem Leben habe ich das Gefühl, wirklich ich zu sein. Mein Herz und mein Kopf sind sich einig: Ich weiß, was ich will.

Langsam legen wir uns auf das Grün der Möhren. Gegenseitig streifen wir uns die Anzüge von der Haut. Finn berührt Stellen meines Körpers, die ich selbst nie beachtet habe. Er küsst mich und streichelt mich, sodass eine Gänsehaut auf meinem ganzen Körper entsteht. Ich fühle mich wie in Trance und verschwende nicht einen Gedanken an alle Probleme und Sorgen. Sie sind für diesen Augenblick vergessen. Das ist unser Moment. Vielleicht ist es gestohlene Zeit, aber es ist unsere Zeit.

Ich hätte nie gedacht, dass ich mich nackt gegenüber einem anderen Menschen so frei und sogar schön fühlen könnte. Ich empfand mich immer als hässlich, doch ich brauche nur in Finns Augen zu blicken, um mich eines Besseren belehren zu lassen. Er liebt mich mit ganzer Seele und jeder Faser seines Körpers. Wie ein Blitz durchzuckt ein Bild meine Gedanken.

Tote Körper wie zu einer Pyramide aufeinandergestapelt, allesamt mit einem Kopfschuss getötet. Ich erstarre augenblicklich. A350 hat damals gesagt, dass es das Werk der Rebellen gewesen sei. Ich war mir sicher, dass Finn die anderen Entführten getötet haben muss, aber konnte ihn nie danach fragen. Das ist die einzige Sache, die mich davon abhält, Finn völlig in mein Herz zu lassen. Es ist die einzige Sache, die mich bremst und zwischen uns wie eine Mauer steht.

„Finn, ich muss dich etwas fragen. Es ist für mich wichtig", unterbreche ich ihn eilig.

„Dann frag schon...“, erwidert er ungerührt. Er ahnt ja nicht, was ich ihn fragen möchte.

„Hast du die anderen Entführten damals getötet?“

Finn erstarrt und ich sehe bereits meine schlimmsten Befürchtungen wahr werden. Ich weiß, dass er mich nicht belügen würde.

„Ich wollte es und ich hätte es auch getan, aber das hätte Gustav niemals zugelassen. Wir ließen sie laufen.“

Mich durchströmt endlose Erleichterung und ich danke Gustav im Stillen.

„Ich liebe dich, Finn“, stoße ich hervor und presse meine Lippen auf seine.

„Ich liebe dich auch, Cleo, die mit der Sonne aufgeht.“

Jetzt gibt es nichts mehr, was uns hält. Nichts mehr, das zwischen uns steht. Obwohl mir Florance erzählt hatte, dass es wunderschön sein würde, habe ich mir Sex nie so vorgestellt. Ich verband es mit Schmerzen und Demütigung. Aber es ist alles andere als das. Es ist, als würden zwei Seelen miteinander verschmelzen und unsere Herzen im selben Takt schlagen. Finn in mir zu spüren, ist schöner, als ich mir je hätte vorstellen können. Ich möchte völlig in ihm versinken, mit ihm eins werden. Mit ihm zu schlafen, ist, als würden wir ein unsichtbares Band miteinander knüpfen.

Ich weiß nicht, wie viel Zeit vergangen ist, als Finn meine Hand nimmt und mir vom Boden aufhilft. Wir küssen uns und lächeln einander an, so als teilten wir ein süßes Geheimnis miteinander. Gemeinsam verlassen wir das Gewächshaus und eilen durch die Sicherheitszone zurück zu den Aufzügen. Es scheint niemand mehr außer uns hier zu sein. Es herrscht Stille. Nicht einmal das leise Brummen der Maschinen ist mehr zu hören. A350 muss Wort gehalten und alle in Sicherheit gebracht haben.

An der Oberfläche herrscht jedoch weiterhin das pure Chaos. Menschen rennen orientierungslos und panisch umher. Alle schreien wild durcheinander.

Ich presse mich dicht an Finn und blicke mich hilflos um. Was sollen wir jetzt tun? Wir müssen weg von hier, bevor die Legion explodiert.

In dem Moment stürzt Ruby verärgert auf uns zu. „Da seid ihr ja endlich. Wir warten seit einer Ewigkeit auf euch!“, schimpft sie wütend und führt uns durch die Menge, wobei sie ihre Laserwaffe wie ein Schild vor sich hält.

Am Ende unseres Weges wartet ein Hubschrauber, dessen Propeller schon ungeduldig kreisen. Im Inneren sitzen bereits Asha, Iris und A350, die erleichtert aufstöhnt, als sie mich erblickt.

„Was habt ihr, verdammt noch mal, so lange gemacht? Du solltest dich kurz verabschieden und nicht jeden Raum der Sicherheitszone einzeln besuchen“, faucht sie mir verärgert entgegen. Doch egal, was sie sagt, nichts kann meine Stimmung trüben. Lächelnd drehe ich mich zu Finn um. Doch er erwidert mein Lächeln nicht. Sein Blick ist ernst. Vielleicht begreift er die Situation, die um uns herrscht, besser als ich.

„Du zuerst“, fordert er mich auf und ich steige gehorsam in den Hubschrauber. Kaum, dass ich im Inneren bin, höre ich, wie sich die Tür hinter mir schließt. Entsetzt fahre ich herum und blicke in Finns Gesicht. Seine Hand liegt auf dem Türgriff. Er hat sie geschlossen, ohne selbst einzusteigen.

Panisch beginne ich, an dem Griff zu rütteln, doch Finn hält ihn zu. Er schüttelt traurig und entschuldigend den Kopf und Tränen rennen über seine Wangen. Ich schlage mit den Fäusten gegen das Glas der Fensterscheibe, als der Hubschrauber sich bereits emporhebt. A350 ist hinter mich getreten und hält mich fest. Ich schreie und schlage um mich, während sich der Hubschrauber immer weiter in die Lüfte schwingt. Wenn ich jetzt springen würde, könnte ich es noch schaffen.

Finn formt mit seinen Lippen stumm die Worte „Verzeih mir", bevor er sich umdreht und davonrennt, gefolgt von Ruby, die ebenfalls bei ihm geblieben ist.

Wir steigen immer weiter in den Himmel empor, so hoch, dass ich Finn schon bald nicht mehr sehen kann. Kurz darauf sind wir selbst soweit entfernt, dass die ganze Legionskugel nur noch ein kleiner Punkt am Horizont ist. Ich will nicht sehen, wie sie explodiert. Es ist zu spät. Meine Schreie sind nutzlos.

Atemlos lasse ich mich gegen die Tür sinken und blicke zu A350 empor. Sie wusste es. Das war ihr Plan. Das war es, was sie und Finn besprochen haben. Wie konnte er ihr nur zustimmen?

„Warum hast du mir das angetan?", zische ich ihr leise und hasserfüllt entgegen.

„Weil ich dich liebe", erwidert sie schlicht. „Ich bin deine Mutter."

Weiter geht es in…

Band 3 : Die Verlorenen
Band 4: Die Vereinten

Mein Dank geht an...

...Henny Schäfer-Einfinger. Du bist die beste Schwiegermama, die ich mir hätte wünschen können, und hast von der ersten Sekunde an mich geglaubt. In Zeiten, in denen ich kaum noch ein Licht am Horizont gesehen habe, hast du meine Hand gehalten und mir die Sonne gezeigt. Ich danke dir dafür, dass du jeden Tag mein Leben mit deiner Anwesenheit bereicherst. Ich möchte dich nie mehr missen. Du bist ein Teil meiner Familie.

...Sabrina Stocker. Man sagt, in jedem Charakter eines Romans steckt auch ein Stück des Autors. Aber mindestens genauso viel von dir steckt in diesem Buch. Jede Rolle, die ich mit besonders viel Liebe schreibe, erinnert mich an dich. Du bist stark, mutig und meine Seelenschwester. Ein Leben ohne dich kann und will ich mir nicht vorstellen. Danke, dass du immer an meiner Seite stehst und dich mit mir über jeden noch so kleinen Erfolg freuen kannst.

... Robert Schäfer, Lutz Einfinger, Sabrina Keim und Anika Zandra Welter. Ihr seid die Menschen, die mich glücklich machen. Mein Sonnenschein.

... Michaela Wiedau. Durch deine vielen kleinen und teils auch großen Korrekturen wird Radioactive mit jeder Seite ein kleines bisschen besser. Dein Urteil ist für mich wichtig und ich hoffe, dass ich bei vielen folgenden Werken noch auf deine Mithilfe zählen kann. Danke, dass es dich gibt!

... Simone Möller, Anja Gollasch und Manja Teichner für viele Korrekturen und Feinheiten. Jede Nachricht von euch hat mich darin bestärkt, an mein Werk zu glauben und mein Ziel nie aus den Augen zu verlieren. Dass ich den Veröffentlichungstermin halten konnte, ist auch zum Teil euer Verdienst.

...Jennifer Schymanski, Mandy Krolmann, Julia Mohr, Mara Remmlinger, Stefanie Bauer, Alex Fölker, Cornelia Zass, Lilly McLeod, Heike Denk, Petra Künzelt, Iris Obermann, Simone Belack und Venwar Newroly. Ihr habt mir dabei geholfen, „Radioactive“ unter die Leute zu bringen. Die Blogtour mit euch zu „Die Verstoßenen“ war ein wunderschönes Erlebnis, das nach einer baldigen Wiederholung schreit.

...alle Leser meiner Romane. Ich freue mich über jeden Kommentar und jedes liebe Wort. Zu sehen und zu hören, dass ich Menschen mit meiner Fantasie unterhalten kann, ist mehr, als ich je zu hoffen gewagt hätte. Danke für eure Unterstützung.

7375742R00217

Printed in Germany
by Amazon Distribution
GmbH, Leipzig